À mon mari adoré.

UN

— Mais si tu m'en achètes une maintenant, tu pourras la récupérer dans deux ans, quand je partirai à la fac, lui fit remarquer Hélène. Ça te fera une voiture quasi neuve !

Malgré tout l'enthousiasme de sa fille, Jerry ne se laissa pas fléchir.

— Lennie, commença-t-il, ce n'est pas parce que l'État du Massachusetts a décrété que conduire à seize ans était une bonne chose…

— Seize ans et demi ! précisa Hélène.

— … que je suis d'accord avec ça, conclut-il, un sourire satisfait aux lèvres.

La partie semblait mal engagée, mais elle ne voulut pas renoncer si vite.

— Tu sais, la jeep n'a plus qu'une année ou deux à tirer. Est-ce que tu as pensé aux économies d'essence si on avait une hybride ou même une tout-électrique ? C'est l'énergie de l'avenir, papa.

— Mm-m, fut l'unique réponse de Jerry.

Cette fois, elle sut qu'elle avait vraiment perdu la partie.

Appuyée au bastingage sur le ferry qui la ramenait à Nantucket, Hélène Hamilton regardait l'immensité bleue devant elle. Elle réprima un frisson à l'idée de se retrouver, une fois de plus, obligée de pédaler dans le froid, de devoir mendier auprès d'un ami qu'il la dépose en voiture ou, pire, de prendre le bus. Elle essaya de ne plus y penser. Elle sentait les regards des touristes posés sur elle et elle tourna la tête pour leur échapper. Lorsqu'elle se regardait dans un miroir, elle ne voyait rien de bien extraordinaire hormis deux yeux, un nez et une bouche, mais les étrangers avaient tendance à la dévisager avec insistance, ce qui la mettait profondément mal à l'aise.

De son point de vue, grandir sur une petite île était un véritable calvaire et elle ne rêvait que d'une chose : partir pour l'université, le plus loin possible de l'île, du Massachusetts et de la côte Est.

Non qu'Hélène fût malheureuse chez elle. Son père et elle s'entendaient à merveille. Sa mère les avait abandonnés, tous les deux, quand Hélène était bébé, mais Jerry avait toujours su donner à sa fille la dose d'attention nécessaire à son équilibre. Hélène se sentait d'ailleurs vite envahie. Il respectait son besoin de solitude, mais il n'était jamais loin. Au fond d'elle, sous la fine couche de ressentiment suscité par leur dernière dispute, elle savait qu'il n'y avait pas meilleur père sur Terre.

— Hé, Lennie ! Comment va ton urticaire ? cria Claire, sa meilleure amie depuis toujours, dans la seule intention de la mettre dans l'embarras.

Claire fendit la foule des touristes avec de grands gestes. Les gens s'écartaient au passage de ce petit lutin perché sur des sandales à semelles compensées. Elle virevolta au milieu du tumulte qu'elle avait provoqué et se glissa à la place tout juste libérée, à côté d'Hélène.

— Risette ! Je vois que toi aussi, tu as fait tes courses de rentrée ! s'exclama Jerry en apercevant ses paquets.

Claire Aoki, alias Risette, était une tueuse. Quiconque se laissait duper par sa frêle stature et ses traits fins d'Asiatique courait le risque de se faire ratatiner sans merci. Son surnom, « Risette », la poursuivait depuis qu'elle était bébé et tous ceux qui la connaissaient l'appelaient ainsi. À leur décharge, il était difficile d'y renoncer. Claire avait le rire le plus communicatif qui puisse exister. Jamais forcé ni suraigu, tout simplement irrésistible.

— Mais naturellement, ô merveilleux père de ma Meilleure Amie, dit Claire, répondant à son étreinte avec une affection non feinte. Dites, puis-je m'entretenir avec votre progéniture ? Je suis sincèrement navrée de devoir me montrer aussi impolie, mais c'est de la plus haute confidentialité. Je vous le dirais bien à vous mais…

— … mais tu serais obligée de me tuer après, compléta Jerry, amusé.

Beau joueur, il profita de l'inattention de sa fille, inspectrice en chef de la police diététique, pour aller s'acheter un soda.

— Qu'est-ce t'as trouvé ? demanda Claire, en attrapant le butin d'Hélène et en plongeant la tête dans son sac. Des jeans, un gilet, un tee-shirt, un sou… ouah ! T'achètes tes soutifs avec ton père, toi ?

— J'avais pas vraiment le choix, rétorqua Hélène, lui arrachant le sac des mains. J'en avais besoin d'un ! De toute façon, il part se cacher à la librairie pendant que je les essaie. Mais c'est déjà une torture de savoir qu'il est dans les parages ! conclut-elle, gênée.

— Faut pas exagérer, c'est pas comme si tu t'achetais des trucs sexy. Bon sang, Lennie, tu cherches à avoir le look de ma grand-mère là ou quoi ? s'exclama Claire en brandissant une culotte en coton blanc.

Hélène s'empara de la culotte et l'enfourna tout au fond du sac, tandis que Claire laissait éclater son fameux rire.

— Je sais, je suis un cas désespéré, rétorqua Hélène, oubliant instantanément la moquerie de Claire. T'as pas peur d'attraper le virus de la loose en traînant avec moi ?

— Nan. Je suis tellement géniale que je suis immunisée. En plus, j'adore la façon dont tu rougis quand on parle de petites culottes.

Hélène rougit de plus belle. Elle qui souffrait d'une timidité maladive avait le malheur de mesurer un mètre quatre-vingts, ce qui ne l'aidait pas à passer inaperçue. Et le pire, c'est qu'elle continuait à grandir. Elle avait beau prier Jésus, Bouddha, Mahomet et Vishnu réunis, elle sentait, la nuit, dans ses membres et dans ses muscles, la douleur annonciatrice d'une nouvelle poussée de croissance. Elle se consolait en se disant que, si elle atteignait le mètre quatre-vingt-cinq, elle serait assez grande pour escalader la rampe de sécurité et se jeter du haut du phare de Siasconset.

— Tiens-toi droite ! ordonna Claire, par réflexe, dès qu'elle vit Hélène avachie.

Hélène obtempéra. Claire était intraitable sur la façon de se tenir. Elles n'en avaient jamais parlé ensemble, mais Hélène y voyait l'héritage de sa mère japonaise, très à cheval sur les bonnes manières, et de sa grand-mère en kimono, plus rigide encore.

— Bon, passons à l'essentiel, ajouta-t-elle. Tu vois cette énorme propriété qui doit coûter trente-six millions de dollars ?

— À 'Sconset ? Ouais… Et alors ?

Hélène revit la plage privée devant la propriété et remercia le ciel que son père n'ait pas assez d'argent pour acheter une maison sur le front de mer.

Petite, elle avait failli se noyer. Elle en avait gardé l'intime et secrète conviction que l'océan Atlantique avait voulu la tuer. Malgré les années, elle était restée une piètre nageuse, tout juste capable de se maintenir à la surface de l'eau pendant quelques minutes avant de couler comme une pierre.

— Elle a finalement été vendue à une grande famille, expliqua Claire. Ou deux familles. Je ne suis pas sûre des détails, mais je crois qu'il y a deux pères et qu'ils sont frères. Ils ont tous les deux des gosses… qui doivent être cousins logiquement… Non ?

Claire fronça les sourcils, puis balaya la question d'un geste insouciant.

— On s'en fiche. Le truc, c'est qu'il y a, genre, *deux mecs* de seize ou dix-sept ans.

— Mmm, fit Hélène. Laisse-moi deviner : tu as tiré le tarot, tu as vu qu'ils allaient tomber raides dingues de toi et se battre pour tes beaux yeux…

Claire lui donna un coup dans le tibia.

— Mais non, idiote. Il y en a un pour chacune.

Hélène se frotta la jambe comme si elle avait mal. Claire aurait pu la frapper de toutes ses forces sans lui laisser le moindre hématome, mais elle préférait jouer la comédie pour ne pas la vexer.

— Un pour chacune ? la taquina-t-elle. Un peu trop soft, ton scénario… Non, j'ai du mal à y croire. À mon avis, on va tomber toutes les deux amoureuses du même ou…

— N'importe quoi, protesta Claire en examinant ses ongles. Je t'assure, les cartes sont catégoriques…

— Claire ! Tu me fais le coup tous les ans ! Avant chaque rentrée, tu ressors les cartes que tu as achetées à Salem et tu prédis qu'un truc incroyable va nous arriver. Mais le seul truc incroyable, c'est qu'on ne soit pas mortes d'ennui avant les vacances de Noël !

— Pourquoi tu ne veux pas regarder la vérité en face ? protesta Claire. Toi et moi, on est trop géniales pour être *ordinaires*.

Hélène haussa les épaules.

— Moi, ça ne me gêne pas d'être ordinaire. Au contraire. Je serais terrifiée si une de tes prédictions finissait par se réaliser !

Claire pencha la tête sur le côté pour observer son amie. Hélène décrocha une mèche de cheveux derrière son oreille, qu'elle laissa retomber comme un rideau. Elle détestait qu'on la regarde.

— Je sais, va. Mais je doute que tu puisses être ordinaire un jour, déclara-t-elle, pensive.

Hélène se dépêcha de changer de sujet. Elles évoquèrent leur emploi du temps, la course à pied, et se demandèrent si elles devaient ou non se couper la frange. Hélène aurait aimé changer de coiffure, mais Claire refusait catégoriquement qu'elle touche à ses longs cheveux blonds. Soudain, elles réalisèrent qu'elles s'étaient avancées trop près de ce qu'elles appelaient « la zone du pervers ».

Elles détestaient toutes les deux cet endroit du bateau, Hélène encore plus que Claire. Elle lui rappelait ce type inquiétant qui l'avait harcelée, un été, et qui avait brusquement disparu. Au lieu d'être soulagée de ne plus le voir, Hélène s'était sentie coupable, comme si elle avait fait quelque chose de mal. Elle n'en avait jamais parlé à Claire, mais elle se rappelait un éclair et une horrible odeur de brûlé. L'instant d'après, le type n'était plus là. Ce souvenir suscitait toujours en elle un profond malaise ; elle se laissa entraîner par Claire à l'autre bout du bateau en faisant semblant de rire.

Jerry les rejoignit lorsque le ferry accosta. Ils débarquèrent, puis Claire la salua d'un signe de la main et promit d'essayer de passer la voir au travail le lendemain. Mais comme c'était le dernier jour des vacances, il était peu probable qu'elle en ait le temps.

Hélène travaillait quelques jours par semaine pour son père, copropriétaire d'un petit bazar. Outre le journal du jour et une tasse de café, le *News Store* proposait des caramels mous, des bonbons, des fleurs fraîchement coupées, des gadgets à offrir, des tours de magie, des souvenirs, mais aussi des produits frais, comme du lait et des œufs, pour les habitants de l'île.

Six ans plus tôt, le *News Store* avait élargi son offre en inaugurant une annexe, *Les Cakes de Cathy* dans l'arrière-cour et, depuis, le chiffre d'affaires avait explosé. Il faut dire que Cathy Rogers, la trentaine, était un pur génie en pâtisserie. Tout ce qui lui tombait sous la main se retrouvait métamorphosé en tourtes, gâteaux, chaussons, feuilletés ou sablés, plus délicieux les uns que les autres. À peine associée à Jerry, elle avait transformé la cour en petit paradis pour les artistes et écrivains de l'île et réussit le tour de force de ne pas céder au snobisme. Elle veillait à ce que tout amateur de viennoiseries et de vrai café prenne plaisir à lire le journal à son comptoir, qu'il soit commercial ou poète, ouvrier ou spéculateur boursier. Elle avait un don pour mettre les gens à l'aise et Hélène l'adorait.

Lorsqu'elle arriva sur les lieux, le lendemain soir, Hélène trouva Cathy en train de se débattre avec la dernière livraison de farine et de sucre.

— Lennie ! s'exclama Cathy. Quelle chance que tu sois en avance ! Tu crois que tu pourrais m'aider… ? Fais attention, c'est très lourd.

Hélène attendit que son amie ait le dos tourné pour hisser les sacs un à un sur son épaule, puis elle gagna l'arrière-boutique et remplit de farine le récipient que Cathy utilisait en cuisine.

Lorsqu'elle eut fini de tout ranger dans la réserve, Cathy lui servit un verre de limonade rose – le péché mignon d'Hélène.

— Ce qui m'étonne, ce n'est pas que tu sois aussi costaude… Non, ce qui me dépasse, continua-t-elle en préparant des cerises et du fromage à grignoter, c'est que tu ne sois jamais essoufflée. Même par cette chaleur !

— Si, je suis essoufflée, mentit Hélène.

— Tu soupires. Rien à voir.

— J'ai de plus grands poumons que toi, c'est tout.

— Mais comme tu es plus grande, tu devrais avoir besoin de plus d'oxygène, non ?

Elles trinquèrent, puis sirotèrent leur limonade. Cathy était un peu moins grande et plus enrobée qu'Hélène, sans être petite ni grosse pour autant. C'était le mot « plantureuse » qui venait à l'esprit d'Hélène quand elle la regardait, même si elle ne l'employait jamais, de peur que Cathy ne le prenne de travers.

— Est-ce que le club de lecture se réunit ce soir ? demanda Hélène.

— Mm-m. Mais j'ai peur qu'on ne parle pas beaucoup de Kundera, répondit Cathy, un sourire amusé sur les lèvres, en faisant tinter les glaçons dans son verre.

— Pourquoi ? Il y a de nouveaux potins ?

— Tu penses ! La famille ultra-nombreuse qui vient de s'installer sur l'île…

Hélène leva les yeux au ciel.

— Oh oh ! Mademoiselle est au-dessus de ça ? la taquina Cathy en l'aspergeant avec les dernières gouttes de sa limonade.

Hélène poussa un cri, puis dut quitter Cathy pour s'occuper des clients. Dès qu'elle eut fini d'enregistrer leurs achats, elle reprit la conversation là où elle l'avait laissée.

— Non, mais je ne vois rien d'extraordinaire à ce qu'une grande famille achète une grande propriété. Ça me paraît logique. Ce qui me choque, c'est quand un couple de retraités s'offre une résidence secondaire si vaste qu'ils se perdent en allant chercher le courrier…

— C'est vrai, concéda Cathy. Mais je pensais que tu serais intéressée par la famille Délos, vu que tu risques de te retrouver en classe avec eux…

Délos… Ce nom résonna étrangement aux oreilles d'Hélène. Il n'évoquait rien pour elle. Comment en aurait-il été autrement ? Et pourtant, il tournait en boucle dans sa tête. Délos… Délos…

— Hou hou, Lennie ? la héla Cathy, interrompue par l'arrivée prématurée des premiers membres du club.

Cathy avait vu juste. *L'Insoutenable Légèreté de l'être* n'était pas de taille à rivaliser avec les Délos. Natifs de Boston, ces derniers avaient déménagé en Espagne pour se rapprocher de leur famille, puis avaient brusquement décidé de rentrer. La décision avait visiblement été prise en toute hâte. La secrétaire du lycée avait raconté que les enfants avaient été inscrits bien après la date officielle et que les parents avaient quasiment dû soudoyer le directeur. De même, ils avaient dû trouver toutes sortes d'arrangements compliqués pour faire venir leurs meubles à temps. Qu'avait-il bien pu se passer ? Le mystère entourant leur retour nourrissait les spéculations les plus folles.

La seule chose qui retint l'attention d'Hélène dans ce lot de rumeurs, c'est que la famille Délos n'avait rien de conventionnel. Elle comptait deux pères, qui étaient frères, et leur sœur cadette. Il n'y avait qu'une seule mère (l'un des deux pères était veuf) et cinq enfants. Ils vivaient tous ensemble. On les disait très intelligents, beaux et riches…

Excédée par ces histoires de conte de fées, Hélène fuit les murmures excités et se réfugia derrière la caisse. Mais chaque fois que le prénom d'un des membres de la famille était prononcé, son attention était irrésistiblement attirée. Elle quitta alors la caisse et gagna les présentoirs des magazines, qu'elle redressa pour se donner une contenance.

Alors qu'elle nettoyait les étagères et rangeait les bocaux de bonbons, elle récapitula le nom des enfants dans sa tête. « Hector a un an de plus que Jason et Ariane, qui sont jumeaux. Lucas et Cassandre sont frère et sœur, et cousins des trois autres. »

Elle changea l'eau des fleurs et encaissa des clients. « Hector sera absent le jour de la rentrée, parce qu'il est resté en Espagne avec sa tante Pandore – nul ne sait pourquoi. »

Hélène enfila des gants en caoutchouc, un tablier long, et fouilla la poubelle pour récupérer les cartons et plastiques à recycler. « Lucas, Jason et Ariane ont tous le même âge que moi, donc je serai cernée. Cassandre, la plus jeune, n'a que quatorze ans… »

Elle retourna dans la cuisine et remplit le lave-vaisselle, puis elle passa la serpillière sur le sol et entreprit de vérifier la caisse. « Lucas, on ne peut pas faire pire comme prénom. Ça fait vraiment tache. »

— Lennie ?

— Quoi ! Papa ! Tu vois pas que je compte ? s'exclama-t-elle, donnant un coup sur le comptoir si fort qu'elle fit s'écrouler une pile de vingt centimes.

Jerry leva les mains dans un geste d'apaisement.

— C'est la rentrée demain, lui rappela-t-il de sa voix la plus mesurée.

— Je sais.

Elle se sentait étrangement irritée, mais elle ne voulait pas faire de son père l'otage de sa mauvaise humeur.

— Il est presque onze heures du soir, chérie, insista-t-il.

Cathy accourut, alertée par le bruit.

— Tu es toujours là, toi ?... Je suis désolée, Jerry, s'excusa-t-elle d'un air coupable. Je lui ai dit de baisser le store et de partir à neuf heures !

Ils regardèrent tous deux Hélène, qui avait rangé les billets et les pièces en petites piles bien nettes.

— Je n'ai pas vu le temps passer, protesta-t-elle mollement.

Après avoir échangé un regard soucieux avec Jerry, Cathy décréta qu'elle prenait le relais et les renvoya chez eux. L'esprit encore embrumé, Hélène l'embrassa, incapable de comprendre où avaient filé les trois dernières heures.

Jerry hissa le vélo d'Hélène dans le coffre de la jeep, puis démarra. Il jeta plusieurs fois un regard vers elle lors du trajet, mais il n'ouvrit la bouche qu'une fois garé dans l'allée de leur maison.

— Tu as mangé ? s'enquit-il doucement.

— Je ne... Euh, oui, je crois.

Hélène ne se souvenait même plus de ce qu'elle avait mangé, ni quand. Elle revoyait vaguement Cathy en train de lui dénoyauter des cerises.

— C'est la rentrée qui t'inquiète ? s'enquit Jerry. La première est une année cruciale...

— Sûrement, répondit-elle, absente.

Jerry se mordit la lèvre et soupira.

— Tu devrais reparler au Dr Cunningham de ces pilules pour l'anxiété. Tu sais, pour les gens qui se sentent angoissés au milieu de la foule... Comment on les appelle, déjà... agoraphobes, c'est ça. Tu ne crois pas que ça pourrait t'aider ?

Hélène sourit.

— Je ne crois pas, papa. Je n'ai pas peur des inconnus. Je suis juste un peu timide.

Elle savait qu'elle mentait. La timidité n'était pas son seul problème. Chaque fois qu'elle faisait usage de sa force et qu'elle se faisait remarquer, même involontairement, elle avait de violentes crampes au ventre. Mais elle se serait fait couper la langue plutôt que de l'avouer à son père.

— Et tu le vis bien ? Je sais que tu ne le demanderas jamais, mais... tu es sûre que tu n'as pas besoin d'aide ? Parce que, tu sais, Hélène, je pense que ça te handicape... dit Jerry, remettant sur le tapis un de leurs vieux conflits.

— Je vais très bien ! Je ne veux pas parler au Dr Cunningham et je ne veux pas prendre de médicaments. Je veux juste rentrer et manger, débita-t-elle d'une traite, en descendant de voiture.

Son père la regarda sortir du coffre sa vieille bicyclette, excessivement lourde, et la poser par terre. Elle fit tinter la sonnette d'un geste énergique et lui sourit.

— Tu vois, tout roule.

— Si tu savais à quel point ce que tu viens de faire est difficile pour une fille ordinaire, tu comprendrais ce que je veux dire. Tu ne veux pas l'entendre, mais tu n'es pas ordinaire. Tu es comme elle, précisa-t-il d'une voix altérée.

Pour la millième fois, Hélène maudit cette mère dont elle n'avait gardé aucun souvenir et qui avait brisé le cœur de son père. Comment pouvait-on quitter un type comme lui sans même un au revoir ? Sans laisser une photo ?

— D'accord ! Je ne suis pas ordinaire. Je suis spéciale… comme tout le monde, rétorqua-t-elle, soucieuse de lui remonter le moral.

Elle fit rouler son vélo jusqu'au garage.

— Au fait, qu'est-ce qu'on mange, ce soir ? cria-t-elle sans se retourner. C'est toi l'esclave des fourneaux, cette semaine !

DEUX

Ses tentatives de persuasion ayant échoué, Hélène dut faire une croix sur la voiture et reprendre son vieux vélo pour aller au lycée. Le matin, le fond de l'air était frais, voire froid, à cause du vent qui venait de la mer. Mais ce jour-là, dès qu'elle ouvrit l'œil, Hélène sentit un air chaud et humide l'envelopper comme un manteau de fourrure mouillé. Elle s'était réveillée au beau milieu de la nuit, avait rejeté ses couvertures, s'était débarrassée de son tee-shirt et avait descendu d'un trait le verre d'eau posé sur sa table de chevet. Épuisée par la chaleur, elle n'éprouvait pas la moindre envie de se lever.

Elle pédala lentement afin de ne pas sentir la sueur tout le reste de la journée.

Le trajet n'était pas long, mais avec l'humidité, sa coiffure méticuleusement travaillée pour la rentrée des classes ne ressemblait plus à rien lorsqu'elle attacha son vieux vélo au râtelier – un simple réflexe, car aucun élève n'aurait daigné le lui voler et, de toute façon, son cadenas était aussi pourri que la bicyclette qu'il était censé protéger.

Avec un soupir résigné, elle lança sa sacoche sur une épaule, son sac de gym sur l'autre, et avança jusqu'à l'entrée, la tête basse.

Arrivée une demi-seconde avant Gabrielle Clifford, elle se sentit obligée de lui tenir la porte.

— Merci, Hulk. Essaie de ne pas arracher les gonds, cette fois, lui lança celle-ci avec condescendance.

Elle resta comme une idiote en haut des marches, à maintenir la porte ouverte tandis que d'autres élèves entraient. Nantucket était une petite île et tout le monde se connaissait par cœur. Hélène aurait souhaité que Gabrielle en sache un peu moins sur elle. Elles avaient été les meilleures amies jusqu'au collège. Un jour, alors qu'Hélène, Claire et Gabrielle jouaient à cache-cache chez cette dernière, Hélène avait involontairement arraché la porte des toilettes – où se trouvait justement Gabrielle. Elle s'était confondue en excuses, mais le lendemain, Gabrielle l'avait toisée d'un air bizarre. Depuis, elle semblait s'ingénier à lui gâcher la vie.

Hélène aurait aimé rembarrer Gabrielle avec une repartie cinglante, comme Claire en avait le secret, mais les mots restèrent coincés dans sa gorge. Reprenant ses esprits, elle appuya sur le frein pour bloquer la porte.

« Et voilà, pensa-t-elle avec rancœur, encore une année à faire tapisserie… »

Elle se retrouva dans la classe de M. Hergeshimer, le professeur d'anglais. La cinquantaine, il avait un style incroyable : il portait des cravates en soie l'été, des écharpes en cachemire aux couleurs flashy l'hiver, et il roulait en Alfa Romeo décapotable vintage. Plein aux as, il aurait pu se dispenser de travailler, mais il avait fait le choix d'enseigner au lycée. Certes, il ne faisait pas l'unanimité, et certains l'accusaient d'être snob, mais Hélène trouvait que c'était le meilleur professeur qu'elle ait jamais eu.

Elle franchit le seuil de la salle à l'instant même où retentissait la sonnerie.

— Miss Hamilton ! s'exclama-t-il. Ponctuelle, comme toujours. Et je parie que vous allez vous asseoir à côté de votre acolyte... Mais que les choses soient claires : la moindre démonstration de ce talent qui a valu à l'une de vous le sobriquet de « Risette », et je vous sépare.

— Entendu, *Hergie*, répondit Claire.

Il leva les yeux au plafond, nullement fâché.

— Je suis ravi qu'une de mes élèves connaisse le sens du mot « sobriquet »... Aussi fermerai-je les yeux sur cette impertinence... Maintenant, une mise au point : cette année, vous allez commencer à préparer vos tests d'entrée à l'université. Je vous demanderai de rédiger la définition d'un nouveau mot tous les jours.

Des murmures de protestations fusèrent. Seul M. Hergeshimer était assez sadique pour leur donner du travail dès la première heure de classe.

— Est-ce qu'« impertinence » peut être le mot d'aujourd'hui ? s'enquit Zach Brant d'une voix anxieuse.

Depuis la maternelle, Zach trouvait toujours une raison d'être inquiet. Matt Millis, son voisin, secoua la tête d'un air sceptique.

Matt, Zach et Claire suivaient tous trois des classes d'excellence. Ils avaient été amis mais, avec les années, ils avaient compris qu'un seul d'entre eux finirait major et irait à Harvard. Hélène, elle, se tenait à l'écart de la course. Plus les années passaient, moins elle appréciait

Zach. Depuis que son père entraînait l'équipe de foot, il attendait de son fils qu'il soit le meilleur partout, sur le terrain ou en classe. Zach était devenu obsédé par la compétition.

Hélène aurait eu pitié de lui s'il n'était pas devenu si agressif envers elle. Zach se devait d'être au top tout le temps : président de tel club, capitaine de telle équipe, celui dont tout le monde parle… mais il n'avait jamais l'air d'en retirer le moindre plaisir. Claire le soupçonnait d'être secrètement amoureux d'Hélène, mais celle-ci n'y croyait pas une seconde. Et pour cause. Elle avait plutôt l'impression qu'il la détestait – ce qui la laissait désemparée. À l'école primaire, il partageait avec elle ses goûters mais maintenant, il saisissait au vol le moindre prétexte pour se disputer avec elle. Pourquoi la vie était-elle si compliquée ?

— Monsieur Brant, déclara M. Hergeshimer en articulant exagérément. Vous pouvez choisir « impertinence » si vous y tenez mais, de quelqu'un qui a vos capacités, j'en attends davantage. Par exemple une dissertation sur l'impertinence dans la littérature américaine ?… C'est ça, cinq pages sur l'impertinence chez Salinger dans *L'Attrape-cœurs*. Pour lundi, s'il vous plaît.

Hélène, bien qu'assise deux rangs derrière lui, sentit que Zach se fermait comme une huître. Hergie était connu pour donner à tout bout de champ des devoirs supplémentaires aux meilleurs élèves et Hélène remercia sa bonne étoile d'avoir été épargnée. C'était se réjouir trop vite. À peine M. Hergeshimer eut-il fini de distribuer les emplois du temps qu'il l'appela à son bureau.

Il lui fit signe de s'asseoir à côté de lui, afin de surveiller la classe en même temps.

— J'ai vu que vous n'aviez pas choisi une seule matière en niveau Avancé, commença-t-il, l'observant par-dessus ses lunettes en demi-lune.

— J'ai peur de ne pas tenir le rythme, balbutia-t-elle.

— Je vous en crois pourtant tout à fait capable. Je sais que vous n'êtes pas quelqu'un de paresseux, Hélène. Et je sais aussi que vous êtes une élève brillante. Alors, qu'est-ce qui vous retient de profiter des avantages de notre système éducatif ?

— Je dois travailler, rétorqua-t-elle en haussant les épaules. Il faut que je mette de l'argent de côté si je veux aller à la fac.

— Si vous suivez des classes Avancé et que vous obtenez de bons résultats à vos tests d'entrée à l'université, vous aurez plus de chances de décrocher une bourse, ce qui est bien plus lucratif qu'un salaire de caissière dans le magasin de votre père !

— Mon père a besoin de moi, protesta-t-elle, sur la défensive. On n'est peut-être pas aussi riches que la plupart des gens sur cette île, mais on se serre les coudes.

— C'est tout à fait louable, Hélène, répondit Hergie d'un ton grave. Mais vous arrivez en fin de scolarité et il est temps de penser à votre avenir…

— Je sais, acquiesça-t-elle. Mais je crois que je peux décrocher une bourse grâce à la course à pied. J'ai beaucoup progressé cet été. Vraiment.

M. Hergeshimer examina son visage sincère, qui le suppliait de la délivrer, et il céda.

— Très bien. Mais si vous avez envie de vous lancer un défi, vous êtes la bienvenue dans ma classe Avancé, à n'importe quel moment du semestre.

— Merci, monsieur Hergeshimer. Si je m'en sens capable, je viendrai, promit Hélène, soulagée.

En retournant à sa place, elle pensa qu'elle devait absolument empêcher que Hergie et son père ne se rencontrent. Elle ne voulait surtout pas qu'ils examinent ses notes et décident qu'elle devrait rejoindre un cursus spécial pour surdoués ou ce genre de choses. Elle en avait déjà mal au ventre. Pourquoi ne pouvaient-ils pas la laisser tranquille ? Au fond d'elle, Hélène avait toujours su qu'elle était différente, mais elle s'était crue assez futée pour le cacher au reste du monde. À tort, apparemment.

— C'est quoi le problème ? lui demanda Claire.

— Juste un petit sermon, répondit-elle, avec désinvolture. Il trouve que je ne m'investis pas assez.

— C'est vrai ! s'exclama Zach, plus agacé qu'il ne l'aurait dû. Tu ne fais jamais tes devoirs !

— La ferme, Zach, aboya Claire.

Elle se tourna vers Hélène.

— Mais c'est vrai, Lennie. Tu ne fais jamais tes devoirs.

— Ouais, ouais. Vous pouvez pas me lâcher un peu ?

Alors qu'ils quittaient la salle, Matt lui lança un sourire avant de s'éloigner. Elle réalisa qu'elle ne lui avait pas encore adressé la parole et se sentit coupable. Elle n'avait eu aucune intention de l'ignorer, surtout le jour de la rentrée.

D'après Claire, tout le monde trouvait Matt et Hélène parfaitement assortis. Matt était intelligent, beau et sportif. Certes, c'était un intello. Mais depuis que Gabrielle s'était mise à répandre les pires rumeurs sur son compte, Hélène était devenue une vraie paria. Elle jugeait donc positif qu'on la juge assez bien pour quelqu'un comme Matt.

Malheureusement, Hélène n'éprouvait rien pour lui. Pas le moindre frisson. Il y a longtemps, à un anniversaire, ils s'étaient retrouvés ensemble dans un placard, mais ça s'était soldé par un désastre. Hélène avait eu l'impression d'embrasser son frère et Matt s'était senti rejeté. En dépit de l'humour dont il faisait preuve quand il évoquait l'épisode, celui-ci avait laissé des traces. Ils n'étaient plus aussi spontanés l'un envers l'autre. Leur complicité lui manquait, mais elle n'osait pas le lui dire, de peur qu'il ne comprenne de travers : « Tout ce que je fais en ce moment est compris de travers », pensa-t-elle.

Hélène passa la matinée en pilotage automatique. Elle n'arrivait à se concentrer sur rien, et chaque fois qu'elle tentait de se ressaisir, elle ressentait de l'irritation. C'était une journée ratée. Tout le monde l'énervait, même ses profs préférés, même les rares amis qu'elle aurait dû retrouver avec plaisir. Alors qu'elle traversait le hall, elle eut soudain l'impression de se trouver dans un avion à trois mille mètres d'altitude. Ses oreilles se bouchèrent et tous les sons lui parvinrent étouffés. La gêne disparut aussi vite qu'elle était venue, mais Hélène continua à sentir dans l'air cette énergie particulière qui précède les tempêtes, alors que le ciel était dégagé et bleu.

À midi, ce fut pire. Persuadée que son mal de tête venait d'une chute de glycémie, elle se jeta sur le sandwich que Jerry lui avait préparé le matin même – de la baguette avec de la dinde fumée et du brie – mais elle grimaça dès la première bouchée.

— Ton père a encore raté son coup ? s'enquit Claire, amusée.

À une époque, Jerry s'était lancé dans de grandes expérimentations culinaires, souvent catastrophiques.

— Non, c'est mon préféré, mais j'ai pas faim, dit Hélène en le repoussant.

Claire s'en empara.

— Mmm, délicieux, susurra-t-elle. Qu'est-ce que t'as ?

— Je me sens pas bien, c'est tout.

Claire s'arrêta de mâcher pour lui jeter un regard inquiet.

— Je ne suis pas malade, tu peux avaler, s'empressa de la rassurer Hélène.

Elle aperçut Matt et le héla, dans l'espoir de se faire pardonner son attitude du matin, mais il était si absorbé par sa conversation qu'il ne l'entendit pas. Il rejoignit sa place habituelle, talonné par Gabrielle et Zach.

— On m'a dit qu'en Europe, c'étaient des stars de cinéma, disait Zach.

— Qui t'a dit ça ? s'exclama Matt, incrédule. C'est ridicule !

— Deux personnes au moins m'ont assuré qu'Ariane avait été mannequin. Elle est assez belle pour ça ! s'enflamma Zach, qui détestait avoir tort même en matière de ragots.

— *Tu délires !* protesta Gabrielle, pincée. Elle n'est pas assez mince pour être mannequin !

Elle prit sur elle et ajouta :

— Bon, d'accord, elle a du charme – si on aime le genre exotique. Mais rien à voir avec son jumeau Jason, ou son cousin ! Lucas est tout simplement sublime.

Les garçons échangèrent un regard lourd de sens mais ils jugèrent plus judicieux de garder leurs commentaires pour eux.

— Jason est presque trop mignon, déclara Claire d'un air sérieux, après avoir réfléchi. Lucas, par contre, est canon. Je crois que c'est le plus beau mec que j'aie jamais vu. Et Ariane est à tomber. Gabrielle, tu es jalouse, c'est tout.

Gabrielle posa le poing sur sa hanche.

— Pas toi, peut-être ? fut tout ce qu'elle trouva comme repartie.

— Bien sûr que je suis jalouse d'Ariane ! Presque autant que de Lennie, conclut Claire avec un petit sourire.

Elle se tourna vers Hélène, curieuse de sa réaction, mais celle-ci se tenait le front entre les mains et se frottait les tempes avec les pouces.

— Lennie ? s'inquiéta Matt, s'asseyant à côté d'elle. Tu as mal à la tête ?

Il voulut poser la main sur son épaule, mais elle se leva brusquement, marmonna une excuse et prit la fuite.

Lorsqu'elle atteignit les toilettes des filles, elle se sentait déjà mieux. Elle s'aspergea le visage d'eau froide pour faire bonne mesure, puis elle se rappela qu'elle avait mis du mascara, le matin, dans un effort de bonne volonté. Elle regarda ses yeux de raton laveur et éclata de rire. C'était le pire jour de sa vie.

Elle réussit le tour de force de tenir encore trois heures. Lorsque la sonnerie retentit enfin, elle se dirigea vers les vestiaires des filles, profondément soulagée.

Leur entraîneuse, Mme Tar, était remontée comme une pendule. Elle leur asséna un discours honteusement optimiste sur leurs chances de gagner cette année-là et leur martela qu'elles devaient croire en elles, à la fois en tant qu'athlètes et en tant que femmes. Puis elle se tourna vers Hélène.

— Toi, tu courras avec les garçons, déclara-t-elle sans ménagement.

Et elle envoya tout le monde s'entraîner.

Alors que les filles quittaient la salle, Hélène resta assise sur le banc, profondément désemparée. Elle ne voulait pas avoir l'air de faire un caprice, mais l'idée d'être exclue du genre féminin la mortifiait. Elle sentait déjà son ventre se nouer...

— Va lui parler ! Ne la laisse pas te maltraiter ! s'indigna Claire avant de quitter la salle.

Hélène hocha la tête et se leva.

— Madame Tar ? appela-t-elle d'une voix anxieuse. Pourquoi je ne peux pas continuer comme l'année dernière ?

L'entraîneuse se tourna dans sa direction, les sourcils froncés.

— Pourquoi je ne peux pas m'entraîner avec les filles ? Je suis une fille...

— On a décidé que tu avais besoin d'être un peu plus stimulée, répondit-elle avec froideur.

Si Hélène avait toujours soupçonné Mme Tar de ne pas l'aimer, elle n'en eut, à ce moment précis, plus aucun doute.

— Mais je ne suis pas un garçon, ce n'est pas juste ! protesta-t-elle, en appuyant la main sur son ventre.

— Tu as des crampes ? s'enquit l'entraîneuse, une note de compassion dans la voix.

Hélène acquiesça.

— Mme Brant et moi, nous avons remarqué un phénomène bizarre en examinant tes temps. Quel que soit le niveau de tes adversaires, tu finis toujours deuxième ou troisième. Comment tu expliques ça ?

— Je ne sais pas. Je cours, c'est tout. Je fais de mon mieux !

— Non, répliqua sèchement l'entraîneuse. Et si tu veux décrocher une bourse, il va falloir commencer à *remporter* des courses. J'ai parlé à M. Hergeshimer...

Hélène grogna en signe de protestation, mais Mme Tar ne se laissa pas démonter.

— C'est un petit lycée, Hamilton, il faut s'y faire. M. Hergeshimer m'a dit que tu espérais obtenir une bourse grâce au sport, très bien, mais il va falloir la mériter. Peut-être qu'en t'entraînant avec les garçons, tu prendras les choses un peu plus au sérieux !

À la seule idée de faire une démonstration de sa force devant un public, Hélène sentit un spasme lui comprimer le ventre.

— Je vous promets de faire des efforts, mais s'il vous plaît, ne me traitez pas différemment des autres, supplia-t-elle.

Les mots se bousculèrent dans sa bouche, tandis qu'elle retenait sa respiration sous l'effet de la douleur.

Mme Tar était dure, mais pas cruelle.

— Tu es sûre que ça va ? demanda-t-elle, inquiète, massant Hélène entre les omoplates. Mets la tête entre tes jambes.

— C'est nerveux, expliqua Hélène en serrant les dents. Si je vous promets de gagner des courses, est-ce que vous me laisserez courir avec les filles ?

L'entraîneuse observa l'expression paniquée d'Hélène et acquiesça, interpellée par sa détresse. Elle l'autorisa à rejoindre la piste des filles, mais la mit en garde : « Je veux des médailles ! Et pas qu'une ! »

Hélène courut les yeux rivés au sol. Décrocher une bourse aurait été une bénédiction, mais s'il fallait pour cela obtenir de meilleures notes que Claire, elle s'y refusait.

— Hé, Risette ! appela-t-elle en la rattrapant.

Claire était déjà essoufflée et ruisselante.

— Qu'est-ce qu'elle te voulait ? Oh la la ! qu'est-ce qu'il fait chaud !

— Je pense que les profs se sont donné le mot pour me tomber dessus !

— Moi, c'est comme ça tout le temps, siffla Claire. C'est l'éducation à la japonaise… J'en ai deux sur le dos en permanence… On s'y fait, tu verras.

Après avoir essayé de rester à la hauteur d'Hélène, elle ajouta :

— On peut ralentir ? Je ne viens pas de Krypton[1], moi !

Hélène raccourcit sa foulée, sachant qu'elle rattraperait son retard dans les derniers deux cents mètres. Elle se fatiguait rarement pendant les entraînements, mais elle savait qu'elle pouvait finir première sans peine. Ses capacités hors norme l'effrayaient et, pour ne pas y penser, elle se mit à discuter avec son amie.

Tout en papotant, les deux filles longèrent Surfside Road, puis coupèrent à travers la lande en direction de l'étang de Miacomet. Claire semblait n'avoir plus qu'un

1. Planète imaginaire d'où serait originaire Superman. (*N.d.T.*)

seul sujet de conversation à la bouche : les garçons Délos. Elle raconta trois fois à Hélène que Lucas lui avait tenu la porte à la fin du cours, ce qui prouvait qu'il était bien élevé, mais aussi qu'il était peut-être amoureux d'elle. Jason, en revanche, devait être homo ou se la jouer, puisqu'il ne l'avait regardée qu'une fois et s'était détourné. Elle lui reprochait aussi de trop bien s'habiller. Il se prenait pour un Européen ou quoi ?

— Il a vécu en Espagne pendant trois ans, Ris'. Il est presque européen. Est-ce qu'on peut parler d'autre chose ? Ça me donne la migraine.

— Comment se fait-il que tu sois la seule personne du lycée à ne pas t'intéresser à la famille Délos ? T'as même pas envie de voir à quoi ils ressemblent ?

— Non ! Et je trouve pathétique que toute la ville les observe, bouche bée, comme s'ils étaient des dieux vivants !

Claire lui jeta un regard ahuri. Ce n'était pas l'habitude d'Hélène de chercher le conflit, et encore moins de s'énerver.

— J'en ai ma claque de cette famille ! continua-t-elle sans se laisser arrêter par l'expression médusée de Claire. J'en ai ras le bol d'entendre parler d'eux et j'espère bien ne jamais les croiser !

Elle accéléra brusquement, laissant son amie sur place. Elle termina première, ainsi qu'elle l'avait promis, mais elle avait montré un peu trop de zèle et l'expression incrédule de Mme Tar la poussa à se réfugier dans les vestiaires. Elle attrapa ses sacs et quitta le lycée sans prendre le temps de se changer, ni même de dire au revoir aux autres filles.

Alors qu'elle longeait les rangées de maisons aux bardeaux gris et aux volets noirs ou blancs, des larmes coulèrent sur ses joues. Elle respira profondément pour retrouver son calme. Le ciel paraissait bas sur cette lande de terre. Il semblait appuyer de tout son poids sur les pignons des maisons de pêcheurs, comme s'il voulait les aplatir pour les punir de plusieurs siècles d'orgueil. Hélène ne comprenait pas elle-même pourquoi elle s'était mise en colère, ni pourquoi elle avait planté sa meilleure amie.

Un accident avait eu lieu sur Surfside Road. Un énorme 4 × 4 avait voulu tourner dans une rue étroite bordée de sable et s'était retourné. Aucun blessé n'était à déplorer, mais la voiture, qui gisait sur le flanc comme une baleine échouée, bloquait la circulation dans les deux sens. Ennuyée, Hélène décida de faire un détour. Elle prit la direction du centre-ville et passa devant le cinéma, le port et la bibliothèque qui, avec ses colonnes doriques, tranchait sur le reste de la ville. C'était peut-être pour cette raison qu'Hélène l'aimait. L'Athénée était une sorte de balise blanche étincelant au milieu des bâtiments anonymes et gris. Hélène se sentait comme ces colonnes de marbre et ce grand escalier – décalée, pas à sa place. En l'apercevant, elle laissa échapper un sourire. Ça la rassurait de savoir qu'on pouvait être différent et s'intégrer quand même au paysage.

Une fois chez elle, elle prit une douche glacée, puis appela Claire, mais celle-ci ne décrocha pas. Elle lui laissa un long message d'excuse, où elle mit en cause les hormones, la chaleur, le stress, tout ce qui lui passait par la tête, même si elle savait que la vraie raison de sa fuite était ailleurs. Elle avait été à cran toute la journée.

L'air était immobile et lourd. Hélène ouvrit toutes les fenêtres de la maison sans réussir à provoquer un courant d'air. Que se passait-il donc ? À Nantucket, petite île balayée par les vents venus de l'océan, c'était pour le moins inhabituel.

En désespoir de cause, elle enfila un top à bretelles et le plus court de ses shorts. Et comme elle était trop pudique pour sortir dans cette tenue, elle décida de se mettre aux fourneaux. Ce n'était pas sa semaine, mais elle avait besoin de s'occuper les mains.

Elle jeta son dévolu sur des lasagnes – les pâtes étaient sa nourriture refuge. Si elle les confectionnait elle-même de A à Z, elle en avait pour des heures. L'idéal pour ne pas penser. Elle sortit la farine, les œufs, et se mit à l'œuvre.

Lorsque Jerry rentra du travail, ce soir-là, il fut frappé par la chaleur qui régnait dans la maison. Il trouva sa fille assise à la table de la cuisine, le visage et les bras enfarinés, en train de jouer machinalement avec le pendentif en forme de cœur que sa mère lui avait donné à la naissance.

— J'ai préparé le repas, annonça-t-elle d'une voix monocorde.

— Qu'est-ce que j'ai fait de mal ? s'enquit-il, hésitant.

— Mais rien ! Pourquoi tu demandes ça ? J'ai juste préparé à manger…

— Parce que, en général, quand une fille passe des heures à cuisiner et qu'elle reste ensuite à ruminer à table, c'est qu'un homme a fait une bêtise, expliqua-t-il, inquiet. Je sais comment vous fonctionnez !…

— Tu as faim ou pas ? demanda-t-elle, un sourire aux lèvres, s'efforçant de chasser sa mauvaise humeur.

La faim l'emporta. Jerry renonça à en savoir plus et alla se laver les mains. Hélène, qui n'avait rien mangé depuis le matin, aurait dû se jeter sur les lasagnes. Mais dès la première bouchée, elle comprit qu'elle ne pourrait rien avaler. Elle se contenta de les disperser dans son assiette, pendant que son père se resservait à deux reprises. Tout en essayant d'ajouter discrètement une pincée de sel, il lui demanda comment s'était passée sa journée, mais Hélène ne répondit que par monosyllabes.

Elle eut beau se coucher tôt et laisser son père regarder seul un match de base-ball, elle ne dormait toujours pas quand il monta se coucher, à minuit, à la fin du match.

Dès qu'elle commençait à somnoler, elle entendait des murmures.

Au début, elle avait cru à une farce. Elle était allée sur le belvédère[1], au-dessus de sa chambre, et avait porté le regard aussi loin que possible. Mais tout était calme, pas même un souffle de vent pour agiter le rosier au coin de la maison. Elle était restée assise un moment, à contempler l'immense masse noire de l'Océan au-delà des lumières du voisinage.

Hélène n'était pas venue là depuis longtemps, mais elle éprouvait toujours le même frisson en pensant aux femmes qui, autrefois, se languissaient sur leur belvédère et scrutaient l'horizon dans l'espoir d'apercevoir le mât du bateau de leur mari. Quand elle était petite, elle aimait imaginer que sa mère reviendrait sur l'un de ces bateaux, après avoir été capturée par des pirates ou

1. Particularité des maisons côtières. (*N.d.T.*)

par le capitaine Achab[1]. Elle y avait passé des heures entières, attendant avec fébrilité un bateau qui, elle l'avait compris plus tard, ne viendrait jamais jeter son ancre dans le port de Nantucket.

L'inconfort la tira de sa rêverie. Elle se leva pour aller chercher un duvet dans le coffre en bois que son père lui avait fabriqué. Pendant des années, celui-ci lui avait interdit de monter sur le belvédère seule, terrifié à l'idée qu'elle ne se tue en tombant. Mais malgré des punitions répétées, elle avait continué à venir y rêvasser en grignotant des barres de céréales. Après des mois de conflits, frappé par sa résistance inhabituelle, Jerry avait baissé les bras. Il lui avait fait promettre de ne jamais se pencher par-dessus la rambarde et lui avait fabriqué un coffre pour ranger ses affaires.

Elle étendit le duvet sur le plancher et s'y allongea. Des bateaux passaient au loin. Elle ferma les yeux et s'accorda le plaisir d'écouter le vent souffler dans les voiles d'un petit skiff, ainsi que les craquements légers de son ponton en teck, qui oscillait doucement sous l'effet d'une houle légère. Seule, sans témoin, elle pouvait enfin s'autoriser à être elle-même. Lorsqu'elle sentit sa tête dodeliner, elle regagna son lit.

Hélène se tenait sur un promontoire aride, brûlé par le soleil. Les rochers, ocre et coupants, étaient couverts de buissons épineux. Un unique arbre tordu avait poussé sur cette terre hostile.

Hélène était seule, quand soudain, sous les branches noueuses de l'arbre, apparurent trois silhouettes, si fluettes et si petites

1. Capitaine qui poursuit Moby Dick dans le roman éponyme de Herman Melville (1851). (*N.d.T.*)

qu'Hélène les prit d'abord pour des enfants. Mais à voir leurs bras flétris et leurs muscles qui s'enroulaient autour des os comme une corde, elle comprit qu'elles étaient au contraire très âgées. Toutes trois se tenaient, la tête penchée, le visage caché par de longs cheveux noirs emmêlés. Elles étaient vêtues de tuniques blanches en lambeaux couvertes de poussière grise. Leurs jambes étaient crasseuses et un sang noirâtre teintait leurs pieds blessés par une longue errance.

Paniquée, Hélène prit la fuite, s'écorchant la peau aux rochers et aux buissons épineux. Les monstrueuses vieilles firent un pas dans sa direction, les épaules soudain secouées de sanglots silencieux. Des larmes de sang coulèrent derrière le rideau de leurs cheveux, tachant leur robe. Elles se mirent soudain à chuchoter des prénoms…

Hélène fut réveillée par une gifle. Sa joue était encore engourdie et elle entendait dans son oreille gauche le son continu d'une tonalité de téléphone. Le visage de son père se trouvait à quelques centimètres du sien, ravagé par l'inquiétude. Il ne l'avait jamais giflée et il était bouleversé. Il dut prendre plusieurs inspirations avant de réussir à parler.

— Tu criais. J'étais obligé de te réveiller.

La jeune fille avala péniblement sa salive pour humidifier sa langue enflée et sa gorge nouée.

— C'est rien. Un cauchemar, chuchota-t-elle en se redressant.

Ses joues étaient mouillées. De sueur ou de larmes ? Elle n'aurait su le dire. Elle les essuya et sourit à son père pour le rassurer.

— Qu'est-ce qu'il t'arrive, Lennie ? s'exclama-t-il d'une voix suraiguë. Ce n'est pas normal. Tu as dit de ces trucs... terribles !

— Comme ? s'enquit-elle, anxieuse.

— Des noms. Puis tu as répété plusieurs fois « du sang pour le sang » et « assassins ». De quoi tu pouvais bien rêver ?

Hélène revit les trois femmes – trois sœurs, pensa-t-elle – et elle sut qu'elle ne pouvait pas en parler à son père. Elle finit par le convaincre que rien n'était plus naturel que des meurtres dans un cauchemar et promit de ne plus jamais regarder un film d'horreur seule. Elle persuada son père de retourner enfin se coucher.

Son réveil indiquait 3 h 16.

Le verre sur sa table de nuit était vide. La bouche sèche et douloureuse, elle rejeta le drap pour se lever et retint un cri lorsque ses pieds touchèrent le sol. Elle alluma la lumière, mais elle savait déjà ce qu'elle allait découvrir.

Ses plantes de pied présentaient des coupures profondes, sales et poussiéreuses, et ses tibias étaient couverts d'égratignures.

TROIS

Lorsqu'elle se réveilla le lendemain, ses blessures avaient disparu. Elle aurait pu croire qu'elle avait rêvé si le drap n'avait gardé des taches de sang brunâtres.

Elle décida de le laisser en place : si elle le trouvait propre à son retour, cela signifiait qu'elle était un peu folle, mais rien de grave. En revanche, s'il était sale, cela voudrait dire qu'elle était partie marcher dans la nuit et avait ramené dans son lit de la poussière et du sang, sans en garder le moindre souvenir. Et là, il y avait de quoi s'inquiéter sérieusement pour sa santé mentale.

Devant son échec à avaler son petit déjeuner, elle renonça à emporter ses sandwiches au lycée. Si jamais elle avait faim, elle pourrait toujours acheter quelque chose de plus facile à digérer, comme de la soupe ou des petits gâteaux.

Alors qu'elle pédalait, Hélène remarqua qu'il faisait de nouveau chaud et humide. Le seul souffle d'air venait du mouvement de ses roues et lorsqu'elle s'arrêta pour attacher l'antivol, elle fut frappée de ne pas entendre les insectes vrombir et les oiseaux chanter. Un étrange silence régnait, comme si l'île était un bateau perdu au milieu de l'Océan.

Arrivée plus tôt que la veille, elle trouva le hall bondé. Lorsque Claire l'aperçut, un grand sourire lui vint aux lèvres et elle fendit la foule pour la rejoindre. Hélène sut, soulagée, qu'elle lui avait pardonné.

Alors qu'elle se frayait un passage à travers la cohue, elle eut tout à coup l'impression d'avancer au ralenti. Soudain, tout disparut autour d'elle. Dans le hall maintenant désert, elle entendit le frôlement de pieds nus sur le sol et des sanglots.

Elle se retourna juste à temps pour voir disparaître une silhouette évanescente qui marchait les épaules voûtées. Hélène réalisa que celle-ci était passée derrière quelqu'un – une vraie personne – qui la fixait. Elle se ressaisit. La jeune fille qui la dévisageait avait les traits délicats, la peau mate et de longs cheveux noirs. Ses lèvres s'étaient figées en un « O » de surprise. Elle ressemblait à une poupée de porcelaine, si parfaite qu'elle en semblait irréelle.

Puis le son revint et des élèves pressés envahirent de nouveau le hall. Hélène, immobile, regarda la jeune fille tourner les talons et la suivit des yeux.

Tout son corps tremblait, secoué d'une émotion qu'elle peina à identifier. La rage !

— Len, ça va ? s'enquit Claire d'une voix anxieuse. Tu ne vas pas tomber dans les pommes, quand même ?

Hélène sentit la sueur lui couler dans le dos. Elle frissonna. Elle ouvrit la bouche, mais ne réussit pas à parler.

— Je t'emmène à l'infirmerie, décréta Claire, l'attrapant par la main d'un geste décidé. Matt ! Tu peux venir m'aider ? Hélène va tourner de l'œil !

— Mais non, pas du tout, protesta Hélène d'un ton sec.

Revenue à elle, elle leur sourit à tous deux, timidement, comme pour prouver qu'elle allait bien. Matt la tenait par la taille. Elle lui tapota la main pour lui faire comprendre qu'il pouvait la lâcher.

— T'es toute pâle et t'as des cernes sous les yeux, protesta-t-il, dubitatif.

— J'ai eu un peu trop chaud en pédalant, voilà tout.

— Tu me feras pas croire que tu vas bien ! s'exclama Claire.

Leur inquiétude provoqua en elle une vague de culpabilité. Même si elle était en train de devenir folle, elle se devait d'épargner ses amis.

— Vous avez raison, j'ai dû prendre un coup de chaleur.

Matt approuva : c'était la seule explication plausible.

— Tu l'emmènes aux toilettes, Claire ? Je vais prévenir Hergie pour qu'il ne vous note pas en retard. Et tu devrais grignoter quelque chose. Tu n'as rien mangé hier, à midi, lui rappela-t-il.

Hélène fut surprise qu'il s'en souvienne, mais Matt avait une excellente mémoire pour ce genre de détails.

Dans les toilettes, Claire l'aspergea dans le cou et jusque dans le dos. Une formidable bataille d'eau s'ensuivit. Claire se sentit rassurée : c'était la première réaction normale d'Hélène depuis des jours. Quant à Hélène, elle avait dépassé cette limite dans l'épuisement après laquelle tout devient drôle.

Hergie leur délivra une autorisation pour qu'elles rejoignent leur classe tranquillement. Un pass signé de M. Hergeshimer valait bien l'un des tickets d'or de Willy Wonka[1]. Muni de ce sésame, un élève pouvait se promener dans les couloirs pendant une heure sans qu'aucun professeur n'ose lui demander des comptes.

Elles se rendirent à la cafétéria et prirent des oranges et un muffin au chocolat, pour faire remonter le taux de glycémie d'Hélène. La jeune fille se sentit tout de suite mieux. Elles gagnèrent ensuite l'auditorium et se plantèrent devant le ventilateur de deux mètres. Elles chantèrent tour à tour devant les pales, écoutant leur voix se briser en mille morceaux, jusqu'à se retrouver pliées de rire.

Grisée d'avoir séché un cours, Hélène ne se souvenait même plus dans quelle classe elle devait aller. Claire et elle longeaient le mauvais couloir au mauvais moment quand la sonnerie de fin de cours retentit. Elles se regardèrent, haussèrent les épaules, puis éclatèrent de rire.

C'est à cet instant qu'Hélène aperçut Lucas.

Le ciel avait enfin libéré le vent qu'il retenait prisonnier depuis deux jours. Des rafales d'air chaud pénétraient par les fenêtres ouvertes du bâtiment surchauffé, soulevaient les bouts de papier, le bas des jupes, les cheveux détachés et les emballages égarés, et les envoyaient valser vers le plafond, comme les chapeaux un jour de remise des diplômes.

---

1. Les fameux tickets d'or doivent permettre à cinq élus de visiter la célèbre chocolaterie de Willy Wonka, dans *Charlie et la chocolaterie*, de Roald Dahl. (*N.d.T.*)

Tandis que le monde entier attendait le retour de la pesanteur, Lucas, debout devant son casier, à cinq mètres de là, regardait Hélène. Grand – au moins un mètre quatre-vingts –, musclé sans être trapu, il avait les cheveux courts et noirs, la peau bronzée, un sourire étincelant de blancheur et des yeux bleu piscine.

Croiser son regard provoqua un déclic chez Hélène. Pour la première fois de sa vie, elle sut ce qu'était la haine pure.

Elle entendit les plaintes des trois sœurs, qui se tenaient derrière Lucas et l'autre garçon, plus petit et châtain, qui se trouvait à côté de lui. Les sœurs s'arrachaient des touffes de cheveux ensanglantés et désignaient les deux garçons d'un doigt accusateur, hurlant les noms de ceux qui avaient autrefois été assassinés. Hélène sut soudain ce qu'elle devait faire.

Dans le laps de temps qu'il lui fallut pour fondre sur Lucas, elle vit l'autre garçon se jeter sur elle, mais il fut arrêté par la main de Lucas, qui le repoussa et l'envoya contre les casiers. Tout son corps se raidit.

Alors que son visage n'était plus qu'à quelques centimètres du sien, elle ressentit une douleur cuisante dans les bras, comme si on lui broyait les poignets. Elle comprit tout à coup que c'était Lucas qui la retenait pour empêcher qu'elle lui torde le cou… Encore un centimètre et elle atteindrait sa gorge !

« Et alors ? » demanda une petite voix dans sa tête. « Alors, tu l'étrangles ! » répondit une autre.

Lucas écarquilla les yeux sous l'effet de la surprise : Hélène était en train de gagner du terrain. Du bout de l'ongle, elle écorchait la peau recouvrant l'artère qu'elle rêvait de trancher. En un éclair, il la fit soudain tourner sur elle-même et la cala contre son torse, plaquant ses bras contre sa poitrine. Il glissa sa jambe entre les siennes et la maintint en déséquilibre, assez haut pour qu'elle ne pût pas poser le talon sur son cou-de-pied.

Vaincue, elle cessa de se défendre.

— Qui es-tu ? De quelle Maison viens-tu ? lui chuchota-t-il à l'oreille.

Il la secoua brutalement pour donner plus de poids à ses paroles. Mais Hélène n'était pas en état de comprendre quoi que ce soit.

Exaspérée par son impuissance, elle poussa un cri de rage, puis se ressaisit. Maintenant qu'elle ne voyait plus ses yeux, sa colère retombait. Elle prit conscience que des professeurs cherchaient à les séparer. Tout le monde les regardait.

Un spasme lui vrilla le ventre et la jeune fille se plia en deux sous la douleur. Lucas la lâcha d'un coup, comme s'il avait tenu dans ses bras une allumette enflammée. Elle tomba.

— Mademoiselle Hamilton ! Mademoiselle... Hélène, regardez-moi, ordonna M. Hergeshimer.

Agenouillé près d'elle, il tentait de détendre ses muscles. Elle leva les yeux vers son visage en sueur. Ses cheveux étaient en bataille et ses lunettes de travers. Elle se demanda si elle avait frappé son professeur, puis éclata en sanglots.

— C'est quoi mon problème ? gémit-elle doucement.

— Ça va, ça va... Calmez-vous, déclara M. Hergeshimer d'une voix sévère. Et vous tous, vous feriez mieux de retourner en classe. Immédiatement ! vocifera-t-il en direction des élèves qui les observaient d'un air médusé.

Tous se dispersèrent sans demander leur reste.

— Vous, les garçons, vous allez me suivre chez le proviseur. Monsieur Millis ! Mademoiselle Aoki ! Emmenez Mlle Hamilton à l'infirmerie et, ensuite, vous filerez dans votre classe. Sans faire de détour. Compris ?

Matt se précipita et passa le bras d'Hélène autour de son épaule pour l'aider à se relever, tandis que Claire lui prenait la main d'un geste protecteur. Hélène vit que Lucas jetait un regard en arrière alors qu'il s'éloignait avec M. Hergeshimer. Une vague de haine la submergea à nouveau. Elle se remit à pleurer. Matt, tout en la guidant vers l'infirmerie, lui tapota maladroitement la tête. Claire marchait à côté, secouée et silencieuse.

— Qu'est-ce qu'il t'a fait, Lennie ? demanda Matt d'une voix pleine de colère.

— J'lai j-j-jamais vu de ma v-v-vie ! bégaya Hélène.

Ses pleurs redoublèrent.

— Super, Matt ! C'est bien le moment de lui poser des questions ! Tu peux pas la fermer un peu ? le tança Claire, sans pouvoir se maîtriser tout à fait.

Ils firent le reste du trajet en silence. Arrivés à l'infirmerie, ils racontèrent ce qui s'était passé tout en insistant sur l'insolation dont Hélène avait été victime un peu plus tôt. Mme Crane la fit s'allonger avec une serviette fraîche sur les yeux, puis elle alla dans son bureau pour téléphoner à son père.

— Ton père arrive, ma puce. Non, non, garde ta serviette. L'obscurité va te faire du bien, dit Mme Crane en passant près de son lit.

Hélène l'entendit parler à quelqu'un, puis revenir dans son bureau. Elle était soulagée de se retrouver seule. Elle n'arrivait toujours pas à rassembler ses idées et encore moins à s'expliquer son geste. Ce qui l'effrayait le plus, c'était cette intime conviction d'avoir fait ce qu'elle devait faire – ou du moins ce qu'on attendait d'elle. Elle aurait tué ce garçon si elle l'avait pu, sans éprouver l'ombre d'un remords...

Son père arriva, dans tous ses états. Mme Crane lui expliqua que le coup de chaleur dont Hélène avait souffert pouvait expliquer la bizarrerie de son comportement. Il l'écouta patiemment, puis demanda à s'entretenir seul avec sa fille. Au début, il n'ouvrit pas la bouche et se contenta de rester debout près du lit. Elle se redressa et saisit son collier d'un geste machinal.

Il s'assit alors près d'elle.

— Tu ne me mentirais pas maintenant, n'est-ce pas ? s'enquit-il avec douceur.

Elle secoua la tête.

— Tu es malade ?

— Je ne sais pas, papa. Je ne me sens pas bien, mais je ne sais pas ce qui se passe, répondit-elle, sincère.

— Il faut que tu voies un médecin.

— Je suppose, acquiesça-t-elle.

Ils échangèrent un sourire, puis ils entendirent un bruit de pas et tournèrent la tête : quelqu'un courait dans le couloir. Jerry se leva et s'interposa entre le lit et la porte, qui s'ouvrit à la volée. Un homme surgit, grand, la quarantaine, resplendissant de santé.

À sa vue, Hélène descendit de son lit et chercha désespérément une issue. Il n'y en avait pas. Elle eut alors l'impression qu'elle allait mourir.

Dans le coin de la pièce, une des trois sœurs apparut, agenouillée, le visage caché par ses cheveux sales. Elle scandait des noms, répétait : « le sang pour le sang », et se frappait la tête contre le mur.

Hélène se boucha les oreilles. Elle détourna les yeux et réussit à trouver le courage de regarder l'homme. Elle ne l'avait jamais vu, mais elle sut d'instinct qu'elle devait le craindre.

Lorsqu'il avait pénétré dans la pièce, son visage anguleux reflétait la plus grande détermination. Mais ses yeux se posèrent sur Jerry et la confusion s'empara de lui. Une incrédulité presque comique se peignit sur ses traits.

— C'est vous… C'est vous le père de la jeune fille qui a agressé mon fils ? s'enquit-il d'une voix hésitante.

Jerry hocha sèchement la tête.

— Ma fille, Hélène, répondit-il en la désignant d'un geste. Je suis Jerry Hamilton.

— Castor Délos, répondit l'homme. Ma femme, Noëlle, n'a pas pu se libérer. Et la mère d'Hélène ?

Jerry secoua la tête.

— Je vis seul avec ma fille.

Le regard de Castor plongea sur Hélène, puis revint se fixer sur Jerry, comme s'il avait mentalement pris des notes.

— Je suis désolé, je ne voulais pas être indiscret. Serait-il possible de vous parler en tête à tête ?

— NON ! cria Hélène.

Elle se jeta en travers du lit et agrippa le bras de son père.

— Mais qu'est-ce qui te prend ? s'écria Jerry, sans réussir à lui faire lâcher prise.

— S'il te plaît, ne va pas avec lui ! supplia-t-elle, des larmes dans les yeux.

Jerry réprima un grognement, puis passa le bras autour de ses épaules d'un geste rassurant.

— Elle n'est pas bien, s'excusa-t-il auprès de Castor, qui les regardait d'un air bienveillant.

— J'ai une fille, répondit celui-ci doucement, comme pour montrer qu'il comprenait.

Mme Crane et M. Hoover, le proviseur, surgirent à leur tour dans la pièce, tout essoufflés.

— Monsieur Délos… commença le proviseur d'une voix irritée.

Mais celui-ci lui coupa la parole :

— J'espère que votre fille va vite se remettre, Jerry. J'ai été victime d'un coup de chaleur, moi aussi, et on m'a dit que je m'étais alors comporté d'une façon très bizarre. Ça peut donner des hallucinations, vous savez.

Il jeta un regard furtif à Hélène, puis vers le coin où se trouvait l'étrange femme, qui continuait à se balancer d'avant en arrière. « La voit-il ? » s'interrogea-t-elle, perplexe. Comment deux personnes pouvaient-elles partager la même hallucination ?

— Bien… Alors… La hache de guerre est enterrée ? s'enquit M. Hoover.

— Tout à fait. Je suis surtout inquiet pour vous, jeune fille, déclara Castor, se tournant poliment vers Hélène. Lucas m'a dit qu'il avait dû se montrer un peu… brutal… Il ne vous a pas fait mal, j'espère ?

En apparence, il faisait preuve d'une grande délicatesse, mais Hélène ne se laissa pas duper : son seul but était d'évaluer sa force à elle.

— Pas du tout, répondit-elle, acerbe. Je n'ai rien. Pas une égratignure.

Il écarquilla légèrement les yeux. Elle ne savait pas elle-même pourquoi elle s'amusait à le provoquer, alors qu'elle avait horreur des conflits. Pour la deuxième fois en l'espace d'une heure et demie, elle cherchait la bagarre avec quelqu'un de plus grand et de plus fort qu'elle. Par chance, le père ne suscitait pas chez elle la même violence meurtrière que le fils, mais elle était malgré tout animée d'une rage qui la désemparait.

— Bon, tant mieux, dit Castor en souriant.

Il se tourna vers le proviseur et expliqua qu'il ne souhaitait pas qu'Hélène soit punie. Elle avait agi sous l'effet d'un coup de chaleur, l'incident était clos.

Il quitta la pièce aussi soudainement qu'il y était entré.

Dès que le bruit de ses pas s'évanouit, l'apparition disparut, les murmures cessèrent et toute colère quitta Hélène, qui retomba sur son lit comme un ballon dégonflé.

— Vous devriez la ramener chez vous, Jerry, déclara Mme Crane, pragmatique, en lui adressant un sourire chaleureux. Donnez-lui à boire, pas de lumière directe, et un bain froid pour faire redescendre sa température. Entendu ?

— Merci beaucoup, madame Crane, acquiesça Jerry, redevenant le lycéen d'autrefois.

Hélène garda la tête baissée jusqu'au parking, mais elle était consciente d'être observée par des centaines d'yeux. Alors qu'elle grimpait dans la jeep, elle vit s'ouvrir la porte située près du bureau du proviseur. Les deux fils Délos en sortirent, suivis de Castor. Les yeux de Lucas se plantèrent dans les siens. Castor le rattrapa et posa la main sur sa nuque en lui parlant. Lucas finit par lâcher le regard d'Hélène et fixa le sol.

De grosses gouttes de pluie s'abattirent soudain sur le parking. Hélène claqua la portière. Jerry observait lui aussi la famille Délos.

— Sur lequel tu t'es jetée ? s'enquit-il, avec une pointe d'humour.

— Le grand, répondit Hélène, se laissant aller à sourire.

Jerry émit un sifflement, puis démarra la voiture.

— Tu as de la chance qu'il ne t'ait pas fait mal, déclara-t-il, redevenu soucieux.

Hélène hocha la tête. Pour sa part, elle était persuadée que c'était Lucas qui avait eu de la chance.

Effrayée par ses propres pensées, elle resta silencieuse tout le reste du trajet.

QUATRE

Plongée dans un bain froid, lumières éteintes, Hélène entendait le téléphone sonner dans le vide. Chaque sonnerie lui rappelait qu'elle avait attaqué Lucas Délos devant tout le lycée et lui arrachait un gémissement. Elle allait devoir quitter le pays, ou, du moins, Nantucket. Jamais elle ne pourrait survivre à la honte d'avoir voulu étrangler le garçon le plus sexy de l'île.

Elle arrosa ses joues brûlantes d'eau glacée. Maintenant que la rage l'avait quittée et qu'elle pouvait penser à lui avec un peu plus d'objectivité, elle trouvait que Claire n'avait pas exagéré : c'était le plus beau garçon qu'elle ait jamais vu. Même si elle avait tenté de le tuer, elle n'était pas aveugle : son allure était extraordinaire !

Ce n'était ni sa taille, ni son teint, ni ses muscles. Non, ce qui faisait la différence, c'était sa façon de se mouvoir. Elle ne l'avait vu que deux fois, mais elle avait compris qu'il était moins préoccupé par son physique que ceux qui l'entouraient. Ses yeux, si beaux soient-ils, étaient plus tournés vers autrui que vers lui-même.

Elle plongea la tête sous l'eau et laissa échapper le cri que Jerry ne devait pas entendre. Quand elle émergea, elle se sentait un peu mieux, même si elle continuait à être terriblement déçue par elle-même. Elle commençait déjà à idéaliser Lucas, à le voir plus parfait qu'il n'était humainement possible. Ce qui n'avait rien de confortable, car elle souhaitait toujours sa mort.

Du bout du pied, elle tira sur le bouchon en caoutchouc et regarda l'eau baisser lentement sur les parois. Une fois nue dans la baignoire vide, elle resta immobile, les yeux rivés sur ses pieds, jusqu'à ce qu'elle ait trop mal aux fesses. Le temps était venu de quitter la pénombre protectrice de la salle de bains et d'essayer de se comporter comme une personne normale.

À l'instant même où elle arrivait en bas, son père franchit la porte. Il avait couru acheter de la glace pour le dîner, et pas n'importe laquelle : la crème glacée du meilleur glacier de l'île, d'où Jerry avait été banni par sa fille quand son médecin l'avait mis au régime.

— C'est pour faire descendre ta température, expliqua-t-il d'un air innocent, en secouant ses cheveux mouillés par la pluie.

— C'est tout ce que tu as trouvé comme alibi ? demanda-t-elle, les mains sur les hanches.

— Ouaip. Et je le trouve très convaincant.

Elle n'insista pas. Il serait temps, demain, de se soucier du taux de cholestérol de son père. Après plusieurs jours de jeûne, la crème glacée n'était sans doute pas l'aliment le plus approprié, mais elle se laissait manger avec délice. Jerry et elle regardèrent leurs Red Sox adorés à la télé, assis par terre, se passant le pot et la cuillère. Ils ignorèrent les sonneries répétées du téléphone, ce qui dispensa Hélène de fournir des explications. Son père lui-même respecta son silence. La jeune fille ne put s'empêcher de penser que la mère de Claire ne l'aurait sans doute pas laissée s'en tirer à si bon compte. Il y avait malgré tout des avantages à être élevée par un père célibataire...

Hélène dut changer le drap avant de se coucher. Les taches n'avaient pas disparu, contrairement à ce qu'elle avait espéré, mais ce soir, elle avait des sujets d'inquiétude bien plus sérieux qu'une crise de somnambulisme. Sans compter qu'elle entendait quelqu'un se déplacer sur le belvédère. Ce n'étaient pas des murmures diffus, comme la veille, mais des bruits de pas juste au-dessus de sa tête. Finalement, elle décida de ne pas aller voir. Elle avait eu son content de fantômes pour la journée.

Le Dr Cunningham la reçut le lendemain matin. Après lui avoir braqué sa lampe torche dans les yeux et lui avoir martelé le thorax, il déclara qu'elle n'aurait aucune séquelle. Puis il se mit à rouspéter qu'on ne se promènait pas tête nue quand on était aussi blonde. En fin de compte, il avait suffi d'une visite chez le médecin pour transformer une grave crise schizoïde en simple imprudence. Et le meilleur, c'est qu'elle avait gagné une journée de vacances.

De retour chez elle, elle alluma l'ordinateur, puis passa plusieurs heures à glaner des informations sur les trois femmes qui la harcelaient. Mais chaque requête lui ouvrait des possibilités infinies et elle manquait d'éléments pour réduire son champ de recherches. Étaient-ce des fantômes, des démons ou des manifestations de sa folie ? Il était tout à fait possible qu'elle ait été victime d'hallucinations et, maintenant que la colère l'avait quittée, elle n'était pas loin de le croire. Elle avait eu un coup de chaleur. Voilà tout.

Claire lui rendit visite en fin d'après-midi, porteuse de mauvaises nouvelles.

— Tout le lycée pense que tu vas être internée, déclara-t-elle, à peine assise dans le salon. T'aurais dû venir aujourd'hui !

— À quoi bon ? rétorqua-t-elle, de toute façon, personne ne risque d'oublier ce que j'ai fait.

— C'est vrai. C'était impressionnant... Même moi, tu m'as fait super peur !

— Désolée, s'excusa Hélène, un sourire gêné aux lèvres. Donc, il était au lycée, aujourd'hui ?

Elle avait besoin de savoir, mais était incapable de prononcer son nom à voix haute.

— Ouais. Il m'a posé des questions sur toi. Enfin, pas lui, mais Jason. Un vrai con, soit dit en passant, s'emporta Claire. Il est venu me voir à midi et il s'est mis à me bombarder de questions. Genre, depuis combien de temps je te connaissais, d'où tu venais, si j'avais connu ta mère avant qu'elle quitte la ville...

— Ma mère ? C'est bizarre, l'interrompit Hélène. Qu'est-ce que tu lui as dit ?

— La vérité. Qu'on est amies depuis toujours et que ni l'une ni l'autre, on ne se souvient de ta mère, qu'elle n'a pas laissé de photo, ni rien, mais que ton père dit toujours qu'elle était incroyablement belle, et intelligente, et douée, et blablabla. Je veux dire, y a pas besoin d'être Einstein pour deviner qu'elle était belle. Il suffit de vous regarder, ton père et toi !

Hélène grimaça.

— C'est tout ? Lucas n'a rien dit, lui ? s'enquit-elle, serrant les poings sans même s'en rendre compte.

— Pas un mot. Mais il paraît qu'il a remis Zach à sa place parce qu'il racontait des conneries sur toi.

— Ah bon ? s'exclama Hélène, troublée. Comment ça ?

— Tu sais comment sont Zach et Gabrielle. Mais Lucas n'a pas voulu les écouter. Il a répété à tout le monde que t'avais au moins 40 °C de fièvre quand il... a fait ce truc, là... Comment on peut dire ? Un gros câlin à l'envers ?

Hélène se cacha le visage entre ses mains.

— T'en fais pas, la consola Claire. Au moins, il ne raconte pas partout que t'es complètement cinglée. Bref, t'as tout de même failli étrangler un garçon super gentil.

Cette fois, Hélène fit mine de disparaître dans le canapé et Claire éclata de rire.

Cette nuit-là, Hélène rêva encore du Pays aride. Lorsqu'elle se réveilla, elle se sentait si fatiguée et si endolorie qu'elle avait l'impression d'avoir marché des journées entières. Elle avait toujours été très forte pour s'arranger avec la réalité et ignorer tout ce qui la dérangeait. Mais elle eut beau se répéter qu'il n'y avait pas de quoi se prendre la tête, ses mains tremblaient en défaisant le drap. Elle le roula en boule et le porta à la machine, puis elle frotta la crasse de ses jambes sous la douche et essaya de ne plus penser qu'au lycée – ce qui ne lui apporta qu'un maigre réconfort. Revenir, après ce qui s'était passé, serait forcément difficile.

Il pleuvait toujours et Hélène se fit déposer au lycée par la mère de Claire. Avant même de descendre de voiture, elle porta instinctivement la main à son ventre. Elle n'avait jamais compris pourquoi elle avait des crampes, mais elle savait d'expérience qu'elles se déclenchaient quand elle attirait trop l'attention sur elle.

— Relax, dit Claire en ouvrant la portière. T'as plus qu'une journée à tirer et, après, t'auras tout le week-end pour...

Elle s'interrompit, puis se reprit.

— Nan, dit-elle en secouant la tête. Désolée, Len. J'essayais d'être optimiste, mais lundi, ça sera pas vraiment plus cool...

Elle se mit à rire, ce qui détendit un peu Hélène... jusqu'à ce qu'elle arrive devant le hall. Ce qui l'attendait était pire que ce qu'elle avait imaginé. À peine eut-elle franchi la porte qu'un groupe de filles se mit à chuchoter et à glousser. Un garçon de terminale lui jeta un regard libidineux et lui susurra « Catwoman » à l'oreille. Elle se tourna vers lui, les yeux ronds, mais il ne se démonta pas et articula : « Appelle-moi. »

— Je ne vais jamais y arriver, murmura-t-elle.

Mais Claire la poussa en avant.

Chaque fois qu'une personne la dévisageait avec insistance, elle sentait la panique l'envahir. Elle essaya de se fondre dans l'ombre de son amie, en vain. Si elle voulait vraiment se cacher, il lui faudrait trouver des amis plus grands...

— Arrête de me marcher sur les talons ! protesta Claire. Tiens, t'as qu'à aller te planquer dans la classe de Hergie pendant que je prends tes affaires dans ton casier. D'ac ?

Reconnaissante, Hélène se faufila jusqu'à la salle, s'y installa et se fit la plus petite possible. M. Hergeshimer se contenta de lui demander si elle allait mieux, puis se désintéressa d'elle dès qu'elle l'eut rassuré : elle l'aurait embrassé.

Matt la salua d'un signe de la main et alla s'asseoir, comme si de rien n'était. Hélène soupçonna Claire de l'avoir briefé, mais ses efforts pour ne pas la regarder étaient si visibles qu'elle devina sans peine son inquiétude. Elle se força à croiser son regard et à lui sourire – ce qui sembla le tranquilliser. Pendant ce temps, Zach regardait par la fenêtre, l'ignorant ostensiblement.

La matinée se déroula sans incident. Alors qu'elle se dirigeait vers la cafétéria, elle réalisa, trop tard, qu'elle allait passer devant le casier de Lucas. Devait-elle rebrousser chemin, quitte à faire tout le tour du lycée ?

C'est à cet instant que Gabrielle et Zach l'aperçurent, plantée au milieu du hall, hésitante. Ils se tenaient devant leurs casiers qui, ironie du sort, se trouvaient juste à côté de ceux de Lucas et de Jason. Dans un éclair, elle revit leur visage pétrifié, en arrière-plan, quand elle s'en était pris à Lucas. D'un point de vue alphabétique, c'était logique que leurs casiers se suivent (Brant, Clifford, Délos...), mais Hélène trouvait injuste qu'ils aient été, entre tous, témoins de la pire humiliation de sa vie.

Maintenant qu'ils l'avaient remarquée, elle ne pouvait plus faire demi-tour. Gabrielle et Zach restèrent parfaitement silencieux, le visage inexpressif, tandis qu'elle les dépassait en toute hâte, honteuse, les épaules rentrées. « Au moins, Lucas n'est pas là », songea-t-elle en s'engouffrant dans la cafétéria.

— Redresse-toi, bon sang ! Tu vas finir par avoir une scoliose ! tonna Claire en la rejoignant à table.

— Désolée, mais j'ai dû passer à côté de *son* casier, chuchota-t-elle.

Matt fronça les sourcils.

— Pas de panique, Lennie, répliqua-t-il sèchement. Aucun des Délos n'est là aujourd'hui.

— Ils ont pris une journée pour accueillir leur tante et le dernier des fils Délos, le plus âgé, expliqua Claire.

— Ah bon, super. Il y en a un autre…

— Hector, il est en terminale, précisa Claire, sans imaginer que la simple évocation de son nom mettrait Hélène en rogne.

— On ne sait rien de lui pour l'instant. Zach va sûrement m'appeler ce week-end pour me tenir au courant, dit Matt en haussant les épaules. Il sait toujours qui est qui et qui fait quoi.

Le reste de la journée passa lentement pour Hélène, pourtant libérée de l'appréhension de croiser les Délos ou les sinistres apparitions qui les accompagnaient. À l'entraînement, elle éprouva cependant un profond plaisir à courir avec Claire à travers le brouillard et les flaques boueuses. Mme Tar ne lui fit aucune remarque désagréable malgré son temps plus que moyen, mais Hélène savait que ce n'était qu'un répit. Elle avait une bourse à décrocher et la prof ne risquait pas de l'oublier.

Après les tensions de la journée, travailler au magasin lui procura une vraie détente… jusqu'au moment où elle remarqua le nombre inhabituel de lycéens qui venaient leur acheter un bonbon ou une cannette de soda.

— Ils n'ont rien de mieux à faire un vendredi soir ? gémit Hélène.

— Sur quelle île as-tu grandi ? se moqua Cathy, malicieuse.

Celle-ci tendit les bras vers elle et elle se laissa aller à appuyer le front contre son épaule pour un bref réconfort, puis elle se redressa et se dirigea vers l'arrière-boutique.

— Tu peux faire l'inventaire, tiens, tant que t'y es. Prends le temps que tu veux, ajouta Cathy.

Ce travail fastidieux l'aurait rebutée en temps normal, mais pas ce soir-là. Elle s'absorba si bien dans sa tâche que l'heure de la fermeture arriva sans qu'elle s'en rendît compte. S'ensuivit la ribambelle de petits rituels de fin de journée.

— Au fait… que s'est-il vraiment passé entre toi et ce Lucas ? demanda Cathy sans relever la tête de la pile de facturettes qu'elle était occupée à trier.

— Si je le savais… soupira Hélène, appuyée sur le manche de son balai.

— Tout le monde n'a que ça à la bouche. Et pas seulement les ados, ajouta-t-elle, un demi-sourire aux lèvres. Alors ?

— Écoute, si j'avais une explication, crois-moi, je la crierais à la face du monde. Je ne sais pas pourquoi je lui ai sauté dessus. Et ce n'est pas le pire.

— Oh ! oh ! il va falloir que tu m'expliques ça, déclara Cathy d'une voix ferme en mettant l'argent de côté. Allez, raconte. C'est quoi, le pire ?

Hélène secoua la tête et se remit à balayer. Lorsqu'elle cherchait à comprendre ses bizarreries, elle était assaillie par des mots comme « phénomène de foire », « monstre » ou même « sorcière ». Elle avait beau faire taire cette petite voix, elle revenait toujours.

— Ce n'est pas parce que tu n'en parles pas que ça va supprimer le problème, tu sais, insista Cathy.

Hélène se décida tout à coup. Elle savait qu'elle pouvait avoir confiance en Cathy et elle ressentait un profond besoin de parler.

— Je fais des cauchemars. Toujours le même, en fait, et il est incroyablement réel. C'est comme si j'allais toujours au même endroit pendant mon sommeil.

— Où ça ?

Cathy quitta la caisse et vint prendre le balai des mains d'Hélène pour la forcer à se concentrer. Hélène revit en pensée le lieu terrible et désolé où elle retournait chaque nuit.

— C'est un endroit désertique. Tout est décoloré. J'entends de l'eau couler au loin, une rivière peut-être, mais je ne peux pas l'atteindre. On dirait que je cherche quelque chose...

— Un endroit désertique, hum ? Tu sais, c'est très courant dans les rêves, assura Cathy.

Un sentiment de frustration envahit Hélène.

— Peut-être, mais quand je me réveille le matin, j'ai les pieds...

Elle se censura, effrayée à l'idée de passer pour folle. Cathy l'observa un instant.

— Tu es somnambule ? C'est ça ? demanda-t-elle, posant les mains sur ses épaules pour l'obliger à la regarder.

Hélène secoua la tête. De petites larmes d'épuisement lui mouillèrent les paupières.

— Je ne sais pas, mais je me sens tellement fatiguée ! Même si j'arrive à dormir, quand je me réveille, j'ai l'impression d'avoir marché toute la nuit. J'ai l'impression de devenir folle, conclut-elle avec un rire nerveux.

Cathy la prit dans ses bras et la berça doucement.

— Ne t'inquiète pas, on va régler ça. Tu en as parlé à ton père ?

— Non, protesta Hélène en se redressant. Et je ne veux pas que tu le fasses !

Cathy l'interrogea du regard.

— La semaine prochaine, si ça continue, je le lui dirai, promit-elle. Mais on a eu assez de drames pour cette semaine...

Cathy hocha la tête.

— D'accord. Mais quand tu te sentiras prête, je serai là. Ma petite dingue, se moqua-t-elle gentiment.

Hélène lui sourit à son tour. Elle lui était reconnaissante d'être capable de l'écouter lorsqu'elle en avait besoin.

— Je crois qu'on peut y aller, décida Cathy, après un dernier regard circulaire.

Elle repartit vers la caisse pour placer l'argent dans le coffre et Hélène, de son côté, rangea le balai. Elles éteignirent les lumières.

Alors que Cathy se dirigeait vers sa voiture, garée un peu plus loin dans la ruelle, Hélène s'arrêta pour fermer la porte à clé.

L'une comme l'autre n'entendirent rien venir. C'est à peine si Hélène aperçut, du coin de l'œil, une masse indistincte et un bref éclair bleu. Une odeur écœurante de brûlé et d'ozone parvint jusqu'à ses narines. Cathy s'écroula sur le sol comme une marionnette dont on aurait coupé les fils. La jeune fille se précipita vers elle, mais l'assaillant en profita pour lui passer un sac sur la tête.

Elle fut trop stupéfaite pour crier. Alors que son agresseur la maintenait plaquée contre lui, elle sentit dans son dos le moelleux d'une poitrine. C'était une femme.

Hélène avait toujours su qu'elle était forte – pas juste plus forte que les autres filles, mais plus forte qu'un ours. Elle ploya les genoux et s'arc-bouta sur la pointe des pieds, sur le point d'infliger à sa ravisseuse le choc de sa vie. Mais lorsqu'elle voulut se libérer, elle s'aperçut avec surprise qu'elle ne le pouvait pas. La femme invisible était aussi forte qu'elle… à ce détail près qu'Hélène luttait avec l'énergie du désespoir. Les semelles de ses baskets s'arrachèrent sous la force de la pression. Elle réussit à faire un pas, puis un autre, laissant ses chaussures en loques derrière elle. Elle perçut soudain un bruit sourd, un halètement, perdit brusquement l'équilibre et tomba en avant.

Tout en se débattant avec le sac en velours noir qui lui recouvrait la tête, Hélène entendit une succession de coups, de bruits sourds et de respirations haletantes, puis un pas saccadé qui fuyait. Elle réussit enfin à se débarrasser du sac et aspira une goulée d'air frais avec avidité.

Lucas Délos se tenait au-dessus d'elle. Il fixait quelque chose, au loin.

— Tu es blessée ? demanda-t-il d'une voix basse et fébrile.

Sa lèvre saignait et sa chemise était déchirée. Hélène eut juste le temps de répondre qu'elle allait bien, quand les murmures des pleureuses s'élevèrent.

Il baissa les yeux vers elle. Leurs regards se croisèrent, un frisson lui parcourut les jambes. Elle se redressa en position de combat. Les murmures se muèrent en gémissements et Hélène aperçut les trois silhouettes spectrales qui se tenaient tête basse. Elle recula et ferma les paupières. Sa colère était si intense que son corps la brûlait tout entière.

— S'il te plaît, va-t'en, Lucas, supplia-t-elle. Tu m'as aidée, merci, mille fois merci, mais j'ai toujours autant envie de te tuer !

Il y eut un bref silence. Elle l'écouta reprendre son souffle.

— C'est dur pour moi aussi, tu sais, répondit-il d'une voix étranglée.

Le bruit léger de ses semelles sur le sol lui parvint. Elle osa enfin ouvrir les yeux. Il était parti. Et les horribles femmes avaient disparu avec lui.

Elle s'agenouilla près de Cathy pour voir si elle saignait. Mais elle eut beau l'examiner des pieds à la tête, elle ne trouva pas le moindre bleu ou la moindre éraflure. Bien qu'inconsciente, elle respirait paisiblement. Hélène décida alors de prendre le risque de la déplacer et la déposa avec précaution à l'arrière de la voiture, puis elle courut vers le siège du conducteur et, tout en composant le numéro de son père, elle démarra le moteur.

— Papa ! Viens me retrouver à l'hôpital ! balbutia-t-elle dès qu'il décrocha.

— Que s'est-il passé ? Tu es…

— Non, c'est Cathy. Je vais aux urgences, je ne peux pas te parler maintenant. Je t'attends là-bas.

Elle raccrocha sans attendre de réponse et jeta l'appareil sur le siège vide. Il ne lui restait plus qu'à inventer un mensonge, et vite, car il ne faudrait à son père guère plus de quelques minutes pour la rejoindre à l'hôpital.

Arrivée devant l'entrée des urgences, elle appela la police. Elle se contenta d'expliquer que son amie avait été attaquée et qu'elle était à l'hôpital. Puis elle hésita. Elle ne voulait pas laisser Cathy seule, mais elle ne pouvait pas non plus la porter au vu et au su de tous. Elle finit par s'engouffrer dans le bâtiment.

— S'il vous plaît ? murmura-t-elle d'une voix timide à la dame de l'accueil.

Devant l'absence de réaction de cette dernière, elle haussa la voix et se mit à sautiller sur place.

— S'il vous plaît, mon amie est dehors, elle est inconsciente !

Cette fois, tout le monde se précipita.

Jerry arriva. Lorsqu'ils furent tous deux rassurés sur l'état de Cathy, Hélène fit sa déclaration à la police. Elle leur raconta qu'une femme qu'elle n'avait jamais vue avait assommé Cathy avec une sorte d'éclair bleu. Quand elle l'avait vue tomber, elle s'était précipitée dans la ruelle, ce qui avait provoqué la fuite de la femme. Hélène ne dit mot de la tentative d'enlèvement dont elle avait été victime, de la lutte au corps à corps avec sa ravisseuse, ni même de l'intervention inopinée de Lucas. Ce n'était pas la peine de compliquer la situation. Ni de le mêler à cette histoire. D'ailleurs, que faisait-il là à cette heure tardive ?

— Et vos chaussures ? interrogea le policier. Que leur est-il arrivé ?

Elle sentit le sang battre à ses tempes. Comment avait-elle pu oublier qu'elle était pieds nus ?

— Je ne les avais pas aux pieds, expliqua-t-elle d'une voix précipitée. Elles... elles se sont déchirées pendant que je m'occupais des stocks dans l'arrière-boutique et je venais de les enlever. Quand j'ai vu que Cathy était blessée, je les ai lâchées et j'ai couru vers elle.

On n'aurait pas pu imaginer plus mauvais mensonge. Mais le policier hocha la tête.

— On a trouvé une paire de baskets déchirées dans la ruelle, confirma-t-il.

Il lui expliqua que Cathy avait été touchée par un tir de taser. Vu que la femme avait vidé son pistolet, elle n'avait eu d'autre choix que de fuir.

— Une dernière chose. Comment avez-vous réussi à la hisser dans la voiture toute seule ?

Le policier et son père la regardaient tous deux avec des visages incrédules.

— Quand on veut, on peut, non ? suggéra-t-elle, le cœur battant.

— Elle a eu de la chance que vous ayez été là, vous avez été très courageuse, conclut le policier en lui souriant d'un air approbateur.

Honteuse d'avoir menti, Hélène baissa les yeux sur ses pieds nus et s'en voulut de ne pas avoir pensé à un détail aussi crucial. Elle se promit d'être plus vigilante à l'avenir.

Quand la police eut fini d'interroger Cathy, Hélène et Jerry lui rendirent visite. Contrairement à la jeune fille, Cathy avait eu le temps d'apercevoir la femme :

« Elle était âgée… je dirais pas loin de la soixantaine. Elle avait les cheveux courts, poivre et sel. Elle avait l'air parfaitement inoffensive, mais apparemment, elle ne l'était pas, dit Cathy d'une voix triste. Depuis quand les vieilles dames quadrillent-elles les rues pour agresser les gens ? »

Malgré ses efforts pour paraître détachée, Hélène sentit à quel point elle était secouée. Son visage était pâle, ses yeux écarquillés et brillants.

Jerry décida de passer la nuit au chevet de Cathy, afin d'être avec elle quand elle sortirait. Les médecins avaient déconseillé à la jeune femme de conduire pendant plusieurs jours, aussi Hélène proposa-t-elle de lui emprunter sa voiture et de la lui ramener dimanche. Cathy accepta. En fait, Hélène avait de bonnes raisons de vouloir la voiture… Elle avait un petit détail à régler avant de rentrer chez elle.

Alors qu'elle traversait l'île par Milestone Road en direction de la propriété des Délos, à Siasconset, Hélène sentit une peur profonde l'assaillir. Plus elle se rapprochait, plus ses mains tremblaient. Mais elle n'avait pas le choix : elle devait trouver Lucas et lui faire promettre qu'il ne dirait rien. Car si la police apprenait qu'elle avait menti, elle risquait gros. Elle ne pensait pas qu'il serait difficile à convaincre, vu les efforts déployés par sa famille pour paraître normale. Aucune force humaine n'aurait pu venir à bout de la vieille femme de la ruelle, ni empêcher Hélène d'étrangler Lucas au lycée si elle l'avait décidé. Lucas était comme elle.

À cette pensée, son estomac se souleva. Comment pouvait-elle ressembler à quelqu'un qu'elle détestait de toutes ses forces ?

Le brouillard était descendu sur l'île et Hélène devait se concentrer pour suivre la route. Dans la demi-pénombre de l'aube, elle n'était soudain plus très sûre d'avoir pris le bon embranchement. Elle descendit de voiture et se dirigea à l'oreille vers l'Océan. Elle n'avait fait qu'apercevoir la propriété depuis la plage et elle essayait de retrouver dans sa mémoire un repère qui aurait pu la guider. Soudain, elle entendit quelqu'un trébucher derrière elle. Elle se retourna et vit Lucas s'avancer à grands pas.

— Qu'est-ce que tu fais là ? l'interpella-t-il tout bas d'un ton agressif.

Hélène recula, puis s'arrêta pour lui faire face. Dans la lumière grise, elle aperçut les silhouettes blêmes des trois sœurs qui traversaient l'herbe sableuse, secouées de sanglots.

— Comment se fait-il que tu sois derrière moi ? Tu me suis ?

— T'as tout compris, cracha-t-il, en continuant à marcher vers elle. Qu'est-ce que tu fais sur la propriété de ma famille ?

Elle comprit, trop tard, qu'en pénétrant sur leur domaine, elle avait franchi la ligne rouge. Son intrusion avait réveillé la haine et ouvert la porte à la violence qui bouillonnait en lui. La colère distordait ses traits. Tout son corps n'était plus que menace.

« Bien, pensa-t-elle. Allons-y. »

Elle baissa l'épaule et abolit la distance qui les séparait, se jetant contre sa poitrine et l'envoyant rouler au sol. Elle s'apprêtait à lui donner un coup de poing dans la figure, mais il arrêta son bras au vol. Allongée sur lui, elle aurait dû avoir le dessus. Mais, alors qu'elle n'avait jamais frappé personne, il était facile de deviner, à la précision de ses mouvements, qu'il avait pratiqué la lutte depuis tout petit. Elle sentit qu'il déplaçait ses hanches et, tout à coup, la situation se renversa : il se retrouva sur elle, lui bloqua les bras au-dessus de la tête et elle battit des pieds dans le vide. Elle voulut le mordre au visage, mais il rejeta la tête en arrière.

— Bouge pas ou je te tue, menaça-t-il, les mâchoires serrées.

Il haletait – pas parce qu'il était essoufflé, mais à cause de l'effort pour se contrôler.

— Pourquoi es-tu venue ici ? ajouta-t-il d'une voix plus calme.

Hélène cessa de se débattre et regarda ce visage qui suscitait en elle tant de haine. Il ferma les yeux. Elle comprit qu'il utilisait le même truc qu'elle dans l'allée. Elle ferma les yeux et se détendit un peu.

— J'ai menti à la police. Je ne leur ai pas dit que tu étais là-bas hier soir, grogna-t-elle, étouffant sous son poids. Tu m'écrases !

— Bien.

Il relâcha un peu la pression et elle put enfin respirer.

— Tu fermes les yeux, toi aussi ? s'enquit-il, plus curieux que fâché.

— Oui. Ça aide, murmura-t-elle. Tu les vois, toi aussi, c'est ça ? Les trois femmes ?

— Bien sûr.

— Qui sont-elles ?

— Les Érinyes. Les Furies. Tu ne comprends vraiment pas…

Il s'interrompit : une voix de femme criait son nom depuis la maison.

— Oh non ! S'ils te trouvent, tu es morte. Fuis !

Il roula sur lui-même et partit en courant.

Dès qu'elle fut libre, Hélène bondit sur ses pieds et s'enfuit sans un regard derrière elle. Dans sa course éperdue, elle sentit les trois sœurs lui effleurer la nuque de leurs doigts ensanglantés. Elle courut à perdre haleine jusqu'à la voiture de Cathy, se jeta au volant et démarra en trombe.

Au bout d'un kilomètre, cependant, elle s'arrêta sur le bord de la route pour reprendre son souffle. Dégoûtée, elle ôta son tee-shirt. Personne ne la verrait et, le cas échéant, on penserait qu'elle se rendait à la plage pour une petite baignade matinale.

Elle s'était contentée de poser son tee-shirt sur le siège du passager, mais l'odeur continuait à flotter jusqu'à ses narines, mélange d'herbes coupées, de pain chaud et de neige. Exaspérée, elle finit par le jeter par la fenêtre.

Elle arriva chez elle dans un état proche de l'épuisement, mais elle ne pouvait pas aller se coucher sans prendre de douche. Si elle ne se débarrassait pas de cette odeur, elle la poursuivrait dans ses rêves. Et puis, elle était sale. Ses coudes et son dos avaient des taches d'herbe et ses pieds étaient noirs de crasse.

Alors qu'elle regardait l'eau grise dégouliner sur ses tibias et ses chevilles, elle repensa aux trois sœurs et à leurs gémissements perpétuels. Lucas les avait appelées les Furies : aucun nom n'aurait pu mieux leur convenir. Elle se rappelait vaguement que Hergie avait parlé d'elles un jour. Dans sa tête, elles étaient associées à des images d'armures et de toges, mais elle n'en était plus très sûre.

Elle prit une pierre ponce et frotta sa peau avec énergie, puis elle ferma les robinets et, enveloppée de vapeur, s'enduisit le corps d'une lotion douce et parfumée, effaçant toute trace de Lucas. Lorsqu'elle s'écroula sur son lit, enroulée dans une serviette humide, le soleil était levé depuis longtemps.

L'herbe sèche craquait sous ses pieds nus. De petits nuages de poussière se soulevaient à chacun de ses pas et venaient se coller à ses jambes humides. Même l'air était poussiéreux. Pas un insecte ne bourdonnait dans les broussailles. Le ciel était d'un bleu éblouissant, malgré l'absence de soleil. Il n'y avait ni vent ni nuage. Juste, à perte de vue, la terre aride et sauvage. Dans son cœur, elle savait qu'il y avait une rivière, alors elle continuait à marcher, marcher, marcher...

Elle se réveilla quelques heures plus tard, les membres endoloris, la tête lourde et les pieds sales. Elle se tira péniblement du lit, lava la crasse nocturne à laquelle elle commençait à être habituée, enfila une robe d'été, puis s'assit devant l'ordinateur et entama une recherche sur les Érinyes.

Dès le premier site, elle tomba sur le dessin d'un vase qui figurait très exactement les trois horribles femmes. La légende décrivait les trois sœurs, mais ce qu'elle apprit la plongea dans une grande confusion. Dans la mythologie grecque, les Érinyes pleuraient des larmes de sang, exactement comme dans ses visions. Mais leur mission était de persécuter et de punir les coupables. Hélène savait qu'elle n'était pas parfaite, mais elle n'avait jamais rien commis de grave – rien, en tout cas, qui pût justifier la visite des trois divinités persécutrices.

Poursuivant sa lecture, elle découvrit que les Érinyes apparaissaient pour la première fois dans le drame d'Eschyle, *L'Orestie*. Après avoir passé deux heures à prendre connaissance du premier et du plus sanglant des feuilletons de l'histoire antique, Hélène finit par comprendre que le nœud de l'intrigue reposait sur les épaules d'un pauvre garçon nommé Oreste, qu'un oracle avait obligé à tuer sa propre mère, pour venger le meurtre de son père, Agamemnon. Mais si cette dernière avait tué son mari, c'était parce qu'il avait tué leur fille, la sœur bien-aimée d'Oreste : Iphigénie. Agamemnon lui-même avait dû satisfaire les dieux, qui avaient exigé ce sacrifice en échange du vent dont les Grecs avaient besoin pour naviguer jusqu'à Troie et mener la guerre.

En somme, le pauvre Oreste avait été contraint d'agir par la loi des dieux, mais son crime lui valut d'être harcelé par les Érinyes au point d'en perdre la raison. Par une étrange ironie du sort, il était damné s'il tuait, et damné s'il ne tuait pas.

Maintenant qu'elle avait réussi à démêler l'intrigue, Hélène ne comprenait pas davantage quel était le lien avec sa propre vie. Les Érinyes voulaient qu'elle tue Lucas, cela ne faisait pas le moindre doute, mais si elle le tuait, allaient-elles ensuite la harceler toute sa vie ? Si elles punissaient ceux qui avaient commis un meurtre qu'elles avaient exigé, c'était un cercle vicieux. Hélène ne voyait pas ce qui avait pu susciter l'apparition des Érinyes. Elles avaient surgi dans sa vie le jour où la famille Délos avait débarqué sur l'île.

Elle sentit l'adrénaline se répandre dans son corps. Les Délos étaient-ils des assassins ? Non, c'était peu probable... Lucas aurait pu la tuer à plusieurs reprises et il ne l'avait pas fait. Il s'était même battu pour la défendre. Il n'avait jamais levé la main sur elle. La seule fois où il l'avait blessée, c'était parce qu'elle l'avait attaqué.

Hélène éteignit l'ordinateur et descendit. Elle aurait aimé parler à son père. Elle alla chercher son téléphone portable, resté dans la voiture de Cathy, et trouva un texto annonçant qu'il était toujours chez elle. Il était déjà trois heures. Que pouvait-il donc faire ?

Elle se sentit soudain troublée à l'idée que... Mais oui, bien sûr, ça n'aurait rien d'étonnant... Ils travaillaient main dans la main, s'entendaient bien, aimaient rire ensemble... Certes, Cathy avait quelques années de moins et elle n'avait que l'embarras du choix parmi les célibataires de l'île. Mais pouvait-on trouver meilleur compagnon que son père ? Jerry méritait une deuxième chance. Il avait été profondément meurtri par le départ de la mère d'Hélène et ne s'en était jamais vraiment remis – au grand désespoir de sa fille.

Elle attrapa le pendentif de son collier et, pour la centième fois, ressentit l'envie de le décrocher. Elle savait pourtant qu'elle en était incapable. Chaque fois qu'elle l'avait ôté, elle n'avait cessé d'y penser toute la journée. Elle avait toujours fini par le remettre. Cela signifiait sans doute que sa relation à sa mère, loin d'être apaisée, était plus complexe qu'elle ne voulait le croire... Mais à cet instant précis, elle avait à affronter des problèmes plus graves. L'image de Lucas penché sur elle dans la pénombre, les paupières closes, revenait régulièrement la hanter…

Afin de se changer les idées, elle décida d'aller faire les courses.

Lorsqu'elle arriva dans le parking du supermarché, elle aperçut un énorme 4 × 4 noir. Elle secoua la tête d'un air réprobateur. Sur Nantucket beaucoup de gros richards conduisaient des véhicules trop larges pour les rues pavées de l'île, mais ce pick-up, trop noir et trop brillant, l'exaspéra particulièrement.

Elle alla chercher un Caddie et pénétra dans le magasin. Alors qu'elle saluait d'un signe de tête machinal les lycéens qui travaillaient aux caisses, elle entendit soudain les murmures des Érinyes. Elle dut réprimer une envie fulgurante de laisser là son chariot et de partir en courant. Déjà qu'elle avait la réputation d'être folle… alors s'enfuir comme si elle avait vu un fantôme n'allait rien arranger.

Elle pencha la tête sur son Caddie pour ne pas voir les trois femmes. Mais elle ne put pas les faire taire. Elle expédia ses courses, révoltée : qu'avait-elle fait pour mériter ça ?

Alors qu'elle attrapait, d'un geste fébrile, les produits de base qui leur permettraient de tenir un jour ou deux, ses pensées furent interrompues par de vraies voix cette fois, qui provenaient de l'allée voisine.

— Elle ne devrait pas être là, disait une jeune fille, d'un ton sérieux.

— Je sais, répondit une voix masculine. Il faut qu'on la chope et vite. Je ne pense pas que Lucas pourra tenir beaucoup plus longtemps.

Hélène se figea. Comment ça, « la choper » ? Elle avançait au ralenti quand elle réalisa que les deux individus se dirigeaient droit vers l'allée dans laquelle elle se trouvait. Elle recula instinctivement et entra en collision avec la personne qui se tenait derrière elle. Au même instant, les gémissements stridents des Érinyes devinrent insupportables.

Elle fit volte-face. L'homme qu'elle venait de heurter était si grand qu'elle dut renverser la tête en arrière. Elle croisa un visage d'ange aux yeux clairs et aux boucles dorées.

Elle recula d'un pas et heurta son propre Caddie : elle était cernée. Sa gorge se noua, elle fit un pas sur le côté, maladroite, les mains moites de peur. Une lueur vive illumina soudain la scène. Le colosse s'écarta d'elle, parcouru d'une convulsion. Une odeur écœurante de brûlé et d'ozone parvint jusqu'à ses narines et le souvenir de la scène sur le ferry lui revint comme un boomerang. Elle le fixa, désemparée. Après une seconde de stupéfaction, l'homme se rapprocha, un sourire cruel aux lèvres. Il était si près qu'Hélène sentait la chaleur de son corps…

— Hector ! cria une voix familière.

Une seconde plus tard, Lucas empoignait Hélène et l'écartait de son cousin. Furieuse, elle le repoussa.

— Ne me touche pas ! siffla-t-elle, légèrement étourdie. Tu ne peux pas me lâcher un peu ?

— Pourquoi tu ne restes pas chez toi ? Tu n'as pas eu ton compte, hier soir, dans la ruelle ?

— J'ai des courses à faire ! Je ne peux pas passer le reste de ma vie cachée dans ma chambre juste parce qu'une femme…

Elle prit conscience qu'elle criait et baissa la voix. Un doute la traversa.

— Tu me pistes ?

— Tu as de la chance que je ne fasse que ça. Rentre chez toi, maintenant, gronda-t-il, en lui saisissant le poignet.

— Attention, Lucas, l'avertit Hector.

— Elle ne sait pas encore s'en servir, rétorqua Lucas, un sourire moqueur aux lèvres.

— Me servir de quoi ? s'exclama Hélène, hors d'elle.

Lucas poussa Hélène vers la sortie. Elle s'arracha de nouveau à son étreinte mais, sans se décourager, il reprit sa main et la serra avec force. Hélène avait le choix entre se battre en public ou rester bien sagement à côté du garçon le plus infâme que la Terre ait jamais porté. Le cri qu'elle refoula lui déchira la gorge.

Ils passèrent devant une belle adolescente aux cheveux châtains – « Ariane », devina Hélène – qui prit un air compatissant. Elle voulut lui sourire en retour mais, submergée par la colère, elle en fut incapable. Elle admira Ariane d'être capable d'un tel geste dans un tel moment – surtout qu'elle aussi devait entendre les cris déchirants des Érinyes.

La petite Cassandre ouvrit la bouche pour intervenir, mais se ravisa et se détourna.

— Je t'interdis de poser les yeux sur ma sœur, gronda Lucas, la mâchoire serrée, en la poussant brutalement.

— Je n'ai plus rien à manger à la maison. Comment je vais faire ? protesta Hélène, la gorge nouée.

— Tu crois que j'en ai quelque chose à faire ? rétorqua-t-il en l'entraînant dehors.

— Tu ne peux pas me traiter comme ça, se défendit-elle, tandis qu'ils traversaient le parking. On se déteste, d'accord. Pourquoi on ne se contenterait pas de s'éviter ?

— Tu as vu ce que ça donne ? s'exclama-t-il, plus contrarié que sarcastique. Est-ce que tu viens ici tous les samedis ?

— Non, jamais. C'est le jour où il y a le plus de monde. Mais j'avais besoin de remplir le frigo !

Il fit entendre un rire incrédule et resserra son étreinte. Elle prit soudain conscience que sa vie, ces derniers temps, avait été gouvernée par le hasard et des actes impulsifs. Elle en avait perdu le contrôle.

— Les Érinyes ne nous laisseront pas nous éviter, conclut-il, impavide.

— Alors on peut mettre au point un emploi du temps ou...

Elle s'interrompit d'elle-même, réalisant l'absurdité de sa proposition. Une force obscure, ancienne, surnaturelle, la poussait à tuer Lucas. Aucun subterfuge n'en viendrait à bout.

— Ma famille n'a pas encore décidé ce qu'elle allait faire, mais on se reverra bientôt, déclara le garçon.

Ils arrivaient près de sa voiture. Il la poussa contre la portière, comme s'il ne pouvait s'empêcher de lui faire mal une dernière fois.

— Rentre chez toi et n'en bouge plus.

Il la regarda enfoncer tant bien que mal sa clé dans la serrure.

Alors qu'elle manœuvrait pour quitter sa place, elle envisagea un instant d'accélérer et de le renverser, mais elle ne voulait pas abîmer la carrosserie de Cathy. Des larmes de colère roulèrent sur ses joues.

Une fois rentrée, elle gagna l'évier de la cuisine et aspergea son visage d'eau. Elle se sentait humiliée pour toutes sortes de raisons. Et pour ne rien arranger, Lucas semblait décidé à la rabaisser dès qu'il en avait l'occasion. Elle n'avait même plus le droit de faire ses courses ! Comment allait-elle expliquer ça à son père ?

La pensée de Jerry fit vaciller son désir de fuite. À moins de le laisser se défendre seul, elle n'avait d'autre choix que de se soumettre à la volonté des Délos. Elle s'adossa à l'évier et regarda le bloc de couteaux posé sur le plan de travail. Si elle avait réussi à coincer Lucas, elle savait quel couteau elle aurait utilisé. Ce qu'elle ne savait pas, c'était pourquoi. Pourquoi se haïssaient-ils avec une telle violence ?

Elle revit le sourire cruel qui s'était dessiné sur les lèvres d'Hector. Un frisson la parcourut. Si jamais elle avait le malheur de se retrouver seule face à lui, il ne se contenterait pas de la bousculer, comme Lucas. Non, il la tuerait, sans le moindre remords.

Elle était toujours dans la même position quand son père arriva, une demi-heure plus tard. Il se figea sur le seuil de la cuisine, jeta un regard autour de lui, puis demanda, les yeux écarquillés :

— Qu'est-ce que j'ai encore fait de mal ?

— Pourquoi tu me demandes ça tout le temps ? protesta-t-elle, irritée.

— Parce que, en ce moment, chaque fois que je rentre à la maison, tu me regardes comme si j'avais fait un truc horrible, comme d'oublier ton anniversaire...

— Et alors ? T'as fait un truc horrible ?

— Mais non ! Je n'ai rien fait ! Rien de mal, en tout cas ! s'exclama-t-il avec une sincérité démentie par la rougeur qui lui montait aux joues.

— Est-ce que je peux te demander où vous en êtes, Cathy et toi ?

— Nulle part ! On est amis et on va continuer à l'être, lança-t-il, le regard noir.

Hélène devina que cette réponse cachait bien des non-dits, mais elle n'avait pas envie d'en savoir plus à cet instant précis.

— Bon. Tant pis pour toi, trancha-t-elle en haussant les épaules.

Il releva la tête, frappé par l'amertume qui pointait dans sa voix.

— Ça ne te ressemble pas d'être aussi désagréable, Hélène.

Elle croisa les bras et fixa le vide, trop honteuse pour soutenir le regard de son père. Être persécutée par des divinités vengeresses surgies de l'Hadès était une chose, mais se transformer en peste en était une autre. Quelle que soit la décision des Délos à son égard, elle espéra qu'elle serait rapide.

Elle marmonna des excuses. Un coup frappé à la porte la sauva de sa gêne. Jerry alla ouvrir, puis l'appela.

Un livreur se tenait sur le seuil de la porte, croulant sous le poids des courses.

— Il dit que c'est pour toi, indiqua Jerry.

Il lui montra un papier qui portait son nom.

— Je n'ai rien commandé du tout ! dit Hélène au livreur.

— C'est Mme Noëlle Délos qui a passé commande pour Hélène Hamilton, expliqua-t-il, pressé de continuer sa tournée. Tout a été réglé.

Pendant que Jerry lui donnait un pourboire et emportait les sacs dans la cuisine, Hélène déplia le papier :

Mademoiselle Hamilton,

Je suis confuse de l'attitude impardonnable de mon fils envers vous tout à l'heure, au supermarché, et je vous prie d'accepter ces quelques paquets – même si vous ne voulez pas de mes excuses. Contrairement à mon Lucas, je sais ce que c'est de devoir préparer un repas sans rien dans le réfrigérateur.

Noëlle Délos

Hélène fixa le papier longtemps après avoir fini de le lire. Elle était touchée par cette délicate attention, elle avait l'impression que Noëlle Délos était différente des autres membres de la famille.

Jerry lut par-dessus son épaule.

— Qu'est-ce qu'elle veut dire par « attitude impardonnable », Lennie ? s'exclama-t-il, sentant la colère le gagner. Qu'est-ce que ce garçon t'a fait ?

— Rien, papa, elle exagère…

— Alors, on ne peut pas accepter. Il doit y en avoir pour une centaine de dollars !

Hélène poussa un profond soupir.

— D'accord, papa, t'as gagné. Lucas et moi, on s'est encore battus aujourd'hui au supermarché, mais rien de grave. Bref, le truc, c'est que c'est lui qui a commencé et que, du coup, je n'ai pas pu faire mes courses. Ça a choqué sa mère et elle a décidé de nous faire livrer, parce que c'est clairement quelqu'un de bien, mais je n'ai aucune envie que tu t'en mêles. Est-ce qu'on peut changer de sujet, s'il te plaît ?

— Mais qu'est-ce qu'il y a entre ce Lucas et toi ? demanda Jerry, confondu.

Une pensée le traversa. Il posa sur elle un regard terrifié.

— Vous sortez ensemble ?

Hélène éclata de rire.

— Non, papa, on ne sort pas ensemble. Tout ce qu'on essaie de faire, c'est d'éviter de s'entre-tuer. Et ce n'est pas si simple que ça en a l'air.

Elle savait que la vérité était si incroyable qu'elle avait toutes les chances de passer pour un trait d'humour.

— Hélène, tu n'as jamais eu de petit copain. Il est peut-être temps qu'on en parle ?

— Non, répondit-elle d'une voix ferme. Ce n'est pas nécessaire.

— Bien, dit-il, soulagé.

Un silence gêné suivit.

— Alors... on peut manger ces trucs ?

— Sans aucun problème.

Elle tourna les talons et se dirigea vers la cuisine, tandis que Jerry se réfugiait devant son émission sportive favorite.

Alors qu'elle préparait une *bruschetta* avec la vraie *mozzarella di buffala*, les tomates, le basilic et la divine huile d'olive espagnole que Mme Délos leur avait envoyés, elle se laissa aller à penser à son père, qui n'avait pas le moindre soupçon des forces souterraines qui mettaient la vie de sa fille en lambeaux. L'idée qu'il ne lui restait peut-être plus beaucoup de soirées baseball à vivre ne suscitait plus en elle la même tristesse qu'une semaine plus tôt. Si la famille Délos voulait sa peau, très bien. Elle ne supportait plus la colère sourde qui l'habitait en permanence. Tuer ou être tuée, peu lui importait, du moment que son père était tenu à l'écart de cette folie.

CINQ

La semaine suivante fut une vraie torture. Le lundi, Hélène fit son possible pour se tenir à l'écart de la famille Délos, mais chaque effort pour les éviter la ramenait inexorablement vers eux. Elle venait d'arriver, en avance, au lycée quand l'énorme 4 × 4 noir qu'elle avait vu sur le parking du supermarché se gara juste derrière elle. Elle eut beau attacher son vélo et ramasser ses sacs à toute vitesse, elle se heurta à Jason et à Hector. Elle ralentit pour les laisser la dépasser, mais elle se retrouva à la hauteur de Lucas, qui avait perdu du temps à sortir du coffre le violoncelle de Cassandre. Elle piqua alors un sprint et attendit, un peu plus loin sur le trottoir, qu'ils soient tous entrés.

À midi, alors qu'elle avait obtenu l'autorisation de manger dehors, elle découvrit que Cassandre était déjà sur la terrasse en train de répéter ses doigtés au violoncelle. Elle fit demi-tour et tomba nez à nez avec Ariane. Elle esquissa un sourire et fit un pas de côté. Chacune balbutia des excuses.

— Cassandre et moi, on a un laissez-passer pour jouer dehors. On mangera sur la terrasse toute la semaine, débita Ariane d'une voix précipitée, tout en évitant soigneusement son regard.

— Merci, réussit à prononcer Hélène, les lèvres serrées.

Elle repartit vers la cafétéria pour intercepter Claire.

— On ne mange pas dehors ? s'étonna celle-ci.

Elle aperçut Ariane et Cassandre, puis se tourna vers Hélène d'un air incrédule.

— T'es sérieuse ? On n'est pas obligées de s'asseoir à la même table qu'elles, tu sais !

— Je sais. Mais je ne veux pas me retrouver dehors avec elles, se défendit Hélène.

Claire leva les yeux au ciel.

— Hé ! appela Matt en les rejoignant. On va sur la terrasse ? Il reste plein de tables libres...

Sa voix s'affaiblit quand il aperçut les filles Délos. Il eut juste assez de sang-froid pour réprimer un sifflement devant le décolleté d'Ariane – particulièrement mis en valeur par un petit top à bretelles et par sa position penchée. Hélène ne voulut pas priver Matt de son plaisir, ni Claire du soleil.

— Allez-y, vous. C'est pas grave, déclara-t-elle en se dirigeant d'un pas décidé vers la cafétéria.

— Lennie ! protesta Claire, contrariée. Arrête de te prendre pour le centre du monde !

Elle tourna à l'angle, poursuivie par la voix de Claire qui semblait se répercuter en écho sur les murs autour d'elle. Elle se retrouva tout à coup face à Hector et à Jason, devant leur casier, en grande discussion avec Gabrielle et Amy Heart, une terminale qui faisait partie de l'équipe des pom-pom girls du lycée. Lorsqu'elles aperçurent Hélène, elles échangèrent un regard lourd de sens, puis la fixèrent d'un air dégoûté.

Les Érinyes se mirent à chuchoter, mais Hélène essaya de les ignorer.

— Salut, Hélène ! lança Hector, le regard inexpressif.

Il se pencha très légèrement en avant, comme s'il ne pouvait pas s'empêcher de porter la main sur elle. Jason donna une tape dans le thorax de son frère, avec une force qu'Amy et Gabrielle étaient loin d'imaginer.

— Un peu de tenue, cousin !

— Je dis juste « salut » à Hélène. Salut, Hélène. Hélène Hamilton, salut. T'es allée à 'Sconset y a pas longtemps ?

— Non, répondit Lucas à sa place.

Hélène se tourna vers lui et le fusilla du regard.

— Je le saurais, ajouta-t-il, d'une voix si basse qu'une oreille normale n'aurait pu l'entendre.

Ce fut la goutte d'eau qui fit déborder le vase : elle avait eu sa dose d'intimidation pour la journée. Aiguillonnée par les Érinyes, elle avança d'un pas vers Lucas. Elle le vit inspirer à fond.

Tout à coup, elle l'imagina en train de se laver avec la même frénésie qu'elle, cherchant désespérément à se débarrasser de son odeur après leur brève lutte dans son jardin. Cette pensée lui donna envie de rire.

— Tu peux dire à ta mère que son huile d'olive est la meilleure que j'aie jamais goûtée, déclara-t-elle, un sourire malicieux aux lèvres.

Une lueur de peur fusa dans ses yeux. Elle sut qu'elle avait touché juste. Elle insista.

— Si elle veut goûter ma *bruschetta*, elle peut passer quand elle veut…

Lucas leva une main vers elle, mais Jason s'interposa. Il la tira doucement par le coude, tout en repoussant Lucas avec vigueur. Hélène en profita pour avancer, mais elle ne put résister à la tentation de lancer une pique à Hector, imitant à la perfection son ton menaçant.

— Tu diras bonjour à ta tante de ma part.

En s'éloignant, elle sentait les regards assassins des trois Délos posés sur elle mais n'en éprouvait plus aucune angoisse. Elle était même si contente que, pour une fois, elle marchait sans baisser la tête.

Le mardi ne fut guère mieux. Elle arrêta de se compliquer la vie pour leur échapper. C'étaient eux, à présent, qui cherchaient à l'éviter, avec comme résultat qu'elle passait son temps à les croiser. Elle ne pouvait pas s'engager dans un couloir sans rencontrer l'un ou l'autre.

Mercredi, le clan Délos changea de stratégie. Elle vit Jason qui l'attendait près de son casier, nonchalamment adossé au mur. Son corps félin semblait fait pour la paresse. Il était plus gracieux que son cousin ou son frère et, quand il se trouvait en leur compagnie, il paraissait presque petit, comme une panthère peut sembler frêle par rapport à un lion ou un taureau. Mais lorsqu'elle fut près de lui dans le couloir quasi désert, Hélène l'estima plutôt grand et elle dut se forcer à avancer.

— Je peux te parler une minute ? demanda-t-il, tendu, mais poli.

À son air, elle comprit qu'il luttait, comme elle, pour tenir les Érinyes à distance.

— D'accord, acquiesça-t-elle, les yeux rivés au sol.

Comme par un fait exprès, les rares élèves qui les entouraient prirent tout leur temps pour rassembler leurs affaires. Ils n'auraient à aucun prix cédé leur place alors qu'une nouvelle dispute pouvait éclater d'une seconde à l'autre...

— Certains d'entre nous pensent qu'on devrait essayer d'arranger les choses, déclara-t-il d'une voix précipitée.

Hélène prit le temps de réfléchir.

— Certains d'entre vous ? Tu veux dire que vous n'avez pas réussi à vous mettre d'accord ?

— Non, désolé, s'excusa-t-il. Mais on pense... enfin, certains pensent qu'on devrait essayer de s'entendre...

— Je vois pas trop comment ça va être possible, répondit-elle sèchement.

— On veut juste être amis... ou, si c'est vraiment pas possible, cesser d'être ennemis. Tu veux bien y réfléchir ?

Elle dut s'y reprendre à trois fois pour ouvrir son casier. Elle sentait le poids des regards posés sur elle. Elle s'était montrée odieuse, et elle le savait, mais toute son énergie avait été mobilisée pour réussir à ne pas agresser Jason. Elle aurait voulu crier aux autres de ne pas la juger, mais qu'aurait-elle pu dire pour sa défense ? « Je ne suis pas une garce, je suis juste de mauvais poil parce que trois spectres qui pleurent des larmes de sang m'empêchent de dormir la nuit ? »

À midi, elle eut la surprise d'apercevoir Ariane et Cassandre assises à sa table habituelle, avec ses amis. Même à distance, elle devina que Matt avait du mal à canaliser ses hormones. Gabrielle et Zach, qui ne déjeunaient jamais avec eux, étaient là aussi, attirés comme des aimants. Hélène hésita un instant, soupesant ses chances de pouvoir s'éclipser discrètement, quand Ariane l'aperçut et lui adressa un grand signe de la main.

Ariane fit ce qu'elle put pour se montrer gentille et, même si les sourires de Cassandre manquaient de naturel, elle n'en fut pas avare. Mais Hélène était trop perturbée par la présence des Érinyes à quelques mètres d'elle. Son air grincheux lui valut le regard scandalisé de Gabrielle, et celui soucieux de Claire. Alors qu'elles quittaient la cafétéria, celle-ci la prit à l'écart.

— Ça te tuerait d'être sympa ?

— Tu n'as pas idée des efforts que je fais ! protesta Hélène, les lèvres serrées.

— Eh bien, ce n'est pas assez. Tu te comportes comme une horrible snob. Je sais que t'en es pas une, alors tu vas pas me la faire à moi, continua Claire sans tenir compte de ses protestations. Je ne suis pas aveugle, je vois bien qu'il se passe un truc bizarre. Un truc que tu me caches. Et je t'en veux pas. Mais il va falloir que tu fasses semblant de t'entendre avec eux, sinon Gabrielle et Zach vont te pourrir la vie jusqu'au bac !

Hélène hocha la tête. Elle savait que Claire avait raison, mais sa vie était déjà assez pénible sans avoir en plus à sympathiser avec les Délos. Elle tenta malgré tout de suivre son conseil et, le lendemain, réussit à sourire lorsqu'elle croisa Ariane et Jason dans le hall. Rarement un sourire avait autant ressemblé à une grimace, mais les jumeaux l'accueillirent avec gratitude.

Le cas d'Hector n'était pas aussi simple : il était clair qu'il ne voulait pas la paix. Après une journée difficile où elle avait épuisé ses forces à lutter contre elle-même, elle eut le malheur de passer près de lui tandis qu'elle regagnait le stade. Comme attiré par un aimant, il la suivit. Elle l'entendait susurrer son nom, comme une ritournelle. Paniquée, elle chercha désespérément une présence, et fut soulagée d'apercevoir un groupe de filles qui se dirigeaient vers eux. Elle réussit à s'enfuir.

Elle fut réveillée toute la nuit par les gémissements des Érinyes, à croire qu'un des Délos se trouvait dans les parages. Le matin, elle se leva à l'aube pour conduire à l'aéroport son père et Cathy, qui partaient à Boston assister à un congrès sur le commerce de proximité. Hélène se réjouissait à l'idée de se retrouver enfin seule. Ces derniers jours, elle avait eu la pénible impression d'être observée en permanence. Entre le manque de sommeil et le harcèlement quotidien, elle avait atteint les limites de ce qu'elle pouvait endurer. Plus qu'une petite journée à tirer et elle pourrait rester tapie chez elle jusqu'à lundi. Peut-être trouverait-elle enfin un sommeil réparateur.

Malheureusement, ce qu'elle avait pris pour la ligne d'arrivée de son marathon hebdomadaire n'était qu'un fil tendu en travers de sa route – ainsi qu'elle allait le découvrir en arrivant au lycée. Au début, elle ne comprit pas pourquoi elle ne cessait de se faire bousculer par des élèves qu'elle ne connaissait pas. Elle crut que c'était une nouvelle mode, jusqu'au moment où Claire perdit patience et leur cria de dégager. Elle prêta alors plus attention à ce que les gens marmonnaient sur son passage et elle entendit des « salope » et des « pute » qui la figèrent.

Les insultes continuèrent à pleuvoir toute la journée. Si elle eut la chance de ne croiser aucun des Délos, elle dut se réfugier par trois fois dans les toilettes. Quand, enfin, elle se changea pour aller courir, elle était dans un tel état de nerfs qu'elle hésitait entre pleurer ou vomir. Elle rejoignit Claire, les jambes flageolantes. À son grand soulagement, les autres filles prenaient soin de rester à distance.

— Je ne comprends pas, explosa-t-elle, désemparée. Qu'est-ce que ça peut leur faire que j'aime les Délos ou pas ?

— Ce n'est pas seulement ça, Hélène…

— Qu'est-ce que tu veux dire ?

— Il paraît que Lucas et Hector se sont battus pour toi, alors maintenant, toutes les filles te détestent.

Au ton de sa voix, Hélène comprit que Claire aurait aimé penser que ces rumeurs étaient ridicules, mais qu'elle n'en était pas tout à fait sûre.

— Tu plaisantes, là ?

Claire secoua la tête.

— Pas du tout. Lucas et Hector se sont battus, hier, lors de l'entraînement de foot[1]. C'est pour ça qu'ils ne sont pas là aujourd'hui : ils ont été exclus pour la journée.

— Qu'est-ce qui s'est passé ? s'exclama Hélène, dépassée.

— Lucas a vu Hector sortir après toi du vestiaire des filles et il a pété les plombs. Il a hurlé qu'Hector n'avait pas le droit de t'approcher. Je crois qu'il a dit que tu étais à lui, ajouta Claire, hésitante.

Hélène secoua la tête. Lucas devait vouloir dire que c'était à lui de la tuer… Elle se tut un bref instant.

1. Football américain. (*N.d.T.*)

— C'est cool, je me fais insulter parce que Lucas est un gros mytho ! C'est trop injuste !... Et puis, ça n'explique pas pourquoi les garçons me détestent. Il y a eu autre chose ?

— Euh, oui, continua Claire, préoccupée. Le problème, c'est qu'ils se sont battus devant toute l'équipe, les entraîneurs, tout le monde... et ce n'était pas juste une petite dispute, c'était super violent. Jason a réussi à les séparer, mais c'était trop tard. Et... eh bien, ils ont tous été virés de l'équipe. C'est pour ça que tout le monde t'en veut. Les trois Délos ont la réputation d'être des athlètes exceptionnels et, du coup, tu as gâché les chances du lycée de gagner...

— Arrête ! Ce sont eux qui me pourrissent la vie !

Mais une petite voix intérieure lui chuchota qu'elle gâchait aussi la leur. Ils n'étaient installés sur l'île que depuis deux semaines et voilà que les garçons étaient déjà renvoyés du lycée. Si ce genre d'incidents se répétait, ils seraient exclus pour de bon. Et où iraient-ils ? Ils seraient obligés de rejoindre le continent tous les matins – il n'y avait qu'un seul lycée sur l'île. Et dire qu'ils venaient juste de décider de faire la paix ! Leurs efforts n'avaient rien changé, rien pu empêcher.

La terrible vérité commençait à lui apparaître. Même si elle parvenait à contrôler sa colère – et les Délos la leur –, les Érinyes ne les laisseraient jamais cohabiter en paix. La rixe entre Lucas et Hector venait de le prouver : si les Délos ne la tuaient pas, ils en viendraient à s'entre-tuer. Il n'y avait pas d'issue. Pour une raison mystérieuse, les Érinyes réclamaient du sang. Peu leur importait comment il était versé.

— Tu ne sors pas avec Lucas ? hasarda Claire.

Hélène fut brusquement tirée de ses sombres pensées.

— Moi, sortir avec Lucas ? Chaque fois que je le vois, j'ai envie de lui arracher les yeux !

— Et voilà ! C'est ça que je ne comprends pas ! s'exclama Claire avec emphase. Tu n'as jamais détesté personne, pas même Gabrielle qui te tape sur les nerfs depuis le primaire. Tu t'es éloignée d'elle sans réagir, alors que tu étais aussi proche d'elle que de moi ! Et avec Lucas ? On dirait qu'un truc te ronge de l'intérieur ! Depuis qu'il a emménagé sur l'île, tu ne décolères pas. Je ne comprends pas. C'est à croire que la rumeur dit vrai...

— Qu'est-ce qu'elle dit, la rumeur ? s'enquit Hélène, en pilant.

Elles n'avaient pour l'instant couru qu'à petites foulées, mais Hélène avait besoin d'une réponse. Elle força Claire à s'arrêter et à la regarder en face.

— Qu'est-ce qu'elle dit ?

Claire poussa un soupir.

— Que toi et Lucas, vous vous êtes rencontrés par hasard à la plage, avant la rentrée, et que vous avez couché ensemble. Qu'il t'a menti en te racontant qu'il était en vacances, pour se débarrasser de toi. Et que c'est pour ça que tu as pété les plombs quand tu l'as vu dans le hall du lycée. Tu as compris qu'il s'était servi de toi, alors que toi, tu étais amoureuse de lui.

— Ouah, d'accord. Très romantique.

— Ouais, mais... est-ce que c'est vrai ? demanda Claire, la suppliant du regard.

Hélène passa le bras autour de ses épaules et se remit en marche.

— D'abord, Lucas et moi, on ne s'était jamais vus avant. Ensuite, je te l'aurais dit tout de suite si j'avais embrassé un autre garçon depuis l'histoire avec Matt il y a quatre ans. Et surtout, et c'est peut-être le plus important, je n'ai jamais été aussi proche de Gabrielle que de toi. Tu es ma meilleure amie, Ris'.

Claire se laissa attendrir et sourit.

— Je sais que j'ai été bizarre, ces derniers temps, reprit Hélène, et je suis vraiment désolée. Il m'arrive des trucs étranges. Je voudrais bien t'en parler, mais je ne peux pas, parce que je ne comprends pas encore tout. Mais s'il te plaît, ne me laisse pas tomber, même si je suis en colère et malheureuse tout le temps !

— Je ne te laisserai *jamais* tomber, mais… tu veux que je sois parfaitement honnête ?

Elle s'arrêta de nouveau et se tourna vers Hélène.

— Je sais que je devrais te dire que ce n'est rien, que ça va passer, et blablabla, mais je ne peux pas. Je ne crois pas que ça va s'arranger tout seul. Je suis inquiète pour toi, Hélène.

Après l'entraînement, Hélène se rendit au *News Store*. Elle avait proposé à Luis de le remplacer pour la soirée, afin d'alléger son week-end puisqu'il allait assumer seul le magasin pendant l'absence de Cathy et de Jerry.

Les clients continuaient à la dévisager avec insistance, la nouvelle de son « pétage de plombs » ayant fait le tour de l'île, mais elle avait d'autres chats à fouetter. Le temps de fermer la boutique, il était minuit passé.

Elle donna le dernier tour de clé et tendit l'oreille, aux aguets, inquiète. Ce ne fut qu'une fois au volant de la jeep qu'elle relâcha sa vigilance.

Elle venait de garer la voiture dans l'allée et se dirigeait tranquillement vers la maison quand elle fut attaquée.

Son premier sentiment fut le soulagement. Au moins, les Délos avaient attendu que Jerry soit loin pour venir la tuer. Un bras sec et nerveux s'enroula autour de son cou, la poussant vers le sol, de sorte qu'elle tomba à genoux, la respiration coupée. Elle ne pouvait rien voir de son agresseur. Elle en était à se demander qui, de Lucas ou d'Hector, avait gagné le droit de l'assassiner, quand, en manque d'oxygène, son champ de vision s'obscurcit. Elle fut soudain traversée par la vision de son père en train de trouver son corps inerte dans l'allée. Tout son être s'y refusa. Ce n'était pas possible. Elle devait se battre, si infimes que soient ses chances. Jamais Jerry ne se remettrait de la perdre après avoir déjà perdu sa mère.

Hélène replia le bras et, avec l'énergie du désespoir, enfonça le coude dans le plexus solaire de son agresseur. Celui-ci émit un râle de suffocation et, la seconde suivante, il relâcha son étreinte. Hélène tomba à quatre pattes. Elle prit deux inspirations avant de relever la tête, surprise que personne ne se soit jeté sur elle pour l'immobiliser.

Lucas baissait les yeux vers elle, tandis que, de sa main droite, il agrippait le tee-shirt d'Hector. Bizarrement, le regard de celui-ci ne se portait pas sur elle, mais loin derrière son épaule. Elle fut interrompue dans sa réflexion par le gémissement des Érinyes. Elle se demanda, perplexe, pourquoi elles arrivaient si tard, mais elle n'eut pas le loisir d'approfondir la question.

— Jason ! Ariane ! appela Lucas. Ramenez-la *vivante* ! insista-t-il, posant un regard appuyé sur Hector.

Hélène prit ses jambes à son cou.

Elle n'avait jamais couru au maximum de ses capacités, par crainte de voir confirmés ses pires cauchemars. « Monstre, animal de foire, sorcière... » toutes les insultes qu'elle s'infligeait lorsqu'il lui arrivait de réussir quelque chose d'impossible allaient lui tomber dessus comme un raz-de-marée. Mais lorsqu'elle entendit la voix hargneuse d'Hector prononcer son nom, elle cessa de réfléchir, elle courut.

D'instinct, elle se dirigea vers la lande. La sombre étendue baignée par la lumière blafarde de la lune lui paraissait préférable aux routes et aux maisons de sa communauté. Si elle devait mourir, autant que ce soit seule, sans risque qu'un être « normal » ne vienne se sacrifier pour sauver la pauvre Hélène Hamilton, leur voisine et amie de toujours.

Et si elle devait se battre, elle préférait que ce soit sous un ciel immense et bas qu'entourée des pittoresques maisons de baleiniers. Elle bifurqua vers l'ouest. Sur sa gauche, mêlées aux soupirs des eaux paisibles du golfe de Nantucket, elle entendait les voix de Lucas et d'Hector qui criaient son nom. Ils gagnaient du terrain.

Hélène traversa Polpis Road, contourna la mare de Seachada, et soudain, elle se retrouva face aux eaux tumultueuses de l'océan Atlantique. Elle chercha où se cacher, mais la lande était parfaitement dégagée et le ciel limpide. Elle regarda les vagues noires qui scintillaient sous la lumière de la lune et pria pour que la brume monte de l'Océan et l'enveloppe d'une épaisseur protectrice.

Ce maudit Océan lui devait bien ça, lui qui lui avait presque ôté la vie quand elle était petite. Quelques foulées plus tard, sa demande fut exaucée par miracle. Alors qu'elle remontait vers le nord, vers la pointe sableuse et inhabitée de l'île, elle rencontra un brouillard épais et salé.

Avec l'humidité, les voix de ses poursuivants lui parvenaient plus nettement et elle sut qu'eux aussi l'entendaient mieux. Paniquée, épuisée, elle s'enfonça dans le brouillard avec l'énergie du désespoir, suppliant ses jambes d'accélérer encore. Sur le point de s'écrouler, elle sentit soudain son corps s'alléger. Sa respiration hachée se calma et le choc exercé sur ses articulations et sur sa colonne à chacune de ses foulées cessa brusquement. Elle continuait à avancer, mais ne sentait plus rien, hormis le vent froid qui soufflait dans ses cheveux. Elle sortit de la nappe de brouillard et découvrit devant elle les ténèbres parsemées d'étoiles. Elle baissa les yeux.

Sous ses pieds, de petites lumières formaient une virgule au milieu de l'Océan. Cherchant autour d'elle les ailes de l'avion qui aurait dû la porter à cette altitude, elle ne vit que ses propres membres qui flottaient et ondulaient, comme si elle était sous l'eau. Elle regarda à nouveau vers le sol et comprit que la virgule illuminée était sa petite île chérie. Sa vision se réduisit soudain à un tube noir. Sans un bruit, elle s'évanouit et tomba.

SIX

C'était la nuit dans le Pays aride. Hélène fut surprise que le temps s'y écoule. Elle regarda autour d'elle, indécise, avant de conclure que oui, elle était bien dans le Pays aride. Le paysage était légèrement différent, moins vallonné, plus ouvert. Le ciel sombre et vide paraissait plus bas.

Elle se retourna et vit qu'au loin, une ligne divisait la terre et le ciel. Au-delà, le pays ressemblait à celui qu'elle connaissait. Les deux espaces temporels cohabitaient comme deux tableaux entreposés l'un à côté de l'autre dans l'atelier d'un peintre. Ici, le temps était un lieu et ne passait jamais.

Hélène se mit en route. Elle avait froid et claquait des dents. Dans le pays du jour, il n'y avait aucun moyen d'échapper à la chaleur, aussi Hélène devina-t-elle que dans le pays de la nuit, elle ne pourrait se réchauffer, même en se frottant les bras.

Elle aperçut quelqu'un, plus loin, et pressa le pas.

C'était Lucas. Il avançait à genoux, tâtonnant comme un aveugle, se coupant sur les pierres tranchantes. Il avait l'air paniqué. Elle l'appela, mais il ne l'entendit pas. Elle s'agenouilla près de lui et prit son visage entre ses mains. Son premier réflexe fut de s'écarter, puis il fit un geste vers elle avec soulagement.

Il articula son nom, mais aucun son ne sortit. Elle voulut l'aider à se lever. Il lui parut étrangement léger. Il avait si peur qu'il n'osait pas se redresser. Des larmes silencieuses coulaient sur ses joues. Hélène comprit qu'il la suppliait de le laisser là. Mais elle savait qu'elle ne devait pas, sinon il ne quitterait jamais le Pays aride.

Malgré ses pleurs, elle l'obligea à se lever et à marcher.

Hélène souffrait tant qu'elle n'avait même pas la force de gémir. Elle entendait le bruit de l'Océan, mais elle ne pouvait ouvrir les yeux. Elle sentait sa tête dodeliner, comme si elle était allongée à plat ventre sur un radeau qui tanguait. Un très léger sourire flotta sur ses lèvres. Quelque chose avait arrêté sa chute. Portée par cette pensée réconfortante, elle essaya de rendre sa souffrance tolérable en la morcelant en tout petits bouts, un battement de cœur après l'autre. Après dix pulsations, elle compta jusqu'à vingt, et quand elle eut terminé, elle s'efforça de tenir jusqu'à quarante, et ainsi de suite. Elle perçut un autre battement régulier, sous elle. Rapidement, son cœur se mit à battre à l'unisson avec le battement qui provenait de son radeau de survie. Elle ne bougea plus du tout.

De longues heures plus tard, Hélène, toujours immobile, réussit à ouvrir les yeux, mais elle ne put distinguer, à travers le balayage aveuglant d'un phare, que des murs de sable. Sous sa joue droite, elle sentait un tissu chaud. Il lui fallut quelques minutes pour comprendre que c'était un tee-shirt et qu'il y avait quelqu'un dans ce tee-shirt. Elle était étendue sur un homme. La bosse, c'était sa tête et le léger tangage sa respiration. Les fils Délos l'avaient attrapée.

— Hélène ? appela la voix de Lucas, faible et essoufflée. Parle. Si tu es vivante.

Sa voix n'avait aucune inflexion agressive.

— Suis vivante. Peux pas bouger, chuchota-t-elle.

À chaque syllabe, des ondes de douleur irradiaient dans tout son corps.

— Attends. Écoute les vagues. Calme-toi, haleta-t-il, comme si un poids comprimait ses poumons.

Hélène était incapable de lever même un bras. Elle se détendit et regarda le monde vaciller au rythme de sa respiration. Ils attendirent dans l'alternance d'obscurité et de lumière du phare, bercés par le bruit du ressac.

Lorsque sa souffrance diminua jusqu'à devenir presque supportable, elle put se concentrer sur son propre corps. À l'extérieur, tout semblait intact. En revanche, ses os lui paraissaient flasques et ils n'étaient plus en état de tenir les muscles et les tissus. Elle ressentait une sorte de brûlure dans la moelle. Elle connaissait cette sensation. Elle l'avait déjà éprouvée, le jour où elle avait appris à faire de la trottinette et où elle s'était cassé le bras. Plus tard, à l'hôpital, son bras apparut intact lors de la radio. La démangeaison signifiait qu'elle était en train de cicatriser.

Elle était tombée du ciel et elle avait survécu. Plus de doute possible, elle était un monstre. Un phénomène de foire. Peut-être même une sorcière. Des larmes roulèrent sur ses joues.

— N'aie pas peur, réussit à prononcer Lucas. La douleur va passer.

— J'aurais dû mourir, gémit-elle. Qu'est-ce qui ne va pas chez moi ?

— Rien. Tu es comme nous, déclara-t-il d'une voix qui s'affirmait au fur et à mesure qu'il cicatrisait, lui aussi.

— C'est-à-dire ?

— On nous appelle les Infants.

— Les Infants ? marmonna Hélène, qui connaissait le mot grâce au rituel du « mot du jour » de Hergie. Les Infants de qui ?

Lucas répondit, mais Hélène ne comprit pas tout de suite. Le mot « demi-dieux » était trop déconcertant. Même si elle était prête à tout entendre, même une explication diabolique.

— Euh... balbutia-t-elle bêtement, si troublée qu'elle s'arrêta de pleurer.

Sa vue vacilla : elle comprit que Lucas riait.

— Ouille. Ne me fais pas rire, protesta-t-il, tandis que sa poitrine se soulevait et s'abaissait.

C'était si drôle de sentir sa tête tressauter qu'elle continua sans pouvoir s'arrêter.

Après quelques derniers soubresauts, ils retrouvèrent leur calme et attendirent en silence que leur corps se reconstitue. Malgré la souffrance, le temps s'écoulait paisiblement. D'une oreille, Hélène entendait le battement régulier du cœur de Lucas, et de l'autre les mouettes. L'aube se levait et, pour la première fois depuis longtemps, elle se sentait en sécurité.

— Pourquoi je ne te déteste plus ? demanda-t-elle, lorsqu'elle put parler clairement.

— Je me posais la même question. Je me demande si les Érinyes ne sont pas parties.

Lucas poussa un profond soupir, comme si un poids énorme venait de lui être retiré de la poitrine – alors même que sa tête devait peser une tonne.

— J'ai eu peur, à un moment, quand on était dans le ciel. C'était vraiment dur de ne pas t'attaquer…

— On ? Oh, tu sais voler ! s'exclama Hélène.

Elle se rappela la manie de Lucas d'apparaître brusquement et les bruits sourds qui accompagnaient ses atterrissages. Si elle ne l'avait jamais vu voler, c'est qu'elle n'avait jamais pensé à lever la tête.

— Comment t'es-tu retrouvé sous moi ? demanda-t-elle.

— J'ai vu que tu avais perdu conscience et j'ai tout fait pour te ralentir, mais on était déjà trop près du sol quand j'ai réussi à te prendre dans mes bras.

Il remua légèrement, puis grimaça sous la douleur.

— Je n'en reviens pas qu'on soit vivants…

— Moi non plus. J'ai cru que tu venais pour me tuer et tu m'as sauvé la vie ! s'émerveilla-t-elle.

Elle sentit sous son dos ses bras se contracter, puis se détendre de nouveau.

— Le soleil se lève. Avec un peu de chance, ma famille va nous trouver, maintenant.

— Je ne peux rien voir d'autre que des montagnes de sable. On est où ?

— Au fond du cratère qu'on a creusé en tombant, sur une langue de sable tout au bout de la plage la plus au nord de l'île, juste avant le phare de Great Point...

— Super facile à trouver, se moqua-t-elle.

— Presque dans mon jardin !

Il rit, puis grimaça. Après un moment de silence, il reprit :

— Qui es-tu ?

— Hélène Hamilton, répondit-elle, surprise par sa question.

— C'est le nom de ton père, mais ce n'est pas ta Maison, protesta-t-il.

Hélène sentit le M majuscule rien qu'à sa façon de le prononcer.

— Tu aurais dû prendre le nom d'Infante de ta mère plutôt que celui de ton père. Qui était-elle ?

— Beth Smith.

— Beth Smith. Ouais, dit-il, sarcastique.

— Quoi ?

— Smith est un pseudo, c'est clair.

— Comment peux-tu être aussi sûr de toi ? s'insurgea-t-elle, agacée. Tu ne sais rien d'elle !

Hélène n'avait jamais connu sa mère, et voilà qu'un étranger prétendait en savoir plus qu'elle ! Elle éprouva un léger choc en réalisant que c'était sans doute le cas. Pour la première fois depuis des heures, elle prit conscience de leur promiscuité et se sentit gênée. Elle essaya de s'appuyer sur son avant-bras, mais une douleur fulgurante l'en découragea. Après plusieurs essais laborieux pour rouler sur le côté, elle y renonça.

— Je sais que tu ne t'appelles pas Smith parce que

tu peux *voler*, Hélène. Maintenant, arrête de bouger, tu me fais mal.

— Désolée.

Elle réalisa qu'il avait accusé le poids de son corps quand ils s'étaient écrasés sur le sol et que ses blessures étaient sans doute bien plus graves que les siennes.

Tout en observant le sable gris devenir rose, puis corail, Hélène pensa que c'était la deuxième fois en deux jours qu'elle voyait l'aube se lever. La deuxième était bien plus plaisante que la première. Certes, elle souffrait, mais elle se sentait vivante et délivrée de la colère qui l'habitait jusque-là. Elle n'avait pas conscience que c'était si lourd à porter.

Elle entendit une voix appeler Lucas. Soudain, elle n'avait plus aucune envie qu'on la retrouve.

— Ici ! appela Lucas d'une voix faible.

— Attends, supplia Hélène. Et s'ils voient encore les Érinyes quand ils me regardent ? Je ne suis pas en état de me défendre !

— Personne ne te fera de mal, promit-il.

— Mais Hector...

— ... il devra me passer sur le corps avant, conclut-il d'une voix résolue.

— Euh... commença-t-elle, ne sachant pas comment formuler ses doutes sans le vexer.

Il fit entendre un petit rire.

— Je sais, je ne suis pas au meilleur de ma forme, mais fais-moi confiance. Je ne laisserai personne te toucher, même pas le grand méchant Hector. Il n'est pas si terrible que ça, au fond...

Il réussit en redressant la tête à croiser son regard.

— C'est ton cousin, remarqua-t-elle. C'est normal que tu le défendes…

— Alors, je te laisse décider. Je ne peux pas nous cacher, mais si tu préfères, je ne leur fais pas signe, déclara-t-il.

D'autres appels suivirent, mais Lucas tint sa promesse. Il resta parfaitement silencieux, même s'il tressaillait en entendant la voix épuisée de Cassandre. Elle paraissait désespérée et apeurée. Et les autres aussi. Tout cela à cause d'Hélène. Elle ne put le supporter plus longtemps.

— Là ! cria-t-elle le plus fort possible. On est là !

— Tu es sûre ? s'enquit Lucas avec précaution.

— Non, hoqueta-t-elle nerveusement.

Elle appela de nouveau, et Lucas l'imita. Ils entendirent bientôt des bruits de pas qui couraient vers eux. Lucas chercha à bouger pour voir qui se tenait sur le bord du cratère.

— Salut, papa, dit-il sur un ton désolé.

Castor marmonna un juron qu'Hélène ne comprit pas, mais dont elle devina le sens, puis il donna des ordres et quelqu'un atterrit près d'elle.

— Hélène ? chuchota Ariane. Je vais te faire rouler sur le côté, d'accord ? Mais je vais t'abord essayer d'accélérer la guérison de tes os. Tu vas avoir un peu chaud, mais ne t'inquiète pas, guérir fait partie de nos dons, à Jason et à moi. Jason, viens t'occuper de ses jambes !

Hélène entendit un autre bruit de chute, puis elle sentit les mains des jumeaux effleurer doucement ses bras et ses jambes. Elle éprouva alors une sensation de brûlure presque insoutenable à l'intérieur de ses os, au point qu'elle se demanda si le remède n'était pas pire que le mal. Mais avant qu'elle ait pu les supplier d'arrêter, la douleur cessa.

Les jumeaux comptèrent jusqu'à trois et la retournèrent comme une crêpe. Malgré ses efforts pour se montrer courageuse, elle ne put retenir un cri. Le moindre muscle, le moindre millimètre de peau, le plus petit os, tout son corps la faisait horriblement souffrir, comme si on avait rempli ses veines de bris de verre incandescents.

Elle serra les dents et respira profondément avant de trouver le courage d'ouvrir les paupières. Elle croisa le regard d'Ariane, dont les grands yeux lumineux débordaient de compassion. Celle-ci examina le visage d'Hélène avec minutie, puis lui sourit d'un air épuisé. L'effort qu'elle venait de fournir semblait l'avoir vidée. Ses lèvres étaient pâles et ses cheveux châtains collaient à ses joues moites.

— Ne t'inquiète pas. Ton visage est en train de reprendre son apparence normale. Tu seras redevenue adorable d'ici la tombée de la nuit, dit-elle, caressant les cheveux d'Hélène d'un geste réconfortant. Ne bouge pas, je reviens tout de suite.

Hélène jeta un regard autour d'elle. Pour la première fois, elle pouvait voir où Lucas et elle avaient passé la nuit : au fond d'un cratère d'un mètre cinquante de profondeur et de quatre à cinq mètres de diamètre. Elle mit du temps à comprendre qu'il avait été creusé par l'impact de leurs corps avec le sable. Sentant l'eau s'infiltrer dans ses vêtements, elle comprit que Lucas avait passé la nuit dans une flaque d'eau froide. Elle tourna lentement la tête vers lui.

Son corps avait laissé une empreinte dans celui de Lucas : le poids de sa tête et de ses épaules avait creusé son torse. Sa douleur était si intense qu'elle défigurait ses traits. Il fredonnait pour s'empêcher de hurler. Son père, penché sur lui, le regard plongé dans le sien, lui parlait d'une voix douce. Elle vit Lucas acquiescer d'un très léger signe de tête, se mordre la lèvre, puis prendre une longue inspiration et retenir son souffle. Alors que son torse retrouvait peu à peu une forme normale, il expira d'un coup. Il haletait, comme quelqu'un qui vient de soulever une lourde charge. Une larme coula au creux de ses paupières et disparut dans ses cheveux.

Son père lui glissa une parole de réconfort, puis sortit du cratère et parla avec Hector. Lorsque Lucas eut enfin repris son souffle, il tourna la tête vers Hélène.

— Je crois que le pire est derrière nous, dit-il en lui serrant la main.

Elle ne s'était pas rendu compte qu'ils se tenaient les mains, mais il lui parut naturel de serrer la sienne en retour. Elle lui sourit. Il était très amoché. Bien pire que ce qu'elle avait imaginé.

— C'est rien, ça ! s'exclama-t-elle avec entrain, dans l'espoir de lui changer les idées. Qu'est-ce que tu fais, vendredi soir ?

— À quoi tu penses ?

— On pourrait essayer de se percuter en voiture, suggéra-t-elle d'une voix faussement joyeuse.

— On a déjà joué à ça avec Jason, le week-end dernier…

— Alors, on pourrait aller au zoo et se jeter dans la cage aux lions ? s'empressa-t-elle de suggérer, pour l'empêcher de penser à sa poitrine défoncée.

— Les Romains ont déjà exploité le filon. Tu n'as rien de plus original ?

— Je vais y réfléchir, déclara-t-elle avec assurance. Je vais trouver une idée.

— J'ai hâte de savoir quoi !

Il tourna la tête pour grimacer de douleur.

— Hé ! Il y a quelqu'un ? appela-t-elle d'une voix suraiguë, en le voyant trembler. Lucas n'est pas au top de sa forme, là !

— Non, il n'est pas au top, répéta Cassandre d'une voix enrouée et chargée d'amertume.

Hélène eut un choc, elle qui se croyait seule avec Lucas. D'autant que Cassandre ne semblait pas avoir apprécié la scène.

— Descends les planches, lança-t-elle à son père. Il est temps de les sortir.

Hélène écarquilla les yeux. Comment une adolescente de treize ans pouvait-elle parler aux adultes sur ce ton ? Mais, à sa grande surprise, les deux planches furent descendues sans la moindre protestation.

Jason et Ariane allongèrent Hélène sur l'une d'elles et lui demandèrent de bouger le moins possible, puis ils passèrent leurs mains luisantes à un centimètre du corps de Lucas. Hélène le vit serrer les dents.

Elle fut transportée hors du cratère, puis installée à l'arrière de l'énorme 4 × 4 qu'elle avait tant critiqué.

Castor se glissa derrière le volant, pressé de partir : plus ils tardaient, plus ils risquaient d'être découverts. Cassandre grimpa à son tour à l'avant. Jason, Ariane et Hector restèrent pour reboucher le cratère, afin d'en effacer toute trace.

— On pourrait peut-être jeter un rocher au fond,

comme si c'était un astéroïde, suggéra Hector d'une voix fatiguée.

— Tu crois que ça marcherait ? demanda Jason, plein d'espoir à l'idée de retrouver son lit plus tôt.

— Non, trancha Cassandre. Cette partie de l'île est une réserve naturelle. Il y a des scientifiques en vadrouille partout, ils sauraient tout de suite que la pierre ne vient pas du ciel.

Jason et Ariane gémirent en chœur, mais se remirent au travail. De nouveau, l'avis de Cassandre n'avait pas été contesté. Hélène avait toujours imaginé que Lucas était – en quelque sorte – le chef des enfants Délos, et Castor le chef de la famille tout entière. Or elle découvrait que celle-ci était régie par une autre dynamique, moins traditionnelle. Lorsque Cassandre parlait, tous l'écoutaient, y compris son père. Et visiblement, elle n'avait pas besoin des Érinyes pour détester Hélène. D'ailleurs...

— Je ne vois pas les Érinyes ! s'exclama-t-elle soudain.

— Nous non plus... répondit Castor, pensif. On élucidera la question plus tard. Vous avez d'abord besoin de repos.

Hélène pouvait difficilement prétendre le contraire, alors qu'elle peinait à garder les yeux ouverts. Dès qu'elle entendit le ronronnement du moteur, elle s'endormit comme un bébé.

Hélène se réveilla dans un grand lit blanc. Le ciel se découpait dans la fenêtre, zébré de couleurs à rendre fous les peintres de l'île.

Elle remua les orteils puis, comme tout semblait fonctionner normalement, elle prit appui sur ses coudes et se redressa en position assise. Balançant les jambes hors du lit, elle s'aperçut qu'elle portait une chemise de nuit inconnue – une chemise de nuit bien trop courte et trop transparente à son goût. Elle avait beau revenir d'une expérience de mort imminente, elle rougit. Mais lorsqu'elle posa les pieds par terre, elle ressentit une douleur si vive que toute notion de pudeur l'abandonna. Elle poussa un cri strident. Une main secourable se présenta aussitôt.

— Doucement ! Tiens, accroche-toi à moi, dit Ariane. Ouah, c'est fou comme tu guéris vite ! Je te conseille quand même de rester allongée...

— Je peux pas... murmura-t-elle, posant sur Ariane un regard penaud.

— Euh, t'as besoin des toilettes, c'est ça ? s'exclama-t-elle, nerveuse. Je vais te porter.

Hélène sentait qu'Ariane faisait son possible pour la mettre à l'aise.

— Ça t'ennuie si je regarde où tu en es de ta guérison ? s'enquit Ariane une fois qu'Hélène eut regagné son lit.

— Non... Est-ce que ça va faire mal ?

— Pas du tout. Je vais juste t'examiner. C'est quand on régénère les cellules que ça fait mal. Et si ça peut te consoler, ce n'est pas une partie de plaisir pour moi non plus.

— Bon, d'accord...

Elle s'adossa contre ses oreillers et attendit, sans pouvoir se défaire d'une certaine anxiété. Ariane posa les mains sur sa cage thoracique et se concentra. Hélène sentit une légère vibration, comme si elle se trouvait devant un énorme caisson de basse. Comme promis, elle ne ressentit aucune douleur. Au bout d'un moment, Ariane releva les mains.

— On ne peut pas rêver d'un meilleur patient, dit-elle. Quand j'ai vu à quel point vous étiez amochés, Lucas et toi, j'ai eu très peur. Mais tu vas t'en sortir sans la moindre séquelle.

— Merci, dit Hélène, émue. De m'avoir guérie, mais aussi de m'aider…

Au même instant, une jeune femme à l'allure de lutin passa la tête par l'entrebâillement de la porte. Hélène éprouva une sympathie instinctive pour cette femme aux cheveux courts, dont les poignets disparaissaient sous les bracelets. Elle devina, à leur petite musique, qu'elle devait aussi porter des bijoux aux chevilles.

— Hélène, je te présente ma tante Pandore. Pandore, c'est…

Ariane tambourina avec ses doigts sur le dessus-de-lit.

— … la fameuse Hélène Hamilton !

— Ta-da ! compléta Hélène d'une petite voix.

Pandore vint s'asseoir sur le lit.

— Ah ! je vois mieux pourquoi Lucas a perdu le contrôle, déclara-t-elle, un sourire insolent aux lèvres.

— Non ! Tout ça, c'est fini ! se dépêcha de préciser Hélène. On n'a plus entendu les Érinyes depuis qu'on s'est réveillés sur la plage…

Devant son regard perplexe, elle se sentit obligée d'ajouter :

— Je n'ai plus envie de vous tuer. Que les choses soient claires.

— Eh bien, tant mieux. J'ai cru comprendre que t'avais un sacré arsenal, déclara Pandore d'un ton approbateur.

Hélène ne saisit pas l'allusion et préféra changer de sujet.

— Comment va Lucas ? s'enquit-elle, encore étonnée de pouvoir prononcer son prénom sans être animée d'une violente pulsion de haine.

Pandore et Ariane échangèrent un regard.

— Il va s'en sortir, décréta la première, secouant les poignets dans un joyeux cliquetis, comme s'ils allaient chasser toutes les pensées tristes.

— Il a bien failli y passer, mais il est en train en guérir, ajouta Ariane d'un ton optimiste.

Hélène n'osait les regarder ni l'une ni l'autre. Un gargouillis particulièrement long en provenance de son ventre vint briser le silence gêné qui s'était installé.

— Je crois que tu as faim, remarqua Pandore, flegmatique. Et avec un peu d'aide, tu devrais être capable de partager notre table…

Ariane lui prêta un peignoir en éponge et un tee-shirt puis, tout en plaisantant sur le fait qu'Hélène aurait intérêt à grossir un peu, elles descendirent celle-ci un étage plus bas.

Une délicieuse odeur les accueillit à leur arrivée dans la cuisine. Alors que ses porteuses la déposaient délicatement sur une chaise, l'estomac d'Hélène se manifesta de nouveau. À ce bruit, Hector releva la tête, puis adressa quelques mots à la femme qui préparait le dîner et qui se retourna vivement.

— Ça alors ! Je ne pensais pas que tu te joindrais à nous ! s'exclama-t-elle, stupéfaite. Formidable !

— Merci. Et merci pour les provisions que vous nous avez fait livrer, répondit Hélène.

Elle avait tout de suite su que c'était Noëlle Délos, tout comme elle avait su, d'instinct, que cette femme était parfaitement normale, sans une once de force divine en elle. Le remords l'assaillit. À travers son fils et ses neveux, elle avait menacé cette femme fragile, perdue au milieu d'une famille de demi-dieux.

Devant son expression coupable, Noëlle lui sourit.

— Je t'en prie. Mais d'abord, le plus important : dis-moi comment prévenir ton père.

— Je préfère qu'il ne soit pas mêlé à ça, protesta Hélène, mal à l'aise.

— Ça fait vingt-quatre heures que tu as disparu. Il doit être mort d'inquiétude.

— Il est parti à Boston pour le week-end, il ne rentre pas avant demain soir.

— Très bien, à toi de voir. Mais je pense que ce serait mieux que vous en parliez tous les deux, dit Noëlle en l'observant.

Elle lui versa un grand verre de lait, puis laissa échapper un geste d'impatience.

— Mange ! Ce n'est pas le moment de faire la timide, Hélène ! Tu en as besoin !

Hélène se jeta sur le pain comme un glouton, ce qui arracha à Noëlle un nouveau sourire. Elle demanda à Hector de lui chercher du fromage dans le réfrigérateur.

Il se leva à contrecœur puis fit toute une comédie en le posant sur la table devant Hélène, prétendant avoir peur de se faire dévorer les doigts s'il les approchait trop d'elle.

— Tu peux parler, se moqua Pandore. Il y a deux semaines, je devais recompter les couverts pour vérifier que tu ne les avais pas avalés !

— Tu as été blessé ? demanda Hélène, avant de se rappeler qu'Hector et Pandore étaient arrivés après le reste de la famille.

En deux semaines, il s'était passé tant de choses ! Tandis qu'elle s'en étonnait intérieurement, elle ne se rendit pas compte de la gêne qui s'était installée. Les uns et les autres échangeaient des regards au-dessus de sa tête.

— Pardon, je ne voulais pas être indiscrète, s'empressa de s'excuser Hélène.

— Ne t'en fais pas. Ce n'est pas juste la guérison d'Hector, c'est tout ce qui l'entoure, expliqua Noëlle. Mais ce n'est pas le moment d'en parler, mange.

Au début, Hélène se comporta avec la retenue naturelle des invités, mais dès qu'on eut posé devant elle un plat de lentilles, elle fut comme enivrée par le fumet qui s'en dégageait. Elle avait vaguement conscience qu'autour d'elle, des gens s'agitaient, mais elle était trop absorbée par la succession des plats pour prêter attention aux détails. Elle mangea, mangea, mangea... jusqu'à ce qu'elle pique du nez sur un petit sablé aux noisettes.

— On passe à la glace ? proposa Noëlle en relevant une épaisse mèche des cheveux d'Hélène pour qu'elle ne tombe pas dans son assiette.

— Pas pour moi, merci, répondit Hélène, qui ne se sentait pas capable d'avaler une miette de plus.

— Enfin ! soupira Noëlle en se laissant tomber sur

une chaise en face d'elle, aussi épuisée qu'elle. Jason ? Tu crois que tu peux la monter ?

— Bien sûr !

Alors qu'il la soulevait de sa chaise, elle sortit soudain de sa torpeur.

— Je peux marcher ! protesta-t-elle en se tortillant. Je n'ai pas besoin d'être portée !

— C'est ça, oui. Tiens-toi tranquille ou je vais te laisser tomber, rétorqua-t-il, un sourire indulgent aux lèvres.

Alors qu'ils atteignaient le palier, Cassandre surgit de l'une des innombrables portes avec un plateau surchargé d'assiettes sales et Hélène aperçut Lucas dans un lit. Elle se cambra pour mieux le voir par-dessus l'épaule de Jason, mais Cassandre referma la porte.

— Est-ce qu'il va vraiment s'en sortir ? demanda-t-elle à Jason, tandis qu'il la portait dans la chambre d'amis.

— Oui, répondit Jason en évitant son regard.

Il fit entendre un petit rire forcé.

— Lucas en rajoute pour se faire dorloter… mais ça va aller.

Il la déposa sur le lit. Alors qu'il repartait vers la porte, elle lança, d'une voix bouleversée et timide :

— Je suis vraiment désolée…

Il se retourna, hésitant.

— J'avais tellement peur, murmura-t-elle. Je fuyais dans le brouillard et soudain, je me suis sentie hyper légère et j'avais très froid. Quand j'ai regardé vers le bas, j'ai réalisé que je volais et j'ai perdu connaissance. J'ai toujours su que j'étais bizarre… qu'il y avait quelque chose d'étrange chez moi, mais jamais je…

Un sanglot l'empêcha de continuer. Jason revint près d'elle et posa la main sur son épaule.

— On ne te reproche rien, Hélène.

Elle fit un geste de dénégation.

— Si. Parce que c'est moi qui ai commencé quand j'ai agressé Lucas au lycée.

— Tu n'as rien commencé du tout ! protesta Jason avec force. Cette guerre dure depuis des milliers d'années.

Hélène le regarda sans comprendre, mais il secoua la tête.

— Dors et ne t'inquiète pas pour Lucas. C'est un des fils d'Apollon les plus costauds.

Il éteignit la lumière en sortant, mais laissa la porte entrebâillée, au cas où elle appellerait en pleine nuit.

Hélène se blottit sous sa couette et essaya de se détendre, mais elle était dans un tel état d'épuisement qu'elle ne put y parvenir. Elle était troublée par l'atmosphère étrange de cette maison, et puis par cette découverte incroyable : elle savait voler. C'était indéniable. Elle n'était pas, comme elle l'avait cru, une simple athlète surdouée, longtemps persuadée d'être le résultat d'expérimentations génétiques. Mais oui, elle pouvait voler – ce dont aucun Homo sapiens normalement constitué n'était capable. Elle n'était donc pas normale. Elle n'était pas humaine.

La seule explication possible était celle de Lucas, mais elle lui paraissait invraisemblable. Elle avait appris au collège que les dieux grecs étaient des figures de la mythologie, l'incarnation de forces naturelles. Pas des personnes réelles avec de vrais enfants. Et pourtant… elle se souvenait avec précision des sensations qu'elle avait éprouvées quand elle s'était mise à voler. L'air était devenu presque solide, malléable... Soudain, elle n'eut plus le moindre doute. Elle était une demi-déesse. Elle allait devoir s'y faire.

Aux premières lueurs de l'aube, elle se réveilla en sursaut. Elle jeta un regard désemparé à la pièce inconnue et plongée dans l'obscurité. Elle avait rêvé qu'elle volait – une sensation merveilleuse – jusqu'au moment où elle avait réalisé qu'elle ne savait pas atterrir. Elle pensa qu'elle demanderait à Lucas de le lui apprendre. Puis elle réalisa qu'il ne volerait peut-être plus jamais.

Elle ne pourrait fermer l'œil sans avoir vérifié qu'il allait mieux. Malgré les tentatives répétées de sa famille pour la rassurer, elle avait besoin de voir son visage bronzé, normal, et de chasser de sa mémoire l'image de cette figure blême et apeurée qu'il avait dans le Pays aride.

Elle posa les pieds au sol et prit appui sur ses jambes. Son pas était hésitant et peu assuré. Ses muscles ne réagissaient pas comme d'habitude, ses articulations étaient enflées. Le temps d'atteindre la chambre de Lucas, elle était couverte de sueur.

Allongé sur le dos, il regardait la lune par la fenêtre. Il tourna la tête et la vit sur le seuil de la porte.

Un silence suivit.

— Salut, chuchota-t-il.

— Salut. Je peux entrer ?

— Oui, mais chut ! lui conseilla-t-il, désignant Cassandre endormie sur un canapé, dans un coin. Ça fait deux jours qu'elle ne s'est pas reposée...

Hélène s'avança, voûtée comme une vieille femme. Elle ressentait sur ses pieds une tension intolérable.

Elle se dirigea d'un pas chancelant vers une chaise à côté de son lit.

— Tu ne tiendras pas assise longtemps. Viens là, plutôt, l'invita-t-il en soulevant ses couvertures. Tu seras mieux allongée.

Hélène hésita. Elle avait passé la nuit précédente blottie contre lui. Mais là, c'était différent, elle avait le choix. À son sourire, elle comprit qu'il trouvait sa réticence absurde. Elle essaya de s'asseoir le plus doucement possible, mais ses jambes cédèrent d'un coup et elle s'affala à côté de lui.

— Désolée, murmura-t-elle en rabattant les couvertures sur eux.

— C'est bon. Fais juste attention avec tes pieds, j'ai des attelles.

Hélène glissa un regard sous les draps et vit que ses jambes étaient plâtrées.

— Tu vois ? Tu ne risques absolument rien...

Le visage d'Hélène redevint grave.

— Où en es-tu ? Tu crois que ça va aller ?

Elle s'appuya sur son coude pour lire son expression et démasquer un éventuel mensonge. Même à la faible lueur des rayons de lune qui filtraient à travers la fenêtre, elle fut frappée par l'intensité de ses yeux bleus.

— Je vais m'en remettre, chuchota-t-il, remuant à peine les lèvres.

— Complètement ? Est-ce que tu... pourras marcher, courir... et voler, et tout ça ?

— Oui, coupa-t-il. Je serai comme neuf d'ici vingt-quatre heures.

Hélène pensa soudain qu'il lui suffisait de se pencher pour l'embrasser. Cela lui parut si naturel – comme si elle *devait* l'embrasser – qu'elle se pencha légèrement… puis, au dernier moment, elle se ressaisit et se redressa, stupéfaite par son manque de contrôle.

— Couche-toi, Hélène, intima-t-il.

Elle ne se fit pas prier, soulagée de pouvoir cacher sa confusion.

Ils restèrent allongés l'un près de l'autre sans bouger, le cœur battant. Puis Lucas finit par se détendre et prit doucement sa main sous les couvertures. Tout en regardant sa poitrine se soulever et s'abaisser d'une façon familière, elle s'endormit un sourire aux lèvres.

SEPT

— Je ne voulais pas réveiller Lucas ! chuchota une voix contrariée.

Hélène se demanda comment Ariane avait pu la rejoindre pour prendre le thé au sommet de la tour Eiffel, alors qu'elle ne savait pas voler.

— Pourquoi vous ne voulez pas m'écouter ? gémit Cassandre à voix basse.

Hélène ne pouvait pas se trouver au sommet de la tour Eiffel. Hmm… Elle était donc dans un lit en train de rêver. Certes. Mais ça n'expliquait pas tout : que faisait Cassandre dans son lit ?

— Je te fais confiance, la rassura Noëlle. Mais que pouvons-nous faire ?

— Partir. Tout de suite. Faire nos bagages et retourner en Europe.

— Tu t'emballes trop, se fâcha Ariane, sans plus prendre la peine de chuchoter.

— Deux nuits de suite, Ari. Ils ont partagé leur repas, un toit et un lit, et maintenant, ils ont des témoins, répliqua Cassandre, tout aussi fort.

— Mais ils n'ont pas fait la seule chose qui compte ! cria Ariane en retour.

— Les filles ! protesta Noëlle.

Hélène se sentait si fatiguée qu'elle avait l'impression d'être collée au matelas, mais ce dernier cri lui fit ouvrir les yeux. Elle vit les visages d'Ariane, de Cassandre et de Noëlle penchés au-dessus de son lit – non, pour être exact, au-dessus du lit de Lucas, dans lequel elle se trouvait. Elle tourna la tête vers celui-ci. À moitié réveillé, il affichait une mine renfrognée.

— Allez vous disputer ailleurs, marmonna-t-il.

Il se blottit maladroitement contre Hélène malgré ses plâtres et enfouit son visage dans son cou. Elle lui donna un coup de coude et sourit aux autres autour d'elle. Cassandre paraissait furieuse.

— Je suis venue voir comment il allait et je n'ai pas réussi à retourner dans mon lit, expliqua-t-elle, mortifiée.

Elle laissa échapper un petit cri quand la main de Lucas remonta le long de sa cuisse pour s'accrocher à sa taille. Elle le sentit se crisper.

— Ah oui… soupira-t-il, retrouvant la mémoire.

Il sourit à sa famille, puis s'étira, ce qui lui arracha une grimace. Il se massa douloureusement la poitrine.

— C'est trop demander d'avoir un peu d'intimité ?

Sa mère, sa sœur et sa cousine se croisèrent les bras ou posèrent les mains sur les hanches. Humiliée, Hélène essaya de se débarrasser des couvertures et de sortir du lit. Cassandre fit demi-tour et quitta la pièce à grands pas.

— Ari, aide Hélène, dit doucement Noëlle en la voyant se débattre.

Elle se tourna ensuite en direction du couloir et cria d'une voix irritée :

— Hector ! Viens tout de suite aider ton cousin !

Hélène posa les pieds par terre et se dressa sur ses jambes fragiles, s'aidant de la main tendue d'Ariane. Elle réalisa soudain qu'elle portait ce ridicule petit bout de tissu qu'Ariane avait l'indécence d'appeler une chemise de nuit – un détail qui lui avait échappé quand elle s'était levée au beau milieu de la nuit.

— Ouah ! C'est... intéressant, déclara Hector depuis le seuil de la pièce.

— Qu'est-ce qui est intéressant ? s'enquit Jason, passant à son tour la tête par la porte entrouverte.

Ils fixèrent Hélène, qui venait de sortir du lit de Lucas à moitié nue, puis échangèrent un regard et éclatèrent de rire.

— C'est bon ! se défendit Lucas. Elle s'inquiétait pour moi et elle est venue me voir, mais cet effort l'a épuisée et elle ne tenait plus debout. Je n'ai pas voulu réveiller Cassandre, donc je lui ai proposé de s'allonger à côté de moi. On a juste dormi, ça paraît clair, non ? Maintenant, j'aimerais bien que tout le monde s'en aille. Toi aussi, maman. J'ai besoin de Jason pour retirer mes plâtres et prendre une douche.

Hélène regagna la chambre d'amis sans accepter plus de soutien que nécessaire. Elle était si gênée qu'elle n'avait plus qu'une idée en tête : partir de cette maison. Et pour ça, elle devait leur prouver qu'elle était rétablie.

— Merci, mais je vais m'en sortir toute seule, répondit-elle à Ariane, qui proposait de l'aider à se laver.

— D'accord. Mais n'hésite pas à m'appeler si t'as besoin, rétorqua Ariane, pas dupe.

Hélène dut s'asseoir à deux reprises sur le sol de la douche pour reprendre des forces, mais elle réussit à ôter tout le sable de sa chevelure et à se sécher seule. Il lui fallut dix minutes pour enfiler ses vêtements, qui avaient été lavés entre-temps, mais elle considérait que ça en valait la peine. Elle avait l'intention de s'éclipser le plus discrètement possible.

Quand elle descendit, toute la famille était réunie dans la cuisine, y compris Lucas. Son visage s'illumina dès qu'il l'aperçut. Elle se dirigea instinctivement vers lui, mue par un besoin soudain et irrépressible de se retrouver à ses côtés.

— On allait justement envoyer quelqu'un vérifier que tu n'étais pas partie avec l'eau de la douche, plaisanta Noëlle.

— Hélène est pudique, elle voulait s'habiller seule, dit Ariane, occupée à verser du miel dans un bol de porridge, qu'elle tendit ensuite à Hélène.

— Pudique ? s'exclama Hector, sarcastique. C'est le mot…

— C'est la chemise de nuit de ta sœur, non ? rétorqua Lucas du tac au tac.

Hector eut la délicatesse de ne pas insister, mais Ariane s'exclama naïvement :

— Oui, c'est la mienne. Elle est super confortable ! Quoi ? Pourquoi vous riez tous ?

— Rien, Ari. Laisse tomber, dit Jason, affligé, en levant les yeux au ciel.

Tout le monde riait, y compris Castor et Noëlle. Hélène, de son côté, était partagée entre l'envie de rire et l'humiliation. Elle laissa échapper un petit rire, puis baissa les yeux. Elle avait plus que jamais envie de fuir et elle décida de ne pas toucher à son assiette pour pouvoir partir plus vite.

— Je sais que tu as faim, lui chuchota discrètement Lucas. Qu'est-ce qui ne va pas ?

— Je voudrais rentrer chez moi. Je ne veux pas m'imposer trop longtemps...

Il secoua la tête.

— Je ne te crois pas. Alors ?

— Je me sens mal ! Me réveiller à moitié nue dans ton lit sous le regard de ta famille ? C'est pas le plus agréable, murmura-t-elle, les lèvres serrées et les joues brûlantes.

— Si ce n'était pas arrivé, tu voudrais rester ? demanda-t-il, soudain sérieux, ancrant son regard dans le sien.

Elle baissa les yeux et hocha la tête en signe d'assentiment, toujours aussi gênée.

— Pourquoi ? insista-t-il.

— D'abord, j'ai plein de questions à te poser.

Il la regardait avec une expression indéchiffrable.

— C'est la seule raison ? chuchota-t-il.

— Ça suffit, les bavardages, tous les deux, les interrompit Noëlle. Vous avez besoin de manger !

Hélène sursauta, ce qui fit rire Lucas. Tous deux se jetèrent sur la nourriture avec la voracité de ceux qui doivent reconstruire leur corps cellule après cellule. Lorsqu'elle releva enfin les yeux de son assiette, Hélène découvrit que les autres avaient fini de manger depuis longtemps, mais qu'ils restaient assis à siroter leur café et lire le journal. Passer la matinée du dimanche devant un énorme brunch, puis traîner dans la cuisine le reste du temps en attendant le repas du soir semblait normal.

D'abord un peu perdue au milieu de toute cette agitation, Hélène réalisa avec surprise qu'elle s'y sentait bien.

Lucas semblait toujours aussi faible.

Il s'appuya contre le dossier de sa chaise et ferma les yeux. Hélène aperçut une goutte de sueur sur son visage. Elle voulut poser la main sur son front, mais Jason se levait déjà et contournait la table.

— Je m'en occupe, Hélène, déclara-t-il.

Il fit un geste pour le porter, mais Lucas ne se laissa pas faire et se contenta de passer un bras autour de ses épaules.

— Seulement jusqu'à l'escalier, d'ac ? s'enquit-il.

Lucas s'arrêta sur le seuil de la pièce et appela, sans se retourner complètement :

— Papa ? Hélène se pose plein de questions...

Perdu dans ses pensées, Castor mit un moment avant de réagir. Il acquiesça, puis se leva.

— Oui, bien sûr... Allons dans mon bureau, ce sera plus calme.

Castor la conduisit dans l'une des ailes de cette maison tentaculaire, dans une pièce qui offrait une vue magnifique sur l'océan. Des chaises en cuir et des cartons de livres en dix langues différentes se partageaient l'espace avec des tapis roulés et des tableaux qui attendaient d'être accrochés. Deux grands bureaux étaient installés aux deux extrémités de la pièce, entièrement recouverts de papiers, d'enveloppes et de paquets.

Une rangée de portes-fenêtres ouvrait sur une terrasse qui bordait la plage. Devant ces fenêtres étaient disposés deux canapés et un énorme fauteuil, déjà occupé par Cassandre. Celle-ci posa son livre lorsqu'ils entrèrent. Hélène s'attendait à la voir se lever et quitter la pièce, mais elle comprit qu'au contraire, Cassandre les attendait. Comment avait-elle su qu'ils viendraient, mystère. Mais Castor n'en parut pas surpris outre mesure.

Il lui fit signe de s'asseoir, prit place sur l'autre canapé et jeta un regard à la petite Cassandre, qui disparaissait dans son énorme fauteuil.

— Que sais-tu au juste de la mythologie grecque ? commença-t-il en joignant les mains.

— Euh, vous voulez dire, la guerre de Troie ? Homère, des trucs comme ça ?

Castor confirma. Elle haussa les épaules.

— Pas grand-chose. Je sais que la reine Hélène a quitté son mari pour un prince de Troie qui s'appelait Pâris, que son mari l'a poursuivie avec un millier de navires bondés de soldats grecs et qu'une guerre a éclaté. Je me souviens d'une histoire de cheval de bois... et c'est à peu près tout, reconnut Hélène, penaude. Je n'ai jamais lu le livre.

— Ce n'est pas exactement ça, mais pas loin, déclara Cassandre.

Elle lui tendit le livre qu'elle lisait avant d'être interrompue, une anthologie rassemblant *L'Iliade* et *L'Odyssée*.

— Tu peux le garder. On en a tout un tas, lança-t-elle d'un air malicieux.

C'était la première fois que Cassandre se risquait à faire de l'humour et Hélène se fendit d'un sourire.

— Je suppose que mon fils t'a expliqué que nous descendions des dieux grecs, reprit Castor.

Devant sa grimace, il sourit.

— Je comprends que ce soit difficile à croire. Mais il faut que tu saches qu'Homère était un historien, pas un écrivain. Tout ce qu'il a rapporté dans *L'Iliade* et *L'Odyssée* est vrai. Et c'est le cas de la plupart des mythes antiques et des tragédies grecques, qui mettent en scène des personnes ayant réellement existé. Hercule et Persée, Œdipe, Médée… Nous sommes leurs descendants. Les Infants.

— Admettons, dit Hélène, nerveuse. Admettons que je vous croie. Les dieux auraient eu des enfants avec des humains ? Très bien. Mais toute cette magie, ou cette divinité, est-ce qu'elle n'aurait pas dû se diluer, au fil des siècles ? Cela s'est passé il y a si longtemps !…

— Les dons ne se diluent pas, répondit Cassandre. Certains Infants sont plus forts que d'autres et certains ont de plus grands pouvoirs, mais cela ne dépend pas de leurs parents.

Castor approuva, puis expliqua :

— Par exemple, ma femme est humaine, mais nos enfants sont tous deux plus forts que moi. Nous pensons que cela vient du caractère immortel des dieux : les dons qu'ils nous ont transmis sont éternels, comme eux. En fait…

Il jeta un regard à sa fille.

— Ces pouvoirs sont de plus en plus grands, continua-t-elle. Chaque génération est plus forte que la précédente, mais on ne sait pas vraiment pourquoi.

— Bon, dit Hélène, se parlant surtout à elle-même. Je savais bien que je n'étais pas tout à fait normale. C'est plutôt un soulagement de savoir que je ne suis pas un monstre, mais j'ai une autre question : qui sont les Érinyes ? Et pourquoi ont-elles cessé de nous harceler ?

Sa question provoqua un long silence. Cassandre et Castor se consultaient du regard, comme pour lire les pensées l'un de l'autre. Cassandre finit par prendre la parole :

— On ne sait pas très bien. D'après des rumeurs, il y aurait eu, dans le passé, des Infants qui pouvaient se fréquenter sans être harcelés par les Érinyes, mais ça n'a jamais été prouvé. D'après ce qu'on sait, Lucas et toi, vous seriez les premiers. Je pense que ça vient du fait que vous vous êtes sauvé la vie l'un l'autre et que cela vous a libérés du cycle de la vengeance, mais c'est juste une intuition...

Hélène fut traversée par la vision fugace de Lucas dans le Pays aride, agenouillé, aveugle, perdu.

— De la vengeance ? s'enquit-elle, désemparée.

— La guerre de Troie fut interminable, reprit Castor. C'est la pire guerre que le monde ait connue à ce jour et on ne compte plus les crimes qui furent commis. Personne ne sait d'où viennent les Érinyes. Ce qu'on sait, c'est qu'elles sont apparues après la guerre. La première touchée fut la famille d'Agamemnon, puis peu à peu elles se sont attaquées aux quatre Maisons, les dressant les unes contre les autres, encourageant une vendetta sanglante qui perdure encore aujourd'hui...

Hélène se souvint d'Oreste, contraint de tuer sa propre mère pour venger son père, Agamemnon, qui avait tué sa sœur. Elle continuait à trouver cela parfaitement injuste. Les Érinyes semblaient aimer les histoires où il n'y avait ni gagnants ni perdants, mais un champ de cadavres.

— Les Maisons représentent les quatre grandes lignées d'Infants, précisa Cassandre en la voyant froncer les sourcils. C'étaient des maisons royales dans la Grèce antique.

— Ça veut dire qu'on est tous des Grecs ? demanda Hélène, essayant d'oublier Oreste et de se concentrer sur la discussion.

Castor sourit.

— Nous ne nous considérons plus comme des Grecs ou des Troyens, mais comme des membres de telle ou telle Maison. Qui était grec et qui était troyen n'a plus aucune importance. La guerre est finie depuis longtemps, mais les Érinyes sont notre malédiction éternelle.

— Elles exhortent les membres des Maisons opposées à s'entre-tuer pour payer leur dette de sang. C'est un cercle vicieux. Du sang pour le sang, pour toujours plus de sang, murmura Cassandre.

Son regard vide fit frissonner Hélène.

— Je sais ça, j'ai lu la tragédie d'Euripide. Mais ça se termine bien. Apollon finit par convaincre les Érinyes de pardonner à Oreste...

— C'est de la fiction, rétorqua Castor en secouant la tête. Les Érinyes ne pardonnent jamais.

— Alors, nos familles se trucident depuis la guerre de Troie ? demanda Hélène. Il ne doit pas rester beaucoup de survivants...

— Non, en effet, confirma-t-il. La Maison à laquelle nous appartenons s'appelle la Maison de Thèbes. Nous pensions que c'était la seule rescapée, jusqu'à ce que les Érinyes nous mènent à toi.

— Mais de quelle Maison je viens, moi ?

— Il faudrait savoir qui était ta mère, répondit Cassandre.

— Elle s'appelait Beth Smith, répondit Hélène, espérant que Lucas se soit trompé et que Castor ait entendu parler d'elle.

Mais celui-ci secoua lentement la tête.

— Il est clair qu'elle ne vous a pas donné son vrai nom, à ton père et à toi, afin de vous protéger. C'est vrai que tu ressembles à quelqu'un que j'ai connu, mais les Infants n'héritent pas forcément des traits physiques de leurs parents, expliqua Castor. Par exemple, Lucas ne me ressemble pas. Il ne ressemble d'ailleurs pas à un fils d'Apollon, comme mon frère ou moi. Nous, les Infants, sommes pour moitié des humains, pour moitié des archétypes. De temps à autre, un Infant ressemble davantage au personnage historique qu'il doit incarner qu'à ses propres parents. C'est les Moires qui décident.

— Alors, à qui je ressemble ?

— Ne tirons pas de conclusions hâtives. Tu as peut-être des photos ou des vidéos de ta mère ? Ça nous permettrait d'en savoir plus, déclara Castor, tendu à la perspective de découvrir enfin la clé du mystère.

— Non, je n'ai rien. Aucune photo, répondit Hélène d'une voix atone.

Cassandre poussa un profond soupir.

— Elle a dû vouloir te protéger. Si elle a coupé les ponts avec toi et qu'elle s'est débrouillée pour que tu vives sur une île avec un petit nombre d'amis, c'était sûrement pour réduire le risque qu'une Maison ennemie ne te retrouve, remarqua-t-elle.

— Très efficace ! se moqua Hélène.

— Ça a marché un temps. Mais les Érinyes ne pouvaient pas accepter ça.

Hélène fit glisser son pendentif le long de la chaîne, puis le montra à Castor et à Cassandre.

— C'est tout ce que j'ai d'elle. Un bijou. Est-ce que

ça vous évoque quelque chose ? demanda-t-elle d'une voix anxieuse.

Au fond d'elle, elle avait toujours espéré qu'un jour, son collier lui apporterait la réponse aux innombrables questions qu'elle se posait. Dans ses rêves les plus fous, c'était même un talisman qui la mènerait jusqu'à sa mère. Cassandre et Castor examinèrent le cœur avec attention.

— Il est très joli, dit gentiment Cassandre.

— C'est vrai, approuva Hélène. Mais il vient de chez Tiffany. Il doit y en avoir des milliers comme ça. C'est juste que je n'ai rien d'autre, continua-t-elle, suivant librement le cours de ses pensées. Mon père croit qu'elle avait préparé son départ longtemps à l'avance : quand elle est partie, il a découvert qu'elle avait emporté toutes les photos d'elle… Elle n'en a pas laissé une seule.

Hélène se leva soudain et arpenta la pièce. Elle avança jusqu'à la bibliothèque, dans l'angle le plus éloigné, et promena le regard sur tous ces livres que la famille Délos avait rassemblés au fil du temps, ces antiquités qu'ils s'étaient léguées de génération en génération. Elle avait été privée d'un tel héritage. Ne pas connaître sa mère, ni même savoir d'où elle venait, avait laissé un grand vide dans sa vie. Mais à cet instant, elle y voyait comme une promesse.

— Votre famille est très liée. Vous savez tout le temps où vous êtes, les uns et les autres. Moi, ma mère a pris une décision radicale. Elle a fui…

Hélène peina à trouver les mots pour exprimer ce qu'elle ressentait, puis finit par formuler une question.

— Comment pouvez-vous être sûrs que la Maison de Thèbes est la seule à avoir survécu ?

— On a toujours surveillé nos effectifs de près, dit Cassandre.

— Et puis, nous avons une coutume barbare… ajouta Castor. Quand un demi-dieu tue un membre d'une Maison ennemie, la tradition veut qu'on donne une fête grandiose en l'honneur du champion. On appelle ça un Triomphe.

— Mais ça ne veut pas dire que ma mère est morte ! Elle a peut-être disparu, tout simplement. Vous ne savez même pas qui elle est !

Des larmes roulèrent sur ses joues.

— Puisque tu existes, tout est possible, reconnut Cassandre.

Mais elle n'osait pas croiser le regard d'Hélène.

— À l'époque où tu es née, les Maisons ont connu de très violents affrontements qui, croyait-on, sonneraient l'heure de la fin. Beaucoup y ont laissé leur vie, dit Castor en fixant ses mains, comme s'il s'attendait à les trouver ensanglantées.

Hélène leur tourna le dos afin de ravaler ses pleurs. Sa respiration était saccadée, elle mit longtemps avant de réussir à réprimer les sanglots qui lui comprimaient la gorge. Elle ne s'attendait pas à se sentir aussi bouleversée. Elle croyait détester sa mère depuis toujours.

— Hélène, nous comprenons que tu aies besoin de temps. Nous avons encore beaucoup de choses à te dire, mais nous reprendrons plus tard. En attendant, sache que nous désirons vraiment t'aider, déclara Castor d'une voix douce.

Hélène les entendit se lever et quitter la pièce, mais elle ne put trouver la force de leur dire au revoir. Lorsqu'elle se retrouva seule, elle sortit sur la terrasse. La vue des vagues qui s'abattaient en rouleaux sur le sable l'apaisa immédiatement. Sans réfléchir, elle descendit sur la plage.

— Ça va ? retentit la voix de Lucas dans son dos.

Hélène acquiesça. Elle n'était pas surprise qu'il soit là. Ils regardèrent tous deux la mer, où s'ébattait joyeusement un gros chien à poil long.

— Je suis soulagée, confia-t-elle en tournant la tête vers lui. Toute ma vie, j'ai cru que c'était parce qu'elle me détestait que ma mère était partie en emportant toutes ses photos…

Le regard de Lucas se ferma, mais Hélène ne lui laissa pas le temps de protester.

— Je ne dis pas qu'une vendetta sanglante soit une bonne chose, mais au moins, elle avait une vraie raison pour m'abandonner !

— Elle vit peut-être toujours, tu sais, insista Lucas. Même si Cass et mon père en doutent.

— Je ne sais même pas si j'ai envie de savoir, confia Hélène, sincère. Cathy a été une mère pour moi. Plus que Beth. Je crois que je me poserai la question quand je saurai la vérité.

— Ça marche, dit Lucas en souriant.

Il serra sa main dans la sienne et Hélène baissa les yeux, surprise. Elle n'avait jamais tenu la main d'un garçon, et elle aurait pu se sentir intimidée. Au contraire, rien ne lui paraissait plus naturel.

En relevant les yeux, elle s'aperçut que Lucas regardait lui aussi leurs mains, traversé sans doute par les mêmes pensées.

Elle se souvint soudain que, la dernière fois qu'elle l'avait vu, il n'était pas capable de tenir debout sans l'aide de Jason.

— Tu ne veux pas t'asseoir ?

— Non. Mais j'ai un peu faim, répondit-il, jetant un regard vers la maison.

— Moi aussi ! s'exclama-t-elle, surprise. Je suis un vrai goinfre en ce moment !

— Mais non, c'est normal, protesta-t-il en remontant la plage. Tu n'as rien mangé pendant des heures, pendant que tu guérissais...

— Tu sais, si c'était moins douloureux, je crois que je pourrais y prendre goût. On vous porte et on vous nourrit toute la journée... Comme un bébé, sauf qu'on a conscience de la chance qu'on a !

— C'est quand même pas très drôle quand il faut aller aux toilettes...

— C'est clair ! Surtout quand on est entouré d'étrangers !

Elle s'attendait à le voir sourire, mais il resta grave.

— On n'est pas des étrangers, protesta-t-il à voix basse, ralentissant pour la regarder dans les yeux.

— Plus maintenant, reconnut-elle.

Elle sentit le rouge lui brûler les joues. Elle dut détourner le regard. Ses yeux étaient si sincères et si bleus qu'elle avait peur de ne plus pouvoir s'arracher à leur contemplation.

Ils continuèrent à avancer, main dans la main. Alors qu'ils approchaient de la maison, Hélène remarqua Cassandre qui les observait de l'un des balcons du premier étage, l'air malheureux.

Lorsqu'ils pénétrèrent dans la cuisine, ils trouvèrent Noëlle en pleine action. Une dizaine de casseroles et de poêles mijotaient déjà sur le feu. Elle leur dit de rester assis, puisque le dîner serait prêt d'ici une vingtaine de minutes. Les odeurs délicieuses attirèrent dans la cuisine le reste de la famille.

— Je ne peux pas. Je dois rentrer chez moi, dit Hélène.

— Pas question, trancha Lucas. Tu ne vas nulle part.

— Non, je suis sérieuse ! Il faut que je rentre, que je prenne la jeep et que j'aille chercher Cathy et papa à l'aéroport.

— L'un d'entre nous peut s'en charger, suggéra Ariane en se levant.

— Assieds-toi, Ari, tu es encore épuisée. Et ne crois pas une seconde me duper avec ton blush, déclara Pandore, un éclair de malice dans les yeux. Par contre, je serais ravie de faire la connaissance de ton père, Hélène.

— Impossible ! protesta celle-ci avec un peu trop de vigueur.

Elle fit un effort pour se ressaisir.

— Mon père n'est au courant de rien. S'il vous plaît. C'est très gentil à vous, mais si vous pouviez simplement me déposer à la maison, je préférerais.

Elle n'osait pas lever les yeux, mais elle savait que les uns et les autres échangeaient des regards lourds de sens au-dessus de sa tête. Ariane posa la main sur la sienne et ouvrit la bouche pour parler, mais Lucas fut plus rapide.

— Je te raccompagne, déclara-t-il en se levant. Allons-y.

— Tu n'es pas en état, décréta Noëlle.

— Il s'agit juste de conduire une voiture, pas de voler !

Plus vif que l'éclair, il attrapa sa mère par le bras et déposa sur sa tête un baiser sonore et fougueux. Ce n'était certes pas le plus tendre des baisers, mais il atteignit son but : faire rire Noëlle et la convaincre de le laisser conduire.

Hélène voulut les remercier les uns et les autres avant de partir, mais Lucas fit mine de ronfler, l'attrapa par la main et l'entraîna à travers la pièce.

— Ouais, ouais. De toute façon, tu reviens demain.

— Quoi ? s'exclama-t-elle, désemparée.

Une des portes de la cuisine conduisait à un immense garage, où était rangée toute une collection de belles voitures. Il la fit s'asseoir dans une petite Mercedes décapotable et, sans attendre, démarra.

— Tu reviens demain après-midi, répondit-il enfin à sa question, tout en prenant la direction de Milestone Road.

— Je ne peux pas, lui rappela-t-elle. J'ai entraînement.

— Et moi, j'ai foot, mais je t'emmènerai après. Et je peux passer te chercher le matin, si tu veux.

— Je croyais que tu avais été viré de l'équipe…

— C'est quasi réglé, répondit-il, un grand sourire aux lèvres. Crois-moi, je les ai vus jouer, ils ne peuvent pas se passer de nous…

— Ça n'empêche, je peux pas venir demain. Je travaille tous les lundis soir.

— Mardi, alors…

— Non plus. Je dois préparer le repas pour mon père, expliqua-t-elle d'une voix précipitée.

— Il n'a qu'à venir aussi. Ma mère aimerait le rencontrer…

Il lui jeta un regard inquiet.

— T'as pas envie ou quoi ?

— Non, c'est pas ça, protesta-t-elle, se sentant piégée et irritée sans raison. Mon père ne sera jamais d'accord, de toute façon.

Elle regarda le terrain de golf par la vitre. Elle sentit la main de Lucas se poser sur la sienne et la secouer légèrement pour l'obliger à se tourner vers lui.

— Personne ne parlera à ton père si tu ne veux pas, promit-il.

— C'est juste qu'il ne me laisse pas sortir en semaine…

Lucas fixait la route, tendu, les sourcils froncés. Les minutes s'écoulèrent péniblement.

— Non. Ça ne marchera pas, déclara-t-il soudain.

Il gara la voiture le long de la route, serra le frein à main et se tourna sur son siège pour lui faire face. Devant son expression stupéfaite, il inspira fébrilement.

— Je ne sais pas si mon père te l'a expliqué, Hélène, mais chaque Maison vient d'un dieu différent.

— Oui, il me l'a dit, répondit Hélène à voix basse.

Elle se sentait comme une élève convoquée dans le bureau du directeur – sans comprendre ce qu'elle avait fait de mal. Il essaya de lui sourire, puis renonça.

— La Maison de ma famille, la Maison de Thèbes, descend d'Apollon. C'est le dieu de la Lumière, mais aussi de la Musique, de la Guérison et de la Vérité. Les Détecteurs – les Infants qui peuvent sentir les mensonges

– sont rares, mais j'en fais partie. Quand quelqu'un ment, je le sais tout de suite, et si c'est quelqu'un de proche, c'est carrément insupportable. Tu ne peux pas me balader, Hélène. Si tu ne veux pas me dire la vérité, s'il te plaît, ne dis rien du tout.

— Est-ce que ça fait mal ? s'enquit-elle, curieuse.

— J'ai essayé d'expliquer à Jason ce que je ressens, mais je n'ai jamais vraiment réussi. C'est un peu comme quand on a perdu quelque chose de très important et qu'on n'arrive pas à mettre la main dessus, mais en pire. Plus le mensonge s'éternise, plus j'ai besoin de savoir la vérité. Je ne peux pas renoncer.

— Il me faut un peu de temps, avoua alors Hélène. Je ne suis pas prête à en parler à mon père, parce que je ne sais pas comment il réagirait. Je ne suis même pas sûre de le faire un jour. Mais je sais que moi, j'ai besoin de temps. Quelques jours, au moins.

Le visage de Lucas se détendit.

— Pourquoi tu ne me l'as pas dit tout de suite ?

— Parce que… parce que c'est trop…

Elle ne savait pas elle-même pourquoi c'était si difficile à dire.

— Trop intime ? suggéra Lucas. Comme si tu étais toute nue ?

Hélène acquiesça. Il desserra le frein et tourna la clé dans le contact.

— Je suis désolé, reprit-il. Mais avec moi, il faut être sincère ou se taire.

Dès qu'il n'eut plus à changer de vitesse, il attrapa la main d'Hélène et la posa sur sa cuisse. Et lorsqu'il ne fit plus assez jour et qu'il dut allumer les phares, il préféra lâcher le volant plutôt que sa main.

Arrivé chez Hélène, il se gara dans l'allée, derrière la jeep, puis coupa les lumières et le moteur.

— Attends une seconde, lui lança-t-il, avant de bondir hors de la voiture et de disparaître derrière la maison.

Hélène tendit le cou pour l'apercevoir, mais elle n'entendait rien – pas même le bruit de ses pas. Contrariée d'avoir été laissée sans explication, elle sortit à son tour et avança jusqu'à la jeep. Elle aperçut alors son sac à main par terre, sur le gravier, derrière la roue avant. Elle le ramassa et chercha son téléphone. Il indiquait une dizaine d'appels manqués.

Tout à coup, elle se rappela pourquoi il était là. Elle avait été attaquée – mais pas par Hector ou Lucas, comme elle l'avait cru. Quelqu'un avait attendu son retour. Quelqu'un aux bras secs et nerveux, qui l'avait attrapée par-derrière, puis avait fui à l'arrivée des Délos. Lucas avait lancé Ariane et Jason à sa poursuite, mais il avait dû leur filer entre les doigts, car personne n'en avait parlé au cours du week-end.

— Lucas ? appela-t-elle en se dirigeant vers la pénombre, sur le côté de la maison.

Elle entendit soudain un bruit sourd à côté d'elle.

— Je t'avais dit de rester dans la voiture ! protesta-t-il d'un ton irrité. C'est pour ta sécurité, Hélène !

Elle se tourna vers lui en faisant de grands gestes, son téléphone encore à la main.

— La femme ! Tu cherches la femme qui nous a agressées, Cathy et moi ! s'exclama-t-elle, comprenant enfin. C'est une Infante, elle aussi !

— Bien sûr… coupa-t-il. Mais écoute-moi : elles sont deux et, pour l'instant, on n'a réussi à retrouver ni l'une ni l'autre.

Des phares illuminèrent soudain la maison et l'allée : une voiture était en train de se garer. Éblouie, elle ne put discerner qui se trouvait à l'intérieur.

— C'est ton père, l'informa Lucas qui, lui, n'était pas gêné par la lumière.

— Hélène ? cria Jerry, descendant du taxi avant que celui-ci ne soit complètement arrêté. Tu es là, enfin ! Où étais-tu passée, bon sang ?

Elle l'avait rarement vu dans une colère pareille.

— Je n'ai pas arrêté d'appeler. Tu n'es jamais en retard ! J'ai cru que tu avais eu un accident !

— Pourquoi tu es là ? cria-t-elle d'une voix aiguë.

— On a pris l'avion d'avant. Tu n'as pas eu mes messages ?

— Je…

Elle s'interrompit, paralysée. Il lui fallait inventer une excuse sur-le-champ, mais elle savait qu'elle mentait très mal. La panique s'empara d'elle. Lucas lui arracha le téléphone des mains. Hélène entendit un léger bruit de ferraille.

— Son téléphone est cassé, expliqua-t-il en tendant le portable à son père. Je suis passé voir pourquoi elle ne décrochait pas et je l'ai trouvée dans l'allée. Elle partait vous chercher…

Hélène regarda Lucas, ahurie. Comment pouvait-on exiger la vérité et être si prompt à mentir soi-même ?

— Comment tu as fait ton compte, Len ? s'exclama Jerry, dépassé, en examinant la coque pulvérisée. Il était neuf !

— Je sais ! s'écria-t-elle un peu trop fort. C'est vraiment de la camelote, ces trucs ! Je suis désolée, papa, je ne savais pas que tu rentrerais plus tôt…

— Oh, ne t'inquiète pas, dit-il, un peu honteux maintenant que son inquiétude était passée.

Le père et la fille échangèrent un sourire, puis Jerry sembla tout à coup prendre conscience de la présence de Lucas.

— J'ai l'impression de t'avoir déjà vu quelque part...

L'espace d'un instant, Hélène vit Lucas à travers les yeux de son père : un jeune garçon trop beau, trop musclé, trop bien habillé et qui conduisait une trop belle voiture.

— Lucas Délos, se présenta-t-il.

— Je croyais que vous vous détestiez, protesta-t-il, direct, tout en serrant sa main tendue.

Lucas éclata d'un rire si spontané que Jerry ne put que se joindre à lui.

— On s'est expliqués, précisa Hélène.

— Bien, dit Jerry.

Il repartit payer le taxi et décharger ses bagages. Hélène profita de ce qu'il avait le dos tourné pour lever les yeux au ciel en désignant son portable.

— Et la femme ? Comment tu vas pouvoir me raconter la suite ? Si je t'appelle avec le téléphone de la cuisine, mon père va tout entendre !

— Désolé, chuchota-t-il, les yeux rieurs. C'est la seule idée qui m'est venue.

— Demain. Je veux toute l'histoire demain.

— Je passerai te chercher une demi-heure plus tôt. Comme ça, on ira dans un café.

— Que se passe-t-il ? s'enquit Jerry en les rejoignant.

— Lucas doit rentrer dîner, expliqua Hélène.

Elle vit celui-ci réprimer une grimace, mais il se ressaisit.

— J'ai été ravi de faire votre connaissance, monsieur Hamilton.

Tandis qu'il se dirigeait vers sa voiture, Hélène entendit son père marmonner :

— Bon sang, il pourrait pas avoir de l'acné comme tout le monde, celui-là...

— Papa ! protesta-t-elle, gênée. Bonsoir, Lucas.

— Bonsoir, Hélène...

— Bon, ça suffit. Rentre à la maison, toi, ordonna Jerry, nerveux, en la poussant vers la porte. Ça ne me dérangerait pas que tu recommences à le détester, tout compte fait...

Hélène entendit Lucas rire alors qu'il démarrait la voiture.

Lucas rentra par les petites routes. Il avait besoin de solitude et de temps afin de pouvoir afficher un calme de façade lorsqu'il retrouverait sa famille, même s'il savait qu'il ne duperait ni Cassandre ni Jason, qui avaient toujours su le percer à jour. Et ils étaient particulièrement attentifs en ce moment. Ils étaient inquiets depuis ce fameux jour où il avait aperçu Hélène dans le couloir du lycée et ça ne risquait pas de s'arranger. Jason voudrait sûrement le prendre à part pour une petite discussion, mais Lucas ne s'en sentait pas la patience. Il ne voulait pas qu'on le plaigne, il voulait juste qu'on lui fiche la paix.

Il entra dans le garage, coupa le moteur et resta un moment immobile, essayant de juguler ses émotions. Incapable d'affronter Cassandre, il descendit de la voiture, ressortit du garage et vola jusqu'à la fenêtre de sa chambre. Ce petit manège s'avéra parfaitement inutile : elle l'attendait assise sur son canapé. Lorsqu'il l'aperçut à travers la vitre, il laissa échapper un sourire piteux. Il aurait dû savoir qu'il ne pourrait pas tromper sa petite sœur.

— Je n'ai pas envie de parler, Cassie, déclara-t-il d'une voix qu'il voulait patiente, mais ferme.

Elle leva sur lui son regard triste.

— Tu n'as pas le choix…

— Non, je sais, répondit-il, amer. On est des Infants, ce n'est pas à nous de décider de notre vie.

Il atterrit. Son corps se chargea de gravité et ses pieds touchèrent le sol.

— Tu en as mis du temps… remarqua-t-elle, la voix chargée d'insinuations.

— J'ai fait un tour dans les environs pour vérifier que les femmes ne rôdaient pas, expliqua-t-il, ce qui n'était qu'un demi-mensonge.

— Je t'ai dit de ne pas t'inquiéter ! Elle n'est pas en danger en ce moment ! C'est *toi* qui m'inquiètes !

— Je ne l'ai pas touchée.

— Mais tu n'arrives pas à prendre tes distances…

Non, il n'y arrivait pas. Même lorsqu'il était harcelé par les Érinyes, il ne pouvait supporter d'être séparé d'elle. C'était un sentiment mystérieux qu'il n'aurait pas pu expliquer lui-même.

— Tu n'as pas besoin de t'inquiéter, je ne la toucherai pas.

— Ce n'est pas seulement ça…

Il l'interrompit, fatigué de ces perpétuels sous-entendus.

— Ouais, d'accord, mais c'est ce qui t'inquiète le plus, Cassie !

Il détacha sa montre et la posa sur sa table de nuit. Il refusait de la regarder. Il savait que c'était cruel, mais il ne s'en sentait pas capable.

— Non, ce n'est pas vrai ! Tu le sais, Lucas ? supplia-t-elle, redevenant soudain sa petite sœur.

Il glissa un regard vers elle et s'adoucit. Il avait conscience qu'elle portait un fardeau plus lourd que le sien. Et même si son amertume prenait parfois le dessus, ils savaient tous deux qu'il l'aimait et qu'il l'aimerait toujours, même si elle lui demandait de renoncer à ce à quoi il tenait le plus au monde. Mais ça ne rendait la tâche plus facile ni pour lui ni pour elle.

— Tout le monde se moque de ce qu'on peut ressentir, marmonna-t-il. Si je sors avec Hélène, la guerre recommence. Qui en a quelque chose à faire de ce que je désire ?

— Je ne sais pas, répondit-elle, hésitante. Je ne suis pas encore assez forte…

— Mais tu en es quasi sûre, dit-il en s'asseyant sur le lit, accablé. Et ne prétends pas le contraire ! Même toi, tu ne peux pas me mentir !

HUIT

Hélène passa la soirée à écouter les détails du voyage de son père et à tenter de le convaincre que Lucas n'était pas son petit ami. Elle comprit vite que la seule façon d'éteindre le feu de ses questions était de l'interroger sur Cathy. De plus, elle était véritablement curieuse de savoir où en était leur relation. Mais Jerry ne voulut pas en démordre : Cathy et lui n'étaient que des amis. Elle comprit que son père n'était toujours pas guéri du départ de sa mère, ce qui la désola. Elle n'eut alors plus qu'une envie : monter dans sa chambre pour réfléchir, mais elle dut attendre la fin du dîner. Le temps qu'ils aient fini de manger (et de se disputer sur la quantité de sel à laquelle il avait droit, et de parler du magasin), Hélène était si fatiguée qu'elle faillit s'endormir en se brossant les dents, assise sur le rebord de la baignoire.

Le lendemain, elle sauta le petit déjeuner, prépara ses sandwiches et cria au revoir à son père depuis le seuil de la porte, sans lui laisser le temps de descendre. Il eut beau l'appeler, elle fit la sourde oreille et monta dans la voiture de Lucas.

— Tu ne veux pas savoir ce qu'il veut ?

— Non. Partons, répondit-elle d'une voix tendue.

Lucas haussa les épaules. Il démarra au moment où Jerry apparaissait dans l'encadrement de la porte. Hélène lui fit un signe de la main, sachant pertinemment qu'elle en entendrait parler.

— Bon, je ne connais pas encore les cafés d'ici. Où est-ce qu'on peut aller ?

— Euh, au *News Store* ?... Non, on ne sera pas tranquilles pour parler.

— Pourquoi pas là ? suggéra-t-il en se rangeant devant un café bondé de touristes.

Malgré sa réticence, Hélène accepta. Il y avait plein de petits cafés sur l'île, mais elle connaissait ceux qui les tenaient. Et pour pouvoir discuter tranquillement, elle avait besoin d'intimité.

Ils firent la queue en silence. Hélène essayait de ne pas trop regarder Lucas, mais elle était fascinée par son aisance. Il semblait chez lui partout où il allait, comme si le monde entier n'était que l'annexe de sa chambre.

Elle le guetta du coin de l'œil dans l'espoir de le surprendre en train de tripoter ses clés ou de remuer les pieds, comme elle le faisait en public, mais en vain. Il ne cherchait pas non plus à se faire pardonner d'exister en se tenant voûté ou les bras croisés. Au début, son assurance l'irrita, puis elle en prit de la graine. Pourquoi devrait-elle avoir honte d'occuper plus d'espace que la plupart des gens ? Elle se redressa.

Une fois assis, il lui demanda ce qu'elle voulait savoir. Elle prit le temps de réfléchir.

— Je crois que le plus important, pour moi, c'est de savoir qui a agressé Cathy, répondit-elle, redoutant la réponse.

— Ça, on ne sait pas.

Le cœur d'Hélène se vrilla. Depuis la veille, elle savait que, si Lucas ne tolérait pas qu'on lui mente, il n'éprouvait aucun scrupule à sortir un petit bobard en cas de besoin.

— Je ne comprends pas, Lucas, protesta-t-elle, choisissant ses mots avec prudence. Ton père m'a dit que j'étais la seule de… votre race… qui n'appartenait pas à votre Maison. Comment se fait-il que tu ne les connaisses pas, alors qu'en toute logique, elles font partie de ta famille ?

Lucas approuva d'un signe de tête.

— La Maison de Thèbes est très étendue. Notre famille à nous n'en représente qu'une toute petite branche. On les appelle les Cent Cousins, même si en réalité, ils sont bien plus nombreux, et ils sont plus ou moins dirigés par mon oncle Tantale, expliqua-t-il, les yeux rivés sur son café. Mon père connaît de vue tous les membres de notre Maison, mais pas moi. Hélène, j'ai tellement de cousins, il y en a dont je n'ai jamais entendu parler !

— Mais si la Maison est dirigée par ton oncle, pourquoi vous ne l'appelez pas pour lui demander quelles sont ces femmes qui cherchent à me tuer ?

— Parce que c'est peut-être lui qui les a envoyées, répondit Lucas d'un air sombre. Après la première agression, mon oncle Pallas – le père d'Hector, Jason et Ariane – est retourné en Europe pour essayer de découvrir ce que sait exactement Tantale.

Hélène observa son visage avec attention.

— Il est allé espionner les autres membres de votre Maison ? s'étonna-t-elle.

Il acquiesça.

— Mais pourquoi votre famille se soucie autant de moi ? C'est très gentil, bien sûr, mais je suppose qu'il y a une raison…

Il arracha un morceau de son croissant et soupira.

— Les Cent Cousins forment une sorte de secte et ma famille ne partage pas leurs idées. Le problème, c'est qu'ils sont tellement fanatiques qu'ils sont prêts à tuer pour leur cause… C'est pour ça qu'on a quitté l'Espagne. Hector…

Il s'interrompit, puis secoua la tête comme s'il voulait s'éclaircir les idées, avant de se recentrer sur Hélène.

— Le problème, c'est que tu es en danger. Je veille sur toi depuis la première fois où je t'ai vue, mais je ne peux pas être là tout le temps. Si l'une des deux femmes te trouve, elle va essayer de te tuer, alors que tu ne sais pas encore te défendre.

— Je n'ai jamais eu à me défendre ! protesta-t-elle, désemparée. On est sur Nantucket ! Mon père et moi, on ne ferme même la porte pas à clé la plupart du temps !

Lucas se pencha en avant et prit ses mains dans les siennes.

— Tu es très importante pour nous, Hélène. Je ne peux pas t'expliquer pourquoi maintenant. Tu m'as dit que tu avais besoin de temps et je ne veux pas t'effrayer en te déballant tout d'un coup, mais il faut que tu viennes t'entraîner avec nous dès que possible. Ma famille va t'apprendre à te battre.

— Tu veux dire, comme au judo ?

— C'est ça, la rassura-t-il. Ne t'en fais pas. Avec tes dons, tu vas prendre le coup très vite.

— Mes dons ? Quels dons ? s'enquit-elle, sceptique.

— Tu ne sais pas ? s'étonna-t-il.

— Salut, Lucas, tu fais quoi ? lança Zach, qui venait d'entrer dans le café.

Son sourire s'évanouit lorsqu'il aperçut Hélène. Derrière lui, d'autres membres de l'équipe de foot fixèrent, bouche bée, le couple improbable.

— Salut, Zach ! Je prends un café. Et toi ? demanda Lucas sans s'émouvoir.

— Pareil que toi, marmonna Zach, dont les yeux allaient de l'un à l'autre sans y croire. À tout' !

Alors qu'il rejoignait la file d'attente, Hélène se mordit la lèvre et regarda sa tasse de café, tout en essayant de se masser le bas du ventre le plus discrètement possible. « Pitié, pas de crampe maintenant ! »

— Qu'est-ce qu'il t'arrive ? demanda Lucas, perplexe.

— Rien. On peut y aller ?

— Bien sûr, répondit-il en se levant.

Il lui jeta un regard inquiet.

— Je sais que ce n'est pas rien, Hélène. Je préférerais que tu me dises la vérité. Tu peux tout me dire, tu sais, Ariane nous a briefés, Hector, Jason et moi sur les problèmes féminins il y a quelques années…

— Elle a bien fait, mais ce n'est pas ce que tu penses.

Elle attrapa sa main et l'entraîna dehors. Lucas fit un signe à Zach en sortant. Celui-ci, maussade, lui rendit son salut.

— Ta réputation est ruinée. Désolée, s'excusa Hélène en s'asseyant dans la petite Mercedes gris métallisé.

Lucas embraya la marche arrière.

— Hein ? De quoi ?

— Zach et ses potes nous ont vus ensemble ! s'exclama-t-elle, comme si c'était évident.

— Et donc ?

— Zach et Gabrielle ne sont pas vraiment mes amis, ce qui fait de moi un boulet question popularité, expliqua Hélène, gênée.

Un grand sourire fendit son visage. Il voulut prendre sa main, mais il dut la lâcher aussitôt pour passer ses vitesses.

— Je vais finir par conduire une automatique, maugréa-t-il. Tu crois que les gens ne t'aiment pas ? Je n'avais pas passé une heure sur l'île que j'avais déjà entendu parler de la belle, parfaite et merveilleuse Hélène Hamilton. Tu sais comment les mecs t'appellent ? Eden Hamilton.

Hélène fuit la main qui la cherchait, mais il finit par l'attraper et la serra encore plus fort.

— Arrête, Lucas, je ne trouve pas ça drôle ! Et qu'est-ce que c'est que cette manie ? demanda-t-elle, désignant leurs mains enlacées.

— Je ne sais pas, répondit-il, pensif, la tête légèrement penchée sur le côté. Mais c'est bien, non ?... Dis-moi plutôt pourquoi ça t'embête qu'on nous voie ensemble. Tu as peur des ragots ?

— Oui et non. Tu ne peux pas comprendre parce que tu viens juste d'arriver, mais je sais ce que je dis. Zach et ses copains ont la haine contre moi. Je n'ai jamais pu faire partie de leur bande...

— Tu n'en feras jamais partie, répondit-il, sérieux. Où que tu ailles, tu seras toujours différente, Hélène. Il est temps que tu t'y habitues…

— Mais j'y suis habituée ! C'est comme ça depuis que je suis née ! s'exclama-t-elle, alors qu'ils entraient dans le parking du lycée.

— Bien. Maintenant, arrête de paniquer et écoute-moi. Si ces mecs nous regardaient, ce n'est pas parce qu'ils te détestent ! Ils nous regardaient parce qu'ils étaient sidérés que j'aie réussi à convaincre une fille qui voulait m'étrangler il y a deux semaines de boire un café avec moi…

— Ah oui. J'avais oublié ce détail, marmonna Hélène en descendant de voiture, balançant son sac sur son épaule.

— J'aimerais bien l'oublier aussi, dit Lucas à voix basse.

Il lui prit fermement la main et l'attira tout contre lui, de manière à ce que leurs épaules se touchent.

Ils entrèrent dans le hall.

Tout le monde les regardait. Les couloirs étaient remplis de visages ébahis aux yeux écarquillés. Le silence se faisait à leur approche et les discussions reprenaient deux fois plus fort dans leur dos. Hélène voulut retirer sa main. Lucas résista, puis il céda lorsqu'il comprit que ce n'était pas de la simple timidité. La situation provoquait chez elle une véritable panique.

— Lennie ? appela Claire d'une voix méfiante.

Hélène glissa un sourire d'excuse à Lucas, puis se tourna vers son amie.

— Où t'étais passée ce week-end ? demanda celle-ci, dévisageant Lucas d'un air suspicieux.

— Tu as essayé de m'appeler ? s'enquit Hélène, soulagée à l'idée de pouvoir enfin fuir Lucas, et tous ces regards.

— Genre cinq fois. Qu'est-ce qui t'est arrivé ?

— Mon téléphone s'est cassé, expliqua Hélène d'une voix coupable.

Elle se tourna vers Lucas.

— Il faut que je passe à mon casier avant d'aller en cours. Merci d'être venu me chercher.

— Bon, d'accord... À plus tard, alors, dit-il, un peu déçu.

À peine s'était-il éloigné de quelques pas que Claire agrippa Hélène par le bras et l'entraîna vers les casiers.

— C'est quoi, ce plan ? cria-t-elle.

Tout en se débattant avec son cadenas, Hélène lui fit signe de parler moins fort.

— On a discuté. On ne se déteste plus.

— Discuté ? Ouais, c'est ça. Je veux bien croire qu'il a été question de langues, mais de langage, pas sûr.

Elle était visiblement contrariée. La colère s'empara d'Hélène.

— Arrête, Claire ! Je suis sérieuse ! J'ai eu un week-end horrible ! Je suis désolée de ne pas avoir pensé à t'appeler hier soir, mais mon père était furieux que je l'aie planté à l'aéroport !

— Alors, raconte ! se défendit Claire. Même si, en fait, j'ai pas vraiment besoin d'explication. Ça se voit que vous êtes ensemble...

— C'est pas si simple. Je peux pas t'expliquer, mais ça ne peut pas se résumer en quelques mots, répliqua Hélène d'une voix tendue, tout en sélectionnant les livres dont elle avait besoin.

Elle réalisa soudain qu'elle n'avait fait aucun de ses devoirs.

— Pourquoi tu ne me dis pas la vérité ? Je suis sûre que tu as couché avec lui, lança Claire, une lueur de reproche dans les yeux.

Hélène sut que son amie ne désarmerait pas.

— Tu veux la vérité ? Oui, j'ai couché avec lui. Deux fois. Mais pas dans le sens où tu l'entends, rétorqua-t-elle.

Elle l'entraîna de force vers la classe d'Hergie.

— On ne s'est même pas embrassés !

— Foutaises ! s'exclama Claire en pilant au milieu du couloir.

— T'as qu'à lui demander, après tout. T'as cours avec lui toute la journée !

La sonnerie retentit. Elles durent monter les dernières marches quatre à quatre pour arriver avant qu'Hergie ne referme la porte.

La matinée d'Hélène fut un désastre. Elle échappa de justesse à une pluie d'heures de colle pour n'avoir pas fait son travail mais, surtout, elle avait l'impression que toutes les filles du lycée la détestaient. Hélène avait toujours eu des relations tendues avec les filles. Pendant des années, elle avait redoublé d'efforts pour se faire accepter, mais elle avait fini par renoncer quand elle avait compris qu'il lui suffisait de garder la tête baissée pour se faire oublier.

Arriver au lycée dans la voiture de Lucas avait mis fin à la trêve. C'était comme si elle avait traversé la ligne rouge, rompu le pacte implicite qu'elle avait passé en se tenant en dehors de la compétition. Dès qu'elle regardait autour d'elle, elle croisait des regards envieux et hostiles.

Lorsqu'elle aperçut Lucas près de son casier, au moment du déjeuner, un sourire de soulagement lui monta aux lèvres.

— Alors, tu m'aimes bien à nouveau ? lui lança-t-il alors qu'elle s'approchait.

— Oh non, tu ne vas pas t'y mettre aussi...

Lucas eut la sagesse de ne pas insister.

— C'est juste des ragots, Hélène, il ne faut pas y faire attention...

— Facile à dire, marmonna-t-elle.

Ils furent rejoints par Hector et Jason.

— Ta mère est là, lui signala ce dernier.

Il hocha la tête d'un air entendu.

— Qu'est-ce qui se passe ? s'inquiéta Hélène.

— Oh, rien de grave. Elle va essayer de convaincre le proviseur de nous réintégrer dans l'équipe.

— Elle va jouer la carte « Ayez pitié d'une faible femme qui doit élever trois terribles gaillards », puis elle va le supplier de nous laisser cogner sur les mecs des autres lycées plutôt que de nous taper les uns les autres – pour la bonne cause, bien entendu, pour la réputation du lycée de Nantucket, expliqua Jason, tout sourire.

— Mais, c'est pas normal que vous jouiez au foot, protesta-t-elle, les sourcils froncés. C'est pas juste, vous êtes avantagés !

— Eh dis donc, tu peux parler, la star des pistes ! lui lança Hector.

— Hélène court parce qu'elle a besoin d'une bourse pour l'université, intervint Lucas en foudroyant Hector du regard. Et on joue au foot parce que c'est ce qu'on attend de nous. Je te garantis que c'est pas une partie de plaisir, parce qu'on doit y aller mollo et avancer comme des larves...

— On passe moins de temps à jouer qu'à veiller à ne blesser personne, ajouta Jason, une lueur amusée dans les yeux. On préférerait mille fois se démolir la tronche entre nous, mais ça attirerait trop l'attention...

— Alors, bonne chance dans vos efforts pour avoir l'air normal, dit-elle, un peu brusque, en s'écartant pour les laisser passer.

— Je te retrouve après les cours, lui lança Lucas en emboîtant le pas à ses cousins.

Il se retourna l'air inquiet. Hélène se força à lui sourire.

Elle gagna la cafétéria, les épaules voûtées, espérant traverser la salle sans attirer l'attention. Mais à peine entrée, elle vit Gabrielle glisser une remarque à Amy Heart. La tablée éclata de rire. Le temps qu'Hélène surmonte son humiliation et se ressaisisse, tous les regards étaient sur elle. Elle battit en retraite, gênée, et gagna sa table habituelle, où l'attendaient Claire et Matt.

— Tu vas te tenir droite, oui ? aboya claire. Franchement, y a pas plus pathétique que toi quand t'essaies de te faire toute petite ! Je te jure que si je te vois encore faire ça, je vais péter un câble !

C'était la phrase de trop. Hélène fit demi-tour et s'enfuit. Elle trouva refuge dans les toilettes des filles. Elle mangea son sandwich assise sur un siège, mais le décor était si sordide qu'il lui coupa l'appétit.

Hélène supporta tant bien que mal les trois dernières heures de cours, puis elle se précipita dans les vestiaires dès que la sonnerie retentit. Claire s'y trouvait déjà.

— Pardon de m'être énervée tout à l'heure, murmura celle-ci d'un air timide.

Claire était si adorable quand elle s'excusait qu'Hélène sentit son cœur fondre.

— Oh, pas grave. Je me suis comportée d'une façon bizarre. Moi aussi, à ta place, j'aurais été fâchée.

Après s'être changée, elle passa le bras autour des épaules de son amie et l'entraîna dehors.

— Une dernière chose, et je te laisserai tranquille, commença Claire alors qu'elles longeaient le terrain de foot.

Mais Hélène n'avait pas la force de supporter de nouvelles questions.

— On ne s'est même pas embrassés, Ris' ! coupa-t-elle.

— Sérieux ? s'exclama Claire, incrédule.

Hélène hocha la tête.

— J'ai failli l'embrasser, à un moment, mais il m'a dit de me recoucher et de dormir.

— Pas possible ! s'exclama-t-elle.

Hélène lui mit la main sur la bouche.

— Il est juste là, chuchota-t-elle en le désignant d'un geste du menton. Je t'ai dit que, s'il se passait quoi que ce soit, je te le raconterais. Je ne te fais pas de cachotteries, je t'assure.

Claire lui sourit d'un air entendu.

— Tu m'as toujours fait des cachotteries, Len, mais c'est pas grave. Tu m'en parleras quand t'auras envie.

Et elle tacla Hélène pour essayer de la faire tomber. Hélène se laissa terrasser par sa minuscule amie et elles partirent dans un grand éclat de rire libérateur.

— Vous ne voulez pas plutôt faire ça dans une chambre ? demanda, amusée, une voix masculine.

— Dans tes rêves, riposta Claire. Attendez. Comment vous êtes arrivés là si vite ?

Hélène roula sur le dos, dégagea les cheveux de son visage et découvrit Lucas et Jason.

— On t'a vue par terre, alors on est venus vérifier que tout allait bien, expliqua Lucas en ignorant la question de Claire.

— Merci. Elle est dangereuse quand elle s'y met, répondit Hélène, qui se laissa jeter à terre une dernière fois avant d'accepter la main de Lucas pour se relever.

— Un mètre cinquante-sept de pure terreur, se vanta Claire.

Elle tendit la main à Jason pour qu'il l'aide lui aussi, mais il croisa délibérément les bras sur sa poitrine.

— C'est la taille que tu fais sans tes chaussures ? se moqua-t-il. Je crois que j'étais plus grand que ça quand je suis né.

— Ça m'étonnerait pas. Un mètre cinquante de grosse tête et sept centimètres de fesses, marmonna-t-elle en se relevant.

— Claire ! protesta Hélène, choquée.

Ris' allait envoyer une nouvelle pique à Jason quand les deux garçons furent rappelés à l'ordre par leur entraîneur.

Hélène regarda Lucas s'éloigner vers le terrain de foot, un pincement au cœur.

— Mince. On est en retard ! s'exclama Claire.

Elles se mirent à courir. Mme Tar les attendait près de la ligne de départ, son bloc-notes à la main. Hélène et Claire lui crièrent leur nom en passant la ligne. Leur entraîneuse nota leur heure de départ en secouant la tête.

— Hamilton, tu me dois une minute pour ton retard !

— D'accord, m'dame ! cria Hélène en retour, avant de baisser la voix pour s'entretenir avec Claire. Pourquoi tu as dit un truc pareil à Jason ?

— Parce que j'en avais envie ! rétorqua-t-elle sans l'ombre d'un remords.

— J'aime bien Jason, moi...

— Je m'en doute, persifla Claire. Il est sympa avec tout le monde, sauf avec moi. Tu ne l'as jamais vu en cours, mais chaque fois qu'il y a un débat, il dit systématiquement le contraire de moi !

— Et pourquoi, à ton avis ? s'enquit Hélène, un petit sourire en coin.

— Je le lui ai demandé, figure-toi. Tu sais pas ce qu'il a répondu ? Qu'il était le seul du lycée à oser me tenir tête et que c'était bien pour moi d'être obligée de me creuser un peu la cervelle !

— Comment ose-t-il ? se moqua Hélène.

— Tu parles. Il veut juste montrer qu'il est plus intelligent que moi !

— Et alors ? Tu crois qu'il l'est ?

— J'en sais rien. Peut-être. En tout cas, pour terminer major, c'est même pas la peine d'y penser, Lucas devance tout le monde. Et puis, il y a Ariane... mais elle, je devrais pouvoir la battre. Enfin, on verra, dit Claire en se mordant la lèvre.

Hélène prit conscience qu'elle ne lui avait pas demandé une seule fois comment se passaient ses cours depuis le début de l'année. Claire avait toujours caressé le rêve de finir major et elle y avait renoncé sans qu'Hélène ne s'en soit même aperçue.

— J'ai été nulle, comme amie, ces derniers temps, remarqua-t-elle, dégoûtée.

— Nulle, quand même pas, protesta Claire, un sourire ironique aux lèvres. Mais tu pourrais me rendre un service…

— Tout ce que tu veux.

— Si tu pouvais fatiguer Lucas la nuit juste avant les examens… commença-t-elle en se protégeant d'avance des coups qu'elle pouvait recevoir. Je ne sais pas pourquoi tu dirais non, Len. Un, c'est un super beau mec. Deux, il est tellement beau que ça ne demande aucun effort. Trois, il a quitté son entraînement quand il a vu que t'étais tombée. Si ça, c'est pas du dévouement !

Hélène ne sut que répondre. C'était délicat d'expliquer qu'il était juste venu vérifier qu'elle ne se faisait pas tuer quand il avait le dos tourné. L'image de Cathy gisant inconsciente sur le bitume lui traversa l'esprit. Son estomac se noua. Comme Cathy, Claire se trouvait en danger lorsqu'elles étaient ensemble.

— Il faut que je coure plus vite, dit Hélène.

— Vas-y ! Montre à Lucas que tes jambes ne sont pas juste belles à regarder ! Et appelle-moi après !

Dès qu'Hélène se retrouva seule, elle laissa échapper un soupir, écrasée par la culpabilité. Elle ne supportait pas l'idée qu'on puisse faire du mal à Claire. À cause d'elle, en plus. Absorbée par ses pensées, elle oublia de contrôler son allure et faillit battre son record. Au dernier moment, elle eut le réflexe de se cacher derrière un buisson, où elle patienta dix bonnes minutes avant de piquer un sprint. Elle termina malgré tout première.

Elle dut ensuite attendre une demi-heure que Lucas ait fini son entraînement. S'il voulait continuer à passer la chercher le matin, il faudrait qu'elle trouve un autre plan pour le soir.

Lorsque Hélène franchit le seuil du *News Store*, ce soir-là, Cathy la dévisagea d'un air stupéfait.

— Ouah ! s'exclama-t-elle quand elle retrouva l'usage de la parole. Il est trop… Ouah ! Je pourrais aller en prison pour avoir pensé ce que j'ai pensé…

Hélène lui jeta une serviette roulée en boule.

— Cathy !… Je croyais que tu étais féministe !

— Et alors ? Quel est le rapport ?

— Je t'ai entendu dire qu'il n'y aurait pas d'égalité tant qu'hommes et femmes se regarderaient comme des objets sexuels…

— Ouais, mais bon ! dit Cathy en s'éventant de la main. Quand j'avais ton âge, tous les garçons essayaient d'être le plus laid possible pour montrer qu'ils étaient rebelles. J'ai été flouée !

— Continue comme ça et je dirai à papa qu'il a un rival, se moqua Hélène.

La plaisanterie n'eut pas l'effet escompté : les étincelles de gaieté quittèrent les yeux de Cathy et son sourire s'évanouit.

— Je ne crois pas que ça lui fasse quoi que ce soit. Mais on ne parle pas de moi, là. On parle de toi, de Lucas et de l'importance des préservatifs.

Après avoir juré cent fois qu'il ne s'était rien passé, Cathy finit par accepter l'idée.

— Il est homo ? demanda-t-elle.

— Je ne lui ai pas demandé, mais je suis presque sûre qu'il est hétéro. Je ne sais pas ce qui cloche.

— Il n'y a pas non plus de raison de se précipiter, s'empressa de la rassurer Cathy. Ne te sens surtout pas obligée si tu n'en as pas encore envie ! C'est mieux de prendre son temps, de toute façon…

Cathy avait l'air certaine qu'ils iraient plus loin que de se tenir platoniquement la main, mais Hélène, elle, avait de sérieux doutes. Pour l'instant, leur relation restait purement amicale. Lucas n'avait que l'embarras du choix et, à en croire la réaction de Cathy, les lycéennes n'étaient pas les seules à être sensibles à son charme…

Cette découverte ne l'aidait pas à garder confiance. À plusieurs reprises, elle avait cru sentir qu'elle lui plaisait – elle avait surpris son regard posé sur elle et elle avait entendu son cœur battre plus fort quand elle s'était allongée près de lui… Mais alors, qu'est-ce qui l'avait retenu d'aller plus loin ? Était-ce toujours comme ça quand on commençait à sortir avec un garçon ou l'avait-elle découragé sans s'en rendre compte ? N'ayant jamais eu de petit copain, elle manquait cruellement de références.

Son travail fini, elle rentra chez elle et se força à faire tous ses devoirs avant de se coucher. Lorsqu'elle éteignit enfin, il était deux heures passées. Mais malgré son immense fatigue, elle ne put trouver le sommeil. Elle avait l'impression de passer à côté de quelque chose ou de ne pas comprendre. Certes, Lucas l'aimait beaucoup et il avait envers elle une attitude protectrice. Mais cela ne signifiait pas qu'il était attiré par elle. Peut-être n'était-elle pas son genre ? Peut-être même avait-il laissé une petite amie là-bas, en Espagne ?

Elle aurait aimé en savoir plus sur le passé de Lucas, mais comme il était nouveau, personne au lycée ne connaissait ses relations avec les filles. Hélène allait devoir se tourner vers Ariane, en évitant d'être trop explicite.

NEUF

— C'est ça ! hurla Hector. Continue à lever le menton comme ça, tu vas voir comment je vais te le défoncer !

Depuis une heure et demie, il ne cessait de lui hurler dessus.

Hélène baissa docilement le menton et leva les poings à la hauteur de son visage dans une attitude défensive. Elle gardait bas son centre de gravité, comme il le lui avait appris, et déplaçait ses jambes en arc de cercle au cas où elle trouverait au sol des obstacles à éjecter d'un coup de pied. Elle tourna autour de lui en surveillant ses hanches. Hector laissa échapper un sourire méprisant. Un instant plus tard, elle recevait un direct en pleine face et tombait sur les fesses – pour la dixième fois peut-être. Elle leva sur lui son regard trouble.

— C'était ton gauche, cette fois encore ?

— Mais qu'est-ce qui ne va pas chez toi ? s'exclama-t-il d'un ton qui lui rappelait M. Hergeshimer. Tu es plus rapide que moi. Pourquoi tu n'esquives pas ?

Hélène haussa les épaules, puis se remit en position de défense. Hector lui enfonça son poing dans le ventre et elle tomba à genoux.

— Ça suffit, Hector ! cria Lucas d'une voix tendue.

Hélène leva la main pour lui montrer que tout allait bien et se redressa. Elle ne voulait pas que Lucas s'en mêle. Pour une raison ou une autre, sa première séance d'entraînement avait viré au pugilat, comme s'il s'agissait pour Hector d'un règlement de comptes personnel. Hélène voulait qu'Hector vide son sac une bonne fois pour toutes. C'était douloureux, mais pas autant que ses crampes, et elle se sentait capable de le supporter. À peine se retrouva-t-elle droite sur ses jambes qu'Hector lui fit un croche-pied.

— Doucement ! hurla Jason. Cette fille ne s'est jamais battue de sa vie, tête de nœud !

Levant les yeux, elle vit Jason poser la main sur l'épaule de Lucas pour l'empêcher de bondir sur le ring.

— Ça va, ne vous en faites pas pour moi ! leur lança-t-elle, d'un ton détaché.

Hector ne supporta pas sa désinvolture.

— Pourquoi tu ne veux pas prendre ça au sérieux ? cria-t-il, furieux.

Tandis qu'elle se penchait pour cracher du sang, Hector fit des moulinets avec les bras et la cogna en pleine tête.

— Stop ! cria Cassandre, qui se trouvait en dehors de la vue d'Hélène. Tu vois bien que ce n'est pas naturel pour elle de se battre, espèce de sale brute !

Hélène se sentit misérable. Si même Cassandre, qui ne l'aimait pas, était bouleversée à ce point, c'est qu'elle devrait offrir un spectacle bien pitoyable…

Le temps qu'elle se redresse sur ses genoux, Cassandre avait quitté la salle d'entraînement. Hélène avala un mélange de salive et de sang, ce qu'elle regretta aussitôt quand elle comprit qu'elle avalait aussi une de ses dents.

— Est-ce que je peux avoir de l'eau ? demanda-t-elle à Ariane, qui se tenait près d'elle avec une serviette humide.

De l'autre côté du ring, Hélène aperçut Jason qui s'interposait entre Lucas et Hector. Sa chemise était à moitié déchirée et du sang coulait d'une coupure à la tête, mais il continuait à lutter contre les deux cousins, tous deux plus grands que lui, qui s'entre-déchiraient comme s'ils arrachaient le papier de leurs cadeaux un matin de Noël.

— Elle peut tout encaisser ! Tout ! Je n'ai jamais cogné personne aussi fort et elle s'est toujours relevée ! Mais elle ne *veut* pas se défendre ! rugissait Hector d'une voix vibrante de colère.

Il vit qu'Hélène le regardait.

— Tu crois que tu peux laisser tranquillement Lucas se battre à ta place ? Tu es plus forte que nous tous réunis, mais tu es au-dessus de tout ça, c'est ça, princesse ?

— J'essaie d'éviter les coups ! articula tant bien que mal Hélène malgré ses dents cassées.

Ariane l'aida à tenir debout. Elle lança à son frère un regard assassin.

— Comment tu as pu faire ça, Hector ? Elle n'a pas été dressée comme nous à se jeter à la gorge des gens ! Ce n'est pas dans sa nature, c'est tout.

Hector parut affecté par le ton de sa sœur et cessa de se débattre. Il s'affaissa un instant contre son frère, puis le repoussa brutalement. Il franchit d'un bond le grillage de plus de quatre mètres de haut.

— Elle a intérêt à apprendre vite. Parce que je ne veux pas voir ceux que j'aime mourir en défendant son petit cul paresseux ! scanda-t-il avec colère.

Alors qu'il quittait la salle, Lucas se précipita vers Hélène, qu'il arracha aux bras d'Ariane.

— Je suis désolé. Tu ne te battras plus jamais contre lui, promis.

— Pourquoi ? protesta-t-elle, en se dégageant. Ce n'est pas naturel pour moi, c'est vrai, mais il a raison. Je dois apprendre ou sinon, quelqu'un sera blessé à ma place... Mon père, Claire, Cathy...

Lucas l'attrapa avant qu'elle ne s'écroule. Tout en la portant en dehors de la cage, dans une petite pièce qui servait à la fois de vestiaire et d'infirmerie, il examina avec soin son visage défiguré.

Il l'assit sur une table en acier et la laissa le temps de rassembler de la gaze, une cuvette d'eau, une briquette de jus de fruits et un pot de miel. Il lui fit signe d'ouvrir la bouche, puis fit couler un filet de miel sur sa langue. Dès que ses papilles sentirent le goût de soleil, sucré et onctueux, elle comprit. Il n'y avait pas meilleur remède que le miel pour les demi-dieux. Saisie d'une pulsion instinctive et sauvage, elle agrippa de ses deux mains le poignet de Lucas et lécha le pot.

Elle ne reprit son souffle qu'une fois le pot parfaitement vide. Elle croisa alors le regard inquiet de Lucas et hocha la tête pour le rassurer. Sans un mot, il enfonça une paille dans la briquette de jus de fruits et la lui donna, puis entreprit de panser ses blessures avec de l'eau chaude et de la gaze.

Hélène plissa les yeux. Elle aurait bien aimé voir l'expression de son visage tandis qu'il s'appliquait à soigner ses plaies, mais sa vision était toujours aussi floue. Elle avait l'impression curieuse que son regard ricochait sur lui…

Au bout de quelques minutes, elle put le voir nettement. Son front plissé par l'inquiétude se détendit. Il épongea les dernières traces de sang et poussa un soupir.

— Pourquoi tu n'as pas essayé d'échapper à ses coups, Hélène ? demanda-t-il d'une voix douce, rompant enfin le silence. Pourquoi tu n'as pas cherché à te protéger avec tes mains ?

— Il est trop rapide pour moi…

Elle croisa son regard sceptique. Ils savaient tous deux que ce n'était là qu'une partie de la vérité.

— Si je l'avais bloqué, reprit-elle, il aurait été de plus en plus furieux. Je n'aurais pas eu d'autre choix que de le frapper avec une telle force qu'il n'aurait plus été en état de riposter…

— C'est le but, quand on se bat, tu sais, protesta Lucas.

— Alors, je ne peux pas, répondit-elle, l'air grave. Je ne peux pas faire du mal à quelqu'un, Lucas. Tu n'as pas autre chose à m'apprendre ?

— Comme quoi ? s'enquit-il, désemparé.

— Comme ce que tu as fait, au lycée, la première fois qu'on s'est vus. Tu m'as fait tourner sur moi-même et tu m'as bloquée avec tes jambes. Ça ne m'a pas fait mal du tout, mais ça m'a neutralisée. Ou la nuit, dans l'herbe. J'étais sur toi et tu as fait un truc avec tes hanches… rappela-t-elle, reprenant espoir.

Il acquiesça, puis détourna le regard.

— C'était du jiujitsu. C'est une méthode de lutte au corps à corps et j'espère que tu ne te retrouveras jamais aussi près de tes ennemis... mais je pourrai te l'apprendre, si tu veux.

Alors qu'elle regardait Lucas, des points noirs dansèrent devant ses yeux. Elle posa les mains sur sa taille pour maintenir son équilibre. Lorsque les points s'estompèrent, elle vit des traces de rougeur sur ses joues. Elle sentait la chaleur de son corps si proche et respirait l'odeur de sa peau... Un calme profond l'envahit.

— Et à voler, reprit-elle, secouant sa torpeur. Tu dois m'apprendre à voler. Comme ça, je pourrai fuir facilement.

— Je t'apprendrai.

Hélène chercha son regard, mais il était fuyant. Elle se passa la main sur le visage, puis la regarda : elle était tachée de sang.

— Je dois être vraiment affreuse à voir, non ?

Il ne répondit pas, mais la prit dans ses bras et la serra contre lui.

— Promets-moi une chose, murmura-t-il dans ses cheveux. Promets-moi que la prochaine fois, tu ne resteras pas les bras croisés en attendant de te faire massacrer.

— Si je peux l'éviter, crois-moi, je ne m'en priverai pas ! s'exclama-t-elle.

Lucas s'écarta légèrement et ajouta :

— Je ne veux plus jamais revoir ça. Tu comprends ?

Les yeux de Lucas brillaient d'une lueur si intense qu'elle éprouva le besoin de changer de sujet.

— T'as vu ta chemise ? s'enquit-elle en désignant l'empreinte sanglante de son visage. Et les vêtements que m'avait passés Ariane sont fichus. Est-ce que je me change ou c'est fini pour aujourd'hui ?

— C'est fini pour aujourd'hui. Tu peux te rhabiller… Enfin, après ta douche, répondit-il un peu vite, comme pour chasser l'humeur sombre qui l'avait gagné.

Il prit son visage entre ses mains et examina ses blessures, puis la relâcha.

— Tu as beau guérir très vite, tu auras quand même quelques hématomes. Tu ferais bien d'éviter ton père, ce soir.

— Je lui dirai que tu m'as tabassée, dit Hélène en sautant à bas de la table.

— Et je lui dirai que tu adores ça, rétorqua-t-il d'une voix nonchalante.

Hélène leva les yeux vers lui. De nouveau, elle se sentit gagnée par une étrange somnolence. Il était si près d'elle… Il aurait suffi de… Mais non, rien. Il s'éloignait déjà.

Alors qu'il se dirigeait vers la porte, il retira sa chemise tachée et la jeta dans la poubelle. Elle le regarda quitter la pièce, les yeux fixés sur son dos nu. Sa vision était redevenue parfaitement claire. Elle ne put s'empêcher de penser que, s'il était homo, elle serait prête à envisager une opération pour changer de sexe. Ça valait le coup.

Après s'être lavée, elle prit le temps d'examiner sa bouche. Son incisive gauche n'avait pas encore entièrement repoussé. Elle eut honte : Lucas avait dû la trouver ridicule. Puis elle réalisa qu'il devait y être habitué et qu'il n'y prêtait sans doute plus aucune attention. Elle repensa aux paroles d'Ariane : « Elle n'a pas été dressée comme nous à se jeter à la gorge des gens »... Au même moment, celle-ci passa la tête par la porte.

— Tu veux que je t'aide à guérir ?

— Pas la peine, mais tu peux entrer, répondit Hélène, dans l'espoir d'en apprendre un peu plus sur Lucas. Cassandre va mieux ?

— Elle est un peu trop sensible, mais t'en fais pas, elle va s'en remettre. Et toi, Hélène ? Sincèrement, tu es sûre de n'avoir rien de cassé ?

— Rien. Enfin, plus maintenant.

Ariane était si féminine et si sensuelle qu'Hélène ne pouvait pas imaginer qu'on lui cogne dessus.

— Est-ce que vous faites ça souvent ? Les combats, je veux dire...

Ariane secoua la tête avant même qu'elle ait fini sa phrase.

— Non. On s'entraîne pour garder la forme, mais seuls les garçons se battent entre eux, et seulement quand ils en ont envie. C'est surtout Lucas et Hector, en fait.

— Ils ont du mal à s'entendre, c'est ça ?

— Oui et non, répondit Ariane. Hector est quelqu'un de très orgueilleux, et il est particulièrement fier de notre histoire. Il regrette qu'on se soit désolidarisés de la Maison de Thèbes. Attention, ne me fais pas dire ce que je n'ai pas dit : il ne partage pas les idéaux des Cent Cousins, mais il n'aime pas voir notre Maison divisée. Lucas s'est donné comme responsabilité de veiller à ce qu'il reste sur le droit chemin – parce que c'est le seul qui en soit capable.

— Ça doit être douloureux d'être exclu de votre famille, compatit Hélène.

— On n'a pas le choix, répondit Ariane avec un sourire crispé.

— C'est à cause de leurs idéaux, c'est ça ? s'enquit Hélène avec délicatesse. Lucas n'a jamais eu le temps de m'expliquer...

— Tantale et les Cent Cousins pensent que, s'il ne reste plus qu'une seule Maison, ils pourront faire renaître l'Atlantide. C'est pour ça que notre famille a toujours vécu près de l'océan Atlantique : Boston, Nantucket, Cadix...

— Mais c'est délirant ! ne put s'empêcher de s'exclamer Hélène, sans réaliser qu'Ariane était sérieuse. Enfin, l'Atlantide est un mythe, non ?

Hélène frissonna. Elle avala une gorgée de jus de fruits afin de cacher l'émotion violente que suscitait en elle l'image d'une ville engloutie au fin fond de l'Océan.

— Et le mont Olympe ? Et le paradis ? C'est pareil. On ne peut pas prouver qu'ils existent. C'est à chacun de décider. Les Infants croient à l'Atlantide. Très peu de temps après la fin de la guerre, Cassandre de Troie a lancé une prophétie : le jour où il ne subsistera plus qu'une seule Maison, l'Atlantide renaîtra des profondeurs de la mer et nous, les Infants, pourrons y vivre à jamais. Les Cent Cousins l'interprètent comme une promesse d'immortalité.

— Incroyable, murmura Hélène. Pourquoi êtes-vous contre ?

— C'est tentant, évidemment... Sauf que, si toutes les Maisons s'unissent, ou s'il ne reste qu'une seule Maison unifiée, ce sera la fin de la trêve.

— Quelle trêve ?

— La trêve qui a mis fin à la guerre de Troie.

— Mais… je croyais que les Grecs avaient tué tous les Troyens et incendié la ville ? Avec qui ont-ils pu conclure une trêve ?

— Les dieux, répondit Ariane.

L'expression stupéfaite d'Hélène la fit sourire malgré elle.

— Chacun a choisi un camp selon ses affinités, reprit-elle. Certains, bien sûr, ont pris parti pour leurs enfants à demi humains, d'autres pour des héros dont ils se sentaient proches. D'autres encore sont même descendus du mont Olympe pour participer aux combats. Ils se sont affrontés les uns les autres et c'est là que les problèmes ont commencé.

Ariane lui expliqua alors que la guerre de Troie avait été le conflit le plus meurtrier que les Anciens aient jamais connu. Pour la première fois, les différentes Maisons s'étaient unies pour former une immense armée. Cette guerre avait détruit une bonne partie du monde occidental et failli sonner le glas de la civilisation telle que nous la connaissons aujourd'hui. Et elle fut tout aussi fatale aux dieux qu'aux hommes.

Apollon monta sur le char d'Hector, Athéna combattit au côté d'Achille et Poséidon soutint l'un ou l'autre des partis, au gré des marées. Même Aphrodite, la déesse de l'amour, descendit un jour sur le champ de bataille afin de défendre Pâris. Alors qu'elle l'emportait dans ses bras en volant, sa main fut blessée par la lame d'une épée grecque.

Lorsque son père Zeus vit sa blessure, il lui interdit de retourner à Troie. Elle lui désobéit, naturellement, ce qui plongea Zeus dans une grande colère. Mais ce n'est que lorsque sa fille Athéna et son fils Arès manquèrent s'envoyer mutuellement au Tartare – l'Enfer des dieux – que Zeus se décida enfin à agir. La guerre des hommes menaçait sa famille et sa loi.

Il était déjà trop tard. Dix ans avaient passé depuis le début de la guerre et les dieux étaient si impliqués que Zeus n'eut d'autre choix que de négocier avec les mortels. Il leur proposa de réaliser leur vœu le plus cher. Après une décennie de combats incessants, pendant lesquels la participation des dieux n'avait fait qu'aggraver la situation, le seul désir des Grecs et des Troyens était qu'ils se retirent. Les Infants demandèrent donc que les dieux repartent sur l'Olympe et y restent.

Cela convenait à Zeus. Mais il voulut s'assurer que plus jamais un conflit ne viendrait menacer la paix de l'Olympe. Or, de son point de vue, tout le problème venait de ce que les Maisons s'étaient alliées. Lorsqu'il instaura la trêve, il jura de retourner sur Terre et de reprendre la guerre là où elle s'était arrêtée si jamais les Infants s'unissaient un jour.

— Comme à la fin de la Seconde Guerre mondiale, quand les Alliés ont divisé l'Allemagne, remarqua Hélène. Ils ont partagé le pays en trois zones dans l'espoir d'éviter une nouvelle guerre.

— Exactement, approuva Ariane. Les Moires ont la manie des cycles et elles répètent les mêmes schémas sur toute la surface de la Terre – surtout quand il s'agit de la guerre, de l'amour ou de la famille…

Ariane s'interrompit, happée par de sombres pensées.

— Enfin, se reprit-elle, Troie fut trahie par l'un des siens et incendiée. Après des mois de confusion, de coups bas et de vengeances – qu'Homère a d'ailleurs rapportés dans *L'Odyssée* – les Olympiens ont quitté la

Terre et la guerre a pris fin. Mais si les Maisons s'unissaient, la guerre reprendrait aussitôt là où elle s'est arrêtée...

— Et elle s'est arrêtée juste avant la destruction totale de la civilisation, murmura Hélène, pensive. Si la guerre de Troie a été si dévastatrice alors qu'ils se battaient avec des épées et des flèches, qu'est-ce que ça donnerait aujourd'hui ?

— C'est tout le problème, répondit Ariane, les yeux fixés sur ses genoux. Tu comprends pourquoi notre famille a quitté la Maison de Thèbes. Même si Tantale a raison, même si l'unité est la clé de l'immortalité, c'est trop cher payé.

— Et Tantale et les Cent Cousins vous ont laissés partir ? s'exclama Hélène, incrédule.

— Ils n'avaient pas le choix ! Ils ne peuvent pas tuer leurs propres cousins ! Ces derniers temps, on a eu des menaces et des intimidations pour nous faire rentrer au bercail. Certains d'entre nous ne se sont pas laissé faire, Hector, pour tout dire. Il ne supportait pas d'être traité de lâche parce qu'il ne voulait pas se battre contre les dieux et il saisissait la moindre provocation pour répondre. Il s'est laissé entraîner dans un combat terrible... Il a failli y laisser la vie, mais surtout, il a été à deux doigts de tuer notre cousin ! Dans nos traditions, il n'y a pas de pardon possible pour un parricide, c'est le pire crime qui existe. C'est pour ça qu'on a quitté l'Espagne, débita Ariane d'une voix précipitée.

— Mais vous n'êtes pas la dernière Maison. C'est la mienne, protesta Hélène, qui commençait à comprendre l'enjeu de la situation.

— Oui, mais à ce moment-là, personne ne soupçonnait ton existence. Il y a une petite vingtaine d'années, il y a eu ce qu'on a appelé « la confrontation finale ». Les quatre Maisons se sont entre-tuées dans le but de s'éliminer les unes les autres. La Maison de Thèbes a gagné. Du coup, on a cru que les trois autres, la Maison d'Atrée, la Maison d'Athènes et la Maison de Rome, avaient été décimées. Et pourtant, l'Atlantide n'est pas apparue et les dieux ne sont pas revenus sur Terre. Mon père, ma tante et mon oncle ont pensé que c'était parce qu'ils avaient refusé de rejoindre Tantale et son culte. Tu comprends, vu qu'il ne restait personne d'autre...

Ariane prit une profonde inspiration.

— Mais en fait, c'était à cause de toi. En te cachant ici, ta mère a perpétué sa Maison. Elle a stoppé la guerre, mais elle a aussi empêché Tantale d'atteindre l'Atlantide.

Hélène resta silencieuse, accablée par le nombre de demi-dieux qui voulaient sa mort. C'était son existence seule qui les empêchait d'accéder à l'immortalité, son existence seule qui empêchait les dieux de revenir sur Terre et d'initier une énième guerre mondiale. Elle comprenait pourquoi la famille Délos s'était donné comme mission de la protéger, même au péril de leur vie. Et elle osait refuser d'apprendre à se battre... Pas étonnant qu'Hector la déteste !

— Je suis désolée, murmura-t-elle, honteuse. Votre famille se retrouve obligée de me défendre contre les siens...

— Ton fardeau est bien plus lourd que le nôtre, répondit Ariane en lui prenant la main.

Elle fut interrompue par l'arrivée de Pandore, qui les cherchait.

— Hé ! Est-ce qu'il faut emmener quelqu'un à l'hôpital ? s'exclama-t-elle, plaisantant à moitié. Il y a des litres de sang par terre !

— Non, ça va, répondit Ariane en se levant.

Un détail continuait à tracasser Hélène. Il y avait une faille dans l'histoire qu'Ariane venait de lui raconter.

— Qui était-ce ? s'enquit-elle soudain. Dans l'histoire telle qu'on nous la raconte, Odyssée trompe les Troyens avec un immense cheval en bois. Mais toi, tu m'as dit que Troie avait été trahie par l'un des siens !

— J'espérais que tu ne t'en rendrais pas compte, soupira Ariane. Il n'y a jamais eu de cheval en bois. C'est une jolie histoire, rien de plus. Odyssée a joué un rôle, c'est vrai, mais qui a consisté à convaincre Hélène de séduire les gardes, afin qu'ils ouvrent les portes de la ville la nuit venue. C'est tout. C'est pourquoi, chez les Infants, on ne donne jamais le nom d'Hélène à nos filles. C'est comme Judas pour un chrétien.

Hélène passa en coup de vent devant son père et grimpa dans sa chambre, prétendant vouloir se coucher tôt. Elle fit ses devoirs, puis gagna son lit, mais ne put trouver le sommeil. Elle ruminait ce qu'Ariane lui avait raconté. Et en particulier, comment sa mère avait-elle pu lui donner un prénom pareil ?

Puisque tous ces gens voulaient sa mort pour accéder à leur propre immortalité, elle se leva et décida d'apprendre à voler. Elle se concentra sur les mots « légèreté » et « hauteur ». Elle essaya même de prendre de l'élan, mais elle sauta en l'air et retomba lourdement plusieurs fois, jusqu'à ce que son père lui crie d'une voix courroucée d'arrêter ses clowneries.

Elle prit alors l'exemplaire de *L'Iliade* que lui avait donnée Cassandre. Chaque page regorgeait d'anecdotes où les dieux étaient intervenus dans les affaires humaines et Hélène comprit pourquoi ses ancêtres s'étaient lassés de les voir fourrer leur nez partout... Elle détesta assez vite Hélène de Troie. Elle ne pouvait comprendre pourquoi celle-ci n'était pas revenue vers son mari, alors que son entêtement causait la mort de milliers de gens. Elle se promit de ne jamais faire preuve de la même obstination que son homonyme.

Elle en était au passage où Achille, dépité de se voir refuser une jeune vierge, se retire pour bouder sous sa tente, lorsqu'elle entendit un bruit de pas au-dessus de sa tête. Puis un deuxième. Elle se servit alors pour la première fois de son ouïe extrafine et guetta les bruits en provenance de son père, qui regardait le dernier journal télévisé du soir. Elle fut rassurée : sa respiration était tranquille, tout paraissait normal. Le belvédère, en revanche, était étrangement silencieux.

Elle sortit de son lit, prit sa batte de base-ball dans son placard, la brandit en position d'attaque, puis quitta sa chambre. Elle avança à petits pas prudents jusqu'à l'escalier. Arrivée sur le palier, elle fit une pause et tendit de nouveau l'oreille. Après plusieurs minutes qui lui parurent interminables, elle entendit son père grogner en réaction aux âneries d'une députée. Il était toujours vivant. La « chose » qu'elle avait entendue au-dessus de sa tête n'était pas descendue au rez-de-chaussée. Hélène était bien décidée à ce qu'elle ne descende jamais.

Elle s'engagea dans l'escalier qui menait sur le toit. À peine eut-il mis le pied dehors qu'elle frissonna. Le coton léger de sa chemise de nuit ne faisait pas le poids face à la fraîcheur de cette nuit d'automne. Elle perçut une ombre du coin de l'œil et fit voler sa batte, mais celle-ci fut interrompue à mi-parcours. Hélène entendit un bruit sourd.

— Bon sang, c'est moi ! chuchota Hector, furieux.

Hélène le vit alors, caché dans la pénombre, en train de secouer sa main douloureuse.

— Qu'est-ce que tu fais là ? siffla-t-elle.

Il contourna une masse sombre sur le sol et s'approcha. Plissant les yeux, Hélène reconnut son duvet – celui qu'elle gardait dans le coffre en bois.

— D'après toi ? rétorqua-t-il, maussade, tout en continuant à agiter la main.

— Du camping ? s'exclama-t-elle, moqueuse.

Soudain, elle comprit. Tous ces bruits qu'elle entendait la nuit et qu'elle imputait aux Érinyes...

— Tu passes toutes les nuits ici ?

— Pas toutes. Mais un d'entre nous est toujours là pour te surveiller.

Elle détourna la tête, gênée. Il ajouta :

— La plupart du temps, c'est Lucas, parce que c'est le seul à pouvoir voler jusqu'ici...

— Et ça ne vous dérange pas de nous espionner ? s'enquit-elle, furieuse.

Hector réprima un rire.

— C'est sûr. Je comprends que tu veuilles garder privées toutes ces conversations sur la politique ou le base-ball. C'est tellement intime, rétorqua-t-il en levant les yeux au ciel.

— Vous restez toute la nuit, même quand je dors ? demanda-t-elle, incapable de croiser son regard.

Il comprit ce qui la tracassait et cessa de sourire.

— Ça fait un bail que tu n'as pas fait de cauchemar, tu sais...

— Rentre chez toi, Hector ! le coupa-t-elle brusquement.

Elle voulut faire demi-tour, mais il tendit le bras pour lui barrer le passage.

— Hors de question que je rentre chez moi. Tant pis si ça te gêne, princesse ! Il y a trop de gens qui veulent ta mort. On ne te laissera pas seule tant que tu ne seras pas capable de te défendre. Et ça, c'est moi qui le déciderai.

— Toi ? Pourquoi toi ?

Elle croisa les bras et se frictionna les épaules, transie. Le vent qui venait de la mer était particulièrement cinglant.

— Parce que je suis le seul qui ne se laissera pas fléchir. Et ne compte pas sur moi pour m'excuser d'empêcher ces folles qui rôdent sur l'île de te kidnapper !

Elle se mit à claquer des dents. Il la regarda, tremblant dans la nuit. Elle aurait juré déceler une expression de culpabilité, fugace, traverser son visage. Il se détourna.

— Bon, d'accord, on aurait pu te prévenir, reconnut-il, marmonnant par-devers lui.

— Ah oui, tu crois ? riposta-t-elle. Je ne suis pas stupide. Je sais que je suis en danger. Mais vous auriez dû m'avertir !

— C'est bon, j'ai pigé, gronda-t-il. Mais ne t'attends pas à ce que je vous laisse sans surveillance, ton père et toi !

Qu'Hector ait le souci de son père suscita en elle une profonde reconnaissance. Sa colère retomba d'un coup.

— Merci, murmura-t-elle.

Il se figea, stupéfait de ce brusque revirement.

— C'est bon ? Tu ne m'en veux plus ? s'enquit-il, méfiant.

— Pourquoi ? Ça te déçoit ?

Elle fut interrompue par la voix de son père.

— Lennie ? appela Jerry, posté devant la porte de sa chambre.

Elle avait été si absorbée par leur conversation qu'elle avait oublié de garder une oreille sur lui.

— Oui ? cria-t-elle.

Hector s'effaça pour la laisser passer. Elle referma la porte juste à temps.

— Tu dors encore là-haut ? demanda Jerry en la voyant dégringoler l'escalier qui menait sur le toit. Il fait bien trop froid, Hélène !

— Tu sais quelle heure il est ? le réprimanda-t-elle. Va vite te coucher !

— Je sais, je vais me coucher tout de suite… Hé ! C'est toi qui vas te coucher tout de suite ! s'exclama-t-il, se rappelant qu'il était le père.

Tandis qu'Hélène plongeait sous sa couette, elle crut entendre Hector rire, seul, là-haut sur le belvédère.

DIX

Majorque, Espagne

Caché dans la pénombre, Créon observa la journaliste pendant cinq longues minutes, puis il surgit de nulle part, à un mètre d'elle à peine. Elle se retourna et prit une brève inspiration qui résonna comme un sanglot. « C'est grisant d'effrayer une femme, pensa Créon. Surtout une petite garce arriviste comme celle-là. » Il tenait à éclaircir les choses : elle avait beau lui avoir extorqué une interview en menaçant de contacter la police, c'était lui qui menait la danse.

C'est pourquoi il avait choisi les docks la nuit. Il voulait tester sa motivation. Le fait qu'elle ait accepté prouvait qu'elle avait des nerfs, à défaut de neurones, et c'est ce qui avait décidé Créon à lui consacrer un peu de son temps. En outre, elle émettait un très joli bruit lorsqu'elle était surprise. Peut-être aurait-il la chance de l'entendre de nouveau ce soir…

Il lui sourit d'un air innocent et espiègle. Elle affronta son regard, mais recula d'un pas – ce qui trahissait un mélange de courage et de peur, deux émotions que

Créon aimait voir s'affronter chez ses adversaires. Ça n'en rendait ses victoires que plus éclatantes.

— Cette fois encore, je demande à voir le père, et je trouve le fils, dit-elle en anglais, avec un fort accent étranger.

— Je parle parfaitement espagnol, répondit Créon, toujours souriant. Et vous savez très bien que mon père ne reçoit pas les journalistes.

— Votre père ne reçoit personne. C'est pour ça que je suis ici, rétorqua-t-elle, têtue, en anglais.

Il haussa les épaules, refusant de mordre à l'hameçon. Elle se croisa les bras et l'observa.

— Tantale Délos ne s'est montré à personne depuis près de vingt ans, maintenant. Curieux, non ?

— Il aime la discrétion, rétorqua Créon, dont le sourire commençait à se figer.

— La discrétion est le seul luxe qu'un aristocrate milliardaire ne peut pas se payer. Je suppose que vous connaissez les rumeurs qui circulent sur votre père ?

— Un tissu de mensonges, rétorqua Créon, le plus mielleux possible.

Le regard de la journaliste exprima un tel doute qu'il faillit suffoquer. Comment osait-elle ?

Au fil des ans, toutes sortes de bruits avaient couru sur le compte de son père : qu'il avait été mutilé, qu'il souffrait de TOC, ou encore qu'il était mort. Créon savait, bien sûr, que son père était vivant et il avait toujours contré les autres rumeurs avec véhémence. Mais en vérité, il n'avait pas vu son père, ni même entendu le son de sa voix, depuis dix-neuf ans. Personne n'était autorisé à le rencontrer, hormis la mère de Créon, Mildred Délos.

Celle-ci prétendait qu'il se cachait pour se protéger et protéger la Maison de Thèbes, mais cela n'expliquait pas pourquoi il refusait de lui parler au téléphone...

— En êtes-vous bien sûr ? insista la journaliste, qui le voyait en proie à ses propres doutes.

Créon remarqua qu'elle continuait à parler en anglais, comme pour le narguer.

— Depuis des années, vous, votre mère, votre famille, vous prétendez que ce sont des mensonges, mais... sincèrement, Créon, quand avez-vous vu votre père pour la dernière fois ? Je sais qu'il n'a pas assisté à la remise des diplômes, lorsque vous avez quitté l'université...

Créon serra les mâchoires.

— Mon père est un homme très discret. Il...

— Pff ! s'exclama-t-elle avec un grand geste de la main (elle n'aurait jamais dû). Ce n'est plus de la discrétion, c'est de la folie furieuse ! Est-ce que le désir de discrétion peut conduire un père à abandonner son fils, dans le seul but d'échapper aux journalistes ?

Il l'agrippa à la gorge avant qu'elle ait pu faire un geste pour se défendre. Elle avait un cou très fin, tendre et fragile. Créon pensa que c'était comme tenir un petit chaton dans la main. Une peur panique se reflétait dans les pupilles dilatées de la jeune femme. Des larmes réflexes perlaient au coin de ses paupières, comme des perles de rosée. Elle était belle – la peau blanche, de grands yeux, et surtout, une jolie bouche qui venait de s'arrondir sous l'effet de la surprise, comme si elle attendait qu'on l'embrasse. Créon aurait aimé faire durer le plaisir. Mais une demi-seconde plus tard, il entendit un craquement.

Comme une télévision, l'écran de ses yeux se réduisit à une tête d'épingle, puis s'éteignit.

Créon jeta son corps dans la rade. Il courut ensuite jusqu'à la citadelle à une telle vitesse qu'aucun être humain n'aurait pu détecter sa présence, fût-il à quelques centimètres.

Encore tremblant d'une excitation malsaine, il monta tout droit à sa chambre et se figea sur le seuil de la pièce. Sa mère l'attendait, assise sur le lit à côté de sa valise, ses petites mains manucurées posées sur ses genoux. Elle pencha légèrement la tête sur le côté pour le regarder.

— Tu as été obligé de la tuer ? demanda-t-elle sans émotion.

— Elle m'a provoqué, répondit Créon.

Il s'avança et attrapa la poignée de sa valise.

— Bon, c'est mieux comme ça, et tu le sais très bien.

Elle baissa les paupières et acquiesça. Ce n'était pas la première journaliste à « disparaître ».

— Étant donné la situation, j'approuve ton départ, mais…

Elle brandit le billet d'avion qu'elle avait trouvé dans la poche extérieure de sa valise. Il resta pétrifié.

— Ce que je n'approuve pas, c'est la destination. Que vas-tu faire là-bas ? Ton père a interdit aux Cent d'approcher Nantucket !

Il inspira profondément pour se calmer. En vain.

— C'est leur faute si on ne peut pas avoir ce qui nous revient de droit ! Toutes les autres Maisons ont disparu, ça ne peut être qu'eux ! Je veux savoir comment ils arrivent à vivre alors qu'ils ont condamné le reste de la famille à une mort certaine. L'immortalité m'est due et quoi qu'en pense mon père, je ne resterai pas sans rien faire !

Il hissa son bagage sur l'épaule, arracha le billet des mains de sa mère et se dirigea vers la porte, puis il dévala les marches de la citadelle. Son cœur battait la chamade.

Une fois dehors, il trouva une berline noire qui l'attendait, prête à le conduire à l'aéroport. Créon comprit soudain que sa mère avait toujours su qu'il tuerait cette fille. Elle le savait peut-être même depuis le moment où le rendez-vous avait été fixé.

— Mon fils, l'interpella-t-elle depuis le porche voûté. Est-ce que tu l'as tuée pour avoir une raison de partir ?

Il se tourna vers elle, maîtrisant tant bien que mal son impatience.

— Est-ce que tu me l'as envoyée pour que je la tue ?

Elle lui lança un sourire préoccupé, avança lentement vers lui et plongea son regard dans le sien. Ses fines lèvres serrées durcissaient son visage.

— Ne t'approche pas d'Hector.

Mercredi matin, Hélène quitta la maison en toute hâte. Elle repensa à son père lui disant qu'il voulait « toucher deux mots à ce jeune homme ». Elle n'avait pas su s'il était sérieux ou s'il s'amusait à la taquiner, mais elle ne voulait pas courir le moindre risque. Ce ne serait pas juste de faire subir à Lucas un interrogatoire en règle, alors qu'ils ne sortaient même pas ensemble...

Elle ouvrit la portière et se jeta à l'intérieur.

— On y va ?

— On n'attend pas ton père ? s'étonna Lucas, apercevant Jerry sur le seuil de la maison.

— Non, partons. Vite ! Je ne sais pas s'il a l'intention de le faire ! répondit Hélène, prise de panique, en saluant son père d'un signe de la main.

Lucas passa la première et démarra.

— De faire quoi ?

— Parler d'homme à homme, expliqua-t-elle, soulagée.

— Ah... Dans ce cas... fit Lucas en freinant.

Il allait passer la marche arrière, mais elle posa la main sur la sienne et s'exclama, affolée :

— Qu'est-ce que tu fabriques ?

— Je vais aller parler à ton père. Je ne veux pas qu'il s'inquiète quand tu es avec moi.

— Lucas, je te jure que, si jamais tu fais ça, je sors de cette voiture et je vais au lycée à pied !

Lucas sourit, puis repassa la première et s'éloigna pour de bon. Hélène lui donna un petit coup dans l'épaule.

— Tu as juste voulu me faire peur, c'est ça ? s'indigna-t-elle.

— Hé, c'est toi qui as des problèmes avec ton père. Et puis, tu es plutôt jolie quand tu paniques, dit-il, un grand sourire aux lèvres.

Tous ceux qui les reconnaissaient klaxonnaient et leur faisaient des signes de la main. Klaxonner ses amis était une coutume sur l'île et Hélène y avait été habituée depuis toujours, mais elle avait l'impression, ce matin-là, que les gens prenaient un malin plaisir à écraser leur avertisseur.

— Écoute, reprit Lucas, retrouvant un ton plus sérieux. Hector m'a dit que tu l'avais trouvé sur le toit...

— Oui, répondit Hélène, essayant de disparaître dans son fauteuil. À ce propos...

— Je voudrais t'expliquer pourquoi on ne t'a pas prévenue. Je comptais le faire...

Il lui jeta un regard furtif.

— Mais je n'ai pas trouvé la manière. Je ne voulais pas que tu me prennes pour un type louche qui rôde la nuit sur ton toit...

— Je ne vais pas te mentir... je ne peux pas, de toute façon, pas vrai ? sourit Hélène. Ça m'a beaucoup énervée au départ, puis je me suis habituée à cette idée. Si ta famille veut protéger la mienne, je ne vais pas jouer la difficile...

Hélène fut interrompue par un coup de klaxon particulièrement insistant. Un mouvement d'humeur la traversa, qu'elle réprima de justesse : elle aperçut ses voisins. Elle devait se montrer polie. Sa nervosité était telle qu'elle s'attendait à avoir une crampe d'un instant à l'autre. Elle enfonça le poing dans son estomac.

— Que se passe-t-il ? Je t'ai déjà vue faire ce geste. Tu as mal au ventre ?

— Non. Pas encore, disons. Mais de toute façon, on n'y peut rien. Enfin, à part si on décide de ne plus jamais se montrer ensemble...

— Aucun risque, rétorqua-t-il en haussant les sourcils. Je ne comprends pas. Tu es allergique à moi ou quoi ?

— Non, répondit-elle en riant. Je crois que je suis allergique au fait que j'attire l'attention. Et quand on est ensemble, on se fait un peu trop repérer.

— Ce n'est pas moi, alors ? Tu as mal même quand je ne suis pas là ?

— Bien sûr. C'est comme ça depuis que je suis toute petite. Je ne sais pas vraiment ce qui provoque ça mais parfois, quand les gens me regardent, ça me donne des crampes horribles.

— Allergique à l'attention, murmura-t-il pour lui-même.

Dès qu'ils descendirent de voiture, il attrapa sa main et enroula ses doigts autour des siens.

Alors qu'il rangeait des affaires dans son casier, elle en profita pour l'observer. Il avait le front plissé et l'air soucieux. Mais le plus dérangeant, c'est qu'il lui apparaissait légèrement flou...

— Qu'est-ce que tu fais ? chuchota-t-elle. Ça me donne mal à la tête !

— Désolé, dit-il, à nouveau net. Je réfracte la lumière. Ça m'arrive parfois quand je suis concentré...

Elle se rappela soudain qu'Apollon était le dieu de la lumière... et elle réalisa qu'elle l'avait déjà vu se livrer à ce tour de passe-passe, chez lui, dans le vestiaire de la salle d'entraînement. Elle avait alors reçu tant de coups dans la tête qu'elle avait cru, naïvement, que sa vision était trouble.

— Tu n'as pas peur que quelqu'un s'en aperçoive ?

— Au contraire. Ça me sert à passer inaperçu quand je veux réfléchir tranquille. C'est très fatigant de fixer quelque chose de flou...

— Parce que le regard glisse, dit Hélène, se remémorant sa propre expérience.

— Exactement. Si j'apparais flou, les gens me zappent. Toi, quand tu ne veux pas attirer l'attention, tu te tiens voûtée. Moi, je deviens flou. Ça peut aussi être utile lors d'un combat, sauf que c'est presque impossible à faire en bougeant vite…

— Tu me confies tes trucs ? se moqua-t-elle, tout en glissant ses livres dans son sac et en refermant son casier. Pas très malin !

— Ah oui ? Eh bien, vas-y, attrape-moi, Miss 100 000 volts ! rétorqua-t-il en s'enfuyant.

« Miss 100 000 volts ? » pensa Hélène, désemparée. Mais il avait déjà passé les portes à double battant, à l'autre bout du couloir.

Dès que la première sonnerie de midi retentit, elle se précipita à la cafétéria dans l'espoir d'interroger Ariane, mais celle-ci était assise à leur table, déjà entourée d'une nuée d'admirateurs.

Hélène aurait pu prévoir qu'Ariane rejoindrait la table des intellos – elle suivait toutes les classes Avancé – malheureusement, elle entraînait dans son sillage toute une flopée de garçons. Hélène allait renoncer à se frayer un passage à travers cette foule quand Ariane l'aperçut.

— Zach ? Tu peux faire un peu de place pour Hélène, s'il te plaît ? lança-t-elle avec son sourire lumineux.

— Te fatigue pas, intervint Claire, caustique. Elle n'a qu'à prendre ma place.

En passant près d'Hélène, elle lui chuchota une remarque désagréable sur les « vieilles copines » qu'« on » lâche parce qu'« on » sort avec le garçon le plus convoité du lycée. Hélène n'eut pas le temps de se défendre : Ariane la tira par le bras pour la faire asseoir avant qu'un garçon bourré d'hormones ne prenne la place d'assaut.

Lorsque la sonnerie retentit, tous ses anciens amis avaient déserté la table, qui était pourtant la leur depuis la seconde. Le sourire triste de Matt remplit Hélène de remords. Depuis combien de temps n'avaient-ils pas discuté ensemble ? Une éternité.

Quand elle rejoignit la ligne de départ, en fin d'après-midi, elle découvrit que Claire ne l'avait pas attendue. C'était absurde, car elle pouvait la rattraper quelle que soit son avance, mais le message était clair.

Hélène la rejoignit en trottinant. Claire ne tourna même pas la tête et leva la main d'un geste dissuasif.

— Continue à courir, Hamilton ! Je suis pas d'humeur à supporter tes états d'âme en ce moment !

Hélène ne protesta pas. Elle savait par expérience que Claire avait besoin de la punir un peu avant de lui pardonner. Elles se réconcilieraient au téléphone et le lendemain, tout serait oublié. Pour une fois, Hélène aurait aimé brûler les étapes, mais elle savait qu'il ne fallait pas brusquer Claire, elle continua donc à courir docilement.

Au bout de quelques minutes, elle en eut assez de se traîner. Elle jeta un regard à sa montre et calcula le temps qui lui restait, puis elle partit comme une flèche à travers la lande. Elle savait que Lucas pouvait s'élever dans les airs aussi facilement qu'on monte une marche, mais ça ne semblait pas être son cas. Peut-être avait-elle besoin de prendre de la vitesse, comme les avions avant de décoller ? C'était l'occasion rêvée de mettre à l'épreuve sa théorie.

Alors qu'elle traversait le paysage marécageux, elle commença à ressentir la légèreté qui, dans son esprit, était associée au fait de voler. Elle éprouvait une sorte de palpitation, une énergie sauvage difficile à contenir. Un flot d'électricité statique courait le long de sa peau, comme si elle avait frotté un ballon de baudruche sur tout son corps.

Elle tenta un premier saut, pour voir, et décolla. Au début, elle crut qu'elle avait réussi, qu'elle volait pour de bon, mais assez vite, elle comprit qu'elle décrivait un arc de cercle et qu'elle avait déjà entamé la descente. Elle avait sauté plus haut que jamais – trop haut – et son cerveau était persuadé qu'elle allait s'écraser au sol.

Elle essaya d'agripper l'air, son instinct aurait pu lui souffler comment faire, mais elle avait trop peur – ou pas assez – pour pouvoir l'écouter. Elle heurta violemment le sol et s'enfonça profondément dans la vase.

Elle n'était pas blessée, mais secouée. Ses genoux la portaient à peine et elle dut rire pour évacuer la tension qui l'habitait. Lorsqu'elle retrouva un certain calme, elle se redressa, extirpa ses pieds de la vase et repartit en direction du lycée. Elle avait honte. Elle était couverte de boue jusqu'à la taille et elle préférait ne pas imaginer de quoi elle avait eu l'air au moment où elle était tombée, agitant désespérément les bras.

Elle jeta un regard autour d'elle, par réflexe, pour vérifier que personne n'avait pu la voir. Son cœur chavira lorsqu'elle aperçut une silhouette s'arrêter et changer de direction. Quelqu'un l'avait donc vue !

Tout son être se figea. Sans réfléchir, elle piqua un sprint en direction de la silhouette qui se dirigeait vers le lycée. L'image de Cathy gisant inconsciente sur la chaussée lui traversa l'esprit. Elle accéléra encore, bondissant avec imprudence à travers la tourbière et les canneberges, obsédée par l'idée de rattraper l'inconnu.

Elle remarqua, intriguée, qu'elle distinguait de moins en moins sa silhouette, qui se fondait dans une pénombre irréelle. Mais plus elle se rapprochait, plus les ténèbres qui l'entouraient se dissipaient et elle put la localiser. La façon dont son corps semblait aspirer la lumière lui donnait la chair de poule. Ce don particulier ne laissait aucun doute sur son identité : c'était un descendant d'Apollon, un Infant de la Maison de Thèbes – un de ceux qui menaçaient le bonheur de ses proches.

Il était jeune, une vingtaine d'années tout au plus. Lorsqu'elle se trouva assez près, elle vit qu'il avait les cheveux blonds et le teint pâle. Dans un ultime effort, elle attrapa un pan de sa chemise, qui se déchira. La lumière se répandit sur ses larges épaules nues. Il ressemblait à Hector à s'y méprendre, à l'exception de son visage taillé à la serpe, qui lui donnait un air dur.

Une douleur fulgurante la plia soudain en deux. Elle tomba par terre dans un cri et se replia sur elle-même en position fœtale, incapable de bouger, ni même de respirer. À travers les herbes hautes, elle vit l'homme au torse nu revenir vers elle.

— Intéressant, lâcha-t-il dans un souffle. On se reverra, *preciosa*. Le plus tôt sera le mieux…

Il déguerpit, et sa silhouette se fondit dans les ténèbres. Hélène voulut riposter, mais ne réussit à pousser qu'un faible gémissement. Elle était livrée à elle-même, condamnée à attendre que quelqu'un la trouve.

Au bout d'un moment, elle entendit des pas.

— Hélène ? s'inquiéta une voix familière. Et merde, c'est vraiment toi.

— Matt, murmura-t-elle. Va chercher Lucas.

Il apparut soudain dans son champ de vision et s'agenouilla devant elle.

— Tu ne préfères pas l'infirmière ? Ou le SAMU ?

— S'il te plaît. Lucas. Vite.

Il soupira, lui frotta le dos d'un geste maladroit, puis se leva et partit en courant. Une fois qu'elle eut retrouvé sa respiration normale, Hélène regarda autour d'elle. Elle découvrit qu'elle était presque arrivée dans le parking – bien plus près du lycée qu'elle ne l'aurait cru. Le front appuyé contre ses genoux, elle se traita d'idiote. Elle entendit soudain des pas lourds et rapides et, malgré sa souffrance, sourit, soulagée.

— Merci, Matt, entendit-elle, quelque part derrière elle.

Lucas la contourna avec précipitation. Jason le suivait comme son ombre.

— Tu as mal ? Où ?

Hélène lui montra son ventre. Il hocha la tête, puis regarda autour de lui, perplexe.

— Tu sais ce qui s'est passé ? demanda-t-il à Matt.

— Non, pas vraiment. J'ai juste entendu Gabrielle dire qu'Hélène courait après un type, puis qu'elle a crié et qu'elle est tombée.

— C'est vrai ? demanda-t-il à Hélène, anxieux.

Elle acquiesça. Il parut rassuré.

— Je m'en occupe, chuchota Jason d'une voix à peine audible.

Hélène entendit des pas s'éloigner.

— Je devrais aller avec lui… commença la voix d'Hector.

— Non, rétorqua Lucas. Tu devrais trouver les filles, plutôt.

— OK, répondit Hector, devinant ce qu'il ne disait pas.

Cassandre et Ariane étaient seules, sans protection, alors qu'elles couraient le risque d'être attaquées à leur tour. Hector partit en courant, d'un pas si aérien que même Hélène n'entendit pas le bruit de ses semelles effleurant l'herbe. Elle ne put s'empêcher de ressentir à la fois de l'admiration et de la peur.

— Matt, tu peux m'aider à porter Hélène ? Si tu lui prends les jambes… commença Lucas, hésitant.

— Bien sûr, pas de problème, répondit Matt, glissant les mains sous ses genoux. Oh la la ! Len, qu'est-ce que tu pues ! T'étais peut-être pas obligée de passer par les tourbières !

Hélène pouffa, mais la douleur la fit taire.

De prime abord, elle n'avait pas compris pourquoi Lucas avait sollicité l'aide de Matt, mais en les écoutant discuter tandis qu'ils la portaient jusqu'au 4 × 4 d'Hector, elle pensa que Lucas était le garçon le plus avisé qu'elle ait jamais rencontré. Car, en demandant de l'aide, il ne faisait pas que cacher sa force surnaturelle, il donnait à Matt le sentiment d'être utile. Ce simple geste avait créé un lien entre eux et si Lucas avait un jour besoin de faire appel à Matt, il y avait toutes les chances qu'il réponde présent. Elle fut soudain traversée d'une douleur si intense qu'une goutte de sueur perla sur sa lèvre supérieure. Elle souffla lentement pour essayer de se détendre.

Lucas ouvrit le coffre du 4 × 4 et installa Hélène à l'intérieur, puis il demanda à Matt s'il pouvait rester jusqu'à l'arrivée de sa sœur et de ses cousins.

— Si jamais l'état d'Hélène s'aggrave, je l'emmènerai à l'hôpital sans les attendre. Et dans ce cas, j'aimerais mieux que tu sois là pour le leur expliquer. Ils ne devraient pas tarder.

— Je resterai aussi longtemps qu'il le faudra, répondit Matt avec sa gentillesse habituelle.

— Hé, Matt, murmura Hélène, t'en as pas marre de jouer les gardes-malades ?

— Tu m'étonnes ! rétorqua-t-il.

Il se rembrunit.

— C'est la deuxième fois depuis le début de l'année. Tu n'as jamais été malade, Len, même l'année où on a tous chopé une grippe intestinale après l'anniversaire de Gabrielle. Tous, sauf toi.

— Je me souviens ! C'était horrible ! Tu te rappelles que je t'apportais du Coca ? s'amusa Hélène.

Elle essayait de détendre l'atmosphère, mais elle continuait à souffrir atrocement et elle appuya de nouveau sur son ventre. Matt fronça les sourcils, inquiet. Hélène commençait à l'être aussi. Jamais ses crampes n'avaient duré aussi longtemps.

— Tu devrais peut-être arrêter la course, suggéra soudain Matt.

— Il a raison, renchérit Lucas.

Hélène, trop stupéfaite pour répondre, fixa Lucas, bouche bée. L'arrivée d'Hector, de Cassandre et d'Ariane interrompit la conversation. Tandis que les filles montaient dans le 4 × 4, Hector prit les clés de la Mercedes et promit d'attendre Jason. Ariane proposa à Matt de le déposer chez lui, mais il déclina poliment. Après s'être entretenu à voix basse avec Hector, Lucas monta derrière le volant et démarra.

Cassandre enjamba la banquette et vint s'asseoir près d'Hélène avec un calme et une assurance inhabituels pour son âge.

— Tu as pu le voir de près ? s'enquit-elle d'une voix étrangement adulte.

— Oui.

— Tu crois que tu pourras le reconnaître si on te montre des photos ?

— Sans problème, assura Hélène. Il ne doit pas y avoir tant de mecs que ça qui ressemblent comme deux gouttes d'eau à Hector, en plus grand et en plus blond, mais avec un visage grêlé et un regard flippant.

Elle sentit une soudaine tension dans l'atmosphère.

— Créon, murmura Cassandre.

— Tu es sûre ? demanda Lucas, consultant Cassandre du regard dans le rétroviseur.

— Oui, répondit-elle, une lueur songeuse dans les yeux. Et Pallas l'a suivi jusqu'ici. Il est rentré.

Lucas n'avait pas besoin d'en savoir plus. Il sortit son téléphone de la poche de son jean et pianota sur les touches.

— Jason, reviens. Cassie arrive à le voir, maintenant, dit-il d'une voix mal assurée.

Il écouta un moment, puis l'interrompit :

— Quand on sera tous rentrés à la maison. Ton père nous attend.

Hélène avait l'impression d'avoir raté un épisode.

— Qui est Créon ? demanda-t-elle, intriguée.

— Un de nos cousins, répondit Cassandre, ce qui n'avança pas beaucoup Hélène.

— C'est lui qui s'est jeté sur Hector à Cadix, expliqua Ariane, la voix tremblant légèrement.

Elle croisa le regard de Lucas.

— Bon, d'accord, ils se sont jetés l'un sur l'autre. Créon est un extrémiste fanatique qui cherche la baston avec tous les modérés, pas juste avec nous. Mais il en a surtout après Hector.

— Pas cool pour lui, tenta de plaisanter Hélène, repliant les bras sur son ventre.

Personne ne rit. Elle déplia son poing, qui était resté fermé. Un morceau de tissu s'en échappa.

— Qu'est-ce que c'est ? demanda vivement Cassandre.

— Euh… C'est à Créon, en fait. Quand j'ai essayé de l'attraper, sa chemise s'est déchirée, expliqua Hélène, embarrassée.

— Tu l'as poursuivi, tu l'as rattrapé et tu lui as arraché sa chemise ? s'exclama Ariane, incrédule.

— Il m'avait vue voler ! se défendit Hélène. Je ne savais pas qui était ce type, je savais juste qu'il m'avait vue sauter la hauteur d'un immeuble de cinq étages. Il fallait que je lui mette la main dessus avant qu'il ne s'enfuie !

— Super, marmonna Cassandre. Il était venu pour surveiller notre famille, et peut-être se battre avec Hector, mais maintenant qu'il sait que tu existes, ça change tout.

— Il se dirigeait droit vers le lycée ! protesta Hélène.

— Et alors ? Tu croyais quoi ? cria Cassandre, soudain furieuse. Qu'il allait attaquer un pauvre mortel ?

Réfléchis un peu, Hélène ! Les deux femmes qui t'ont attaquée n'ont visiblement pas prévenu les Cent Cousins de ton existence – sans doute parce qu'elles veulent se garder la gloire de t'avoir tuée pour elles seules. Créon aura peut-être la même façon de voir, mais si ce n'est pas le cas, il va prévenir Tantale. Ce qui signifie que la moitié de la famille va rappliquer d'ici quelques jours... et tu ne sais même pas manier une épée !

— Du calme, Cassie, protesta Lucas avec véhémence. On a été habitués à se battre depuis le berceau et Hélène a eu combien de temps, elle, pour digérer ces révélations ? Une semaine ?

Il jeta à sa sœur un regard perçant dans le rétroviseur. Cassandre leva la main en signe d'abdication.

— Tu as raison, Cassandre, je n'ai pas réfléchi, dit Hélène d'une petite voix, en se massant lentement le ventre. On devrait peut-être essayer de lui parler...

Ariane s'étrangla à moitié.

— Quoi ? s'étonna Hélène. Pourquoi avez-vous si peur de lui ?

— C'est un Maître des Ténèbres, répondit Ariane d'un ton sinistre. Il peut arrêter la lumière. C'est contre nature.

Hélène revit le sombre halo qui accompagnait Créon dans tous ses mouvements. Les rayons du soleil ne semblaient pas pouvoir l'atteindre.

— Les Maîtres des Ténèbres sont rares, expliqua Lucas d'une voix qu'il voulut posée, mais où Hélène décela la peur. Il y en a très peu dans l'histoire de notre Maison et les seuls qu'on connaît ont tous mal tourné.

Quelques minutes s'écoulèrent dans un silence tendu. Cassandre se couvrit les yeux dans une attitude de grande concentration. Elle finit par regarder Hélène et sourit, ce qui détendit brusquement l'atmosphère.

— Je ne vois pas de menace immédiate à l'horizon. Sais-tu qui t'a surprise en train de poursuivre Créon ? s'enquit-elle, voyant qu'Hélène se tenait toujours le ventre.

— Gabrielle. Mais personne ne fera attention à ce qu'elle pourra raconter, elle passe son temps à répandre des rumeurs sur mon compte... Hé ! Comment tu sais qu'on m'a vue ?

— À cause de ces crampes qui te font régulièrement souffrir... Elles viennent d'une malédiction. Ta mère t'a condamnée à ressentir une souffrance insupportable chaque fois que tu utilises tes pouvoirs devant des mortels, expliqua Cassandre.

— C'est donc ça ! s'exclama Lucas en bifurquant dans l'allée des Délos. Ça m'a tracassé toute la semaine !

— La malédiction des crampes, c'est vraiment sadique, commenta Ariane. Je ne crois pas qu'elle ait été employée depuis des siècles !

— Ma mère m'a jeté une malédiction ? répéta Hélène, incrédule.

Cassandre hocha tristement la tête.

— C'est une vieille, vieille coutume. Les mères infantes la faisaient subir à leurs filles pour éviter qu'elles attirent trop l'attention, parce que, à l'époque, les femmes n'avaient pas le droit d'être intelligentes ou douées, dit Cassandre, plissant le nez d'un air dégoûté.

Hélène se mordillait l'ongle, incapable de croire ce qu'elle venait d'apprendre. Cassandre lui sourit avec compassion.

— Si ça peut te consoler, c'est grâce à ça que tu as été protégée pendant toutes ces années...

— Pour autant qu'on peut approuver une méthode aussi barbare, je suis d'accord, déclara Ariane. (Elle ouvrit la portière et sauta sur le gravier.) Sans la malédiction, tu imagines ce que ton père aurait dû endurer, avec la force que tu as ? Il veut te punir, tu le jettes par la fenêtre... T'obliger à aller au lit aurait provoqué un bain de sang...

— Vu comme ça, admit Hélène.

En descendant de voiture, elle accepta la main tendue de Lucas et fit entendre un petit rire.

— Quoi ? s'enquit-il.

— J'ai toujours su que ma mère me détestait... et maintenant, j'apprends qu'elle m'a carrément jeté un sort, lui répondit-elle d'une voix faussement désinvolte. Génial.

— Ta mère voulait te protéger, protesta Lucas, choqué.

— Ça se voit que tu n'as jamais eu de crampes... ronchonna-t-elle.

Il s'arrêta sur le perron.

— Tu devrais peut-être enlever tes chaussures.

— Ou aller chercher un tuyau d'arrosage, se moqua-t-elle.

— J'ai une meilleure idée...

Il l'entraîna vers la piscine, jusqu'à une douche extérieure, puis repartit chercher des serviettes et des vêtements de rechange. Elle attendit qu'il eût disparu pour pénétrer à l'intérieur et commença timidement à se déshabiller. Les murs en teck qui formaient une spirale cachaient son corps, mais ni ses pieds ni le haut de sa tête. Il lui était arrivé maintes fois de prendre des douches en plein air sur la plage, mais toujours avec un maillot de bain... Elle se dépêcha de se laver. Elle avait presque fini lorsque Lucas réapparut.

— Le tee-shirt est à moi, c'est sûr, expliqua-t-il, mais je ne sais pas à qui appartient le pantalon de jogging. Mais bon, ça ne dérangera personne...

Il accrocha les vêtements et un grand drap de bain en haut du mur, puis posa un sac en plastique sur le sol.

— Et ça, c'est pour ton uniforme et tes baskets...

— Merci, répondit Hélène, nerveuse.

Elle était troublée par la proximité entre Lucas et son corps nu. Elle avait beau se répéter qu'on est toujours nu sous les quelques millimètres de tissu des vêtements, mais là, c'était différent. C'était presque dangereux. Elle regarda ses chaussures faire demi-tour, hésiter, puis s'éloigner précipitamment – et se remit à respirer.

Le tee-shirt et le pantalon étaient immenses, mais ils étaient doux, confortables et sentaient bon la lessive. Hélène s'habilla rapidement, puis sortit de la douche, son sac de vêtements sales à la main.

Lorsqu'ils arrivèrent dans la cuisine, Cassandre et Ariane faisaient la fête à un homme qu'Hélène n'avait jamais vu, tandis que Jason et Hector les regardaient depuis la table. Lucas présenta Hélène et serra à son tour son oncle dans ses bras.

Pallas Délos était un homme blond qui, malgré ses tempes grisonnantes, resplendissait de santé et de jeunesse. Il avait le sourire réservé et le regard perçant d'Hector, mais les traits délicats de Jason ou d'Ariane. Quand il serra la main d'Hélène, il l'observa avec une insistance qui la mit mal à l'aise. Elle se demanda si c'était à cause de son prénom tabou ou si les Délos avaient médit sur son compte.

Gênée, elle essaya de se cacher derrière Lucas.

— Dehors, tout le monde ! Je dois préparer le repas ! clama Noëlle en pénétrant dans la cuisine.

Lucas l'entraîna dans le jardin.

— Mieux vaut ne pas rester dans les parages si on ne veut pas se retrouver à éplucher des légumes pendant une heure, expliqua-t-il en se dirigeant vers la pelouse qui séparait les courts de tennis de la piscine.

— Ça ne me dérange pas d'aider, protesta Hélène.

— Mais moi, si, rétorqua Lucas. En plus, je croyais que tu voulais apprendre à voler. C'est bien à cause de ça qu'il y a eu des problèmes cet après-midi, non ?

Hélène sentit qu'il était contrarié, mais essayait de ne pas le montrer. La culpabilité l'envahit.

— Si. Mais…

— Ouais, c'était pas joli. Et c'est ma faute. J'aurais dû t'apprendre à voler dès que tu as été guérie de ta chute, mais je ne croyais pas que…

Il s'interrompit et secoua tristement la tête.

— Enfin bref. Je me souviens que, quand j'ai découvert que je pouvais voler, je ne pensais plus qu'à ça. Je ne pouvais ni manger ni dormir. C'était idiot d'imaginer que tu pourrais attendre.

— Quel âge tu avais quand tu t'en es rendu compte ?

— Dix ans, peut-être. Mais il m'a fallu du temps, après. Même si les Infants naissent avec des dons particuliers, ceux-ci nécessitent parfois tout un apprentissage. Et ça peut être long. Surtout s'il n'y a personne dans l'entourage pour jouer un rôle de mentor.

— Et toi, tu en as eu un ? Un mentor, je veux dire ?

— Non. Je ne connais pas d'autre Infant qui sache voler, à part toi. Mais j'avais des livres, et ma famille m'a soutenu. Tu n'as eu ni l'un ni l'autre. Ce sera peut-être plus dur pour toi...

— La difficulté ne me fait pas peur. Au contraire !

— Je ne veux pas que tu te décourages si ça ne vient pas tout de suite, reprit-il d'un ton très pédagogique.

— Sincèrement, ça m'est égal. Même si ça doit me prendre des années. Je meurs d'envie de recommencer ! s'exclama-t-elle, sautillant sur place avec impatience.

— D'accord, d'accord ! Mais d'abord, tu dois rester immobile. Sauter, c'est bon pour après, quand on veut gagner de la vitesse.

Il posa les mains sur sa taille. Le contact la fit tressaillir. Elle essaya de ne plus bouger, comme il le lui avait demandé, mais c'était difficile. Ils restèrent un moment l'un en face de l'autre, à se regarder.

— Ferme les yeux, murmura-t-il.

Le cœur d'Hélène tambourinait dans sa poitrine. Mais le pire, c'est qu'elle avait l'impression qu'il l'entendait.

— Calme-toi, dit-il en souriant, les yeux toujours fermés. Essaie de ralentir ton pouls si tu peux.

— J'essaie. Tu es obligé d'être si près ? demanda-t-elle d'une voix fragile.

— Oui. Je ne veux pas que tu partes loin de moi. Ce serait trop dangereux, répondit-il, impassible.

Quelques secondes s'écoulèrent. Lorsqu'il reprit la parole, il lui parut lointain.

— Maintenant, concentre-toi sur ton corps. Prends une grande inspiration et plonge mentalement dans le souffle d'air que tu inspires.

Il attendit patiemment qu'elle parvienne au même stade que lui. Elle dut s'y reprendre à plusieurs fois, mais lorsqu'elle finit par y arriver, il s'en rendit compte instantanément.

— Bien. Maintenant, tu es à l'intérieur de toi-même, déclara-t-il, victorieux. Tu sens comme tous tes organes sont liés ensemble ?

Oui, elle sentait le poids de sa peau sur ses muscles, le poids de ses muscles sur ses os. Elle sentait des millions et des millions de minuscules bouts d'elle, comme des petits soldats investis de missions différentes, mais qui poursuivaient tous le même but. Quand elle comprit que c'étaient ses cellules, elle fit entendre un petit rire. C'était étrange d'être cette immense armée et de ne jamais en avoir conscience.

— Maintenant, je veux que tu fasses quelque chose de très difficile, déclara Lucas d'une voix légère, presque enfantine. Je veux que tu restes à l'intérieur de toi, mais que tu regardes dehors, si tu peux. N'aie pas peur. Je suis là.

Elle essaya, mais la sensation était trop intense pour elle.

Un jour, elle avait égaré ses lunettes de soleil. Elle les avait cherchées partout, dans la cuisine, dans le salon, dans sa chambre… C'était incroyable, elle les tenait encore à la main quelques minutes plus tôt ! Où avait-elle bien pu les poser ? Finalement, son père lui avait dit qu'elle les avait sur la tête.

Elle avait levé la main et les avait touchées du bout des doigts. Elle avait alors pris conscience de leur poids sur son crâne. Pendant tout le temps où elle les cherchait, elle n'avait jamais cessé de le sentir. Mais elle avait été si occupée à *regarder* qu'elle avait perdu sa capacité à *sentir*.

Cette fois encore, elle comprit qu'elle pouvait percevoir le monde qui l'entourait de différentes façons. Elle gardait la conscience de ses millions de cellules, mais elle sentait à présent qu'elle tombait. Elle tombait vers quelque chose d'immense. La panique s'empara d'elle : elle devait impérieusement mettre de la distance entre sa petite armée et l'énorme monstre qui l'aspirait, d'autant qu'elle savait d'instinct qu'elle avait en elle le moyen d'arrêter sa chute…

Une seconde trop tard, Hélène réalisa que ce monstre, c'était la Terre, que la sensation de chute, c'était la gravité, dont elle venait de se libérer.

Le vertige la saisit et lui fit perdre l'équilibre. Elle s'agrippa à Lucas et plongea son visage contre sa poitrine. Il était le seul repère stable dans ce monde où tout était mouvant.

— C'est bon, chuchota-t-il contre son oreille.

La chaleur de sa voix l'apaisa.

— Je ne te laisserai pas tomber, Hélène, je le jure. Tu me fais confiance ?

La température baissait et des rafales de vent s'engouffraient dans ses cheveux. Elle gardait son visage enfoui dans le creux entre son cou et son épaule. Elle avait clamé avec insouciance que la difficulté ne lui faisait pas peur. C'étaient alors des mots. Le moment était venu de se confronter à la réalité.

— Oui, murmura-t-elle, sentant le vent froid s'infiltrer sous ses vêtements et emporter au loin le son de sa voix.

— Alors, prouve-le, murmura-t-il en retour. Ouvre les yeux.

Le ciel s'était assombri et Hélène tremblait de froid. Elle avait encore beaucoup à apprendre. Défier la gravité ne représentait que la moitié du challenge. L'autre part, la maîtrise du vol, avait beau exiger moins de force mentale, elle était d'une difficulté redoutable. Car battre des bras ou agiter les jambes ne suffisait pas. Lucas lui montra comment sculpter l'air, le rendre plus dense d'un côté, plus léger de l'autre, afin de créer un microcourant autour d'elle. Lorsque Lucas volait, il semblait flotter sous l'eau. Le vent ne fouettait pas ses cheveux ou ses vêtements, mais circulait doucement autour de lui.

Il passa le plus clair de son temps à flotter devant Hélène, comme dans l'Océan. Ses longs bras ondulaient dans les courants. Il gardait les bras tendus pour la rattraper chaque fois qu'elle prenait trop de vitesse ou qu'elle perdait pied dans un tourbillon qu'elle avait elle-même créé par maladresse. Voler était vraiment difficile, cela requérait de la délicatesse et une grande concentration.

Lucas lui apprit quelques trucs pour ne pas se faire repérer des « gravitaires », comme il appelait les pauvres ventouses collées au sol. Hélène découvrit avec surprise que l'aube était le moment de la journée le plus dangereux. C'était l'heure où les gens venaient admirer le lever de soleil. Or, sur l'île de Nantucket, la moitié des habitants gagnaient leur vie avec leurs photos ou leurs aquarelles…

À plusieurs reprises, il dut l'entraîner loin sur l'Océan pour échapper aux regards. Voler était toujours risqué, mais si elle volait assez haut, les gens la prendraient pour un oiseau. La nuit restait le moment le plus sûr et c'était le seul où ils pouvaient planer à ras du sol, ce qui, d'après Lucas, procurait les sensations les plus fortes. Mais Hélène éprouvait déjà un plaisir si intense que, lorsqu'il lui dit qu'il était temps de rentrer, elle gémit comme une petite fille et réclama cinq minutes de plus. Lucas se mit à rire.

— Je sais ce que tu ressens, tu sais, mais je meurs de froid !

Hélène s'écarta de lui en plissant les yeux, puis bondit par-dessus son épaule, l'effleurant au passage.

— Demain, alors ? s'enquit-elle d'un ton plein d'espoir.

Elle se sentait à la fois timide et toute-puissante. Il tourna sur lui-même et l'attrapa par le bras avant qu'elle puisse s'échapper.

— Demain, promis, dit-il en l'attirant vers lui. Mais il fait presque nuit et ma famille va s'inquiéter.

Hélène ne pouvait rien redire à cela. Il posa les mains sur ses épaules et la fit descendre jusqu'à la bande de pelouse d'où ils avaient décollé. Tandis qu'il endossait à nouveau gracieusement le fardeau de la gravité, elle continua à flotter au-dessus de sa tête.

— Qu'est-ce que je dois faire ? s'inquiéta-t-elle soudain.

— Ça va aller tout seul. C'est un peu impressionnant, mais je suis là, dit-il d'une voix patiente, tenant ses deux mains dans les siennes.

— Je crois que j'ai vu une peinture comme ça, remarqua-t-elle, grisée par la peur. Mais la femme avait des ailes.

— Les demi-dieux, et a fortiori les dieux, ont toujours fasciné les artistes. Les ailes, c'est bidon, mais ça fait joli, déclara-t-il d'un ton léger.

Elle avait parfaitement conscience qu'il lui laissait du temps pour apprivoiser son appréhension.

— Bon. Qu'est-ce que je fais ?

— Je veux que tu reprennes le monde là où tu l'as laissé.

— Comment ça ?

— Concentre-toi. Tu vas comprendre ce que je veux dire, mais il faut que tu me fasses confiance.

— Je te fais confiance, assura-t-elle pour la centième fois de la journée.

Cette fois, elle le regarda droit dans les yeux. Il lui rendit son regard, le visage illuminé par une confiance tranquille. Elle pensa que rien n'était impossible si Lucas croyait en elle. Elle « reprit le monde »... et tomba, comme n'importe quel humain qui tenterait de marcher à deux mètres de hauteur. Lucas s'y attendait. Il la rattrapa au vol, freina sa chute et la déposa doucement sur le sol. Ses jambes avaient perdu l'habitude de la porter et sa vision tanguait. Elle resta accrochée à son cou le temps que la sensation de vertige se dissipe. Puis, alors qu'elle n'en avait plus besoin, elle garda les mains autour de son cou, espérant « quelque chose » sans savoir vraiment quoi. Mais il s'arracha à son étreinte.

— Tu vois ? Facile. La prochaine fois, positionne bien tes jambes avant d'atterrir et ça ira tout seul, déclara-t-il en partant d'un bon pas vers la maison. Tu apprends beaucoup plus vite que moi, tu sais.

— Ouais, tu parles. Je me serais écrasée comme une crêpe si tu ne m'avais pas rattrapée, dit-elle avec désinvolture malgré son cœur serré.

Elle se sentait stupide d'avoir espéré. Comme si un garçon comme lui pouvait avoir envie de l'embrasser, elle. Elle croisa les bras sur sa poitrine et accéléra le pas. Mais Lucas ne se laissa pas distancer. Il l'obligea à décroiser les bras et prit sa main dans la sienne. Hélène fronça les sourcils. Il lui restait assez de fierté pour s'offusquer de ce geste alors qu'il avait refusé de l'embrasser.

— Ils peuvent nous voir… chuchota-t-il d'une voix à peine audible.

Elle le vit désigner la maison du menton. Elle suivit son regard : Pallas et Castor étaient assis sur la terrasse en bois, sans doute en quête d'intimité, et avaient été interrompus dans leur discussion par leur atterrissage. L'idée qu'ils aient pu l'apercevoir en train de quêter un baiser horrifia Hélène.

— Elle apprend vite, hein, papa ? appela Lucas.

— C'est sûr, c'était plus réussi que la première fois, remarqua-t-il avec humour. Je suis ravi de voir que tu ne te prends plus pour une comète, Hélène…

— Mmm. J'ai aussi décidé d'atterrir en étant encore consciente. Ça sera plus économique.

Elle sourit à Pallas, mais il ne lui rendit pas son sourire et se contenta de la fixer du regard.

— C'est plus sage, dit Castor. Au fait, je ne te conseille pas de repartir faire un tour, Lucas. Le repas est presque prêt et ta mère n'est pas d'humeur à attendre.

— Message reçu. Merci pour l'info, dit Lucas en tirant Hélène par la main.

À la façon dont il l'éloignait de la maison, on aurait cru qu'il voulait éviter son père et son oncle, ou alors les empêcher de parler avec Hélène.

— Qu'est-ce qui se passe ? s'enquit-elle, dès que la porte du garage se fut refermée derrière eux. Ton oncle est bizarre avec moi. Qu'a-t-il découvert en Europe ?

— Apparemment, personne n'a entendu parler de toi là-bas. Si Pallas nous a rejoints, c'est parce qu'il a suivi Créon. Mais d'après lui, celui-ci est venu aux États-Unis à l'insu de sa famille. Sans doute pour garder un œil sur nous, ou du moins sur Hector, expliqua Lucas d'un air sombre.

— Et les deux femmes ? Celles qui m'ont attaquée ? chuchota Hélène, tendue.

— Ça, ça reste un mystère. Aucun des contacts de Pallas n'a eu l'air au courant. A priori, Tantale ne sait pas que tu existes. Mais comme personne ne l'a vu depuis des années, c'est difficile de savoir ce qu'il a derrière la tête.

— Hein ? Personne n'a vu Tantale ? s'exclama-t-elle, stupéfaite. Comment dirige-t-il la Maison, alors ?

— Par l'intermédiaire de sa femme. C'est elle qui transmet ses ordres aux Cent Cousins depuis… oh, bien vingt ans maintenant…

— Mais pourquoi ça ?

— C'est une longue histoire, protesta Lucas, la tête baissée, les sourcils froncés.

— C'est celles que je préfère, rétorqua-t-elle en inclinant la tête dans l'espoir de croiser son regard obstinément rivé au sol. Raconte.

Elle lui sourit d'un air encourageant. Incapable de résister, il prit sa main et se mit à jouer avec ses doigts.

— Mon père avait un autre frère. C'était le benjamin des garçons et le préféré de tous. Même Tantale avait pour lui une affection particulière, dit-il en grimaçant, comme s'il était difficile d'admettre que Tantale ait pu un jour éprouver des sentiments. Il s'appelait Ajax.

— Que lui est-il arrivé ? Il est mort ? demanda Hélène avec compassion.

Lucas hocha la tête.

— Il a été tué. Par quelqu'un dont il ne pouvait pas se séparer, débita-t-il d'une traite.

Il passa la main sur son visage, puis reprit :

— Bref. Après la mort d'Ajax, mon oncle Tantale a décidé de vivre caché, par précaution. En tant que chef de la Maison de Thèbes, il craignait d'être renversé. Depuis, tous ses ordres arrivent par lettres ou par l'intermédiaire de sa femme, Mildred.

— Mildred ? Mais ce n'est pas un nom grec ?

— Bien sûr, s'étonna Lucas. Tu ne te souviens pas de la rage incontrôlable qui nous saisit à la vue d'un Infant d'une autre Maison ? Pas idéal pour se marier… Et sinon, il ne nous resterait qu'à nous marier entre cousins.

— Ah oui. J'avais oublié les Érinyes. Et vu qu'il ne reste plus qu'une Maison, tous les Infants font partie de votre famille. Je suis bête, se reprocha Hélène.

— Toi, tu ne fais pas partie de ma famille, chuchota-t-il en l'attirant doucement vers lui.

Il se ressaisit soudain et l'entraîna dans le garage. Ils auraient pu le traverser en ligne droite, mais Lucas choisit de zigzaguer entre les voitures. Une fois arrivé devant la porte menant à la cuisine, il se retourna et lui sourit, puis se pencha légèrement vers elle… Elle s'attendait à ce que sa bouche lui frôle les lèvres mais, à la dernière seconde, il fit demi-tour et ouvrit la porte.

Comme si de rien n'était.

Hélène le suivit dans la cuisine, désemparée et perdue. Mais dès qu'elle entra dans la pièce, elle fut prise dans un tourbillon qui lui fit oublier son désarroi.

Tandis que Noëlle réalisait des prouesses aux fourneaux, le reste de la famille gravitait autour d'elle, assis ou debout, parlant, riant ou se chamaillant. Dans le brouhaha, Hélène ne saisissait pas un mot de ce qui se disait, mais les cousins, eux, avaient l'air de se comprendre. C'était l'orchestre Délos, et Noëlle en était la chef.

Hélène eut alors une vision très claire de la place de Noëlle dans la famille : elle en était le centre de gravité, le cœur qui impulsait la vie aux différents membres. Aux yeux d'Hélène, elle personnifiait à la fois un feu de joie et une porte ouverte aux étrangers de passage, comme elle.

— Ah, vous voilà ! s'exclama-t-elle, les apercevant du coin de l'œil. J'ai appelé ton père, Hélène, et je l'ai invité à dîner. J'ai pensé que tu serais trop fatiguée pour cuisiner, expliqua-t-elle en faisant sauter ses légumes d'un geste expert.

— Vous avez invité mon père ? répéta-t-elle d'une voix suraiguë.

— Mais oui. Pallas nous a enfin rejoints, il était largement temps que nos familles se rencontrent. J'ai proposé à Jerry de venir avec Cathy. Malheureusement, elle travaille ce soir au magasin, mais ce n'est que partie remise. Ton père sera là d'ici un quart d'heure...

Elle se retourna pour examiner la jeune fille échevelée, qui portait des vêtements deux fois trop grands pour elle.

— Tu ferais bien de te dépêcher si tu veux faire un brin de toilette... ou te coiffer, ajouta-t-elle, un sourire entendu aux lèvres.

Hélène baissa les yeux sur ses pieds verdis par l'herbe, puis essaya de passer la main dans ses cheveux emmêlés et laissa échapper un cri. Ariane éclata de rire.

— On croirait que tu as été traînée à travers un buisson ! Mais ça doit pouvoir s'arranger, déclara-t-elle en se levant. Viens avec moi.

Elle arracha Hélène aux mains de Lucas et la poussa hors de la cuisine.

Elle ne pensait même pas possible d'avoir autant de nœuds dans les cheveux. Heureusement, Ariane finit par en venir à bout grâce à un peigne fin et un spray lissant. Hélène se lava ensuite rapidement les pieds et les glissa dans la paire de tongs qu'Ariane lui tendait. C'est en dévalant l'escalier qu'elle réalisa qu'elles étaient trop grandes et qu'elle allait se rompre le cou.

— D'où tu sors cette tenue ? s'exclama spontanément Jerry en l'apercevant.

L'expression ahurie de son visage la fit sourire.

— On me l'a prêtée, expliqua-t-elle. Mon short et mon tee-shirt étaient trempés de sueur. Bon, d'accord, ils sont trop grands, mais au moins, ils sont propres !

— Ah. Ça a l'air... confortable.

Elle remarqua alors que la moitié de la famille les observait d'un air amusé.

— Je vois ce que tu veux dire, glissa Castor à Lucas, échangeant avec son fils un regard qu'Hélène ne comprit pas.

Il se tourna ensuite vers Jerry et lui serra la main avec chaleur.

— Je suis ravi de cette deuxième rencontre, Jerry.

— Moi aussi. Je voulais vous proposer de dîner ensemble, mais votre femme m'a pris de vitesse, répondit Jerry.

— Soyez le bienvenu chez moi.

Il était visible que les deux hommes s'étaient d'emblée adoptés.

Les présentations furent aussi brèves que possible. Jerry s'en sortit avec brio. Depuis le temps qu'il tenait son petit magasin, il était habitué à retenir facilement les prénoms et à s'adapter à n'importe quel public. Hélène se sentit fière de son père, qui savait glisser une plaisanterie au bon moment, et rester sérieux lorsqu'il le fallait.

Jerry apprécia particulièrement la cuisine de Noëlle. Devant son insistance, elle finit par avouer qu'elle avait été chef avant d'avoir des enfants, alors qu'elle vivait en France. Elle confessa quelques incursions au *News Store* et eut la générosité de traiter de pur régal les croissants à la fleur de sel, romarin et crème fraîche de Cathy. Jerry rayonna de fierté, comme si Cathy était un trésor caché qu'il avait eu la chance de découvrir. Hélène lui donna un coup de coude.

— Je t'ai vu rougir, chuchota-t-elle.

— Ouais, et pas toi. Comment ça se fait ? rétorqua-t-il.

— Moi, je n'ai pas de raison, protesta-t-elle, la chaleur lui montant aux joues.

— Mm-mm, se moqua-t-il, pas dupe. C'est là que je dois jouer le père concerné et te demander ce qui se trame entre toi et M. Superfantastique que je vois à l'autre bout de la table ?

— Non. C'est là où tu dois t'occuper de tes affaires et finir ton assiette, répliqua-t-elle d'un ton sévère.

— Bien répondu, s'amusa-t-il, un sourire aux lèvres, avant de redemander du gratin dauphinois.

Le reste de la soirée se déroula de manière idéale aux yeux d'Hélène. Elle discuta avec Jason, plaisanta avec Hector et Pandore, et eut même l'occasion de s'entretenir avec Pallas de son travail en tant que conservateur de musée. Jusque-là, Pallas s'était montré froid, et même hostile, mais dès qu'ils abordèrent le sujet de la peinture, il parut se dérider. Hélène n'avait pas des connaissances très pointues, mais elle en savait néanmoins assez pour soutenir une conversation. Ils découvrirent avec étonnement qu'ils partageaient les mêmes goûts et aimaient les mêmes peintres. Hélène imagina un instant qu'ils avaient trouvé un terrain d'entente, mais après quelques échanges, il s'éloigna, une expression méfiante et soucieuse sur le visage.

Elle entendit alors un joyeux cliquetis et une main se posa sur son bras.

— Ne prends pas tout ça trop à cœur, la réconforta Pandore. Écoute, j'aime mes frères, mais ils se comportent parfois comme de sombres abrutis. Surtout Pallas.

— Je voudrais juste comprendre ce que j'ai fait ! s'exclama Hélène, contrariée.

— Oh, c'est pas toi. Tu n'as rien fait du tout. Toutes ces foutaises ont commencé bien avant toi...

— Depuis l'aube des temps, c'est ça ? voulut plaisanter Hélène, malgré son ressentiment.

— Ouais, bon. Dans un sens littéral, oui, mais dans cette famille, c'est à autre chose que je pense. Quelque chose qui s'est passé juste avant ta naissance... et qui a tout fait basculer.

À la grande surprise d'Hélène, Pandore lui prit la main et l'entraîna à l'écart de l'agitation. Elle n'avait visiblement pas envie que ses confidences tombent dans n'importe quelle oreille.

— D'abord, il faut que tu comprennes que c'est plus difficile pour Pallas que pour quiconque, commença-t-elle d'une voix triste.

Elle se ressaisit et se redressa.

— Attention, je ne dis pas ça pour l'excuser : il se conduit comme un sale con avec toi, un point c'est tout. Mais si tu peux comprendre ce qui se cache derrière son attitude... et à quel point ton arrivée dans notre famille est un choc pour nous autant que pour toi... Est-ce que tu sais d'où vient notre apparence ?

Hélène fronça les sourcils, décontenancée par ce brusque virage à quatre-vingt-dix degrés.

— Un peu. Castor m'a parlé d'archétypes et Cassandre m'a dit qu'on ressemblait aux gens qui se sont battus lors de la guerre de Troie, ou un truc comme ça.

— On a tous des visages « recyclés », qui ont déjà eu une vie avant nous, tu comprends ? On ne ressemble pas forcément à nos parents, ni même aux autres Infants de notre Maison, mais parfois à un personnage historique que les Moires veulent nous voir réincarner...

— Oui, j'ai compris, ça. Les Moires aiment les choses qui se répètent.

— Du coup, l'ancienne génération a parfois le malheur de retrouver le visage d'une personne qu'ils ont connue – ou pire, une personne qu'ils ont combattue – dans la jeune génération. Parfois même chez leurs enfants ou les amoureux de leurs enfants...

— C'est horrible... murmura Hélène, parcourue d'un frisson. Pallas me déteste depuis la première fois où il m'a vue. À qui je ressemble ?

Pandore poussa un soupir. Elle lui prit la main dans un cliquetis de bracelets.

— C'est vraiment pas de chance, dit-elle. Tu ressembles comme une goutte d'eau à Daphné Atrée, la femme qui a tué Ajax, il y a vingt et un ans.

Hélène remarqua que sa voix avait tremblé en prononçant le nom de son frère. Elle crut que Pandore, d'ordinaire si joviale, allait fondre en larmes.

— Mais ce n'est pas moi ! protesta Hélène, gagnée par la profondeur de son émotion. Je n'ai pas tué votre frère !

Sentant Hélène bouleversée, Pandore chassa ses idées noires et lui pressa la main.

— Je sais. C'est stupide de t'en vouloir. Et la plupart d'entre nous ne t'en veulent pas. Moi, en tout cas, je ne t'en veux pas. On ne sait même pas si tu viens de la même Maison qu'elle.

— Mais Pallas m'en veut, lui, murmura Hélène, qui comprenait enfin la raison de son hostilité.

Pandore confirma à contrecœur.

— Quand on a perdu Ajax, on a perdu le meilleur d'entre nous, reprit-elle, les yeux baissés, en se mordillant la lèvre. Ajax était... le meilleur. Tu aurais dû le voir. D'ailleurs, je peux te le montrer...

Pandore fit tomber tous ses bracelets sur son poignet. Sa manche de chemise apparut, boutonnée serré. Le bouton de manchette se révéla un médaillon – ce qu'Hélène n'avait jamais vu de sa vie. À l'intérieur se trouvait la photo d'un jeune homme, qu'Hélène prit tout d'abord pour Hector, en train de chatouiller une petite fille aux cheveux noirs et courts.

— Mon frère Ajax, annonça Pandore, nostalgique. Il était toujours là pour moi. Dans une famille comme la nôtre, c'est vite fait de se sentir perdue dans la masse, surtout quand on est la plus jeune. Je le suivais partout, je lui demandais de me confier des missions. Il m'appelait son petit page, j'adorais ça.

Hélène regarda la fillette pliée de rire sous les mains géantes de son grand frère.

— Rien que sur cette photo, ça se voit qu'il t'aimait beaucoup.

— Oui. Moi aussi, je l'adorais. J'imaginais que c'était un noble chevalier et que j'étais sa fidèle écuyère. Il me lançait des défis impossibles, comme de retrouver ses clés de voiture ou d'ordonner à l'ascenseur de descendre. J'avais sept ans quand il est mort. On m'avait interdit de l'accompagner, mais je l'ai suivi quand même. J'étais là au moment où il a été tué.

Hélène voulut la réconforter d'une parole chaleureuse, mais Pandore changea soudain d'humeur.

— C'était Apollon personnifié ! s'exclama-t-elle avec un sourire lumineux, bien qu'un peu forcé. Comme Hector, par certains côtés... en plus gentil, en moins grande gueule et en moins grognon. J'aime mon neveu, Hélène, mais qu'est-ce qu'il peut être râleur !

Elles partirent ensemble dans un grand rire libérateur aux dépens d'Hector.

— J'aurais aimé le rencontrer. Ton frère, je veux dire.

Elle le pensait vraiment. Ajax devait être à part pour avoir inspiré un amour aussi puissant à sa jeune sœur.

— En un sens, aucun d'entre nous ne s'est vraiment remis de sa mort, continua Pandore, nostalgique. Mais seul Pallas n'accepte pas l'idée que tu es quelqu'un d'autre…

— Je comprends, admit Hélène. Je ne trouve pas ça juste, mais je comprends.

— T'inquiète, va, il finira par s'habituer. Au fond de lui, il sait que tu n'es pas responsable de ton visage… Ce sont les Moires qui l'ont choisi pour toi…

Elle lui sourit d'un air espiègle.

— … et on peut dire qu'elles t'ont gâtée !

— Toi aussi ! protesta Hélène, sincère.

— Tu parles. Je suis sans doute l'une des rares à avoir reçu le visage d'une servante… ou plutôt d'une vestale, vu mes succès avec les hommes !

Hélène rit de bon cœur, mais une question continuait à la tracasser.

— Et moi, alors, je ressemble à quel personnage de la guerre de Troie ?

— Ah, non ! s'exclama Pandore en se levant. J'ai juré… On a tous juré… Lucas a demandé que ce soit lui qui t'en parle, Hélène. Désolée, mais je crois que je t'ai donné assez de grain à moudre pour la soirée !

Pandore déclara qu'elle avait besoin d'un verre de vin et se mêla au reste de la famille. Hélène se renfrogna.

Elle savait que c'était très généreux de sa part d'avoir accepté de réveiller pour elle des souvenirs pénibles, mais elle se sentait frustrée. Elle voulait savoir de quel rôle les Moires l'avaient investie et elle était bien décidée à interroger Lucas dès qu'ils se retrouveraient seuls.

Elle le chercha des yeux. Toute la soirée, elle avait senti son regard posé sur elle, comme une main rassurante sur son épaule. Pas une seule fois, elle n'avait éprouvé le besoin de se tenir voûtée ou de maquiller sa personnalité. Bien sûr, être entourée de gens aussi « bizarres » qu'elle l'aidait à se sentir à sa place, mais... c'était surtout grâce à Lucas. Même s'il était resté loin d'elle, elle s'était sentie reliée à lui par un fil invisible, la confiance mutuelle qu'ils avaient éprouvée en volant ensemble.

Portée par ce regard, elle en ressentit d'autant plus cruellement l'absence. Elle scruta l'assemblée, curieuse de savoir ce qui l'avait détourné d'elle, et le découvrit dans un recoin de la pièce, en train de discuter avec Pallas.

Habituellement, Hélène refusait d'utiliser son ouïe hypersensible pour s'immiscer dans l'intimité des gens. Elle avait même reproché à Hector de l'avoir espionnée, elle et son père, depuis le belvédère. Mais lorsqu'elle entendit Pallas prononcer son nom, elle ne put résister.

— Je ne vais pas te mentir, elle ne me déplaît pas, disait Lucas à voix basse. Mais il n'y a rien entre nous.

— C'est ce que tout le monde me dit, répondit Pallas.

Hélène le vit se frotter la lèvre d'un air soucieux.

— Ce qui m'inquiète, c'est ce qui va se passer dans un mois ou deux, quand vous irez voler à gauche à droite. Seuls. Ça ne doit pas arriver, Lucas.

— Ça n'arrivera pas, répondit-il froidement. Je lui apprends à voler et je veille à sa sécurité, mais je ne la toucherai jamais. Pour ça, tu peux me faire confiance.

Hélène cessa d'écouter. Elle avait envie de vomir. Titubant dans ses chaussures trop grandes, elle rejoignit son père, qu'elle trouva en grande conversation avec Pandore. Elle se posta à côté de lui et le fixa avec une telle insistance qu'il finit par se tourner vers elle.

— Qu'est-ce qu'il t'arrive ? demanda-t-il, moqueur, avant de changer de visage. Ça va, Len ?

— On peut y aller ? J'ai plein de trucs à faire. Des devoirs, du rangement... En plus, je suis crevée, déclara-t-elle, alignant les prétextes sans état d'âme.

Elle avait conscience de faire un caprice, et elle détestait ça, mais elle se sentait incapable de rester une seconde de plus. Jerry jeta un regard à sa montre.

— Bien sûr, oui. Il se fait tard. Euh... c'est ça que je dois dire ? s'enquit-il d'un air coupable.

— Tu es très bien. Il est encore tôt. Je suis juste... j'ai des trucs...

Elle se lança dans la ronde des « merci, au revoir, à demain » qu'elle aurait court-circuitée avec plaisir.

Ariane lui jeta un regard inquiet, mais Hélène ne se souciait plus de rien ni de personne. Peu lui importait ce qu'ils pensaient d'elle, peu lui importait qu'ils la trouvent folle ou mal élevée. Elle n'avait plus qu'une seule idée en tête, quitter les lieux, le plus vite possible.

Elle réussit à traîner son père jusqu'à la porte avant que Lucas et Pallas aient fini leur conversation.

ONZE

Le lendemain matin, Hélène décida d'aller au lycée à vélo sans prévenir Lucas – elle ne se sentait pas la force d'entendre le son de sa voix. Elle chargea son père de lui annoncer qu'elle était partie plus tôt.

— Il s'est passé quelque chose, hier soir ? s'inquiéta Jerry.

Sans prendre le temps de répondre, Hélène enfourcha son vélo et pédala le plus vite possible.

Son visage bouffi par le manque de sommeil reçut le vent frais d'automne comme une caresse. Elle avait passé la moitié de la nuit à ressasser son chagrin – sans réussir à pleurer. Le choc avait été trop brutal.

Cathy, Claire et même son père lui avaient demandé ce qui se passait entre elle et Lucas, comme s'il était évident qu'il devait se passer quelque chose. Et soudain, elle apprenait qu'il « ne la toucherait jamais ». Elle repassait en boucle ses paroles. Plus encore que ses mots, c'était le ton avec lequel il les avait prononcés qui la blessait. L'idée même de l'embrasser semblait le dégoûter. Elle se sentait perdue. Pourquoi insistait-il tout le temps pour tenir sa main s'il la trouvait repoussante ?

Arrivée au lycée, elle fit un énorme détour pour être sûre de ne croiser aucun des Délos. Elle fut la première à rejoindre la classe d'Hergie.

Son abattement n'échappa pas à Claire. Avant même de poser son sac, celle-ci oublia qu'elles s'étaient disputées la veille et lui demanda pourquoi son visage était rouge et ses cheveux ébouriffés. Hélène mentit le mieux qu'elle put – c'est-à-dire mal. Si Matt n'était pas intervenu pour raconter la crise dont elle avait été victime, Claire ne l'aurait jamais crue.

Pour ne rien arranger, Zach n'arrêtait pas de faire de petits bruits moqueurs. Elle fit comme s'il n'existait pas – elle en avait l'habitude – mais elle sentait sur elle son regard malveillant et chargé de mépris.

Elle garda la tête baissée toute la journée. Elle travailla. Elle n'était plus hantée par la crainte de décrocher de trop bonnes notes et d'attirer l'attention, parce que, au fond, rien n'avait plus vraiment d'importance. À midi, alors qu'elle se dirigeait vers la cafétéria, elle échafauda toutes sortes de scénarios pour échapper à Lucas, y compris de simuler des crampes… Tout plutôt que d'entrer dans la salle et d'affronter les regards.

La porte de l'auditorium se trouvait juste à côté, entrebâillée. Hélène la poussa. Il était interdit de pénétrer dans une salle sans surveillance, mais ce jour-là, elle s'en fichait, elle avait trop besoin de se retrouver seule.

Un grand calme régnait sur la scène baignée d'une faible lumière orange. C'était exactement ce qu'il lui fallait. Elle s'assit sur l'avant-scène et sortit ses sandwiches. Tout en mangeant, elle examina les nouveaux décors. Elle se demanda ce qu'ils allaient jouer. Elle aperçut un texte oublié dans les coulisses et se leva pour le ramasser. *Le Songe d'une nuit d'été*. Elle ouvrit le livret à la première page et lut : ACTE PREMIER. SCÈNE 1. ATHÈNES. LE PALAIS DE THÉSÉE. Le livret lui tomba des mains. Peut-être Cassandre avait-elle raison, les Moires tiraient toutes les ficelles dans l'ombre…

Hélène passa les trois heures de l'après-midi comme un zombie. Lorsque la dernière sonnerie de la journée retentit, elle courut pour rejoindre son casier. Mais Lucas avait couru aussi…

— Hé ! cria-t-il depuis l'autre bout du couloir.

Il marcha droit sur elle. Pour la première fois, il lui parut grand et dangereux.

— Où tu étais passée ? Je ne t'ai pas vue de toute la journée !

— J'étais occupée. Je ne peux pas me permettre d'être en retard à l'entraînement, cette fois encore, répondit-elle, laconique, sortant ses affaires de son casier sans le regarder.

— Je t'accompagne, déclara-t-il.

Il chercha son regard, mais elle garda la tête obstinément baissée, protégée par le rideau de ses cheveux. Ils longèrent le couloir d'un même pas, mais ce jour-là, Hélène se sentait plus seule que jamais.

Le silence devint vite pesant.

— Pourquoi tu ne m'as pas appelé, ce matin ? finit-il par demander. J'aurais pu passer plus tôt si tu voulais…

— Écoute, Lucas. C'est très gentil de vouloir m'emmener tous les jours, mais c'est plus facile pour moi d'aller à vélo au lycée. On ferait mieux d'arrêter.

— Tu ne veux plus que je passe te chercher ? s'enquit-il avec froideur.

— Non.

Ils étaient arrivés devant la porte des vestiaires. Elle finit par se tourner vers lui – ce qu'elle regretta. Il avait l'air sincèrement peiné.

— Bien, murmura-t-il dans un souffle. Tu peux me dire ce que j'ai fait de mal ou je dois deviner tout seul ?

— Tu n'as rien fait de mal, protesta-t-elle mollement.

Il la regarda avec attention, mais ne décela pas le moindre mensonge.

— Et pour venir chez moi, tout à l'heure, tu te débrouilles toute seule ? demanda-t-il, jetant un regard désemparé autour de lui.

— À ce sujet… commença-t-elle, cherchant désespérément une excuse valable.

— Tu n'as pas le choix, rétorqua-t-il, explosant d'une colère soudaine. On n'a pas trouvé trace des deux femmes et maintenant, il y a aussi Créon. Apprendre à te défendre est plus important que d'écouter tes états d'âme !

Elle hocha la tête d'un air coupable. Elle savait que c'était stupide d'avoir laissé entendre qu'elle pouvait cesser de s'entraîner. Elle le vit devenir flou, puis il lui apparut en trois exemplaires, comme à travers un kaléidoscope. Elle baissa la tête et se cacha derrière ses cheveux jusqu'à ce qu'il soit redevenu normal et qu'elle puisse le regarder sans avoir mal à la tête.

— Tu veux que je te laisse tranquille jusqu'à la fin de la journée ? s'enquit-il d'une voix contenue.

« Non, pensa-t-elle. Et oui. » Les deux réponses étaient aussi vraies l'une que l'autre. Elle ne pouvait lui mentir, mais la vérité elle-même avait maintenant deux visages.

— Je crois que ce serait mieux, marmonna-t-elle.

Il se contenta de tourner les talons et de s'éloigner.

— Bonjour, Lucas… Au revoir, Lucas ! lança Claire, qui venait de les rejoindre.

Son regard alla de l'un à l'autre.

— Petite dispute ?

Hélène haussa les épaules.

— Je m'en fiche, fut tout ce qu'elle réussit à dire.

Alors qu'elles couraient côte à côte, Hélène lui demanda comment s'était passée sa journée, puis lui expliqua qu'elle avait passé la pause de midi dans l'auditorium et lui dit de prévenir Matt afin d'éviter un psychodrame. Claire lui jeta un drôle de regard, mais n'insista pas.

Une fois son entraînement fini, elle gagna docilement la propriété des Délos. Arrivée avant les autres, elle se dirigea vers les courts de tennis, qui étaient en passe d'être transformés en une véritable arène, avec une piste de sable. Elle remarqua une épée posée sur le sol, la ramassa et se mit en garde.

Elle se sentit gauche et ridicule. Elle n'était sans doute pas faite pour manier l'épée.

— Je crois qu'Hector veut te faire commencer par la lance, c'est plus traditionnel, dit la voix de Cassandre dans son dos.

— Oh, fit Hélène, moqueuse, en jetant l'épée au sol. Je ne voudrais surtout pas bafouer la tradition…

— Je n'en suis pas si sûre. Je pense même que c'est la mission dont t'a investie ta mère à ta naissance, dit Cassandre de cette voix aux inflexions lointaines et inquiétantes qu'elle prenait à certains moments. Mais le choix de ton nom appartient au passé et je ne vois que l'avenir...

— Tu es un oracle ! s'exclama Hélène, réalisant soudain ce qu'elle aurait dû deviner depuis longtemps.

Elle n'avait plus aucune envie de rester seule avec Cassandre, dont les yeux brillaient d'un éclat étrange. Elle la contourna en se rapprochant discrètement de la sortie.

— Delphes, Délos, bien sûr... et l'oracle de Delphes était choisi parmi les prêtres d'Apollon... dit Hélène dans l'espoir de détourner l'attention de Cassandre.

— Ce n'est pas tout à fait ça. L'oracle était choisi parmi les *Infants* d'Apollon et c'était une *prêtresse*, expliqua Cassandre d'une voix pleine d'amertume. L'oracle de Delphes était fille d'Apollon et des trois Moires.

— Il ne me semble pas avoir lu ça dans le livre que tu m'as donné...

Cassandre ramassa l'épée, la soupesa d'un air songeur, puis fit un pas vers Hélène.

— Parce que les historiens de l'Antiquité l'ignoraient. En revanche, ils savaient qu'Apollon était le fils de Zeus, et non l'un des premiers dieux. Il faisait partie de la seconde génération, c'était un Infant et, comme nous, il était mortel.

Cassandre se rapprocha encore, l'épée toujours à la main.

— Alors, pourquoi n'est-il pas mort ? demanda Hélène prudemment.

Elle essayait de rester calme pour ne pas provoquer Cassandre. Sans quitter des yeux la lame de bronze qu'elle levait et abaissait d'un geste hésitant, Hélène repartit en sens inverse.

— Apollon a conclu un accord avec les Moires, expliqua-t-elle. Il a juré sur les eaux du Styx de leur donner une fille. En échange, elles ont promis de ne jamais trancher le fil de sa vie. Depuis ce jour, Apollon est immortel et, à chaque génération, l'une de ses filles appartient aux Moires. Elle devient leur fille spirituelle et elle peut parfois entrevoir leurs desseins…

Cassandre continuait à se rapprocher dangereusement. Une lumière noire aux reflets violets semblait émaner de sa peau et de ses yeux. Hélène était plus âgée, plus grande et plus forte, mais elle savait qu'elle ne ferait pas le poids face à Cassandre. Car celle-ci n'était plus la seule à habiter son corps menu. Elle était possédée.

Cassandre lui coupa la voie vers la sortie. Hélène hésita à s'envoler. Elle n'était pas certaine de pouvoir contrôler sa trajectoire une fois en l'air. Et elle ne savait pas atterrir sans la main de Lucas. D'un autre côté, la menace d'une épée la terrifiait davantage que le risque d'une chute. Elle allait prendre son envol quand, sous ses yeux stupéfaits, la messagère sombre et ardente laissa place à une adolescente paniquée et fragile.

— J'ai eu une vision, Hélène, confia-t-elle d'un ton désespéré. Elle est revenue plusieurs fois. J'avais tellement honte et tellement peur, que je n'en ai parlé à personne. Et je suis désolée si je me trompe… Mais je dois le faire… Il le faut…

Ses yeux se remplirent de larmes. Elle avait l'air si tourmentée qu'Hélène compatit. Cassandre, qui respirait d'une façon saccadée, hocha la tête, puis saisit des deux mains le pommeau de l'épée.

Hélène ravala le cri qui lui montait à la gorge. Si Cassandre, l'oracle de Delphes, avait vu sa mort, quel sens y avait-il à combattre ? Avait-elle le choix ?

Cassandre la frappa. L'espace d'un instant, Hélène sut que sa vie avait été heureuse. Elle le ressentit avec une telle force qu'elle en aurait pleuré de gratitude. Elle avait eu des amis formidables, le meilleur père au monde, un corps fort et sain. Elle avait eu le bonheur de voler. Et une fois, rien qu'une, elle avait presque embrassé le seul garçon qu'elle ait jamais aimé...

Elle sentit un chatouillis étrange, comme si quelqu'un avait soufflé dans un mirliton qui aurait touché sa gorge...

Cassandre retira l'épée, les yeux écarquillés. Des larmes de soulagement coulèrent sur ses joues.

— J'avais raison !

Elle laissa retomber l'épée tordue et serra Hélène dans ses bras, puis elle se mit à sautiller sur place, l'entraînant dans sa ronde.

— Tu n'es pas morte ! C'est... Tu ne peux pas savoir à quel point je suis heureuse !

— Pas tant que moi, dit Hélène, sonnée.

— Attends ! Il faut qu'on vérifie autre chose ! s'exclama Cassandre, tout excitée, en courant vers un coffre posé dans un coin de l'ancien court.

Elle ouvrit le couvercle et s'empara d'un arc et d'une flèche.

... et tira en souriant sur Hélène !

Celle-ci entendit Ariane crier, puis un bruit de pas précipités. Peine perdue : la flèche la heurta en pleine poitrine et rebondit en vibrant légèrement. Arrivé trop tard, Jason se jeta sur elle, ils roulèrent l'un sur l'autre, puis il se redressa. Il fixait sa poitrine d'un air hébété.

— J'ai vu la flèche te toucher ! jura-t-il.

— Elle l'a touchée, confirma Cassandre, rayonnante.

— Je crois que Cassandre a fini par perdre la boule, chuchota Hector d'une voix triste, mais sans la moindre surprise.

— Non, je n'ai pas perdu la boule, Hector. Je l'ai *vu*, expliqua-t-elle : Hélène ne peut pas être blessée par une arme. Essaie, si tu veux…

Elle prit une épée dans le coffre et la lui tendit.

— Cass, repose cette épée, protesta Ariane, levant la main en signe d'apaisement. On peut en parler…

— Je ne suis pas folle ! cria Cassandre, soudain blême.

— Elle n'est pas folle, confirma Hélène, qui se dégagea de l'étreinte de Jason et se releva. Vas-y, Cass, tire-moi dessus !

Cassandre arma de nouveau l'arc et tira, dans la tête cette fois. Ariane poussa un cri, mais sa voix mourut lorsque la flèche rebondit. Un silence abasourdi suivit.

— Je peux pas le croire ! cria Hector, jaloux.

— Ça ne fait pas mal ? s'enquit Jason, incrédule.

— Peut-être un peu…

Jason était trop excité pour écouter la réponse à sa question. Il courut vers le coffre, attrapa un javelot et le lança sur Hélène… Il rebondit avec la même légèreté que la flèche.

— Si, en fait, ça pique, protesta-t-elle, levant la main pour leur signifier qu'elle avait eu son compte.

Mais Hector s'était déjà emparé d'une épée et fonçait droit sur elle.

— Je m'arrête dès que tu saignes, d'ac ? lança-t-il, désinvolte.

Hélène recula en se protégeant de ses bras et tomba. Elle n'était pas blessée, mais elle n'avait pas perdu ses réflexes de défense et Hector déployait une énergie terrifiante. Il ne s'arrêta que lorsque l'épée se brisa. Elle voulut alors se relever, mais elle fut bousculée par Lucas, qui fondit du ciel sur Hector telle une comète et l'enfonça à soixante centimètres de profondeur dans la terre meuble.

— Lucas, stop ! crièrent en chœur les trois filles.

Lucas levait déjà le poing, mais Jason le prit de vitesse et s'interposa entre les deux combattants. Lucas se figea. Son regard tomba sur Hector, couvert de terre, qui tendait les mains en signe de reddition.

Il abaissa le poing, fixa Hector et ajouta :

— Je t'ai vu. Tu avais une épée, tu as essayé de la tuer.

— Regarde-moi, Lucas. Je ne saigne pas. Tout va bien, prononça Hélène d'un ton rassurant.

Elle le prit par les épaules et le tira en arrière pour permettre à ses cousins terrifiés et pantelants de se dégager. Lucas, désemparé, se laissa faire.

Hector était blessé. Pas grièvement, mais assez pour ne pas tenir sur ses jambes. Lucas le regarda s'éloigner en claudiquant, porté par ses frère et sœur. Il dut s'asseoir.

Deux silhouettes inquiètes jaillirent de la maison et se dirigèrent vers le court de tennis.

— Pourquoi tu ne m'as pas prévenu, Cassie ? demanda Lucas.

Cassandre haussa les épaules, le regard fuyant.

— Elle avait peur, protesta Hélène, sur la défensive. Elle prit la main de Cassandre, choquée que Lucas veuille lui faire porter la responsabilité de ses propres actes.

— Elle a eu une vision où elle me frappait avec une épée. Elle croyait qu'elle allait me tuer. Elle croyait qu'elle *devait* me tuer. Tu en aurais parlé aux autres, toi, à sa place ?

Pandore interrogea Hélène du regard. Celle-ci la rassura d'un léger signe de tête.

— Mais si tu avais peur, pourquoi tu ne m'en as pas parlé, Cassie ? insista Lucas. Tu sais que je suis toujours là pour toi…

Elle secoua la tête.

— Aucun d'entre vous ne peut être mon confident. Moi seule, dorénavant, dois décider ce que je dois taire et ce que je dois révéler.

Cassandre s'écarta d'Hélène et se redressa. Par ce geste, elle signifiait son douloureux renoncement à tout soutien venant de sa famille. Elle prit une profonde inspiration, puis se tourna vers Hélène.

— Quand je te revois là, sans bouger, à attendre que je te coupe la tête… Je n'ai jamais rien vu d'aussi courageux ! s'exclama-t-elle d'une voix nouvelle, plus mûre et légèrement teintée de mélancolie.

« Parce que tu ne t'es pas vue », pensa Hélène.

Cassandre se pencha vers Lucas et lui secoua doucement l'épaule jusqu'à ce qu'il relève la tête.

— Allons voir Hector, suggéra-t-elle.

Encore sous l'emprise de l'adrénaline, Hélène se sentait survoltée. Alors qu'ils s'en retournaient vers la maison, elle se surprit à espérer que Lucas vienne lui prendre la main, comme il en avait l'habitude. Mortifiée, elle accéléra le pas afin de le dépasser – et s'éviter la peine d'être cruellement déçue.

Ils se retrouvèrent tous autour de la table de la cuisine. Personne n'avait l'ombre d'une explication. On demanda à Hélène si elle s'était déjà coupée avec un couteau, mais son enfance s'était déroulée sans le moindre incident. Le seul souvenir qui lui revint en mémoire, c'est qu'elle s'était coupée avec du papier. Ce fut l'occasion d'un débat animé sur ce qu'était une arme : si le papier pouvait la blesser, alors qu'une lance ne le pouvait pas, est-ce qu'une lance en papier pouvait la tuer ?

— Est-ce qu'une fourchette est une arme ? s'enquit Jason, en en désignant une qui traînait sur le buffet.

Ariane l'attrapa et la planta dans l'épaule d'Hélène, mais elle s'écrasa comme un cornet de glace à moitié fondu.

— On dirait que non, conclut-elle. Une cuillère, peut-être ?

Elle se retourna pour en chercher une.

— On peut arrêter là, s'il vous plaît ? supplia Lucas en grimaçant. On va finir par trouver quelque chose qui peut la blesser… ou même la tuer. On devrait suspendre les expériences tant qu'on ne sait pas d'où vient son invulnérabilité…

— Je suis d'accord, intervint Castor, prudent.

— Ce n'est pas un don dont elle a hérité, sinon on le retrouverait chez d'autres Infants, remarqua Pallas, qui observait Hélène comme un entomologiste un insecte. A-t-elle été plongée dans les eaux du Styx ? Elle ne ressemble pas à un zombie, mais ça ne prouve rien…

— Non. Je suis persuadé qu'elle a encore son âme, rétorqua Castor en secouant la tête.

— Et comment aurait-elle atteint les rives du Styx ? renchérit Cassandre, sceptique. Il n'y a pas eu de Guide depuis des millénaires !

« Guide ? » se demanda Hélène.

— Et quelque chose de plus basique, comme un flingue ? s'enquit Jason, qui continuait à explorer toutes les dimensions de l'incroyable faculté d'Hélène.

— Les balles ne sont pas assez rapides pour nous. Ce n'est pas pour rien qu'on utilise des épées, crétin, se moqua Ariane.

— Je sais bien, mais si on lui demandait de ne pas bouger et qu'on lui tirait dessus ?

— Ça ne changerait rien ! s'impatienta Cassandre, agacée. Tu peux faire exploser une bombe, si tu veux.

— Il y a forcément une explication, reprit Pallas sans la lâcher du regard. Si ce n'est pas un don, c'est qu'elle bénéficie d'une protection quelconque. Je vais faire des recherches et lister tout ce qui est possible.

— Je t'aiderai, papa, déclara Hector depuis le seuil de la pièce. Je meurs d'envie de savoir comment Miss 100 000 volts réussit ce tour de passe-passe…

Il avança en boitillant jusqu'à la table, les cheveux encore mouillés de sa douche.

— Je lui ai dit de rester couché, mais il ne m'a pas écouté, se plaignit la voix de Pandore depuis le couloir.

Hector se dirigea droit vers Lucas, qui le regarda d'un air coupable.

— Comment tu te sens ? s'enquit-il, soucieux.

— Ça roule, cousin. T'en fais pas, va, j'aurais fait la même chose à ta place…

Un sourire malicieux lui monta aux lèvres.

— … sauf que j'aurais cogné *plus fort*.

Ils se tapèrent dans la main, et tout fut oublié. Pandore voulut poser une question, mais Hélène fut plus rapide :

— Est-ce que quelqu'un peut me dire pourquoi vous m'appelez Miss 100 000 volts ? protesta-t-elle, irritée. Et si on me tape dessus encore une fois, je vais exploser ! rugit-elle en direction de Jason, qui s'approchait d'elle avec une agrafeuse.

— Tu ne lui as pas encore dit ? demanda Cassandre à Lucas, incrédule.

— Je voulais le lui dire aujourd'hui, mais je n'en ai pas eu l'occasion, marmonna-t-il, les yeux rivés au sol.

Hélène se rappela qu'il l'avait suivie dans les couloirs, à la fin des cours, et qu'elle l'avait envoyé balader. Tant pis pour lui, après tout. Personne ne lui avait demandé de se forcer à lui apprendre à se battre et à voler s'il n'en avait pas envie !

— Tu n'as qu'à me le dire maintenant, je t'écoute !

Il lui jeta un regard dur.

— Tu peux lancer des éclairs. De l'électricité. Je ne sais pas de quelle intensité, mais d'après ce qu'on a pu voir, Hector et moi, c'est loin d'être ridicule.

— Des éclairs, répéta-t-elle, stupéfaite.

Elle se rappela la réaction d'Hector lorsqu'il l'avait touchée dans l'allée du supermarché, puis celle de Lucas, qui l'avait lâchée brusquement, la première fois qu'ils s'étaient battus. Elle était si terrifiée, elle s'était sentie si impuissante... Était-ce possible qu'elle ait sollicité un pouvoir dont elle ignorait jusqu'à l'existence ? Avait-elle vraiment lancé un *éclair* ?

Elle revit Cathy s'écroulant sur le trottoir après un éclair bleu. Une pensée terrible la traversa. Et si... Non, ce n'était pas possible...

— Cela signifie que tu descends de Zeus, reprit Cassandre. Mais de quelle Maison, c'est une autre affaire. Comme Aphrodite et Apollon sont les enfants de Zeus, les Infants de leur Maison peuvent présenter certains de ses traits... Par contre, je pense qu'on peut exclure d'emblée la Maison d'Athènes, créée par Poséidon...

— Ma Maison ? répéta Hélène, si perturbée qu'elle n'arrivait plus à comprendre sa propre langue.

Un souvenir d'enfance remontait à la surface : cet homme qui lui faisait peur sur le ferry et qui voulait sans cesse toucher ses cheveux... Il avait volé loin d'elle et basculé par-dessus le bastingage. Une âcre odeur de brûlé lui picota la gorge. Elle se frotta le visage et essaya de refouler le souvenir. Elle avait toujours pensé qu'elle ne pouvait pas être responsable. Mais maintenant, le doute la gagnait. Et si c'était *elle* qui avait blessé Cathy ?

— Quand on dit « ta Maison », cela signifie ton patrimoine, Hélène, dit doucement Castor, qui avait remarqué son trouble. Zeus a eu beaucoup d'enfants, donc on ne peut pas déterminer avec précision de quelle Maison tu viens. Mais ne t'en fais pas, on va continuer à chercher.

— Merci, murmura Hélène, encore bouleversée.

— Tu ne contrôles pas ce que tu fais pour l'instant, indiqua Lucas après un silence. Les éclairs jaillissent de toi sous l'effet d'une émotion forte.

Il la regardait d'un air étrange.

— Est-ce que ça ressemble à un Taser ? demanda Hélène, sortant d'un coup de sa torpeur.

— Ouaip, confirma Hector, tout en essayant de comparer les sensations dans sa tête. Mais en plus fort.

— Ça fait vraiment mal ? insista-t-elle à voix basse.

— Plutôt... dit Hector, haussant les épaules. Si tu t'entraînais, tu pourrais sûrement apprendre à générer une charge mortelle...

— Jamais de la vie ! s'exclama Hélène en bondissant sur ses pieds, horrifiée.

— Attends, Hélène, intervint Jason. Ça peut être intéressant. Tu pourrais apprendre à lancer des éclairs plutôt qu'à te battre...

— Pas forcément pour tuer. Juste mettre les gens K-O, insista Lucas, la voyant en proie à une vive agitation intérieure.

Mais ses efforts pour la rassurer produisirent l'effet inverse. Hélène revoyait le corps inconscient de Cathy... sa tête renversée en arrière et sa bouche ouverte lorsqu'elle l'avait soulevée de terre... Incapable de chasser ces images de son esprit, elle ressentit le besoin de libérer la tension qui l'habitait. Elle se mit à arpenter la pièce, sous les regards surpris des Délos.

— On devrait remettre cette discussion à demain, suggéra soudain Pandore. Hector a besoin de manger et tous les autres de prendre une douche. Je ne voudrais pas vous vexer, les garçons, mais...

Des rires fusèrent. Mais surtout, elle avait atteint son but, qui était de détourner l'attention d'Hélène. Celle-ci l'en remercia d'un signe de tête.

Elle se dirigea machinalement vers la porte.

— Je te raccompagne ! lança Lucas.

— Hé ! C'est moi qui suis de garde ce soir ! protesta Jason.

— Et j'ai mon vélo, ajouta Hélène, qui ne pouvait envisager de se retrouver seule avec lui.

— Je m'en fiche, rétorqua-t-il.

Il se tourna vers Hector.

— J'ai besoin de ton 4 × 4, déclara-t-il avec une colère à peine contenue.

Hector hocha la tête, jeta un coup d'œil à Hélène, puis à Lucas, une expression de connivence sur le visage.

Lucas attrapa Hélène par la main et l'entraîna dehors. Il hissa son vélo dans le coffre, lui tint la portière, grimpa au volant et quitta le garage sans desserrer les dents.

Après avoir roulé quelques minutes, il gara le véhicule sur un terre-plein et se tourna vers elle.

— Que se passe-t-il ? demanda-t-il, à la fois irrité et craintif.

Hélène n'avait pas de réponse toute prête.

— Tu peux me dire ce que j'ai fait de mal, au moins ?

— Je te l'ai déjà dit, tu n'as rien *fait* de mal, répondit Hélène, les yeux rivés sur ses cuisses.

— Alors, pourquoi tu te comportes comme ça ? Regarde-moi, supplia-t-il en prenant sa main dans la sienne.

Elle regarda leurs deux mains nouées, comme si c'était la première fois.

— À quoi ça rime ? protesta-t-elle en arrachant sa main. Tu veux que je te dise ce que tu as fait ? Tu t'es bien foutu de moi.

Le visage de Lucas se décomposa.

Hélène n'avait plus aucune raison d'espérer quoi que ce soit après ce qu'elle avait entendu la veille, mais au fond d'elle brûlait encore une petite étincelle, un minuscule espoir que, peut-être, elle avait mal compris – ou encore qu'il changerait d'avis. Cette étincelle s'éteignit lorsqu'elle le vit hocher la tête.

— Je me suis foutu de toi, murmura-t-il, les yeux fermés et agrippant le volant avec une telle force qu'elle crut qu'il allait l'arracher.

Sa voix était dure, ses inflexions mordantes.

— Toi et moi, on ne peut pas sortir ensemble, alors oublie !

Hélène détacha sa ceinture et sortit de la voiture.

— Attends, s'il te plaît… commença-t-il, d'une voix pleine de douleur.

Elle claqua la portière.

— Attendre quoi ? Que tu me dises que je suis une fille super, mais que tu ne me toucheras jamais ? Merci, ça, j'ai déjà compris. Maintenant, ouvre le coffre pour que je puisse prendre mon vélo !

Elle ne reconnut pas cette voix sarcastique et amère. C'était celle d'une étrangère.

— Je promets de ne plus prononcer un mot, insista Lucas. Laisse-moi juste te raccompagner.

Elle détesta son calme.

— Ouvre cette porte ou je la défonce ! hurla-t-elle.

Elle savait qu'elle était ridicule, à piquer une crise de nerfs au beau milieu de la route, mais son humiliation était trop vive, elle éprouvait le besoin viscéral de s'éloigner de lui le plus vite possible. Et elle ne voulait pas lui laisser son vélo, cela l'aurait obligée à revenir le chercher plus tard.

Elle croisa les bras sur sa poitrine. Elle savait qu'il l'observait dans le rétroviseur, aussi se détourna-t-elle. Au bout d'un moment, il déclencha l'ouverture du coffre. Elle sortit son vélo et s'éloigna sans un mot.

Lorsqu'elle arriva chez elle, elle se laissa tomber sur son lit sans se déshabiller. Elle entendit Jason s'installer sur le belvédère, mais elle ne ressentit aucune culpabilité à ce qu'il passe la nuit dehors à cause d'elle.

Elle se trouvait à la frontière du Pays aride, dans un lieu qu'elle avait déjà aperçu de loin, mais qu'elle avait cru ne jamais pouvoir atteindre. Le rocher avait laissé place à des touffes d'herbes aussi tranchantes que des lames de rasoir. Ici et là gisaient des milliers et des milliers de fragments de colonnes en marbre, tronquées, dispersées. Jadis, c'était un empire. N'en restaient que des ruines.

Au loin chantait la promesse d'une rivière. Hélène n'aurait su dire si elle l'entendait ou si elle percevait l'infime humidité de l'air, mais c'était pour elle une certitude. Elle se sentait sèche et vide. Où était cette rivière ?

Tout en cherchant, elle lut les graffitis gravés dans le marbre des colonnes : Gracus aime Lucasinda. Ethan aime Sarah. Michael aime Erin. *Pendant ce qui lui sembla des jours entiers, elle marcha entre les piliers brisés des promesses non tenues et dépoussiéra avec ses mains les pierres tombales des amours mortes. Dans le Pays aride, toute mort avait son lieu de repos.*

Elle marcha jusqu'à ce que ses pieds saignent.

Lorsqu'elle se réveilla, la pièce baignait dans une lumière bleue et triste. Elle voulut se tourner dans son lit, mais son drap s'était enroulé autour de ses jambes et les lui ligotait. Elle dut s'extraire de son lit et se tortiller sur le sol pour s'en dépêtrer. Elle était horriblement sale : du sang séché et la poussière grise du Pays aride étaient venus se rajouter à la terre que Lucas avait projetée dans sa chute. Si ses pieds avaient guéri, ses draps étaient tachés de sang. Il lui faudrait en racheter. Par chance, son père était trop pudique pour poser la moindre question.

Elle se débarrassa de son jean en se dirigeant vers la salle de bains et se mit sous la douche sans attendre que l'eau soit chaude. La bouche ouverte, elle chercha à avaler autant de gouttelettes que possible. Elle se sentait sèche de l'intérieur. Son corps était courbatu comme si elle avait parcouru des centaines de kilomètres sous un soleil de plomb, et l'eau froide lui procurait un bien-être indicible. Elle repensa alors à cette rivière qu'elle avait aperçue au loin, peu avant le réveil, mais elle achoppa sur du vide. Il n'en restait aucune trace dans sa mémoire. Il ne lui restait que le souvenir d'un immense soulagement, que seule la vue d'une rivière avait pu lui procurer. Comment avait-elle pu oublier une rivière au Pays aride ? C'était si incroyable qu'elle cessa d'y penser.

Cet oubli la troubla tellement qu'elle repartit dans sa chambre, nue et ruisselante, prit un vieil eye-liner vert que Claire avait oublié la dernière fois qu'elle était restée dormir et écrivit : LA RIVIÈRE DONT JE NE ME SOUVIENS PAS sur le miroir de sa coiffeuse, au cas où elle l'oublierait de nouveau. Ensuite seulement, elle s'habilla.

Dehors, il faisait froid. Un brouillard humide était tombé pendant la nuit.

Alors qu'elle approchait du lycée, elle aperçut Lucas qui attendait dans le parking, adossé à une Audi qu'elle avait aperçue dans le garage des Délos, mais elle n'avait jamais vu Lucas la conduire. Comme elle avait été naïve d'espérer qu'il l'embrasse, cette nuit-là, dans le garage ! Elle baissa la tête et marcha tout droit. Il fit un pas vers elle, puis se ressaisit, résigné.

Arrivée devant la porte, Hélène fut arrêtée par la voix de Claire.

— Vous êtes fâchés ? demanda celle-ci, glissant un regard vers la silhouette voûtée de Lucas. Oh la la ! Qu'est-ce qui t'est arrivé ?

— Je n'ai pas très bien dormi cette nuit, se défendit Hélène.

— T'as des valises sous les yeux, Len. Comme si tu n'avais pas dormi depuis des semaines, oui ! Tu as beaucoup pleuré ?

— Non. Pas du tout.

C'était vrai. Elle était triste, mais elle n'avait pas envie de pleurer. Lorsqu'elle était déprimée, elle avait surtout besoin de dormir.

— Tu ne veux vraiment pas me dire pourquoi vous vous êtes disputés ?

— On ne s'est pas disputés. Lucas ne veut pas de moi, c'est tout.

— Je peux pas y croire ! protesta Claire. Il a défoncé Hector juste parce qu'il avait osé te parler et il t'a tenu la main devant tout le lycée !

— Il a dû changer d'avis, rétorqua Hélène en haussant les épaules.

Elle n'avait pas le courage de se disputer. Elle avait déjà à peine la force de tourner les chiffres de son cadenas. Sa longue marche nocturne l'avait épuisée. Et pourtant, ce n'était qu'un rêve... Comment pouvait-elle être fatiguée par quelque chose qui ne s'était passé que dans sa tête ?

— Tu es *sérieuse* ? insista Claire.

— Hm-m. Il ne veut pas de moi, Ris'. Il me l'a dit lui-même. On peut changer de sujet ?

— Ouais. Pas de problème, répondit Claire en lui massant le haut du dos.

Hélène s'appuya contre Claire un bref instant.

— Je vais le massacrer, moi ! murmura Claire.

Hélène essaya de rire, mais le son qui sortit de sa gorge ressemblait plutôt à un grognement.

— Merci, mais ce n'est pas la peine. Je ne veux pas sa mort...

Elle suivit Claire comme un robot.

Dès qu'il l'aperçut, M. Hergeshimer s'inquiéta de son état. Elle lui assura qu'elle allait bien, mais il l'observa d'un air sceptique. Matt lui demanda en chuchotant si elle avait toujours mal au ventre.

— Tu devrais arrêter la course, insista-t-il, d'une façon qui lui rappela son père. Tu deviens trop maigre !

On aurait dit que ses professeurs s'étaient tous donné le mot, vu le nombre de fois où on lui proposa d'aller à l'infirmerie. Ses amis s'inquiétèrent eux aussi. Zach, lui, avait d'autres préoccupations.

Il la rattrapa dans le couloir.

— Au fait, Hamilton, tu m'as scotché, l'autre jour ! J'aurais jamais cru que tu pouvais courir aussi vite…

— Ouais, je me défends, répondit-elle, essayant de prendre un ton indifférent.

— Tu sais, avant que tu perdes conscience, je t'ai vue en train de courir après un type torse nu…

— Attends… c'est toi qui as prévenu Gabrielle ? s'enquit-elle, sentant le sol se dérober sous ses pieds. Je croyais que c'était le contraire !

— Eh non, c'est moi, fanfaronna-t-il. Franchement, quand tu t'y mets, c'est impressionnant… Presque surhumain… Je crois que la seule fois où j'ai vu quelqu'un courir aussi vite, c'est quand un des Délos a voulu jouer les super héros pendant le foot. Il y avait ce type de troisième, là, qui était arrivé à l'autre bout du terrain, et…

Il fut interrompu par le professeur d'histoire qui se dirigeait vers la salle. Hélène le suivit, mais elle sut, à la façon dont Zach la regardait, que ses ennuis étaient loin d'être terminés. Elle essaya de se rassurer en se répétant que personne ne le croirait. Zach avait toujours aimé colporter les rumeurs et les autres lui prêtaient en général une oreille attentive, mais la vélocité exceptionnelle des Infants était quelque chose qu'il fallait voir pour y croire.

Alors qu'elle gagnait l'auditorium, où l'attendaient Matt et Claire, Cassandre et Ariane l'arrêtèrent. Elle leur proposa de venir…

Tous les cinq franchirent la porte coupe-feu qui donnait dans les coulisses. Matt et Claire déplièrent leur serviette sur l'avant-scène, comme pour un pique-nique.

— Bonne idée de les inviter, approuva Matt. Mais n'amène personne d'autre, sinon on va se faire prendre.

— On va se faire prendre de toute façon, rétorqua Claire, moqueuse. Mais ça en vaut la peine. Manger dans une ambiance pareille, c'est top !

Elle fit un geste vers le décor en pleine construction. Cassandre et Ariane jetèrent un regard admiratif au palais de Thésée, adressant un sourire de connivence à Hélène. Le décor féerique du *Songe* lui plaisait, mais l'aspect grec la troublait. Les fausses colonnes doriques à moitié peintes qui jonchaient la scène lui rappelaient sa pénible marche nocturne.

Elle n'avait pas la moindre envie de retourner dans le Pays aride. Si, au moins, elle pouvait trouver cette rivière… « Mais quelle rivière ? » pensa-t-elle. Elle tourna le dos aux colonnes et s'assit à côté de Claire.

Elle avait juste assez d'énergie pour mâcher son sandwich et se sentait envahie d'une étrange torpeur. Elle était obsédée par l'idée de recommencer à voler. En réalité c'était surtout l'image de Lucas qui l'obsédait, mais dès qu'elle se sentait glisser sur cette pente dangereuse, elle se secouait et se concentrait sur l'idée de voler. Elle décida qu'elle ferait un essai toute seule, chez elle, afin de ne pas courir le risque de se laisser entraîner trop loin. Même si, par certains côtés, se laisser emporter par le vent lui paraissait une perspective tout à fait séduisante…

— Lennie ! Ça a sonné ! lui lança Claire, le sac déjà sur l'épaule.

Hélène sursauta et rassembla ses affaires.

Claire essaya d'en savoir plus pendant qu'elles couraient, mais Hélène ne cessa de détourner la conversation. Elle n'avait pas envie qu'on la plaigne, ni même qu'on parle d'elle. Elle voulait ne plus penser à rien et se laisser flotter.

Claire finit par renoncer. Une soirée feu de camp devait se tenir sur la plage la nuit même. Elle voulait y aller avec Ariane, mais hésitait.

— J'ai envie de la connaître mieux, mais en même temps, ça veut dire supporter son frère et il trouve toujours un prétexte pour me prendre la tête… Tu es sûre que tu ne peux pas prendre un jour de congé ? On pourrait y aller avec Matt, suggéra Claire, pleine d'espoir.

— Tu sais bien que je ne peux pas !

— Si tu demandais à Cathy, je suis sûre qu'elle serait d'accord…

— Ris', sincèrement, je n'ai aucune envie de passer la soirée assise sur le sable froid, à regarder tout le monde s'embrasser autour de moi. Ça ne t'empêche pas d'y aller et d'en profiter. Tu ne peux pas savoir, peut-être que ce soir, Jason et toi, vous serez sur la même longueur d'onde…

Claire repartit aussitôt dans ses récriminations. Hélène, qui ne l'écoutait que d'une oreille, s'entraîna à brasser l'air autour d'elle pour affiner sa technique de vol. Elle attendait avec impatience le moment où elle pourrait réessayer, seule chez elle.

Caché derrière une dune de sable, Créon comptait les minutes pendant lesquelles Hector et Jason restaient immergés sous l'eau. Il n'avait jamais entendu parler de ce don particulier et il remerciait le hasard de l'en avoir rendu témoin. Il avait perdu la piste de Lucas un peu plus tôt dans la soirée – ce qui arrivait souvent étant donné sa manie de voler – et il s'était résigné à suivre Jason et Hector à cette fête stupide. Alors qu'il observait ses cousins plonger tête la première dans les déferlantes, il sentait l'amertume le gagner. De tels talents donnés à des lâches ! Quel gâchis ! Une bande d'écervelés qui se laissaient aveugler par leur petit plaisir au point de ne pas réfléchir aux conséquences désastreuses que pouvait avoir pour leur Maison le flirt avec des humaines… Car si Jason passa l'essentiel de la soirée à discuter avec une petite Japonaise, Hector ne semblait pas capable de la même retenue. Il n'était pas encore minuit que Créon l'avait déjà vu se rouler dans le sable avec deux filles différentes. Ne savait-il pas à quel point les Infants étaient fertiles ? Ce crétin voulait-il avoir son premier-né d'une pauvre gosse sans consistance ? Créon en éprouvait un tel dégoût qu'il détourna la tête. Il n'y avait qu'une fille sur l'île à pouvoir prétendre se hisser à leur rang. Une seule qui méritât leur attention.

Hélène. Mais Lucas ne la quittait pas d'une semelle, ce qui obligeait Créon à se tenir à distance. Il ne pouvait affronter ses cousins en face sans mettre en péril sa mission secrète, mais, à plusieurs reprises, il avait hésité. Depuis leur rencontre dans la lande, le visage d'Hélène était resté gravé dans sa mémoire. La peur et la colère qu'avait exprimées son regard étaient si pures et si ardentes qu'il était presque impossible d'y résister. Elle disposait de pouvoirs immenses, mais qu'elle ignorait, ce qui la rendait infiniment vulnérable. Ses mains tremblaient à l'idée de la vaincre, mais il n'avait pas le choix, il devait ronger son frein.

Sa mère lui avait demandé d'attendre qu'elle ait mené son enquête de son côté et vérifié qu'aucun membre de leur famille n'avait laissé de bâtard au Massachusetts. Il avait dû accepter, à contrecœur, de patienter une semaine. Pourtant, au fond de lui, il connaissait la réponse. Même si les Érinyes ne s'étaient pas manifestées lors de leur première rencontre, il avait su d'emblée qu'Hélène n'était pas sa cousine.

Des rumeurs voulaient que quelques Infants, dans le passé, aient pu échapper à la persécution des Érinyes. Pour Créon, Hélène en faisait partie. Sa mère prétendait que c'était impossible, que toutes les autres Maisons avaient été détruites, mais plusieurs indices venaient confirmer son intuition. D'abord, les traîtres veillaient sur elle comme si elle était leur dernière ennemie vivante. Ensuite, elle était si peu entraînée, et semblait si peu savoir qui elle était, qu'il paraissait évident à Créon qu'elle avait volontairement été tenue à l'écart des Maisons, y compris de la sienne. Enfin, la réaction de son corps aurait levé ses derniers doutes s'il était besoin. Il avait rencontré des dizaines de ses cousines, toutes belles comme peuvent l'être des filles d'Apollon, mais aucune ne l'avait tenu éveillé la nuit comme Hélène. Oui, il était certain qu'elle venait d'une autre Maison.

Par fidélité familiale, il devait patienter encore quelques jours, mais il allait bientôt leur montrer de quoi il était capable. Il était prêt. Et bien qu'il existât une autre voie que le combat pour unir enfin les Maisons, Créon ne voulait pas y penser, quelle que fût la tentation. C'était sa seule chance de recevoir enfin la gloire qu'il méritait, la seule et unique chance de gloire qu'il restait aux Infants. Un nouveau Triomphe allait advenir et ce Triomphe leur ouvrirait les portes de l'Atlantide.

C'était par lui que sa famille deviendrait immortelle et son père lui en serait à jamais reconnaissant.

DOUZE

Hélène entendit soudain du bruit sur le toit. Elle monta en courant l'escalier qui menait au belvédère et ouvrit grand la porte. Le balcon était désert. Elle poussa un soupir de soulagement. Elle ne voulait plus que les Délos passent la nuit sur son toit, elle n'avait aucune envie que Lucas entende ses cauchemars. Avant de repartir, elle jeta un regard autour d'elle, assaillie par un sentiment de désolation et de solitude.

Elle redescendit dans sa chambre et relut les mots qu'elle avait écrits sur son miroir, puis ajouta : JE L'AI REVUE avec l'eye-liner de Claire. Elle fixa les petites lettres vertes. Voilà deux nuits d'affilée qu'elle voyait cette rivière sans pouvoir en garder le souvenir. Elle fit un violent effort pour se la représenter, mais la porte de ses souvenirs restait fermée. Soudain, elle aperçut son propre reflet dans le miroir et retint un cri. Ses yeux étaient luisants, son visage blême, ses joues creuses, ses bras et ses jambes recouverts d'une épaisse boue noire… De la vase.

Soudain, le souvenir reflua. Une rivière aux berges noires et aux eaux grisâtres. Elle avait soif, mais n'avait pas pu boire… Pourquoi ? Elle se concentra le plus fort possible dans l'espoir de faire parler sa mémoire…

La soif la torturait. Elle était descendue sur les berges boueuses, s'était penchée au-dessus de l'eau grisâtre et avait vu des poissons infirmes qui se heurtaient les uns aux autres comme s'ils ne savaient plus nager. Elle était repartie, décidée à ne pas boire cette eau, dût-elle en mourir…

Elle courut dans la salle de bains et se jeta sous la douche. Elle frotta la vase, frotta, frotta, frotta jusqu'à ce que sa peau rougisse, puis se rinça la bouche et cracha, plusieurs fois. Elle se sentait salie de l'intérieur. Ses yeux la piquaient d'être restés ouverts sous le jet.

Elle porta ensuite son drap et sa chemise de nuit dans la machine à laver. Pas de taches de sang, cette fois, mais Hélène doutait qu'elle réussisse à laver cette vase.

C'était samedi matin. D'habitude, son père ne travaillait que le soir, mais ce jour-là, il avait donné sa journée à Cathy. Hélène avait l'impression que tous deux s'évitaient. La veille, après le départ de Claire pour la fête, elle avait essayé d'interroger Cathy, mais n'avait pas eu l'énergie de l'amener à se confier. Tout lui paraissait terne, assourdi.

Hélène regagna sa chambre, où elle travailla le passage de l'apesanteur à la pesanteur. Au début, elle retombait lourdement sur le sol, jusqu'au moment où elle comprit comment positionner ses jambes et atterrir sur la pointe des pieds. Elle s'entraîna à manipuler les flux d'air, mais elle ne pouvait travailler que des points de détail, sans quoi elle allait mettre sa chambre à sac. Au bout de quelques heures, elle finit par fuir le téléphone qui ne cessait de sonner. La famille Délos voulait sans doute savoir pourquoi elle n'était pas venue s'entraîner.

Hélène avait réfléchi. Elle ne voyait pas l'intérêt de savoir manier l'épée si les armes ne pouvaient la blesser et elle n'avait pas besoin d'apprendre à se battre, puisqu'elle pouvait s'envoler. Craignant qu'Hector ou Jason ne finisse par venir la chercher, elle décida de partir au hasard, dans l'espoir que courir l'aiderait à se changer les idées. Elle était en jean et pull – pas la tenue idéale – mais peu lui importait.

Dès qu'elle eut quitté le centre-ville, elle prit Polpis Road en direction de l'est. Au bout d'un moment, elle reconnut la lande qu'elle avait traversée lorsqu'elle se croyait pourchassée par Lucas. Même si elle n'avait aucune envie de raviver le souvenir de son premier vol – et tout ce qui avait suivi –, elle sut qu'elle trouverait là la solitude qu'elle recherchait.

Le soleil se couchait. Elle fut heureuse de savourer la beauté du moment sans se laisser parasiter par des pensées moroses. En regardant autour d'elle, elle aperçut le phare. Elle regarda le sable qu'elle foulait et se demanda si c'était ce même sable qui les avait accueillis quand Lucas et elle avaient souffert le martyre. Quand ils étaient *morts*.

À peine cette pensée l'eut-elle effleurée qu'elle sut, au plus profond d'elle-même, que c'était vrai. Ils n'avaient pas simplement été blessés, cette nuit-là, ils avaient commencé à passer sur l'autre rive. Ou du moins Lucas. Et elle l'avait suivi pour tenter de l'arrêter. Il y avait là une rivière... « Mais quelle rivière ? »

— Hé ! Tu fais quoi, là, exactement ? cria la voix furieuse d'Hector.

Il avançait vers elle à grands pas.

— Comment tu m'as retrouvée ? protesta-t-elle, sous le choc.

— Tu es terriblement prévisible, répliqua-t-il avec mépris. Mais maintenant, ça suffit la comédie, tu viens.

— Je ne veux plus m'entraîner. Ce n'est pas la peine, lança-t-elle en s'éloignant. Je veux juste qu'on me laisse tranquille.

— Désolé, princesse, mais ça ne marche pas comme ça, rétorqua-t-il en l'attrapant par les épaules et en la forçant à se retourner.

Ce fut le geste de trop. Elle partit dans un fou rire (c'était ça ou pleurer) et le repoussa brutalement.

— Et qu'est-ce que tu vas faire ? cria-t-elle. Me frapper à mort ? Tu ne peux pas ! Tu n'es pas assez fort !

Elle le roua de coups pour l'inciter à se battre.

— Alors, va chercher une épée. Vas-y ! Ah, j'oubliais, ça ne me fait rien non plus. Qu'est-ce que tu vas donc pouvoir me faire, espèce de brute ? Qu'est-ce que tu veux m'apprendre ?

— L'humilité, dit-il à voix basse.

Il se déplaçait très vite et, comme Lucas, il réfractait les rayons du soleil. Alors qu'elle plissait les yeux, vexée de ne pas avoir pensé qu'Hector aussi pouvait avoir ce don-là, il l'empoigna, la jeta en travers de son épaule et marcha vers la mer.

La rage s'empara d'elle. Pour la première fois, elle s'autorisa à faire pleinement usage de sa force. Elle le repoussa. Son bras se cassa dans un bruit sec, et elle se retrouva libre. Elle se mit alors en état d'apesanteur et appela un flux d'air pour l'emporter, mais Hector profita de ce contretemps pour l'attraper de sa main indemne. Hélène comprit trop tard qu'elle s'était fait piéger : il avait sacrifié son bras gauche pour lui donner une chance de se faire légère – légère et vulnérable. Il l'entraîna dans les vagues avant qu'elle ait pu reprendre assez de poids pour se défendre.

Il avança droit devant lui. Ils se retrouvèrent bientôt complètement immergés, au fin fond de l'immensité sombre et menaçante. Elle se débattit en vain. Hector était dans son élément, c'était lui qui contrôlait la situation.

— Tu n'es pas la seule à avoir des dons, princesse.

Aucune bulle ne sortit de sa bouche. Il pouvait respirer, parler, marcher sur le fond marin comme sur la terre ferme. Hélène comprit soudain pourquoi Hector la terrifiait autant : il était un être marin.

Depuis qu'elle avait failli se noyer, petite, Hélène avait toujours soupçonné l'Océan d'avoir voulu attenter à ses jours, même si elle n'en avait jamais parlé à personne, de peur de passer pour une folle. Presque dix ans plus tard, alors qu'elle regardait les yeux bleus et inexpressifs d'Hector, elle en eut la certitude. Elle rua et se démena, mais Hector ne relâcha pas son étreinte. Un cri s'échappa de sa gorge, un cri muet qui se transforma en un nuage de bulles. Elle le griffa alors au visage et lui donna des coups dans les tibias, mais elle n'avait aucune prise sur lui. Elle allait périr noyée.

L'acide se déversa dans ses veines et sa vision vacilla. Elle ferma les yeux.

Elle sentit qu'il la tirait par les jambes. Il regagna la rive, la sortit de l'eau, puis la hissa sur ses épaules et la fit tournoyer par-dessus sa tête comme un maillet avant de la jeter sur le sable. La violence du choc expulsa l'eau de ses poumons. Elle vomit de l'eau salée et toussa jusqu'à ce que son oreille interne s'équilibre et qu'elle entende de nouveau le sang battre contre ses tempes.

— Si tu étais venue t'entraîner avec moi aujourd'hui, tu aurais su que tu pouvais utiliser tes éclairs sous l'eau...

Il tira sur son bras cassé et redressa les os dans un craquement sinistre. Il poussa un cri et tomba à genoux, haletant.

Ils restèrent longtemps assis l'un à côté de l'autre, trop sérieusement blessés pour pouvoir se déplacer. Tandis qu'ils cicatrisaient, le soleil continua sa course vers l'horizon et le ciel s'assombrit.

— Je croyais que tu descendais d'Apollon... remarqua-t-elle, brisant le silence.

Ses cordes vocales étaient encore endommagées, mais elle n'avait pas besoin d'en dire plus. Même si Hector ne lui était pas apparu d'abord comme le plus brillant du clan Délos, elle commençait à comprendre qu'il n'avait rien à envier au reste de la famille.

— C'est qu'à un moment donné, une petite nymphe des mers, une Néréide, a mélangé son sang à celui de notre Maison. Il existe tout un tas de dieux mineurs, d'esprits de l'eau ou des bois, qui traînent un peu partout, et en plusieurs milliers d'années, bien des choses peuvent arriver. Aucune des Maisons ne peut plus se targuer de descendre d'un seul dieu et la jeune génération a plus de dons que ses parents.

— Pourquoi ça ?

— Cassandre pense que les Moires veulent qu'on devienne de plus en plus puissants afin de pouvoir un jour diriger l'Atlantide, mais moi, je pense que c'est parce qu'on est tous des bâtards. Mon arrière-arrière-grand-père a couché avec une nymphe et je sais marcher sous l'eau. Les Moires n'ont rien à voir là-dedans.

— C'est comme ça que tu as su que je pouvais me noyer ? Parce que tu peux contrôler l'eau ?

— Simple question de bon sens. Je n'ai aucun pouvoir sur l'Océan. Je m'y sens chez moi, c'est tout.

Il plongea son regard dans le sien, puis il reprit la parole avec un ton qui lui rappela celui de Lucas lorsqu'il lui avait appris à voler.

— Tu as des dons incroyables, mais tu ne sais pas t'en servir. Sers-toi un peu de ta tête, bon sang ! L'Océan n'est pas une arme, mais il peut tuer. L'Air n'est pas une arme, mais si je t'en prive, tu peux en mourir. La Terre...

— J'ai compris, le coupa-t-elle, les yeux rivés sur l'horizon.

— L'Eau est ton talon d'Achille. C'est le seul élément que tu crains parce que tu n'as pas de prise sur lui.

Hélène ne savait pas comment il l'avait compris mais, à la réflexion, elle dut s'avouer qu'il avait raison. Elle avait toujours su, d'instinct, qu'elle avait moins à craindre des trois autres éléments. Elle pouvait maîtriser l'Air et solliciter le vent, elle pouvait se soustraire à la gravité de la Terre et elle supportait la chaleur du Feu, car la production d'éclairs générait des températures plus élevées encore. Mais face à l'Eau, elle se sentait démunie. Elle comprenait enfin l'origine de sa peur, même si cela ne lui permettait pas de la dominer pour autant.

— Comment tu sais tout ça sur moi ? s'étonna-t-elle.

— Parce que, depuis que je suis tout petit, j'ai été entraîné à penser de façon tactique et à trouver la faiblesse de mes adversaires. Pas toi. Il y a mille façons de tuer quelqu'un, Hélène. Tu te crois en sécurité parce que l'épée de Cassandre n'a pas pu t'atteindre, mais c'est une illusion, déclara-t-il d'une voix où se mêlaient la colère et l'inquiétude. Je sais que tu es encore sous le choc de ce que tu viens d'apprendre, mais on ne peut pas se permettre d'attendre. Il faut que tu grandisses dans ta tête, tout de suite, ou des gens vont mourir pour sauver ta peau. Alors maintenant, tu vas rentrer chez toi, tu vas manger et tu vas te reposer. Tu as l'air malade et je ne veux pas que Lucas me reproche de t'avoir mise dans cet état. Mais demain, tu viens t'entraîner.

Sans attendre de réponse, il se leva et la laissa seule dans la nuit. Elle joua un moment avec le pendentif de son collier et le fit glisser sur ses lèvres. Elle avait honte. Ses vêtements ruisselaient, mais elle ne fit aucun effort pour les essorer. Elle avait l'impression de mériter de rester mouillée un peu plus longtemps…

Hector avait raison, elle devait s'entraîner. Mais cela impliquait d'aller chez les Délos, donc de voir Lucas, ce qui lui paraissait une épreuve insurmontable. Elle avait beau tourner et retourner la question dans sa tête, l'idée de devoir le voir tous les jours, savoir qu'il se forçait à être gentil alors qu'il avait pitié d'elle... Comment avait-elle pu y croire à ce point ? Sa souffrance était là, intacte, comme une écharde qu'on ne peut ni localiser ni extraire. Elle ne comprenait pas. Comment avait-il pu lui tenir la main, partout où ils allaient, puis subitement déclarer qu'il « ne la toucherait jamais » ?

Incapable de rester assise avec ces pensées qui tourbillonnaient dans sa tête, elle s'éleva dans les airs et le vent d'est l'emporta au-dessus des flots. Enveloppée d'air protecteur, environnée d'étoiles, elle se laissa imprégner par la beauté tranquille de la nuit.

Lorsqu'elle se sentit plus calme, elle monta plus haut, puis prit un courant d'ouest pour revenir vers l'île. Elle volait de façon gauche, sans élégance. C'étaient ses premières tentatives et elle ne maîtrisait pas tout, mais elle trouvait d'instinct les bons gestes. Elle ne savait pas où elle voulait aller. Elle savait simplement qu'elle avait froid et qu'elle avait besoin de réconfort. Sans l'avoir décidé, elle arriva au-dessus de chez Claire.

Elle descendit, contourna la maison, glissant un regard à chaque fenêtre. Où pouvait donc être Claire ? Elle l'entendit soudain crier en japonais et monter l'escalier quatre à quatre, puis la lumière de sa chambre s'alluma et sa porte claqua.

Par la fenêtre Hélène la découvrit assise sur son lit. Elle s'approcha et balbutia derrière le carreau, en claquant des dents :

— Laisse-moi entrer.

— Oh, non, soupira Claire. Tu es un vampire, en fait...

Elle se protégea la gorge de la main, mais elle la laissa entrer.

— Je ne suis pas un vampire, qu'est-ce que tu racontes ? Ris' ! Regarde ! Je n'ai pas de crocs, je n'ai pas les yeux hagards !

Elle lui montra ses incisives, puis écarquilla les yeux pour lui prouver qu'ils n'étaient pas injectés de sang.

— Bon, d'accord ! Reconnais que c'était une hypothèse pertinente, vu la situation, se défendit Claire, tandis qu'Hélène passait par la fenêtre, puis retrouvait la pesanteur.

— Je reconnais que la situation prête à confusion, concéda Hélène. Mais… je viens de voler jusqu'à ta fenêtre, Ris'. Ça ne t'étonne pas plus que ça ?

— Je sais que tu voles depuis qu'on est toutes petites. Je t'ai même poussée du toit pour vérifier. Désolée, au fait, avoua-t-elle d'un air coupable.

— C'est toi qui m'avais poussée ! s'exclama Hélène, qui revit l'épisode en un éclair.

Elles avaient sept ans peut-être et s'amusaient sur le belvédère. Hélène était tombée, mais elle ne s'était pas écrasée au sol, elle s'était posée doucement, comme une feuille portée par le vent. Claire avait chanté sur tous les tons qu'Hélène avait glissé, bien que celle-ci n'en ait gardé aucun souvenir. Les semaines qui avaient suivi, Hélène avait surpris sur elle le regard insistant de son amie. Elle avait bien senti que Claire lui cachait une partie de la vérité mais, avec le temps, elle avait oublié l'incident.

Elle fixa Claire, muette d'étonnement.

— Quoi ? se défendit Claire. Je savais que tu ne risquais rien ! Pour faire bref, je t'avais vue *ne pas tomber* dans l'escalier la veille, alors que tu avais glissé. Je voulais juste tester ma théorie…

— En me poussant du toit ?

— Tu ne peux pas savoir à quel point je t'en ai voulu de ne pas me l'avoir dit ! cria Claire.

— Ça ne fait que quelques semaines que je le sais, protesta Hélène.

— Mais quelle menteuse ! s'exclama Claire, enfonçant le poing sur sa hanche.

— Si, c'est vrai ! Ma mère m'a jeté une malédiction pour que je ne puisse pas utiliser mes... Ah, mince ! Ce serait bien plus simple si j'étais un vampire. Tu pigerais, au moins, marmonna Hélène, frustrée de ne pas pouvoir se faire comprendre.

Elle arpenta la pièce, passant les doigts dans ses cheveux emmêlés, essayant désespérément de remettre de l'ordre dans ses pensées.

— Hergie t'a fait lire *L'Iliade*, non ? Tu te rappelles ces héros dotés d'une force surhumaine, qui peuvent faire des tas de choses impossibles aux humains ?

— Ouais. Parce que c'étaient des demi-dieux. Mais c'est une histoire, c'est inventé, protesta Claire.

Soudain, la vérité lui sauta à la figure.

— Oh m...

— Je descends de l'un de ces héros. On nous appelle les Infants. Mais je l'ignorais jusqu'à il y a très peu de temps. J'aimerais tout te raconter, mais je ne sais pas si j'ai le droit. S'il te plaît, Ris', ça paraît dingue, mais je ne t'ai jamais menti ! Il faut que tu me croies !

— D'accord, acquiesça Claire en la regardant droit dans les yeux. Tu as découvert que tu étais une demi-déesse à l'arrivée de la famille Délos, c'est ça ? Parce qu'ils sont comme toi. Je l'ai compris dès que je les ai vus. Ce que je ne savais pas, c'est *ce* que vous étiez.

— Tu vois. Mais tu ne dois rien dire à la famille Délos, tant que je ne sais pas si j'ai le droit de t'en parler ou pas.

— Aucun souci. Je peux... prétendre que j'ai deviné toute seule, déclara Claire avec assurance.

Une pensée la traversa. Elle plissa le front, soudain soucieuse.

— D'où tu viens ? Pourquoi tu es dans cet état ?

Hélène allait lui raconter la scène de la plage quand le téléphone de Claire vrombit. Celle-ci lut son message, puis pianota une réponse.

— C'est Jason. Je lui dis que tu es là, il t'a cherchée toute la journée...

Le téléphone vrombit de nouveau.

— C'est lui. Il arrive.

— Non ! Je ne veux pas leur parler, pas maintenant ! Je ne me sens pas prête !

— Len, il est vraiment inquiet !

— Il faut que je parte, paniqua Hélène.

Elle passa une main tremblante sur son visage, puis se tourna vers la fenêtre.

— Où tu vas ? s'exclama Claire, lui barrant le passage avec son bras.

— Je rentre juste à la maison. Promets-moi de l'empêcher de me suivre !

Claire promit. Elle serra son amie dans ses bras, puis Hélène sauta par la fenêtre et s'envola, laissant Claire bouche bée. À peine une minute plus tard, elle atterrissait devant chez elle et gravissait les marches de l'escalier, pressée de prendre une douche bien chaude.

Il l'attendait derrière la porte et lui fit un croche-pied lorsqu'elle entra. Elle bascula dans des ténèbres plus profondes que la plus noire des nuits. Elle avait perdu tout repère. Où était l'escalier ? Où étaient les meubles ? Elle ne se rappelait même plus comment était organisée sa propre maison...

Elle n'eut pas le temps de rouler sur elle-même que l'homme la plaqua au sol, lui empoigna la tête et entreprit de lui briser la nuque. Elle agrippa ses poignets et le repoussa de toutes ses forces. Les muscles de son cou se tendirent à la limite du soutenable. Pour la deuxième fois en l'espace d'une heure, la panique s'empara d'elle. Mais avoir frôlé la mort une première fois lui avait donné une leçon : elle savait qu'elle n'avait d'autre choix que de recourir à ses éclairs.

L'électricité grésillait dans son ventre, cherchant spontanément à former un arc vers le sol. Elle n'avait qu'à la libérer. Mais elle manquait d'entraînement et elle reçut la décharge dans les jambes. Désespérée par sa maladresse, elle fit passer les derniers volts qui lui restaient dans ses poignets.

Une étincelle bleue illumina la pièce. Elle vit l'homme écarquiller les yeux sous l'effet de la surprise. Secoué de tremblements, il poussa un cri.

Alors qu'une odeur de brûlé et d'ozone se répandait dans l'air, il s'affaissa sur elle de tout son poids. Elle n'avait pas de temps à perdre. La décharge l'avait vidée de son énergie, elle se sentait faible. Elle devait fuir avant qu'il ne reprenne connaissance.

Elle réussit à se dégager de son corps lourd encore agité de convulsions. Une faible lumière éclairait la pièce. En voyant ses boucles blondes, elle crut qu'Hector était revenu lui donner une leçon et qu'elle l'avait tué. Elle se pencha pour vérifier s'il respirait et reconnut le visage de Créon. Mais c'était trop tard. Au même instant, il ouvrit les yeux et l'étreignit contre son torse avec une force de titan.

Hélène poussa un cri. Elle chercha l'électricité dans son ventre, mais il ne restait que quelques étincelles. Ses muscles n'avaient plus de force, elle s'écroula sous son assaut. Il lui tomba dessus, la plaqua au sol et sortit de sa ceinture un couteau en bronze.

— Quel gâchis, *preciosa*. Tu es la plus belle fille que j'aie jamais vue... Tu es presque trop belle pour être poignardée, grommela-t-il contre son oreille. Mais l'Atlantide...

Parcourue d'un frisson de dégoût, elle tordit le cou pour échapper à ses lèvres. Il se redressa, leva son couteau... L'espace d'un instant, il sembla hésiter, mais son regard se durcit. Il abaissa le bras et lui planta le couteau dans le cœur.

La lame se brisa dans un bruit métallique. Créon eut à peine le temps de comprendre ce qui venait de se passer qu'il reçut un coup de pied dans la tête et roula loin d'Hélène.

Lucas se rua sur lui avec un cri de haine. Tous deux s'empoignèrent dans un corps à corps si serré et si rapide qu'Hélène ne voyait plus leurs mains bouger. Assez vite, ils passèrent de la boxe classique à une sorte d'étrange combat où ils essayaient de se tordre les articulations à l'envers. Acculé, affaibli par l'électrocution dont il avait été victime, Créon renonça. Il se fondit dans une ombre surnaturelle et, dès qu'il put mettre la plus petite distance entre lui et Lucas, il détala.

Lucas le poursuivit jusque sur la pelouse, avant de faire demi-tour et de rentrer dans la maison.

— Ça va ? cria-t-il.

— Oui, c'est juste que...

Hélène tenta de se redresser et s'écroula sur le sol dans un bruit sourd.

— Qu'est-ce qu'il t'a fait ? demanda Lucas d'une voix déformée par l'inquiétude, en l'aidant à se relever. Tes jambes sont cassées ?

— Non, c'est juste que... j'ai suivi le conseil d'Hector, mais l'éclair n'est pas parti dans la bonne direction...

De petits points noirs dansaient devant ses yeux et la tête lui tournait.

— Pourquoi tu ne tiens pas debout ?

Il l'aida de nouveau à se relever. C'était une torture pour Hélène de voir son visage si proche, de sentir son odeur et la chaleur de ses mains sur son corps... Tout tourna autour d'elle...

Lorsqu'elle reprit connaissance, elle sentit un goût sucré sur sa langue. Du miel. Elle ouvrit les yeux. Elle était allongée sur le plan de travail, dans la cuisine. Lucas lui tenait la tête et versait du miel dans sa bouche.

— Ouf, te voilà... soupira-t-il, soulagé.

Son regard exprimait une telle tendresse qu'elle dut se répéter qu'il ne l'aimait pas. Pour la millième fois, elle se demanda ce qu'elle avait bien pu faire pour mériter ça.

— Salut, répondit-elle, la voix embrumée comme après une longue nuit de sommeil. Comment tu as eu l'idée de venir ?

— Cassie a eu une vision de l'attaque, mais elle ne savait pas où elle avait lieu, car tout était sombre, alors j'ai tenté ma chance, répondit-il en dégageant doucement les cheveux de son visage. Désolé d'être arrivé trop tard.

— C'est pas grave, dit-elle, encore tremblante.

Elle prit une profonde inspiration et essaya de retrouver son calme.

— Tu as dû bien l'amocher. Je n'avais jamais vu Créon fuir comme ça, dit Lucas, admiratif.

— Je l'avais juste préparé pour toi.

Elle ne put s'empêcher de sourire, même si elle savait qu'elle repenserait à cette phrase et se la reprocherait plus tard.

— Lennie ! appela soudain la voix de Claire, folle d'angoisse.

— Ici ! appela Hélène. Ne t'inquiète pas, je vais bien !

En réponse au regard inquisiteur de Lucas, elle glissa : « Je l'ai mise au courant de certaines choses. » Elle descendit du plan de travail. Claire entra la première, talonnée par Jason, qui semblait se retenir de l'étrangler.

— Je suis désolé, Lucas. J'étais chez elle quand t'as appelé. Je voulais venir seul, mais elle s'est accrochée à mon bras et elle n'a pas voulu me lâcher, gronda-t-il, furieux.

— Excuse, mais c'est ma meilleure amie et je savais que c'était grave, rétorqua Claire sèchement. Comment ça a pu arriver ? Tu venais à peine de t'envoler de ma fenêtre !

Elle se jeta sur Hélène et la serra dans ses bras.

— Euh… tu es au courant de… euh, balbutia Jason, ne sachant ce qu'il pouvait dire ou pas.

— Je lui ai dit, avoua Hélène, se dégageant de l'étreinte de Claire pour frotter sa nuque douloureuse.

Elle lui expliqua en deux mots ce qui s'était passé, tandis que Lucas entraînait Jason dehors à la recherche d'indices. Mais il était bien trop tard pour courir après Créon et ils revinrent bredouilles.

De leur côté, Hélène et Claire avaient allumé la lumière pour constater les dégâts dans l'entrée.

— C'est les morceaux d'un couteau, ça ? demanda Claire.

— Ouais. Il m'a poignardée dans le cœur, déclara Hélène d'un ton prudent.

— Ah oui ? s'exclama-t-elle, pas le moins du monde surprise. Et les éclairs, au fait, tu sais toujours en faire ?

— Tu es au courant ? balbutia Hélène.

Claire poussa un soupir.

— Après que je t'ai poussée du toit…

— Quoi ? s'exclama Lucas.

— On avait sept ans ! Et elle n'a rien eu, pas une égratignure ! se défendit Claire. Bref. Pour les couteaux, je l'ai su à cause de ce qui s'était passé avec Gabrielle, à l'école. Tu ne te souviens pas ?

— Quand elle a essayé de me planter ses ciseaux dans le bras ?

— Oui. Elle était très jalouse de toi. Mais moi, je ne voulais pas te faire mal. Je voulais juste vérifier que je ne devenais pas folle. C'était quand même perturbant, tu sais…

— J'imagine. Mais pour les éclairs, tu l'as su comment ?

— On avait neuf ans et on avait pris le ferry pour aller visiter l'aquarium de Boston. Un type horrible avec un bide énorme est venu nous parler. Il n'arrêtait pas de se cogner à toi « comme par hasard » et de te caresser les cheveux... Tu ne te rappelles pas ?

— Si, dit Hélène en réprimant un frisson, redoutant ce qui allait suivre.

— À un moment, il s'est jeté sur toi et alors, j'ai vu une étincelle électrique jaillir de toi. Il a volé par-dessus bord. On aurait dit un éclair, sauf qu'il venait de toi.

— Tu crois... que je l'ai tué ? chuchota-t-elle, terrifiée.

— C'était un agresseur d'enfants, Len ! Tu devrais recevoir une médaille !

Hélène regarda le visage sincère de Claire. L'homme avait sans doute les pires intentions, mais était-ce une raison pour l'électrocuter ?

— D'abord, ce n'est pas sûr qu'il soit mort, intervint Lucas. Ensuite, c'était un réflexe. Qu'il l'ait mérité ou pas n'est pas la question. Tu ne dois pas te sentir coupable, c'était un cas de légitime défense.

Il posa la main sur son épaule. Elle s'écarta, indécise et troublée. Par chance, Jason changea de sujet :

— Alors, en fin de compte, tu sais depuis toujours qu'elle n'est pas complètement humaine, dit-il à Claire. Et ça ne te dérange pas ?

— À un moment, j'avais un peu peur qu'elle ne me traîne en enfer et me suce tout mon sang, mais bon... C'était toujours mieux que d'avoir Gabrielle comme meilleure amie... répondit-elle, malicieuse. En plus, je ne sais pas si t'as remarqué, mais il n'y a que des Blancs ici. Ce n'est pas vraiment facile de grandir sur cette île quand on est japonaise. Avec Lennie, je savais que je serais la moins bizarre des deux. C'était cool...

— Et tu n'en as parlé à personne ? Même par mégarde ? insista Lucas, dubitatif.

— C'est bon, je suis pas débile ! J'avais vu *E.T.* et ce que les hommes en blouse blanche lui avaient fait, à lui et à Elliot. Jamais je ne trahirai Lennie. Ni vous, d'ailleurs.

— Merci, répondit Lucas, un peu secoué d'être assimilé à un extraterrestre.

Jason et lui échangèrent un regard admiratif.

— Vous savez ce qui m'intrigue ? intervint Hélène. Pourquoi est-ce que je peux utiliser mes pouvoirs devant elle sans me tordre de douleur ?

Aucun d'entre eux n'avait d'explication à proposer. Hélène raconta à Claire la malédiction dont elle était victime, puis ils se préoccupèrent de remettre de l'ordre dans la pièce avant le retour de Jerry. Claire proposa ensuite de passer la nuit avec Hélène, mais Jason s'y opposa tout net.

— Et qu'est-ce que tu feras si Créon se pointe ? Tu lui jetteras ton sac à main à la figure et tu lui diras ta façon de voir ? s'exclama-t-il en secouant la tête. Hum. Je sais que vous êtes comme deux jumelles, toutes les deux, mais c'est hors de question.

— C'est moi qui vais rester, décida Lucas, avant qu'une nouvelle dispute n'éclate. Toi, tu raccompagnes Claire chez elle. Et surtout, tu me préviens si tu vois quoi que ce soit aux alentours de sa maison…

— D'ac, acquiesça Jason.

Il ne paraissait pas surpris par l'idée qu'un rôdeur puisse tourner autour de la maison de Claire, mais Hélène sentit la peur l'envahir. C'était la nuit et toute ombre pouvait cacher Créon.

Son inquiétude n'échappa pas à Lucas, qui prit sa main et la serra avec force.

— Tu peux faire confiance à Jase, déclara-t-il avec assurance.

— Attends, comment ça, aux alentours de ma maison ? s'exclama Claire. Mes parents sont là-bas ! Tu crois que le type qui a agressé Hélène…

— Ne t'en fais pas, je serai là, intervint Jason. Je ne laisserai personne te faire du mal à toi ou à tes parents.

— Merci, murmura-t-elle lentement, un peu étonnée d'avoir à prononcer ces mots.

Elle fit un signe de main à Hélène, qui pensa en son for intérieur que l'impossible venait de se produire : Claire était à court d'arguments ! Elle referma la porte derrière eux et prit une profonde inspiration, puis elle jeta un regard à Lucas et pria toute une ribambelle de dieux pour qu'un jour, elle pût le regarder sans ressentir le moindre trouble.

— Tu as l'air fatigué, remarqua-t-elle soudain.

— Toi aussi. On m'a dit que tu faisais beaucoup de cauchemars, en ce moment, répondit-il, sans chercher à cacher qu'il questionnait ses cousins à son sujet.

Hélène passa la main sur son visage.

— Qu'est-ce que ça peut te faire ? S'il te plaît, Lucas, va-t'en.

— Je ne peux pas !

Il s'avança vers elle et la prit dans ses bras. Elle n'eut pas la force de le rejeter. Elle se blottit contre sa poitrine et ne bougea plus.

— Pourquoi tu sens la mer ? s'enquit-il soudain, s'écartant d'elle pour mieux l'observer.

Il remarqua alors que ses vêtements étaient maculés de sable.

— Qu'est-ce qui t'est arrivé ?

Elle fit entendre un petit rire amer.

— C'est vraiment pas juste ! Si je te mens, tu le sauras et, si je ne dis rien, tu vas t'imaginer le pire !

— Tu n'es pas obligée de tout me dire. Juste une partie de la vérité. Que s'est-il passé ?

— J'ai voulu sécher l'entraînement, mais Hector m'a trouvée sur la plage. J'ai eu le malheur de le provoquer et il m'a à moitié noyée pour m'apprendre l'humilité, lâcha-t-elle d'un coup, des larmes de fatigue au coin des yeux. Après, je suis allée chez Claire, à qui j'ai tout balancé. Ensuite, je suis rentrée chez moi et c'est là que Créon m'a attaquée. Il a essayé de me briser le cou, puis de m'enfoncer un couteau dans le cœur. Tu connais la suite. Maintenant, je n'ai plus qu'une envie : prendre une douche chaude et me coucher, parce que je suis frigorifiée et que ça me gratte de partout. Franchement, j'ai eu mon compte pour la journée !

— D'ac. Va prendre ta douche, dit Lucas, reculant pour la laisser passer. Je t'attends dans ta chambre.

Hélène monta l'escalier d'un pas chancelant, gagna la salle de bains et entra dans la cabine de douche. Là, elle s'assit dans le bac et fondit en larmes. Incapable de les retenir plus longtemps, elle espéra que le ruissellement de l'eau masquerait le bruit de ses sanglots.

Elle se sécha, puis enfila un débardeur et un pantalon de jogging qui sentaient bon le propre. Alors qu'elle se lavait les dents, elle entendit son père rentrer et allumer la télévision. Elle avança jusqu'en haut de l'escalier et lui cria : « Bonne nuit ! » Captivé par le match de baseball, il se contenta de grommeler en réponse.

Hélène gagna sa chambre. Lorsqu'elle vit Lucas allongé sur son lit, tout habillé, elle se figea sur le seuil. Il la fixa un moment, puis l'invita à venir près de lui.

— Ne surestime pas la force de ma volonté, Hélène, chuchota-t-il. Si tu comptes vraiment dormir avec un top aussi transparent, j'aimerais mieux que tu plonges sous les draps le plus vite possible…

Le sang lui monta au visage. Elle croisa les bras sur sa poitrine, puis courut se glisser sous la couette. Lucas se mit à rire et la borda soigneusement, comme si l'édredon représentait une frontière infranchissable qui les empêcherait de commettre l'irréparable. Il passa ensuite le bras autour de ses épaules et se blottit contre elle.

— Pourquoi tu pleurais sous la douche ? murmura-t-il dans ses cheveux.

Elle sentait la caresse de ses lèvres et la chaleur de son corps. Elle voulut se tourner pour l'inviter à la rejoindre, mais il la maintint prisonnière.

— Je pleurais parce que je suis en colère ! Pourquoi tu fais ça ?

— On ne peut pas, Hélène.

Il l'embrassa dans le cou et lui répéta plusieurs fois qu'il était désolé, mais il refusa de croiser son regard. Elle eut l'impression qu'il jouait, comme un chat avec une souris. Furieuse et blessée, elle voulut le pousser hors de son lit, mais il pesait plus lourd qu'elle ne l'aurait cru et il était plus habile qu'elle. Il déjoua sans peine toutes ses tentatives pour enrouler ses bras ou ses jambes autour de lui.

— Tu trouves ça drôle de jouer avec moi ? s'exclama-t-elle, humiliée. Pourquoi tu ne veux pas m'embrasser ?

— Si je t'embrasse, je ne pourrai plus m'arrêter, murmura-t-il d'une voix désespérée.

Il se redressa sur les coudes et plongea ses yeux dans les siens. Elle le regarda vraiment pour la première fois de la soirée. Il avait l'air fragile et perdu. Ses lèvres tremblaient de désir et il était en sueur. Elle laissa échapper un soupir.

— Ce n'est pas un jeu, alors ? s'enquit-elle, avec un reste de méfiance.

— Non, pas du tout. Je ne vois pas ce que ça pourrait avoir de drôle.

Il reprit sa place à côté d'elle, la respiration encore hachée.

— Mais pour une raison obscure, toi et moi, on ne sera jamais ensemble, ajouta-t-elle, plus calme.

Il remonta sur elle et utilisa tout son poids pour l'enfouir, comme dans un cocon, dans son lit de petite fille.

— Ne dis jamais jamais, protesta-t-il. Les dieux aiment jouer avec ceux qui emploient des absolus…

Il fit courir ses lèvres le long de sa gorge. Il la laissa passer les bras autour de son cou, mais il la maintint coincée sous la couette, momifiée dans sa misérable chasteté.

— Est-ce que je compte vraiment pour toi ? Pas juste parce que mon existence empêche les Cent Cousins de provoquer une guerre avec les dieux ?

Elle savait qu'elle faisait preuve de mesquinerie et de faiblesse, mais elle avait besoin de savoir ce qu'il ressentait pour elle. Il se redressa de nouveau sur un coude pour mieux la regarder.

— Bien sûr que tu comptes pour moi, déclara-t-il d'une voix intense. La seule chose qui me retient de sortir avec toi, c'est si ça doit causer la mort de plusieurs innocents… c'est tout.

Il roula sur le dos et passa la main dans ses cheveux.

— … Mais c'est assez.

Hélène sut qu'il ne lui disait pas tout, mais elle eut peur de ce qu'il pourrait lui répondre. Elle avait eu son lot d'horreurs pour la journée. Elle se hissa sur lui et se blottit contre sa poitrine qui, elle en était certaine, avait gardé la mémoire de son corps.

— Juste comme ça, si ça t'intéresse, tu comptes pour moi aussi. Et si ce câlin est tout ce que je peux avoir, je préfère ça à n'importe quoi d'autre avec n'importe qui d'autre.

— C'est parce que tu n'as encore rien vécu avec un homme, répondit-il en l'embrassant sur le front. Dors, maintenant.

Hélène aurait aimé protester, mais devoir se battre à deux reprises pour sauver sa peau l'avait fatiguée et elle ne trouva la force que de cligner les yeux. Les bras de Lucas l'enveloppèrent et elle se détendit

Bercée par le bruit régulier de sa respiration, elle sombra dans un sommeil sans fond et sans rêve.

TREIZE

Créon se tenait accroupi dans l'ombre, les yeux rivés sur la fenêtre de la chambre d'Hélène. Il entendait Hector inspecter les jardins, quatre maisons plus loin, mais il n'était pas inquiet. Personne ne pouvait le trouver dans la nuit.

Son jeune cousin, Lucas, était là-haut, dans le lit d'Hélène, blotti contre elle. Tremblant de la tête aux pieds, Créon luttait contre une envie quasi irrépressible de passer à travers la vitre et de lui ravir la vie… ou de la ravir à son cousin, tout simplement ? Il ne savait plus ce qu'il voulait et cette incertitude le déstabilisait. Il rongeait son frein et tentait de garder le contrôle de lui-même. S'il défiait son cousin, s'ensuivrait une lutte mortelle. Créon était certain d'avoir le dessus. Mais gagner, paradoxalement, lui ferait tout perdre. Il deviendrait un Proscrit et l'Atlantide resterait engloutie.

Le choix était clair : l'immortalité ou Hélène. Alors pourquoi résister lui coûtait-il autant ? Il entendit Hélène soupirer dans son sommeil et Lucas remuer, l'enlaçant plus étroitement encore. De leur propre accord, ses jambes se dressèrent. Il fit deux pas vers la fenêtre, l'esprit embrumé par la soif du sang.

Au même instant, son téléphone vibra dans sa poche.

Alerté, Hector piqua un sprint en direction de ce bruit insolite. Créon dut prendre la fuite. Il ne pouvait se permettre d'affronter ensemble ses deux cousins *et* Hélène. Il reviendrait plus tard.

Dix minutes lui suffirent pour semer Hector à l'intérieur des terres. Celui-ci était tenace, mais les ténèbres asphyxiantes qui entouraient Créon brouillèrent son sens de l'orientation.

Tout en longeant la plage, Créon regarda qui l'avait appelé, le sauvant in extremis d'une erreur funeste. Il ne fut pas surpris de découvrir que c'était sa mère. Elle avait beau n'être qu'une humaine, elle avait parfois des intuitions troublantes. Il la rappela et lui raconta ce qui s'était passé lorsqu'il avait tenté de poignarder Hélène.

Elle ne voulut d'abord pas le croire. Mais à travers ses mots choisis avec soin, il comprit qu'elle ne mettait pas en doute le phénomène lui-même : on avait déjà évoqué devant elle un Infant dont la peau, plus résistante qu'une armure, était capable de briser la lame d'un couteau. Créon la pressa d'en dire plus. De qui s'agissait-il ? Au lieu de répondre, elle lui demanda de lui décrire Hélène. Il s'exécuta.

— Ton couteau devait avoir un défaut, conclut-elle. Telle que tu me la décris, ce ne peut être ni elle ni sa fille.

Créon insista. Sa mère perdit soudain patience, haussa la voix et se laissa aller à des vulgarités dont il ne l'aurait jamais crue capable. Il lui demanda poliment pourquoi elle était si sûre d'elle.

— Si cette fille était réellement résistante aux armes, rétorqua-t-elle avec humeur, tu m'aurais dit qu'elle avait le plus beau visage que tu aies jamais vu. Tu ne pourrais pas ne pas l'avoir remarqué, c'est dans ton sang !

— Et si elle a le plus beau visage que j'aie jamais vu ? Alors ? s'enquit-il d'une voix calme, tandis qu'un flux d'adrénaline lui parcourait les veines.

Pendant cinq secondes, ce fut le silence à l'autre bout de la ligne.

— Rentre tout de suite. Il faut qu'on en parle à ton père, c'est bien plus grave que tu ne crois, finit par lâcher Mildred, avant de raccrocher brutalement.

Le lendemain matin, Hélène se réveilla en sursaut, passant sans transition d'un sommeil paisible à un état d'alerte. Elle porta la main à son sternum, à l'endroit exact où la lame de Créon avait ricoché, s'attendant à trouver une plaie béante. Mais sa peau était lisse sous ses doigts.

Elle entendit de légers murmures à l'autre bout de la pièce et leva les yeux. Lucas, debout devant la fenêtre, parlait à quelqu'un qui se trouvait dehors d'une voix quasi inaudible. Le réveil près de son lit indiquait 5 h 25 et l'aube se levait à peine.

— Elle est indemne, c'est tout ce qui compte, disait-il.

— Ce n'est pas *tout* ce qui compte, murmura la voix en réponse.

Hélène quitta son lit et le rejoignit. Jetant un regard dans la rue, elle aperçut Hector, posté à la limite de sa pelouse. Celui-ci les dévisagea l'un et l'autre d'un air indigné.

— Ça va ? demanda-t-il, maussade, à Hélène.

— Oui. Mais toi, ça n'a pas l'air d'aller fort, répondit-elle, remarquant ses yeux rougis.

Il se contenta de grimacer et se tourna vers Lucas.

— Restez en haut tant qu'on n'est pas sûrs. OK ?

Hector partit si vite qu'il se fondit dans une espèce de flou. Lucas referma la fenêtre et s'y adossa, le regard fixe.

— Qu'est-ce qui se passe ? s'enquit-elle le plus bas possible.

Elle entendait la respiration lente et profonde de son père dans la chambre voisine. Par chance, il dormait toujours.

— Ma famille a cherché Créon toute la nuit, expliqua Lucas, les yeux baissés. On pense qu'il a pris un avion ce matin, mais on n'en est pas encore complètement sûrs.

— Il est parti ? s'exclama Hélène d'un air un peu trop joyeux.

— Peut-être. Mais il peut revenir…

Il la regarda avec une telle intensité qu'elle éprouva le besoin de le toucher pour faire retomber la tension. Elle se rapprocha de lui et posa la main sur sa poitrine. Il tremblait.

Il se redressa brusquement et traversa la pièce.

— Enfile quelque chose de chaud.

— Pourquoi ? Où on va ?

— Dans les airs.

Dès qu'ils s'élevèrent, Lucas parut se détendre un peu. Elle lui réclama une leçon, en partie parce qu'elle désirait apprendre, mais surtout pour lui changer les idées. Ils travaillèrent sur le contrôle de la pression atmosphérique pendant une petite heure, puis Lucas reçut un appel de sa famille. Castor avait téléphoné depuis l'aéroport pour confirmer que Créon avait quitté l'île et qu'ils pouvaient donc rentrer sans risque.

Hector s'empara ensuite du téléphone et insista pour qu'ils reviennent. Il voulait reprendre l'entraînement d'Hélène le matin même. Entre les deux cousins, le ton monta. Lucas finit par céder, mais il avait l'air excédé.

— Où est le problème ? s'enquit Hélène, qui ne comprenait pas pourquoi le départ de Créon ne le réjouissait pas davantage.

— Hector se fait un film. Je ne te garde pas là-haut pour… Zut, il faut bien que tu apprennes à voler ! marmonna-t-il, passant la main dans ses cheveux. Je veux que tu puisses t'enfuir en volant, plutôt que d'avoir à te battre.

— Moi aussi ! s'exclama-t-elle avec enthousiasme, agrippée à l'épaule de Lucas pour ne pas être emportée par un courant d'air. Rappelle-le et dis-lui qu'on n'a pas fini. Je préfère passer la journée à voler avec toi plutôt que de me rouler par terre avec Hector !

Une expression douloureuse traversa le visage de Lucas.

— Allez, on rentre, décida-t-il, l'air sombre. Il faut bien que tu apprennes aussi à te défendre.

L'inquiétude de Lucas n'échappa pas à Hélène. Mais après une matinée passée en apesanteur, elle se sentait euphorique. Elle prit ses mains dans les siennes et le fit tournoyer autour d'elle en spirale, comme dans un grand huit. La descente en piqué lui noua l'estomac et lui arracha un cri, mais elle obtint l'effet escompté : Lucas sourit et se laissa prendre au jeu. Il l'attrapa à son tour par les bras et l'entraîna dans une chute vertigineuse. Il freina au dernier moment, la réceptionna et la garda dans ses bras, blottie contre lui. Ils jouèrent au-dessus de la maison des Délos pendant un moment, main dans la main, riant comme des petits fous, sans prendre garde aux regards inquiets qu'ils suscitaient chez les autres membres de la famille restés à l'intérieur.

— Avant que tu atterrisses, je vais t'apprendre un nouveau truc, annonça-t-il.

Il virevolta par-dessus son épaule et passa le bras autour de sa taille.

— Je vais t'apprendre à passer en état d'extrême pesanteur – à augmenter la gravité qui s'exerce sur toi. Le plus facile, c'est de s'entraîner en atterrissant.

— C'est ce que tu as fait quand tu es tombé sur Hector, l'autre jour ? devina Hélène. Et cette nuit ?

Se remémorant le poids inhabituel de son corps lors de leur lutte nocturne, elle dut se pincer les lèvres pour ne pas sourire.

— C'est ça. C'est le troisième état de pesanteur et ça peut te sauver la vie dans un combat.

Le bras toujours autour de sa taille, il l'amena à trois mètres du sol et lui apprit comment fausser la gravité. Il lui suffisait d'inverser l'impulsion qui la faisait s'alléger et d'imaginer son corps de plus en plus lourd. Elle maîtrisa assez vite le b.a.-ba et lorsque Lucas lui demanda d'atterrir, elle s'enfonça dans la pelouse avec un bruit sourd, arrachant deux grosses mottes d'herbe avec ses talons. Elle leva les yeux en quête d'approbation, mais son exploit ne suscita pas l'admiration attendue.

— T'en fais pas, tu vas t'améliorer, lui dit Lucas d'un ton encourageant.

Il s'enfonça dans la pelouse à côté d'elle, creusant deux tranchées profondes.

— Frimeur ! s'exclama-t-elle en riant.

— Hé, il faut que j'en profite tant que je peux encore t'impressionner ! Bientôt, je n'arriverai plus à te suivre ! protesta-t-il, l'attrapant par la main et l'entraînant vers la maison.

— Alors là, ça m'étonnerait, rétorqua Hélène en secouant la tête. C'est tellement beau quand tu voles, je ne serai jamais aussi habile que toi !

— Tu es plus forte que moi, rétorqua-t-il, sans la moindre jalousie. Le jour où tu en prendras conscience, tu seras capable de faire des trucs dont je n'ose même pas rêver...

— Si je suis si forte que ça, pourquoi faut-il toujours que tu viennes me sauver ? protesta-t-elle, moqueuse.

— Parce que se battre n'est pas qu'une question de force, répondit-il, sérieux. Et tant mieux, parce que sinon, Hector me mettrait une raclée à chaque fois...

— Je te mets une raclée quand je veux ! cria Hector depuis la maison.

Lucas sourit à Hélène d'un air complice, puis secoua la tête. Ils entrèrent dans la cuisine, mais ils n'allèrent pas loin.

— Pas un pas de plus sur mon carrelage propre ! cria Noëlle d'une voix stridente.

Elle comprit tout à coup d'où venait la boue qui recouvrait leurs chaussures et ajouta en plissant les yeux :

— Qu'est-ce que vous avez encore fait à ma pelouse, bande de sauvages ?

— On n'avait pas le choix, maman. Il faut bien qu'Hélène apprenne…

Il sortit docilement de la cuisine et retira ses chaussures, imité par Hélène.

— Hélène, ma puce, tu parais affamée. Promets-moi de manger un petit quelque chose avant de repartir, déclara Noëlle avec douceur. (Elle ajouta d'un ton sévère en se tournant vers son fils :) En ce qui concerne la pelouse, tu connais les règles, Lucas.

— On répare ce qu'on abîme, ouais, ouais. C'est toujours ce que je fais, rétorqua-t-il.

Alors que Lucas montait en courant à l'étage pour se changer, Hélène remarqua combien il était joyeux. Et elle l'était aussi. Sa vie était en danger, elle aurait dû se sentir angoissée… Mais en regardant Lucas, elle ressentit un bonheur enivrant. Elle ne savait toujours pas ce qu'il y avait entre eux, mais elle se sentait *heureuse*.

Apparemment, elle n'était pas la seule. Pandore entra dans la cuisine en fredonnant, encore rayonnante de sa séance de yoga.

— Oh, ça, j'adore ! s'exclama-t-elle en tendant la main vers le pendentif qu'Hélène portait autour du cou. C'est ce que je dis toujours : sans diamants, ce n'est pas un *vrai* bijou.

— Hein ? s'exclama Hélène, déroutée.

Pandore n'entendit pas sa réaction.

— La salle de sports est dispo, indiqua-t-elle à Hector.

Hélène, mystifiée, porta la main à son pendentif en forme de cœur, se demandant pourquoi Pandore avait parlé de diamants.

— Prête pour la raclée, princesse ? demanda Hector, une fois que sa tante eut quitté la pièce.

— T'es obligé de m'appeler comme ça ? protesta-t-elle, vexée.

— Maintenant, oui, répondit-il, content d'avoir touché un point sensible chez elle.

— Bon. Allons-y avant que je t'arrache la tête pour en faire un bilboquet.

— C'est le bon état d'esprit, approuva-t-il.

Hélène ne put s'empêcher de rire. Hector pouvait se montrer tout à fait agréable quand il n'essayait pas de la tuer.

Hector et Lucas lui firent commencer par le sac de frappe. Mais elle avait beau essayer d'accompagner le mouvement avec ses hanches, comme ils le lui avaient montré, elle se décalait au dernier moment et perdait tout son élan.

— Tu as autant d'agressivité qu'une plante verte, marmonna Hector en levant les yeux au ciel.

— On devrait peut-être passer à la lutte, suggéra Lucas. Ce sera sans doute plus utile pour elle, de toute façon, vu que toutes les attaques qu'elle a subies jusque-là étaient des combats rapprochés.

Hélène approuva avec enthousiasme. Elle se débrouillait comme un manche, mais elle ne manquait pas de bonne volonté. Les deux garçons lui expliquèrent le protocole du dojo et elle s'avança sur le ring en s'inclinant, comme ils le lui avaient appris. Elle s'attendait à ce que Lucas fût son professeur, mais il se recula et laissa la place à Hector.

— Je croyais que c'était ta spécialité, protesta-t-elle, décontenancée.

— C'est sûr, il est bien meilleur que moi, répondit Hector à sa place, un sourire aux lèvres. Maintenant, à quatre pattes, comme un chien.

Malgré ses tentatives de provocation, elle resta calme et écouta ses instructions avec attention. Le jiujitsu était une discipline physique mais où le vrai défi était mental. Enroulée sur elle-même, elle avait l'impression de devoir déchiffrer une énigme. Plus d'une fois, elle exaspéra Hector par ses petits rires nerveux, comme par son refus de prendre des positions trop suggestives, mais il tint bon et continua à l'entraîner plutôt que de céder la place à Lucas.

— Non ! lança-t-il à celui-ci lorsqu'il voulut entrer dans la cage. Dehors !

— Tu ne lui expliques pas les mouvements étape par étape, Hector ! protesta Lucas depuis l'extérieur. Elle ne sait même pas tirer la garde !

— Eh bien, tant pis. Aucun risque que je te laisse la place, cousin…

Il fit une mimique explicite en désignant Hélène allongée sur le ventre, les jambes écartées.

Hélène partit dans un fou rire.

— Tu te fais du souci pour rien, Hector, réussit-elle enfin à articuler. Crois-moi !

Lucas rougit. Hélène entendit alors un rire familier.

— Risette ? C'est toi ? s'exclama-t-elle, surprise. Qu'est-ce que tu fais là ?

— J'ai voulu l'en empêcher, mais elle a forcé le passage et… commença Jason d'une voix irritée.

— Je voulais vous voir faire vos trucs de demi-dieux ! se défendit-elle, lui coupant la parole. Je ne t'ai jamais vu faire tes tours, moi !

— Des tours ? hurla Jason. Mais on n'est pas des singes savants, Claire !

Tandis qu'ils continuaient à s'échanger des vannes, Hélène regarda Hector et haussa les épaules.

— Tu sais quoi ? Je crois qu'ils aiment se disputer…

— C'est ton amie…

— C'est ton frère, riposta-t-elle.

Elle entendit la porte claquer. Lucas avait quitté les lieux. Hélène se releva et l'appela, mais elle n'avait pas le droit de sortir du ring tant que Hector, son maître du jour, ne l'y avait pas autorisée. Elle se tourna vers lui et l'implora des yeux.

— Je sais que tu n'aimes pas te battre, mais tu as besoin de t'entraîner, protesta Hector. Et d'ailleurs, ce serait mieux si tu le laissais te détester, maintenant, Hélène.

— De quoi tu parles ? s'exclama-t-elle, surprise.

— Alors cours-lui après, s'il le faut… dit-il en se détournant.

Hélène salua, puis quitta le ring en courant.

— Mais ça ne fera que rendre les choses plus difficiles, ajouta-t-il d'une voix insistante.

Elle claqua la porte… sans vraiment savoir pourquoi.

Une fois dehors, elle entendit du bruit en provenance des courts de tennis. Elle s'élança dans cette direction et réalisa qu'elle volait. Prenant de la hauteur, elle aperçut Lucas dans les courts transformés en arène, en train d'envoyer des lances dans une cible. Il l'aperçut et la rejoignit en plein ciel.

— Viens, dit-il. On pourrait nous voir...

Il lui désigna deux personnes sur la plage presque déserte et lui prit la main. Ils s'élevèrent plus haut et volèrent jusqu'à Great Point, où ils savaient qu'ils seraient seuls. Ils atterrirent sur la dune et redevinrent deux personnes normales qui marchent main dans la main sur une plage balayée par le vent. Face au mutisme de Lucas, elle finit par se lancer :

— C'était pour rire, Lucas. Je n'ai pas voulu te blesser. Je suis désolée...

— Tu ne m'as pas blessé, coupa-t-il en secouant la tête. C'est bien plus simple que ça. Je déteste voir Hector sur toi. Je suis jaloux, Hélène.

— Alors tu n'as qu'à m'entraîner, déclara-t-elle d'un ton plein d'espoir.

Il s'arrêta et détourna la tête en grognant.

— Mais pourquoi pas ? insista-t-elle.

— Je suis un demi-dieu, pas un saint, rétorqua-t-il. Je ne peux pas non plus tout supporter !

— Bon. Qu'est-ce qui est le plus difficile à supporter ? Tu n'as qu'à choisir l'autre solution. Comme ça, tu pourras au moins te consoler en te disant que tu évites le pire...

Lucas lui jeta un regard de biais et sourit.

— Tu donnes de bons conseils, tu sais ?

— Hum, pas sûr... J'ai mes propres raisons, murmura-t-elle, espiègle.

— Tu penses que je vais choisir de t'entraîner, c'est ça ? s'exclama-t-il, une envie de rire lui chatouillant la gorge.

— Je mise dessus à deux cents pour cent.

Ils continuèrent à marcher, un sourire accroché aux lèvres. Elle sentait qu'il hésitait sur la décision à prendre, mais elle ne le pressa pas. Au bout d'un moment, il se détendit.

— Les jumeaux t'apprendront à tirer à l'arc et à jeter des lances, Hector gardera l'enseignement de la boxe et de l'épée, moi je m'occuperai de la lutte. Avant de te réjouir, juste un détail : mon père et mon oncle peuvent très bien s'y opposer.

— Et moi, alors, je n'ai pas mon mot à dire ? protesta Hélène, contrariée. Castor et Pallas n'ont pas à décider pour moi. Si je veux que ce soit toi qui m'entraînes, pourquoi je ne pourrais pas ?

— Hum... Laisse-moi gérer ma famille, dit Lucas avec une telle bonne humeur qu'elle décida de ne pas insister. Il faut qu'on rentre, maintenant. Je n'aime pas te voir dehors comme ça...

— Les distances sont tellement réduites ! remarqua Hélène, qui n'en revenait toujours pas de pouvoir parcourir l'île en si peu de temps. Tu n'en as pas marre, parfois, d'être coincé sur Nantucket ?

— Sûrement, si j'étais coincé, rétorqua-t-il, moqueur, tandis qu'ils atterrissaient à l'arrière de la maison. Mais je suis encore allé à New York l'autre jour.

— Hein ! Pour quoi faire ?

— Pour acheter des bagels. Il y a à Brooklyn une boulangerie que j'adore. Ça ne me prend que dix minutes à vitesse subsonique.

Hélène se figea.

— Tu veux dire que, n'importe quel jour de la semaine, toi et moi, on peut voler jusqu'à Boston, déjeuner à Harvard Square, et être rentrés pour la reprise des cours ?

— Bien sûr, répondit-il en haussant les épaules. Sauf que je ne veux pas que tu quittes l'île avant d'avoir plusieurs semaines de pratique. Bientôt, tu seras assez à l'aise pour m'accompagner partout...

— Je veux voir les statues de l'île de Pâques ! Et le Machu Picchu ! Et la Grande Muraille de Chine ! s'exclama Hélène, surexcitée, en dansant sur la pointe des pieds.

Lucas lui prit les mains.

— On ne pourra pas traverser la mer tout de suite. Il faut que tu acquières une meilleure suspension et c'est plus difficile de naviguer sans point de repère. Sans compter que les masses d'air océaniques peuvent être terribles !

— Mais je serai avec toi et toi, tu maîtrises tout ça !

Elle porta la main de Lucas sur son cœur.

— Je suis assez forte, maintenant, je le jure ! S'il te plaît ? J'ai toujours *rêvé* de voyager ! Lucas, tu ne peux même pas imaginer ! Toute ma vie, j'ai eu envie de quitter cette île !

— Tu sais ce qu'on fera ? On fixera une carte à une cible et on ira là où la flèche se sera plantée. Les îles Fidji, la Finlande, Florence, partout ! s'exclama-t-il, agrippant ses mains pour l'empêcher de s'envoler sans lui. On ira manger des sushis à Tokyo tous les soirs si tu veux. On fera tout ce que tu voudras, Hélène. Quand tu sauras mieux voler.

— On le fera vraiment, promis ? s'enquit-elle, haletante, sans pouvoir s'empêcher de remarquer qu'ils avaient tous deux employé le pronom « on ».

Une pensée moins plaisante traversa son esprit.

— Ça fait longtemps que tu fais ça ? De parcourir le monde quand tu as quelques heures à tuer ?

— Oui...

— Mais toujours seul ?

— On peut porter quelqu'un, mais seulement sur une toute petite distance. C'est épuisant de devoir modifier sa pesanteur à sa place. Autant y aller à pied...

Elle l'observa discrètement. À quoi ressemblait la vie lorsqu'on pouvait aller au Louvre voir Monna Lisa au lieu de se contenter d'une fade reproduction sur un livre... mais à condition d'être seul, toujours seul ? Être le seul à savoir voler l'avait condamné à une grande solitude. Jusqu'à ce qu'il la rencontre.

— Pour l'instant, je pense qu'il vaut mieux que tu restes ici. Et puisque je trouve injuste d'exiger de toi quelque chose que je n'aimerais pas faire moi-même, je te promets de ne pas quitter l'île sans toi.

— Bon, d'accord, dit Hélène en riant, tout en essayant – en vain – de dégager sa main de la sienne.

— Je suis sérieux, insista-t-il.

Il l'attira contre lui.

— Ce n'est pas tout. Je veux que tu restes sur l'île, surtout quand je ne suis pas avec toi. On ne peut pas te protéger si on n'a aucun moyen de savoir où tu es. N'oublie pas, les deux femmes rôdent encore. Et Créon va revenir...

À la seule mention de son nom, l'angoisse reflua en elle. Il avait voulu la tuer et il avait été à deux doigts de réussir. Un frisson la parcourut au souvenir du vertige qui l'avait saisie lorsque les ténèbres l'avaient enveloppée... mais surtout, Créon l'avait obligée à lancer un éclair et à revivre son pire cauchemar.

— Hélène ? s'enquit Lucas, posant la main sur sa joue et l'obligeant à le regarder dans les yeux. Je suis désolé de te parler de lui, mais je n'ai pas le choix.

— Je sais, Lucas, ce n'est pas ça...

Elle s'interrompit pour rassembler ses idées.

— Tu crois que mes éclairs sont dangereux ?

— Très, répondit-il d'un air grave. Surtout si tu ne veux pas apprendre à t'en servir.

— Mais je ne veux pas m'en servir ! Je veux oublier !

— Hélène, tu n'as plus besoin de fuir qui tu es, maintenant, déclara-t-il, fixant le sol d'un air renfrogné. Écoute, c'est en partie ma faute. J'aurais dû t'en parler plus tôt, mais je sentais que tu évitais le sujet... Ce que je voulais, c'est que tu le découvres par toi-même et que tu aies envie d'apprendre, comme pour le vol.

— Lucas, je...

Elle s'interrompit de nouveau et secoua la tête.

— Je crois que j'ai tué quelqu'un. Même s'il me voulait du mal, ça me terrifie.

— Tu ne dois plus avoir peur de ta puissance, Hélène, dit doucement Lucas. Tu es la plus forte d'entre nous, mais toute cette force ne sert à rien si tu ne te l'appropries pas.

— Mais toute ma vie, j'ai été terrorisée à l'idée d'utiliser mes pouvoirs ! protesta-t-elle d'une voix étranglée.

— Je sais, il faut que tu oublies des années et des années de conditionnement et ça ne se fera pas en une nuit. Mais il faut que ça se fasse et c'est à toi de le décider. Je n'ai jamais rencontré quelqu'un d'aussi doué que toi, Hélène.

Lucas passa la main dans ses cheveux, désemparé.

— Vraiment. Il est temps que tu cesses d'avoir peur de toi-même, et il est temps que tu utilises toutes tes capacités quand tu t'entraînes. Surtout les éclairs.

— Et comment je peux faire sans électrocuter tout le monde ?

L'idée que Lucas la trouve puissante la rendait nerveuse, et plus encore qu'il aime ça.

— Je n'ai pas encore réfléchi aux détails, répondit-il dans un sourire. Mais je vais trouver une solution.

Lorsqu'ils rentrèrent, c'était l'heure du dîner. Hélène découvrit avec plaisir que Claire était restée. Assise à table, elle attendait le repas avec le reste de la famille et devisait joyeusement avec les jumeaux d'un travail à rendre dans l'une de leurs classes Avancé. Lorsqu'elle vit entrer Hélène et Lucas, elle leur fit un signe de la main.

Comme toujours, la cuisine était bondée. Pallas et Castor tournaient autour de la cuisinière et se brûlaient régulièrement en plongeant le doigt dans les plats en sauce qui mijotaient. Près de l'évier, Pandore et Hector, riant du même rire, envoyaient en l'air des grains de raisin qu'ils tentaient de rattraper entre les dents. La pauvre Noëlle ne pouvait faire un pas sans se heurter à un enfant, un invité, un mari, un beau-frère, un neveu ou une nièce – et pourtant, cela ne traversait l'esprit de personne de lui donner un coup de main.

— Je sais faire la cuisine. Je devrais peut-être proposer à ta mère de l'aider, suggéra Hélène d'un air coupable.

— Tu veux rire ? Ma mère adore ça ! Je pense qu'elle n'attend qu'une chose, qu'on se marie et qu'on dégage le terrain pour pouvoir ouvrir un restaurant !

Devant l'expression sceptique d'Hélène, il insista :

— Mais si, je t'assure ! L'autre jour, elle a dit à mon père qu'elle voulait donner une fête et inviter la moitié de l'île à dîner. Elle est folle.

— Ah te voilà, Hélène, ma puce, dit Noëlle en levant les yeux, d'un ton qui exprimait une inquiétude sincère.

Elle retourna à ses fourneaux et marmonna pour elle-même :

— Elle a besoin de rab. Elle a tellement maigri, ces derniers temps… Et son père qui ne se doute toujours de rien… Il ne la nourrit pas assez. Et Cathy qui se fait du mouron ! Mais où est Cassie ?

Elle se parlait à elle-même, mais assez fort pour qu'Hélène l'entende. Celle-ci se demanda si c'était l'effet du stress, couplé à l'habitude d'être couverte par les conversations ambiantes, ou si Noëlle lui faisait volontairement part de ses pensées. Puis celle-ci prit une grande bouffée d'air et hurla le nom de Cassandre.

On entendit un bruit sourd à l'étage, puis une petite voix lointaine qui criait :

— Commencez sans moi, je suis occupée !

Hélène et Claire échangèrent un regard effaré, vite suivi d'un sourire complice. Filles uniques, elles avaient été habituées à ne pas élever la voix à la maison, mais elles avaient partagé le même rêve d'une famille nombreuse, d'une maison pleine de monde où mille choses se passent à chaque instant. Les cris mettaient leurs nerfs à rude épreuve, mais jamais elles ne s'étaient senties aussi vite « comme chez elles ».

— Lucas, fais descendre ta petite sœur, lui demanda Noëlle. On a des invitées, ce soir.

Lucas se leva et revint avec une Cassandre morose en travers de l'épaule.

— Mais je les vois tous les jours ! geignit Cassandre, tandis qu'il se penchait pour la déposer près d'Hélène.

— C'est maman qui l'a ordonné, répondit Lucas d'un air désolé.

C'était un argument apparemment indiscutable. Cassandre se contenta de lever les yeux au ciel et s'assit.

— Salut, lança-t-elle à Hélène. Est-ce que tu manges beaucoup d'ail ?

— Non. Pourquoi ? J'ai une mauvaise haleine ? s'inquiéta Hélène en rougissant.

— Pas du tout. J'essaie juste de comprendre pourquoi tu résistes aux armes.

Elle montra le livre qu'elle tenait à la main et l'agita en direction de Noëlle, qui lui tournait le dos.

— Je tente de résoudre un problème ! déclara-t-elle d'une voix exagérément forte, mais Noëlle continua à cuisiner.

— J'ai jeté un coup d'œil, de mon côté, ajouta Hector, croisant les mains derrière la tête avec désinvolture.

— Toi, contente-toi de lui apprendre à se défendre, je me charge des recherches, marmonna Cassandre en feuilletant son livre.

Hector sourit, content d'être officiellement déchargé.

Castor, Pallas et Cassandre interrogèrent Hélène sur son mode de vie – ses goûts alimentaires, ses habitudes, et même des prières du soir que sa mère lui aurait apprises. Mais rien n'apporta de nouvel éclairage et ils renoncèrent quand le repas fut servi.

C'était absolument délicieux et Hélène dévora comme si elle n'avait pas mangé depuis des semaines. Elle buvait verre après verre. Elle était si déshydratée qu'elle sentait l'eau froide se répandre dans son corps et imprégner ses tissus comme une éponge sèche qui se gorge d'eau. À un moment, elle se sentit coupable de se goinfrer autant et se força à reposer sa fourchette, mais Noëlle la tança d'un regard sévère et lui demanda si elle n'aimait pas son plat. Hélène murmura des excuses et se remit à manger avec un appétit renouvelé.

Le repas fini, Lucas la reconduisit chez elle en voiture. C'était à la fois une perte de temps et un gaspillage d'essence, mais ils voulaient éviter d'éveiller la méfiance de Jerry.

— Je n'aime pas te laisser seule, déclara Lucas en jetant un regard inquiet aux ombres du jardin.

— Ne t'en fais pas, ça va aller, mentit Hélène.

En réalité, elle n'avait aucune envie que Lucas s'éloigne de plus de quelques centimètres, mais son père était déjà rentré, ils n'avaient pas le choix.

— Je reviens d'ici une heure, ajouta-t-il, alors qu'elle descendait de voiture.

Elle referma la portière, mais ne lâcha pas la poignée et le regarda à travers la vitre.

— Quoi ? s'étonna-t-il.

— Ça me gêne, Lucas ! C'est l'automne, il fait froid, et tu dors dehors ! C'est pas possible !

— Mais on n'a pas le choix. On ne peut pas te laisser seule tant que tu ne sais pas te battre…

Elle glissa une mèche de cheveux derrière son oreille, puis se croisa les bras d'un air buté.

— Tu n'as qu'à dormir dans ma chambre.

— Tu parles d'une solution, se moqua-t-il. J'ai à peine fermé l'œil de la nuit, la dernière fois. Je te jure que je dors mieux sur ton toit !

— Tant pis, s'obstina-t-elle, malgré le trouble qui l'envahissait à l'idée qu'il passe la nuit dans sa chambre. Soit tu rentres à l'intérieur, soit tu ne restes pas.

Lucas leva les yeux vers elle.

— On verra ça tout à l'heure, d'accord ?

Hélène accepta à contrecœur et alla retrouver son père. Réprimant un bâillement, ce dernier tenta de lui demander comment s'était passé son week-end, mais après avoir travaillé non-stop pendant deux jours, il avait du mal à garder les yeux ouverts. Hélène l'envoya se coucher et promit de lui préparer le petit déjeuner. Jerry ronflait avant même qu'elle ait fini de se brosser les dents. Elle termina sa toilette, enfila un boxer et un tee-shirt trop grand au col en V, pensant que Lucas apprécierait cette attention, puis elle fouilla le placard pour retrouver le matelas pneumatique de son père.

Entendant frapper un petit coup, elle fit signe à Lucas de pousser la fenêtre entrouverte.

— C'est pour me casser le dos ? chuchota-t-il en souriant.

— Hé, si ça te plaît pas, t'as qu'à dormir dans mon lit. Moi, ça me gêne pas, chuchota-t-elle, faisant mine de refermer la boîte.

— Non, non, j'ai rien dit…

Il la prit dans ses bras et la serra contre lui comme

s'il ne l'avait pas vue depuis quarante jours. Puis il frotta sa joue contre la sienne.

— Hé, tu piques ! protesta-t-elle en s'échappant.

Il fit entendre un petit rire sadique, puis reporta son attention sur le matelas gonflable.

— En fait, je pensais dormir sur le canapé du bas, annonça-t-il, hésitant.

— Mon père…

— … ne peut pas descendre l'escalier assez vite pour me surprendre.

— Et si jamais tu ne l'entends pas ? protesta-t-elle. Comment je vais lui expliquer la situation, moi ?

— C'est toujours mieux que s'il me trouve dans ton lit, rétorqua-t-il. Écoute, je suis très bien sur le toit, Hélène. Je ne me sens pas de dormir avec toi. Je crois que ce serait une erreur.

Elle comprit qu'elle n'arriverait pas à le convaincre et renonça. Ils traînèrent le matelas sur le belvédère.

Alors qu'elle installait un drap, Hélène s'amusa à reprendre les explications de gonflage les plus absurdes.

— Insérer la bouche pour l'objectif gonflement, chuchota-t-elle.

— Expirer les poumons dans le tube de gonflage, répondit Lucas en enfilant une taie sur l'oreiller. Hou, ça doit faire mal, ça…

Devoir réprimer leur fou rire ne faisait qu'accentuer leur tension intérieure et ils s'écroulèrent sur le matelas. Chaque fois qu'ils tentaient de reprendre le contrôle d'eux-mêmes, leurs regards se croisaient. Ils laissaient échapper un grognement et se couvraient le visage de leurs mains. Enfin calmés, ils restèrent allongés sur le dos, respirant lentement. Hélène sentit qu'il lui prenait la main et secouait lentement la tête.

— Qu'est-ce que je suis en train de faire ? chuchota-t-il en plongeant sa main libre dans ses cheveux.

— Quoi ? s'insurgea-t-elle, le sourire encore accroché aux lèvres. On n'a plus le droit de rire, maintenant ?

— C'est pas ça, répondit-il en se tournant tendrement vers elle. Mais c'est pas normal que ça m'amuse autant de gonfler un matelas pneumatique ! Dès que je crois que je maîtrise, tu dis un truc qui me fait craquer. Je pensais que j'étais blindé, mais c'est plus dur que je croyais...

— Pourquoi « blindé », Lucas ? Pourquoi tu dors sur mon toit et pas dans mon lit ? demanda alors Hélène.

Elle se roula le côté et fit courir ses doigts sur le creux situé sous sa pomme d'Adam.

— Retourne dans ta chambre, supplia-t-il d'un ton désespéré, repoussant sa main. S'il te plaît, Hélène. Va dans ton lit.

Au fond d'elle, Hélène savait comment séduire Lucas, qu'il le veuille ou non, mais son propre pouvoir la terrifiait. Elle se leva et rejoignit son lit sur des jambes flageolantes. Elle n'en revenait pas de se découvrir si décidée, prête à lui forcer la main s'il le fallait, sans la moindre considération pour ses réticences.

Alors qu'elle cherchait une position pour dormir, elle l'entendit qui se tournait et se retournait au-dessus de sa tête. Puis il se leva avec un profond soupir et marcha jusqu'à la porte.

Son cœur se mit à battre joyeusement. La poignée tourna...

Elle se dressa, l'oreille aux aguets. Ils restèrent un moment à s'épier mutuellement. Ils entendaient leur respiration respective, le sang qui coulait dans leurs veines et, l'espace d'un instant, elle aurait juré qu'elle avait senti la chaleur de son corps. Puis il sortit vainqueur de son combat intérieur et retourna sur son matelas gonflable.

Hélène se rallongea. Quand son cœur eut retrouvé son rythme normal, elle sombra dans ce sommeil sans rêve qui était le sien lorsque Lucas veillait sur elle.

QUATORZE

Peu avant l'aube, Lucas lui effleura le visage pour la réveiller. Lorsqu'elle ouvrit les yeux, il l'embrassa sur le front et lui promit de revenir pour l'emmener au lycée, puis il passa par la fenêtre et s'envola. Consciente qu'elle ne réussirait pas à se rendormir, elle se leva et prépara un petit déjeuner à son père.

— Ça va, toi ? s'enquit celui-ci entre deux bouchées de crêpe au sirop d'érable et au bacon.

— Super ! répondit-elle, sincère, en sirotant son café.

— Et avec Lucas… tu en es où ? demanda-t-il prudemment.

— C'est plus bizarre que jamais, répondit-elle.

Puis elle haussa les épaules.

— Qu'est-ce qu'on peut y faire…

— Qu'est-ce qu'on peut y faire… répéta-t-il, le cours de ses pensées ralentissant le rythme de sa mastication.

Hélène le soupçonnait de songer à Cathy, mais son intuition lui soufflait de ne pas se montrer intrusive. Ce n'était pas la peine de le brusquer, il lui parlerait d'elle quand il se sentirait prêt…

Lucas passa la chercher comme promis. Le simple fait de se retrouver en voiture avec Lucas plongeait Hélène dans un bonheur sans nom. Lorsqu'une de ses chansons préférées passa à la radio, elle se mit à se trémousser sur son siège et encouragea Lucas à chanter avec elle. Il se laissa entraîner, à tel point qu'Hélène s'arrêta pour l'écouter, bouche bée.

— Quoi ? s'enquit-il, surpris de se retrouver à s'époumoner tout seul.

— Tu as une voix superbe ! Est-ce qu'il y a une chose pour laquelle tu n'es *pas* doué ? demanda-t-elle, exaspérée, en lui pinçant le bras.

— Apollon était aussi le dieu de la musique, je te rappelle. Alors, arrête de râler et chante avec moi !

Il monta le volume jusqu'à ce que les basses fassent trembler les vitres. Hélène n'avait pas un aussi joli timbre de voix que Lucas, mais elle compensa par son enthousiasme. Ils finirent la chanson ensemble et, une fois dans le parking, restèrent pour mimer la dernière partie instrumentale, Lucas au volant-batterie et Hélène à la air-guitare.

— On est trop doués ! s'exclama Hélène en descendant de voiture. Mon solo était hyper inspiré !

— On devrait faire une tournée, renchérit Lucas.

Les regards s'attardaient encore sur eux, mais Hélène n'en éprouvait plus la même gêne. Ses crampes avaient disparu. Savoir que la Malédiction ne concernait que l'usage de ses pouvoirs en public l'avait soulagée d'un grand poids. Elle se demandait même si un certain nombre de ses crises n'avait pas été provoqué par l'angoisse… Pour la première fois de sa vie, Hélène ne se sentait pas malheureuse d'être différente.

Le reste de la journée fut aussi parfait que peut l'être un jour de lycée. Hélène débordait d'énergie, Claire était un vrai rayon de soleil et même Ariane semblait d'excellente humeur. Elle profita de la pause déjeuner pour demander à Matt de l'aider à améliorer son swing : Matt était le capitaine de l'équipe de golf et Ariane était décidée à se joindre à eux – à ce détail près qu'il lui fallait d'abord apprendre à jouer.

— Non, tu tiens encore ton club trop serré, expliquait Matt d'une voix douce. Il faut que tu le tiennes comme une épée, pas comme une hache.

Sans le savoir, il avait trouvé la métaphore idéale pour Ariane. Son swing s'améliora aussitôt.

— Cassie, tu devrais poser ton livre et venir apprendre à jouer au golf !

Pour toute réponse, Cassandre ouvrit un nouveau livre.

— Qu'est-ce que tu cherches, en fait ? la questionna Matt, intrigué.

— Des sorts ou des sortilèges qui protégeaient des blessures causées par les armes, dans les mythes de la Grèce antique, répondit-elle en se passant la main sur le visage.

Le geste rappela Lucas à Hélène. Si Matt trouva sa réponse étrange, il n'insista pas et reporta son attention sur Ariane.

— Vous croyez qu'on va se faire choper ? demanda Claire.

— Qu'est-ce que ça peut faire ? répondit Matt avec sérénité. C'est la meilleure idée que Lennie ait jamais eue. On ferait mieux d'en profiter tant qu'on peut et ne pas tout gâcher avec la peur que ça s'arrête…

Claire et Hélène se regardèrent, surprises.

— À Matt Millis. Ami. Philosophe. Pro du golf, lança Hélène en levant sa thermos.

— Tchin', renchérit Claire, levant à son tour son lait de soja.

Matt fit un salut plein de dignité et rougit lorsque Ariane lui sourit.

— Au fait, Len, j'avais pas vu… t'as un nouveau collier ? s'exclama Claire.

— Mais non, c'est toujours le même. Tu délires ou quoi ?

— Mais… il a la forme d'une fraise, pas d'un cœur… ou alors, c'est juste qu'il brille plus qu'avant. T'as raison, je délire.

Les jours qui suivirent furent lumineux… à croire que quelqu'un avait versé un euphorisant dans l'eau. Hélène éprouvait une paix intérieure qu'elle avait perdue à l'arrivée des Délos sur l'île. Elle continuait à venir s'entraîner les après-midi, mais comme il n'y avait aucun signe du retour de Créon, la menace s'effaçait peu à peu. Seul Zach ne semblait pas participer à la bonne humeur générale. Il avait beau chercher toutes les occasions de parler à Hélène en tête à tête, elle l'évitait – ce qui n'a rien de difficile quand on est protégé par une famille de demidieux. Mais chaque fois qu'elle lui échappait, elle sentait qu'il en était blessé.

Elle espérait que le temps jouerait en sa faveur, que cette histoire tomberait aux oubliettes et qu'il n'y aurait bientôt plus personne pour se souvenir qu'elle s'était évanouie après avoir poursuivi un homme torse nu. Mais il se passa exactement le contraire : Zach devint de plus en plus collant. Hélène ne voulait pas en parler à Lucas, de peur de créer un problème inutile. Après l'épisode où Hector avait failli la noyer, Lucas avait mis une dérouillée à son cousin dans l'arène toute neuve et, une heure plus tard, un Hector édenté lui avait présenté un téléphone si perfectionné qu'elle aurait pu envoyer un satellite en orbite. Mais Zach, par son insistance, lui compliquait la tâche. Il devenait de plus en plus difficile de tenir Lucas à l'écart et ce qui devait arriver finit par arriver. À la fin des cours, un mercredi, alors que Lucas l'accompagnait à son entraînement, il vit Zach changer brusquement de direction en l'apercevant.

— Zach te court après ? demanda Lucas en écarquillant les yeux.

— Oh, non, pas vraiment... Je crois qu'il veut me parler d'un truc, répondit-elle, évasive.

— C'est ça, railla Lucas, méprisant. Est-ce que Zach a des raisons de croire que tu es célibataire ?

— Mais non ! Qu'est-ce que tu racontes ? s'exclama-t-elle, éberluée.

— Est-ce que tu lui as dit que toi et moi n'étions pas vraiment ensemble ? Parce que je ne...

Il s'interrompit et passa la main dans ses cheveux tout en arpentant le couloir.

— Qu'est-ce que tu dis aux gens, Hélène ? Qu'est-ce que tu leur dis sur nous ?

Sa silhouette devint floue, tandis qu'il réfractait la lumière, en proie à une vive agitation.

— Je n'ai rien dit à personne ! s'écria Hélène d'une voix anormalement aiguë.

— Qu'est-ce que tu cherches ? À me rendre jaloux ? Ou tu n'as pas la patience d'attendre et tu cours déjà après quelqu'un d'autre ?

La colère emporta Hélène.

— Je ne cours après PERSONNE ! hurla-t-elle.

Lucas recula face au halo de lumière bleu pâle qui jaillit autour de sa tête et de ses mains. Sa capacité à réfracter les rayons lumineux ne s'appliquait pas à l'électricité produite par Hélène et il dut porter la main à ses yeux.

— Oh la la !... murmura-t-elle avec un petit rire nerveux.

Elle avait l'impression de se trouver tout en haut d'un grand huit, juste avant la chute. Elle leva le bras sur le côté pour maintenir son équilibre. Lucas tendit la main vers elle mais, heureusement, s'arrêta à temps : il aurait été électrocuté. Puis la lumière bleue disparut soudain, comme si quelqu'un avait appuyé sur un interrupteur, et Hélène s'écroula.

— Je me sens trop mal...

— Est-ce que tu es... reliée à la terre ? demanda-t-il, fou d'inquiétude.

Hélène regarda le sol et émit un petit cri, le cerveau chatouillé par l'électricité.

— Non. C-c-c'est du l-lino, dit-elle en posant la paume sur la matière isolante. Tu avais r-r-raison. J'aur-r-rais dû apprendre à contr-r-rôler ce tr-r-ruc...

Sa mâchoire se mit à trembler de façon irrépressible. Il fallait absolument qu'elle évacue l'énergie de son corps.

— L-l-l-lucas, cour-r-rs !

Mais il ne voulait pas la laisser seule. Hélène savait qu'elle n'avait pas droit à l'erreur : la moindre maladresse et elle pouvait le tuer. Elle essaya de réfléchir malgré l'électricité qui baignait ses neurones et, par chance, se souvint d'un cours de l'école primaire. Elle se traîna sur les genoux vers la porte de sortie, qu'elle ouvrit d'un coup d'épaule.

Dès qu'elle entra en contact avec la barre métallique qui servait de poignée, celle-ci rougit et se mit à fondre. Hélène ne s'en écarta pas assez vite : la porte entière se transformait déjà en un immense bloc de métal fumant. Elle dégringola les quelques marches du perron et atterrit sur les mains. Avec un soupir de soulagement, elle relâcha l'électricité dans le seul endroit qui ne risquait rien – le sol.

Quelques secondes plus tard, elle sentit qu'on la soulevait et qu'on l'emportait.

— Tu es blessée ? s'enquit Lucas.

— Non, juste très fatiguée. Tu peux me poser, tu sais.

Il s'arrêta et la déposa délicatement sur ses jambes. Elle passa la langue sur ses dents, puis sur son palais tout sec.

— Ouah, je meurs de soif ! Et je crois que je sais pourquoi ! C'est comme un éclair, pas vrai ? Ça voudrait dire que je génère de l'électic… je veux dire, de l'erlécic – enfin un éclair en fragmentant l'eau qui se trouve dans mon corps ! Mais oui, c'est ça ! s'exclama-t-elle.

— Hélène ? Tu me fais peur. Assieds-toi, s'il te plaît. Tu as besoin de quelque chose ?

Il la força à le regarder. Des étincelles s'échappaient encore d'elle.

— Oui, répondit-elle, luttant pour contrôler son élocution malgré l'état de confusion dans lequel elle se trouvait. J'ai besoin de t'expliquer ce qui s'est passé avec Zach, pour qu'on ne reste pas sur un malentendu stupide. Mais je veux d'abord que tu me promettes de ne défoncer personne…

— Ça me plaît pas, ça.

— Tant pis.

Il promit. Elle jeta un regard autour d'elle, puis décida de s'asseoir en haut des marches.

— Ce qui s'est passé, c'est qu'il m'a vue en train de poursuivre Créon. Il a fait des allusions sur moi et sur vous, sur notre vélocité anormale et sur notre force. Et maintenant, il cherche une occasion de me parler en tête à tête. Je pense qu'il veut me faire chanter ou un truc comme ça. Je l'ai évité tant que je pouvais, parce que…

— Plus le temps passe, plus tu as de chances de faire passer l'histoire pour un poisson d'avril, termina Lucas d'un air approbateur.

— Exactement. Tu as deviné ! s'émerveilla Hélène.

— Et ton cerveau est électrocuté, répondit-il avec indulgence.

Son sourire s'évanouit.

— À cause de moi, marmonna-t-il, les yeux fixés sur ses mains. J'ai été trop bête.

— Pas bête, jaloux, corrigea Hélène, encore étourdie. Et il faut que ça change, reprit-elle d'un ton grave. Tu n'as aucune raison d'être jaloux. Je t'ai dit que je ne voulais personne d'autre que toi. Je n'ai jamais eu personne d'autre !

— Tu as passé toute ta vie sur cette île, alors « personne », ça ne fait pas beaucoup, soupira-t-il. Et tu n'as pas idée à quel point tu es… jolie n'est pas le bon mot. Ça ne dit rien de l'attraction que tu exerces sur les hommes. Écoute, je ne suis pas quelqu'un de jaloux, Hélène. Avec toutes les autres filles que j'ai…

Il s'interrompit, prit une inspiration et rassembla ses pensées avant de continuer.

— Tu sais, je ne croyais pas au « visage qui a lancé sur les mers mille navires »[1]. J'ai toujours détesté ce passage, dans *L'Iliade*. Ça me faisait rire.

Il secoua tristement la tête.

— C'est ridicule, quand on y pense. Une guerre de dix ans parce qu'un lâche égoïste s'est enfui avec une femme infidèle… Ça me rendait furax et j'en voulais à Pâris et à Hélène d'avoir été si faibles. J'ai été assez bête pour jurer qu'à leur place, je n'aurais jamais fait comme eux – que j'aurais été plus fort. Et deux semaines plus tard, j'ai vu ton visage pour la première fois…

— Attends, l'interrompit Hélène.

Elle cligna des yeux sous l'effet de la soif et de la fatigue.

— Je ne suis pas cette reine capricieuse qui a permis qu'une ville entière soit détruite parce qu'elle avait quitté son mari pour un autre homme ! Peu importe que mon horrible mère m'ait appelée Hélène. Je n'ai rien à voir avec Hélène de Troie !

---

1. Hélène de Troie, dont la beauté serait à l'origine de la guerre. (*N.d.T.*)

— Le nom qu'on nous a donné n'a aucune espèce d'importance, rétorqua Lucas, amer. Tu peux me croire.

— Hamilton ! hurla Mme Tar, son bloc-notes à la main, en se dirigeant vers eux à grands pas. Tu es brûlée ?

Hélène regarda autour d'elle et comprit la raison de son affolement : le sol était calciné et noir, et la porte de secours semblait sortir tout droit d'un tableau de Dalí.

Lucas mentit avec un naturel déconcertant. Tandis qu'une volée de professeurs accourait à leur secours, il raconta qu'ils avaient vu des étincelles au-dessus de la porte, probablement dues à un court-circuit au niveau du signal « Sortie ». Hélène et lui s'étaient alors précipités dehors pour piétiner les étincelles.

En l'écoutant débiter sa petite histoire, Hélène fut frappée de l'accent de sincérité dans sa voix. Elle se contenta d'acquiescer dès qu'il la sollicitait, craignant de tout gâcher si elle ouvrait la bouche. Comme le feu était forcément d'origine électrique, et que la seule source d'électricité était le panonceau « Sortie », personne ne remit son histoire en cause.

Hélène et Lucas eurent beau répéter qu'ils n'étaient pas blessés, on les envoya à l'infirmerie. Juste avant de s'éloigner, Hélène aperçut Zach qui les fixait d'un air effrayé : il savait qu'ils étaient à l'origine du feu. Hélène toucha l'épaule de Lucas et lui désigna Zach d'un geste discret. Lucas hocha la tête.

— Et voilà… c'est réussi, murmura-t-elle tristement.

— On en parlera ce soir avec ma famille. Cassie saura quoi faire, chuchota-t-il.

Dans le couloir vers l'infirmerie, il envoya un texto à ses cousins.

Mme Crane les examina de la tête aux pieds et, malgré son incrédulité, elle les déclara aptes à reprendre l'entraînement s'ils le souhaitaient. Elle leur servit un discours sans queue ni tête sur le danger de s'aventurer sous des pièges électriques mortels, puis elle regarda le collier d'Hélène, l'effleura et murmura d'une voix rêveuse : « J'ai toujours aimé les papillons… »

Hélène et Lucas arrivèrent chez les Délos bien avant les autres. Ils décidèrent qu'ils avaient le droit de s'accorder un peu de détente avant de s'atteler à sa « leçon de super-héroïne » (comme elle l'appelait à présent). Ils firent un détour par la cuisine afin de prendre une bouteille d'eau pour Hélène, puis s'envolèrent.

— Jason et Hector nous préviendront quand ils seront rentrés. On a une petite heure devant nous, déclara Lucas en atterrissant sur les dunes.

Ils avancèrent jusqu'au sable légèrement humide, plat et ferme, sur lequel on pouvait marcher sans s'enfoncer.

— Le week-end prochain, c'est la première course, déclara soudain Hélène en se mordillant la lèvre. Je ne sais pas si Mme Tar me laissera courir après avoir raté autant d'entraînements…

— Ah oui… soupira Lucas.

Il l'obligea à s'arrêter et la regarda droit dans les yeux.

— Hélène, il faut que tu arrêtes la course.

— Arrêter la course ? Tu es fou ou quoi ? Et ma bourse, alors ?

— Ça n'a plus d'importance, maintenant, affirma-t-il en secouant la tête.

— Plus d'importance ? s'exclama-t-elle, excédée. Lucas, c'est de *ma vie* qu'il s'agit !

— Exactement. Tu as été agressée – combien de fois ? On ne sait toujours pas où sont les deux femmes. Et tu n'as pas l'air de réaliser à quel point Créon est dangereux, même quand je suis avec toi, sans parler des moments où tu cours toute seule. Oui, c'est de *ta vie* qu'il s'agit, pas d'une simple bourse d'université, déclara-t-il d'une voix calme et posée. Je veux que tu arrêtes. Pour le moment, en tout cas.

— Tu n'es pas sérieux, répondit-elle, glaciale.

— Si. Arrête la course. Tant qu'on n'a pas trouvé un moyen de neutraliser Créon, c'est trop dangereux.

— Et si je te demandais d'arrêter le foot ? lança-t-elle, agressive.

— C'est fait, annonça-t-il, lui serrant les mains dans un geste d'apaisement. Je t'ai dit que je n'exigerais jamais de toi quelque chose que je ne m'imposerais pas à moi-même. Ce n'étaient pas des paroles en l'air, tu sais !

— Tu... C'est... Je ne peux pas croire que tu me demandes un truc pareil ! hurla-t-elle, pointant vers lui un doigt accusateur.

Elle se mit à tourner en rond et à donner des coups de pied dans le sable, sans comprendre elle-même la raison de sa colère.

— Ce n'est pas juste toi, c'est tous les deux ! C'est ce que j'essaie de te dire ! s'exclama-t-il, élevant la voix sous l'effet de la contrariété.

— Je me suis toujours sentie prisonnière de cette île ! J'ai toujours pensé que courir était ma seule porte de sortie ! Et maintenant, tu me demandes de renoncer à tous mes projets, comme si c'était facile !

— C'est plus facile que de mourir ! cria-t-il. Et puis, je ne sais pas si tu as remarqué, mais tu peux *voler*. Tu ne seras plus jamais prisonnière nulle part !

Hélène l'aurait fusillé du regard. Malgré ses efforts, elle ne parvint pas à rester sérieuse. Elle laissa échapper un bruit horrible, proche d'un grognement de cochon, qui provoqua l'hilarité de Lucas. Il se tordait tellement qu'il dut appuyer ses mains sur ses genoux. Alors qu'Hélène se cachait le visage et s'abandonnait à rire, elle sentit Lucas passer un bras autour de sa taille.

Ils restèrent immobiles, appuyés l'un contre l'autre. À cet instant, Hélène comprit sur quoi reposait leur relation. S'ils ne se soutenaient pas, s'ils ne portaient pas chacun leur part, ils s'écrouleraient sous le poids du fardeau qu'on leur avait mis sur les épaules.

Lucas approcha les lèvres de sa joue, tandis que sa main remontait le long de sa colonne vertébrale et caressait doucement sa nuque. Puis elle sentit qu'il se crispait. Elle retint son souffle. Devait-elle l'entraîner sur le sable avec elle, comme elle en mourait envie ? Ou le repousser, comme il l'aurait voulu ? Elle n'eut pas à trancher. Il s'écarta d'elle avec une moue triste et prit son envol.

— Tu sais, tu n'as pas besoin de la course pour décrocher une bonne fac. Tu vas tout exploser avec tes tests, déclara-t-il d'une voix qu'il voulait désinvolte, mais dans laquelle elle perçut un léger tremblement.

— C'est ce qu'Hergie pense aussi...

Elle le rejoignit dans les airs. Comme elle était encore

secouée, il lui fallut du temps pour retrouver le fil de ses pensées.

— Tu sais, je n'ai pas envie de ressembler à ces filles qui s'écrasent devant leur copain, parce qu'au fond, elles préfèrent qu'on décide à leur place.

— Je comprends, approuva Lucas en plissant le nez, alors qu'ils reprenaient la direction de la maison des Délos, main dans la main. Je n'aime pas ce genre de filles.

— Personne ne les aime. C'est pour ça, je ne peux pas céder sur tout... même si tu as raison. J'ai ma fierté, déclara Hélène d'un ton léger, avant d'atterrir dans le jardin.

Mais Lucas restait sérieux. Elle pressa sa main.

— Quoi ?

— La fierté est un piège, surtout pour les Infants. C'est souvent ce qui les conduit à leur perte. Je sais que tu plaisantais, mais il faut faire attention avec ça...

— Ah oui. L'hybris[1], la faute suprême dans la Grèce antique, acquiesça Hélène.

Lucas lui jeta un regard surpris.

— Quoi ! J'ai appris mes leçons de mythologie... Je veux dire d'histoire...

— Oui. D'histoire familiale, ajouta-t-il en l'attirant à lui.

Ils se rendirent à la salle d'entraînement tendrement enlacés, puis ils se changèrent et se retrouvèrent sur le tatami.

Hélène pensait qu'après l'épisode qu'ils venaient de vivre, il subsisterait entre eux une gêne ou une tension,

1. Démesure, orgueil, arrogance, en grec ancien. (*N.d.T.*)

d'autant qu'il arrivait toujours un moment où ils se laissaient troubler par l'intimité qu'impliquaient les positions de jiujitsu. Pas ce jour-là. Avoir brièvement perdu le contrôle de lui-même ne l'en avait rendu que plus vigilant et Lucas n'avait jamais été aussi concentré.

— Oh la la, soupira Hélène, alors qu'elle venait d'échouer à déjouer sa clé de bras. On s'est battus tout l'après-midi et je n'ai pas eu le dessus une seule fois !

— Ça fait combien de temps qu'on s'entraîne ? demanda-t-il en se tournant vers l'horloge accrochée au mur. Est-ce que tu as retrouvé ta capacité à produire des éclairs ?

Hélène se concentra sur cette étrange sensation au creux du ventre et sentit jaillir une étincelle. Elle hocha la tête, un peu surprise. Il l'attrapa par la main et l'aida à se relever.

— Allons faire un essai dehors.

— Attends, protesta-t-elle, j'ai déjà failli te tuer, aujourd'hui !

— Parce que tu manques de pratique...

Il se tourna vers elle et posa les mains sur ses épaules.

— Je sais que c'est une épreuve pour toi, mais tu n'as pas le choix. Il faut que tu dépasses ta peur. C'est quelque chose qui fait partie de toi, Hélène. Moi, je n'ai pas peur. Ni de toi ni de tes éclairs.

Hélène leva les yeux vers lui. Elle fut frappée par la douceur de son regard, qui n'exprimait pas l'ombre d'un jugement.

— Tu sais quoi ? s'exclama-t-elle en se redressant, je veux apprendre !

— Génial !

Ils virent alors le 4 × 4 d'Hector se garer et les enfants Délos en sortir un à un.

— On va tester ses éclairs ! leur cria Lucas.

Jason et Hector échangèrent un regard, puis piquèrent un sprint dans leur direction.

— Ça fait combien de temps ? cria Hector, aussi excité qu'une collégienne.

— Une heure quarante-cinq, à peu près, répondit Lucas. Elle a bu au moins sept litres de flotte !

— J'ai encore un peu soif, reconnut Hélène.

— Qu'est-ce que tu attends pour aller lui chercher de l'eau, Lucas ! s'impatienta Cassandre, qui venait de les rejoindre avec Ariane. Comment veux-tu qu'elle génère de l'électricité sans hydrogène ?

Lucas s'envola vers la maison et fut de retour en moins de vingt secondes.

— Pourquoi tu ne m'as pas dit que tu avais soif ? protesta-t-il en lui tendant une bouteille d'eau fraîche.

— Je ne m'en étais pas rendu compte. Je devrais peut-être y prêter plus attention, marmonna Hélène, penaude.

— Il faut que tu repères tout ce qui peut te rendre plus forte, approuva Hector, une lueur féline dans les yeux.

Elle acquiesça, puis ôta le bouchon et but de longues gorgées.

— Cette porte était démentielle ! s'exclama Jason en passant la main sur son visage – une sorte de tic propre aux Délos, se dit Hélène. On aurait cru le travail d'une pro de la soudure !

— Tu crois que tu as accumulé combien de volts,

là ? s'enquit Cassandre, tandis qu'ils pénétraient tous ensemble dans l'arène.

— Aucune idée, dit Hélène en haussant les épaules. C'est une simple sensation, Cass…

— Alors, attends ! J'ai peut-être une idée pour le mesurer…

— Cassie, plus tard, tes trucs d'intello ! On est pressés, là ! gémit Hector.

— D'accord, d'accord, concéda-t-elle à contrecœur. Désolée, Hélène. Quand tu veux…

La famille Délos se regroupa derrière elle afin de dégager l'espace. Elle leva la main droite – celle avec laquelle elle écrivait – puis se ravisa et leva la gauche. C'était la première fois qu'elle essayait de produire volontairement de l'électricité.

Soudain, un éclair jaillit de ses doigts. Pas juste quelques étincelles, un véritable éclair, fourchu, qui forma un arc à travers l'arène et explosa dans un vacarme assourdissant. Ils furent éblouis par une lumière bleue et, une seconde plus tard, l'arène était recouverte d'une épaisse couche de verre fumant, couleur d'ambre.

— Pas croyable, jura Hector à voix basse.

Hélène claqua la langue contre son palais et se jeta en trébuchant sur la bouteille d'eau que Lucas avait eu le réflexe de lui tendre. Elle descendit le litre en cinq gorgées.

— C'était peut-être un peu excessif, dit-elle en s'appuyant sur Lucas.

— Tu aurais pu griller cinquante personnes, murmura distraitement Ariane.

— Je veux pas griller cinquante personnes. Mais

cinquante frites, pourquoi pas… Y a pas meilleur que les frites, déclara-t-elle avec un sourire idiot.

— L'électricité la perturbe un peu, expliqua Lucas, gêné. J'espère que ce n'est pas dangereux pour elle…

— Ce n'est pas le voltage, Lucas, c'est la déshydratation, le corrigea Cassandre. Son corps est fait pour supporter l'électricité. C'est la perte de liquide au niveau des tissus qui lui fait tourner la tête. Et ce n'est ni permanent ni dangereux, tu n'as aucune raison de t'inquiéter.

Revenue dans la cuisine, Hélène posa les lèvres à même le robinet. Les autres attendirent, patients, en échangeant des regards dans son dos. Quand elle se retourna, elle vit la peur sur leurs visages. Sa gorge se noua. Il s'était passé ce qu'elle avait toujours redouté : ce pouvoir était trop violent, trop destructeur. Comment pourraient-ils jamais lui faire confiance ?

— J'ai terrifié tout le monde ? demanda-t-elle d'une petite voix.

— Tu peux le dire, répondit Lucas, imperturbable.

Elle lui jeta un regard implorant, mais contre toute attente, il lui sourit. Il semblait même *fier d'elle.*

— Mais c'est notre problème, pas le tien, déclara-t-il d'une voix ferme. Il n'y a rien de mal dans ce que tu as fait. Cela ne change rien à ce que tu es.

— En plus, ça doit être génial pour faire des s'mores[1]… ajouta Ariane.

1. Friandise traditionnellement dégustée autour d'un feu de camp, consistant en deux petits gâteaux, entre lesquels on glisse de la guimauve fondue et du chocolat. (*N.d.T.*)

— Ouais... intervint Jason, sceptique. Pas sûr. Est-ce qu'elle arriverait à ne pas faire fondre le chocolat ?

Hélène les regarda les uns après les autres, éperdue de reconnaissance.

Parler de frites et de s'mores leur avait donné faim. Ils se rendirent dans un restaurant sur la plage. Alors qu'Hélène et Lucas s'approchaient du comptoir, la caissière tendit la main vers le collier de la jeune fille.

— Oh, un hippocampe ! J'adore les hippocampes ! Comme il est beau !

Hélène la remercia poliment, prit sa commande avec Lucas puis, quand ils se retrouvèrent assis dans l'un des boxes, ils échangèrent un regard perplexe.

— C'est pas un hippocampe, c'est un cœur ! s'exclama-t-il.

— De quoi tu parles ? rétorqua Hector, méprisant. C'est un coquillage. D'ailleurs, c'est drôle, je ne l'avais jamais remarqué jusque-là...

— Vous rigolez, les gars, grimaça Jason. C'est une fraise. Je la regardais, justement, ce matin...

— C'est un cœur, insista Lucas.

— Mais vous avez perdu la boule ou quoi ? s'exclama Ariane, effleurant le collier des doigts. C'est une clé en or pavée de rubis. Très jolie, d'ailleurs.

Hélène, encore étourdie par la déshydratation, secoua la tête.

— Vous vous trompez tous, à part Lucas. Ma mère m'a donné ce pendentif quand j'étais bébé. C'est un cœur et je n'ai jamais rien porté d'autre.

— Mais oui, c'est un cœur ! s'exclama Cassandre. Je me demandais bien de quoi vous parliez !

— Personnellement, reprit Hélène, j'ai l'impression que chacun voit dans ce pendentif ce qu'il a envie de voir…

Cassandre en resta interdite.

— Je crois que j'ai la clé de l'énigme, mais il faut encore que je vérifie un truc.

Laissant en plan leurs plats, ils coururent jusqu'à la propriété des Délos et envahirent la bibliothèque, où ils dérangèrent Castor et Pallas. Cassandre posa l'échelle à un endroit précis et Lucas la maintint en équilibre pendant qu'elle grimpait. Elle demanda à son père et à son oncle de regarder le collier d'Hélène et de décrire ce qu'ils voyaient.

— Ça ressemble à…. C'est impossible ! murmura Pallas en reculant instinctivement, le regard étincelant de colère.

— Qu'est-ce que tu vois ? s'enquit Castor, intrigué.

— C'est le bijou que j'avais offert à Aileen, déclara Pallas en désignant le collier, comme s'il accusait Hélène de l'avoir volé.

— Cass ? appela Lucas, inquiet.

— Son collier change d'apparence selon celui qui le regarde, expliqua-t-elle, tout en continuant à chercher. D'après ce que je sais, cette particularité est propre à un seul attribut. Le cestus d'Aphrodite.

— Allons donc ! protesta Pallas en secouant la tête. Je n'y crois pas une seule seconde. Pourquoi pas l'égide de Zeus, pendant qu'on y est ?

— C'est quoi, le cestus ? s'enquit Hélène à voix basse, pour qu'ils puissent feindre de ne pas avoir entendu si sa question était trop ridicule.

— Le cestus est la ceinture d'Aphrodite. C'est un objet mythique qui protège des blessures causées par une arme..., répondit Lucas, qui regarda tour à tour Cassandre, son père, et Hélène.

— ... et qui rend celle qui la porte irrésistible, ajouta Castor, tout en jetant un regard inquiet à son fils.

— Et j'aurais ce truc-là, moi ? Je suis désolée de vous décevoir, mais j'ai pas de ceinture mythique en magasin ! s'exclama Hélène en riant.

Personne ne fit écho à son rire. Cassandre redescendit l'échelle, un livre sous le bras, et tendit la main :

— Montre-moi le bijou que ta mère t'a donné.

— Tu veux le garder combien de temps ? demanda Hélène en portant maladroitement la main à sa chaîne.

— Promis, je te le rends tout de suite, jura Cassandre.

— Bien sûr, murmura celle-ci, un peu honteuse de sa réticence.

Elle refoula la panique qui l'envahissait et le détacha. À peine l'eut-elle déposé dans la paume ouverte de Cassandre qu'elle ressentit une brûlure à l'avant-bras.

— Cass, t'es folle ou quoi ? cria Lucas, arrachant des mains de sa sœur un petit couteau.

Hélène sentit une présence dans son dos, puis une main chaude et rassurante se posa sur son épaule. Une main qui, vu sa taille, ne pouvait appartenir qu'à Hector.

— Je te demande pardon, Hélène, mais c'était la seule façon d'être sûre, dit Cassandre d'un air coupable en se mordant la lèvre inférieure.

— C'est pas grave, marmonna Hélène, qui n'avait pas encore très bien réalisé ce qui s'était passé.

Tous les regards convergeaient vers son bras. Elle baissa les yeux et vit une coupure. Des gouttes de sang tombaient sur le tapis.

— Mais ce n'est qu'un collier, répéta Hélène, tout en faisant glisser le pendentif le long de la chaîne.

Elle regarda sur son bras la coupure déjà cicatrisée.

— Il peut revêtir n'importe quelle forme, ça fait partie de son pouvoir, rétorqua Cassandre, irritée de ne pas trouver ses mots. Et s'il prend une apparence différente selon la personne qui le regarde, c'est parce que « le plus beau bijou du monde », ça n'existe pas. Le beau, dans l'absolu, ça n'existe pas. Comment est-ce que je pourrais me faire comprendre ?

— Ce qui est beau pour moi ne l'est pas forcément pour Jason, intervint Ariane. Parce qu'on est attirés par des choses différentes…

— C'est ça, confirma Cassandre.

— Mais pourquoi une ceinture ? insista Hélène.

— Il y a plusieurs milliers d'années, les ceintures étaient très à la mode, commença Castor d'un ton légèrement distant. Mais c'était surtout une source de protection pour celui qui la portait. Certaines comportaient même des os ou des plaques en bronze, comme des armures légères. Il faut distinguer deux parties : la ceinture elle-même et ses ornements. Ce sont ces derniers qui rendaient Aphrodite irrésistible aux yeux de celui qu'elle voulait séduire et ils avaient le pouvoir de changer de forme selon les goûts de celui qui les regardait. Avec le temps, les ceintures sont tombées en désuétude, mais la magie du cestus est restée intacte. Il prend la forme nécessaire pour te rendre plus séduisante, Hélène. Toutes ces dernières années, un simple collier suffisait...

— Je l'ai toujours aimé, reconnut Lucas d'une voix douce. La façon dont il tombe juste là...

Il effleura la gorge d'Hélène. Une rougeur soudaine colora les pommettes de la jeune fille, mais il garda les yeux baissés, conscient des regards inquiets qu'il suscitait. Castor, en particulier, n'aurait pas eu l'air plus accablé s'il avait assisté à un enterrement.

— Mais pourquoi on ne le remarque que maintenant ? s'étonna Jason, réfléchissant à voix haute. On dirait qu'il s'est chargé en sex-appeal ces derniers jours...

Une pensée le frappa. Il leva les yeux sur Hélène et Lucas, puis se détourna.

— Oui, comme s'il avait été activé, ajouta Ariane.

Elle regarda à son tour Hélène et Lucas, traversée par la même idée.

— Et si j'essayais de lui faire prendre une forme différente ? demanda Hélène, ignorant les regards posés sur elle.

Cassandre haussa les épaules.

— Je ne sais pas. Tu peux toujours essayer... Mais je te conseille de l'enlever avant, on ne sait jamais...

Hélène détacha son collier, puis s'efforça de penser à des choses sexy, mais rien ne lui vint à l'esprit. Au bout d'un moment, elle comprit qu'elle faisait fausse route : ce n'étaient pas ses propres goûts qui comptaient, mais ceux des autres. En quête d'un cobaye, elle se tourna vers Hector et se concentra sur lui. Le collier changea miraculeusement de forme dans ses mains...

— Hélène ! protesta Hector.

Elle baissa les yeux et vit un petit morceau de dentelle qui, de près, ressemblait davantage à un fil dentaire incrusté de diamants qu'à un sous-vêtement. Tout le monde éclata de rire, raillant les goûts vulgaires d'Hector. Hélène se tourna alors vers Lucas, se concentra... et le collier reprit sa forme initiale. Il sourit.

— Je l'avais bien dit ! J'aime ce collier, dit-il, sincère.

Une telle flamme brillait dans les yeux du garçon qu'elle comprit qu'elle devait faire diversion. Elle balaya la pièce du regard à la recherche d'une nouvelle victime, mais tous s'égaillèrent.

— N'y pense même pas ! protesta Ariane d'une voix aigue, en courant à l'autre bout de la pièce.

— Allez, Hélène ! C'est pas juste ! gémit Jason, qui reculait en se cachant le visage.

— C'est bon, pas de panique ! reprit Hélène en riant, tout en remettant son collier.

Mais il n'y avait plus personne dans la bibliothèque, hormis Lucas et Cassandre.

— Et toi, Cass, tu n'as pas peur ? lui lança Hélène, espiègle.

À l'expression de son visage, elle comprit qu'elle avait commis un impair.

— Ça ne marche pas sur moi, rétorqua Cassandre d'une voix sèche, avant de passer devant Hélène la tête haute et de quitter la pièce à grands pas.

Hélène se tourna vers Lucas et posa la main sur son bras.

— Je suis désolée, confia-t-elle. Mais je ne comprends pas, Lucas. Qu'est-ce que j'ai dit de mal ?

— Le charme d'Aphrodite n'opère que sur les adultes – les personnes mûres sexuellement, expliqua-t-il d'une voix éraillée, comme s'il avait soudain la gorge sèche.

— Oh. Je ne savais pas. Mais il n'y a pas de quoi avoir honte. Elle n'a que quatorze ans, elle a juste un peu de retard...

Lucas l'interrompit.

— Ma sœur ne sera jamais une femme. Elle a été choisie par les Moires.

— Comment ça ?

— Ça veut dire qu'elle ne vivra jamais ce que vivent les autres femmes, qu'elle ne tombera jamais amoureuse, et n'aura jamais d'enfants. Elle ne pourra même pas avoir des relations sans lendemain, comme Hector. Elle est sacro-sainte pour les Moires, qui ne veulent pas partager leur fille.

— Mais si elle se sent femme, pourquoi elle ne pourrait pas se comporter comme une femme ? On se fiche de ce que pensent ces trois vieilles peaux ! protesta Hélène avec conviction.

Lucas fronça les sourcils, agacé.

— Tu ne comprends pas, Hélène. Je te parle des Moires, là, pas de parents surprotecteurs qui feraient une fixation sur la virginité de leur fille. Les *Moires* ne peuvent être ni contestées ni fuies. Cassandre ne pourra jamais faire le mur pour rejoindre un mec rencontré dans une fête, continua-t-il en arpentant la pièce. Et même si elle éprouvait pour ce garçon un profond respect et qu'elle tombait amoureuse de lui, les Moires les sépareraient. Le Destin lui-même veillerait à ce que Cassandre ne pose plus jamais les yeux sur lui.

— Mais c'est horrible ! s'exclama Hélène, horrifiée.

— Un jour, les Moires la sépareront de nous, sa famille. C'est difficile à deviner quand on nous voit maintenant, mais on a été très proches, tous les deux. Dès qu'on marchait ensemble, elle me tenait la main… dit-il, la voix brisée par l'émotion. On n'aurait pas pu rêver petite sœur plus adorable : un cœur immense dans le corps d'une toute petite fille. Mais plus le temps passe, plus elle devient comme *elles*. Froide, méticuleuse, implacable.

Hélène posa les mains sur la taille de Lucas et attendit en silence qu'il la serre contre lui, ce qu'il finit par faire. Plusieurs minutes s'écoulèrent avant qu'Ariane ne surgisse dans la bibliothèque.

— Qu'est-ce qui se passe ? tressaillit Lucas.

— Ta mère a découvert l'histoire du machin d'Aphrodite et elle pique une crise, avoua Ariane, le cœur lourd. Elle veut voir Hélène.

Tout l'oxygène sembla quitter la pièce. Ariane fit demi-tour et Lucas lui prit la main.

— C'est grave ? demanda Hélène, inquiète, tandis qu'ils suivaient Ariane à travers la maison.

— Oui, chuchota-t-il. Tu peux me faire une promesse ?

— Quoi ?

— Quoi que ma mère dise, promets-moi que ce n'est pas la dernière fois qu'on se parle.

Il s'arrêta, l'attrapa par les épaules et appuya ses lèvres contre son front tout en continuant à parler :

— Jure que tu me reparleras. Même une seule fois.

— Je le jure.

Ils pénétrèrent dans la cuisine et se tenaient la main, comme si c'était la dernière fois.

Noëlle fit un signe à Castor, qui ordonna à son fils de monter.

— Je crois que j'ai le droit d'écouter, protesta-t-il d'une voix calme.

Hélène serra sa main et jeta un regard aux visages solennels qui l'entouraient.

L'atmosphère était lourde. Hélène se mit à respirer si vite qu'elle crut qu'elle allait faire de l'hyperventilation.

— Je ne veux personne dans la cuisine, scanda Noëlle. C'est une affaire entre Hélène et moi.

Après quelques secondes de silence, Jason fut le premier à réagir. Il s'approcha de Lucas et détacha sa main de celle d'Hélène. Lucas se laissa entraîner à l'étage. Les autres quittèrent les lieux, le visage triste – hormis Pallas, qui semblait satisfait.

— Assieds-toi, dit Noëlle, tirant une chaise et s'installant face à elle. Tu ne comprends pas ce qui se passe, n'est-ce pas ?

Elle secoua la tête et avala sa salive.

— Ariane a dû t'expliquer la Trêve, non ?

— Elle m'a dit que les Maisons devaient rester divisées, sinon les dieux reviendraient et reprendraient la guerre de Troie là où elle s'était arrêtée, réussit à prononcer Hélène d'une voix étranglée.

— C'est ça. Qu'est-ce que ça veut dire ? Quel serait pour les Maisons le moyen le plus simple de s'unir ? demanda-t-elle d'un ton sec.

Hélène secoua de nouveau la tête. La peur la rendait muette.

— Il y a deux solutions. Une Maison peut anéantir les autres ou s'allier par un mariage – ce qui est normalement impossible, puisque les Érinyes veillent à ce que les Infants se haïssent, mais ce n'est pas le cas entre toi et Lucas.

Hélène laissa échapper un soupir de soulagement.

— C'est juste ça ? s'exclama-t-elle. Mais on n'a pas l'intention de se marier ! Lucas et moi, on est trop jeunes ! On n'est pas bêtes à ce point !

Noëlle secoua la tête d'un geste réprobateur.

— Sais-tu comment se passait un mariage dans la Grèce antique ? demanda-t-elle d'une voix plus calme. D'une façon très simple. Une vierge se rendait dans la maison d'un homme, avec toute sa famille comme témoin. Cette vierge et cet homme partageaient un feu, un repas, un lit. Si la fille n'était plus vierge au matin, le couple était considéré comme marié. Et voilà. Tu es toujours vierge, n'est-ce pas ?

Hélène s'empourpra.

— Oui. Mais ça ne regarde que moi !

— Au contraire. Ça nous regarde au plus haut point. Parce que Lucas et toi, vous avez déjà partagé tout le reste, il n'y a plus que la consommation du mariage. Si jamais ça devait arriver, du point de vue des dieux, tu serais sa femme. Du moment où tu deviens sa femme, les deux dernières Maisons seront réunies. Et tu sais ce que cela implique.

— La guerre, murmura Hélène, assommée.

Elle se creusa la tête pour trouver une faille dans le raisonnement de Noëlle, un petit détail qui ferait s'écrouler tout l'édifice. En vain.

— C'est impossible…

— Si, et c'est bien toute l'ironie de l'histoire. La première guerre de Troie a eu lieu parce que deux adolescents amoureux se sont enfuis ensemble, et vous voilà tous les deux, sur le point de commettre la même bêtise, dit Noëlle, d'une voix où pointait la compassion.

— Et Lucas le savait ? Depuis le début ? s'enquit Hélène, comme engourdie.

— Depuis la première fois qu'il t'a vue, oui.

— Je comprends mieux, chuchota Hélène, qui voyait les pièces du puzzle s'encastrer enfin. Et moi qui croyais qu'il était vieux jeu…

— Lucas ? Oh non…

Noëlle se mit à rire en secouant la tête.

— Mais il a le sens du devoir et je lui ai fait confiance. Je pensais qu'il serait capable de se maîtriser et de ne pas commettre un acte qui plongerait le monde dans le chaos. Mais le cestus change tout.

— Pourquoi ? protesta Hélène en se redressant soudain. Je le porte depuis le premier jour et ça ne l'a pas empêché de se maîtriser ! Et je ne lui ai pas toujours rendu les choses faciles, avoua-t-elle, une nuance de regret dans la voix. Mais maintenant que je sais, on peut continuer à se voir…

— Et ensuite ? demanda doucement Noëlle.

Sa colère avait fondu lorsqu'elle avait compris à quel point Hélène prenait les choses à cœur.

— Vous pourriez rester fidèles à votre promesse et ne jamais coucher ensemble. Mais que deviendrait votre relation avec le temps ? Que deviendrait Lucas ?

Noëlle se tut et fixa ses mains posées sur ses genoux.

— Ce sera dur, mais vu l'enjeu…

— On m'a déjà dit que ma fille deviendrait folle. Je ne veux pas perdre mon fils aussi, l'interrompit Noëlle, les yeux agrandis par la peur. S'il te plaît, Hélène. Je t'en supplie. Tiens-toi loin de Lucas. Si vous prenez vos distances, peut-être arrivera-t-il à se détacher de toi avant qu'il ne soit trop tard...

— Vous parlez comme si j'allais le rendre fou, protesta Hélène, contrariée.

Noëlle posa sur elle un regard perçant.

— Le cestus n'est pas un philtre d'amour qu'on achète à la foire du coin. C'est un attribut hérité de la déesse de l'amour elle-même. Si tu ne sais pas que l'amour peut rendre fou, c'est que tu manques d'expérience.

— Alors, je ne le porterai plus.

— C'est hors de question, rétorqua Noëlle. Le cestus t'a sans doute sauvé la vie plus souvent que tu ne le crois. Dois-je te rappeler à quel point il est crucial que tu restes en vie ?

Les deux femmes se regardèrent. Les pensées d'Hélène s'entrechoquaient dans sa tête. Elle avait lu *L'Iliade* et, comme Lucas, elle avait détesté Pâris et Hélène. Elle les avait trouvés égoïstes de préférer voir une ville en cendres plutôt que de se séparer. Mais Hélène Hamilton ferait-elle mieux qu'Hélène de Troie si elle était incapable de renoncer à Lucas ?

— Pourquoi personne ne m'a rien dit ? explosa-t-elle.

— Lucas nous l'avait interdit. Il avait besoin d'un peu de temps, ce que tout le monde a compris. Nous n'avons pas voulu nous immiscer dans votre relation...

— Mais on n'a pas le droit d'avoir une relation !

Des larmes brûlantes lui remplirent les yeux.

— Ce n'est pas juste.

— Je sais, dit Noëlle, repoussant une mèche de cheveux derrière l'épaule d'Hélène.

— Alors, aucun d'entre nous n'a le droit de choisir sa vie ? s'exclama cette dernière.

Elle pensa à Cassandre. Son corps était agité de tremblements. Comment pourrait-elle se tenir loin de Lucas ? Ça lui paraissait aussi impossible que de demander à ses mains de se flétrir comme des feuilles mortes et de tomber.

— Castor et moi, on a voulu y croire, confia Noëlle d'une voix triste. On s'est enfuis peu avant la naissance de Lucas. On voulait tout effacer, tout recommencer à zéro… On lui a même donné un nom qui ne respectait pas la tradition…

— Et alors ? s'enquit Hélène, pleine d'espoir. Qu'est-il arrivé ?

— Ce qu'il arrive toujours, répondit Noëlle avec un sourire contraint. La famille.

Hélène resta immobile. Elle ne voulait pas se lever, de peur de mettre un terme à la discussion – et à sa présence dans la maison. Elle savait, après avoir vu la manière dont ils avaient tous obéi, que les paroles prononcées par Noëlle dans sa cuisine avaient force de loi. Elle avait toujours cru que Noëlle était la plus fragile, celle qui avait besoin d'être protégée. Mais lorsqu'il s'agissait de décider qui bénéficiait de son hospitalité et qui en était exclu, c'était elle qui avait le dernier mot. Même Lucas ne pouvait s'en affranchir sans rompre avec le reste de sa famille. Hélène n'avait plus la bénédiction de Noëlle. Tout était dit.

Elle finit par se lever et gagna la porte mais, avant de la franchir, une idée traversa son esprit.

— Je peux vous poser une dernière question ?

Elle attendit poliment que Noëlle acquiesce.

— Quel nom auriez-vous donné à Lucas si vous aviez suivi la tradition ?

— Le même nom que son grand-père, le père de Castor, mort peu après sa naissance, répondit Noëlle, le visage fermé.

— C'est-à-dire ?

— Pâris, répondit Noëlle sans oser soutenir son regard.

QUINZE

La prairie s'étendait à l'infini. Une seule sorte de fleurs y croissait, des petites fleurs si pâles qu'elles paraissaient translucides. Nulle abeille ne venait les butiner et seul le passage d'Hélène bousculait leur parfait alignement. C'étaient des fleurs infertiles, privées de parfum, qui ne nourrissaient aucune vie de leur nectar et qui ne donneraient jamais de fruits.

Le paysage qu'elle traversait n'était ni vallonné ni escarpé, la température n'était ni trop chaude ni trop froide, il n'y avait ni roche coupante ni buisson épineux pour lui écorcher les pieds, et pourtant, marcher lui était tout aussi insupportable. Hélène continuait à poser un pied devant l'autre, mais elle aurait aussi bien pu rester au même endroit, immobile, à regarder les mêmes fleurs sans intérêt et à respirer le même air confiné. Car ce pays-là était immuable, monotone, et plus elle avançait, plus ses sens s'engourdissaient.

C'était la prairie de la tristesse infinie.

Lorsque Hélène se réveilla, elle ne savait pas quel jour on était. « Quelle importance ? » se demanda-t-elle.

Puis elle réalisa que, si on était samedi, elle ne serait pas obligée d'aller au lycée. Elle n'aurait pas à supporter les questions maladroites de filles avides de savoir si Lucas et elle sortaient encore ensemble. Les vautours volaient en cercle, lèvres peintes ou muscles bandés, chacun espérant être le premier à se poser sur l'une ou l'autre des deux carcasses.

Si on était samedi, Hélène n'apercevrait pas Lucas au détour d'un couloir, en train de rejoindre sa classe. Elle ne reconnaîtrait pas la courbe gracieuse de son épaule ou l'inclinaison de sa tête au-dessus de la masse de silhouettes anonymes. Si on était samedi, elle pourrait se rendre chez les Délos avec la certitude qu'il n'y serait pas. Mais si on était samedi, elle aurait seize ou dix-sept heures à tuer, l'une après l'autre. Toute la journée, elle devrait se trouver là où lui ne se trouvait pas.

Hélène se retourna sur son matelas pneumatique, jeta un œil au réveil et vit qu'on était samedi. Neuf jours et demi s'étaient écoulés depuis que Noëlle lui avait interdit de revoir Lucas et Hélène était comme anesthésiée.

Elle entendit Ariane s'étirer, puis elle la vit se pencher par-dessus le rebord du lit.

— 'lut, lui lança celle-ci avec un soupçon de sourire. T'as dormi comment ?

Hélène rejeta la couette pour découvrir les clochettes accrochées à ses chevilles. Elles n'avaient pas bougé depuis la veille, quand les deux filles s'étaient couchées, mais sous les clochettes, ses pieds étaient sales, meurtris et rougis par des semaines et des semaines de marche.

— Encore ? s'exclama Ariane, consternée. Tu dois t'envoler par la fenêtre, parce que je n'ai rien entendu, et j'ai à peine fermé l'œil de la nuit !

— Ce n'est pas ta faute, protesta Hélène en détachant les clochettes.

Elle hésita à lui parler de ses rêves si réels. Ce n'était un secret pour personne qu'elle faisait des cauchemars, mais elle n'en avait pas évoqué le contenu depuis le jour où elle s'était confiée à Cathy. Elle prit une inspiration, prête à ouvrir son cœur, puis se ravisa. Et si Ari pensait qu'elle devenait folle, comme Cassandre ? Mieux valait ne rien dire.

— Je ne vois pas à quoi ça sert que tu restes ici toutes les nuits si je disparais par la fenêtre dès que tu t'endors...

— Tu perds ton temps, marmonna Ariane, irritée.

Elle repoussa les couvertures et se leva.

— Déjà que Lucas va me tuer, ajouta-t-elle en quittant la pièce.

— Oh, bonjour ! Désolé ! s'exclama Jerry, surpris, en se heurtant à une Ariane court vêtue dans le couloir.

— Bonjour, grommela Ariane, avant de claquer la porte de la salle de bains.

Hélène glissa les clochettes sous le lit et leva les yeux vers son père, qui se tenait timidement sur le seuil de la chambre.

— Je ne savais pas qu'Ariane était là cette nuit encore...

— Ouaip, répondit Hélène, comme s'il s'agissait d'une évidence.

— Bon... Et tu vas passer la journée chez elle, je suppose ? À travailler sur votre exposé ?

— Ouaip.

— Bon… Euh… Bon anniversaire, au fait…

— Merci, répondit Hélène en hochant la tête.

Elle le fixa jusqu'à ce qu'il quitte les lieux.

— J'ai cru entendre que c'était ton anniversaire ? demanda Ariane, les yeux écarquillés, en revenant dans la chambre.

— Mm. Je préfère que tu ne dises rien à personne. Je veux m'entraîner, rentrer à la maison et me coucher.

— Tu rigoles ? Il faut qu'on fasse un truc ! protesta Ariane. On devrait se prendre la journée, faire du shopping et sortir au restau ce soir !

— Je suis désolée, Ari, mais je viens à peine de me réveiller et je suis déjà exténuée. Entraînement, et dodo. Je n'ai envie de rien d'autre.

Ariane secoua tristement la tête. Elle regarda Hélène replacer sa couette sur le matelas gonflable où elle dormait toutes les nuits. Hélène sentait qu'elle avait envie d'insister afin qu'elle essaie au moins de s'amuser pour son anniversaire, mais elle finit par renoncer.

Hélène était si fatiguée qu'elle peinait à garder les yeux ouverts. Elle mourait de faim. Avait-elle réellement marché pendant des jours entiers, comme dans son rêve, ou était-elle en train de perdre la raison ? Les paroles de Noëlle lui revenaient en mémoire. L'amour peut rendre fou. Ses cauchemars étaient-ils les prémices de la folie ? Au point où elle en était, Hélène considérait cette éventualité comme une promesse de soulagement.

Créon monta sur le pont du yacht que son père avait mis à la disposition de son équipe. La traversée de l'Atlantique, au départ de l'Espagne pour Nantucket, avait été longue et fastidieuse, mais ils n'avaient pas eu le choix. Ils avaient besoin d'outils impossibles à faire passer à la douane, même dans un avion privé, sans compter qu'ils n'auraient pas pu ramener leur proie. Ce qui aurait été absurde.

Son père lui avait tout expliqué – comment, des années plus tôt, il avait failli tuer Daphné, mais qu'il était tombé sous le charme de son visage. Le visage. Créon avait été surpris que son père se soit montré plus faible que lui, mais il y vit un signe de l'imminence de l'Atlantide. Les jeunes générations naissaient plus fortes, mieux armées, et elles pourraient un jour vaincre les dieux. Ce moment de faiblesse, si regrettable fût-il, avait au moins permis à Tantale de découvrir sa phobie de l'eau. Car Daphné craignait et détestait l'Océan, ce qui donnait un avantage certain aux Cent Cousins. Sur un bateau isolé en pleine mer, elle se retrouverait prisonnière d'un élément sur lequel elle n'avait aucune prise. Et vu l'étendue de sa puissance, on ne saurait être trop prudent...

Avant de débarquer, Créon donna ordre à son équipe de rester à bord et d'attendre son retour. Il préférait les tenir éloignés de l'action le plus longtemps possible. Un de ses chers cousins pouvait vouloir lui voler son Triomphe et il était bien décidé à empêcher cela. Après avoir pris tant de risques et fait preuve d'une si grande patience, il serait celui qui apporterait à sa Maison la gloire qu'elle méritait. Il deviendrait l'égal des grands héros d'autrefois, Hercule ou Persée. Il leur serait même supérieur, car il ne se contenterait pas de tuer une hydre ou une gorgone, il offrirait l'immortalité à sa famille, et à son père.

Une simple vie s'opposait à ses desseins et cette vie serait livrée à Tantale, Chef de la Maison de Thèbes et futur dirigeant de l'Atlantide, par Créon, son fils et héritier, à qui reviendrait l'honneur de la capture. Et peut-être recevrait-il en récompense le trophée magnifique qu'il méritait – la fille de sa proie.

Ariane et Hélène roulèrent dans le plus grand silence jusqu'à la propriété des Délos. Au feu en ville, elles s'arrêtèrent juste derrière la voiture de Matt. Ariane lui fit un signe de la main. Elles le virent jeter un regard soucieux dans son rétroviseur.

— Je sais que tu es triste, mais tu ne devrais pas ignorer Matt comme ça ! s'exclama Ariane avec chaleur. C'est vraiment un mec bien ! Tu lui fais de la peine !

— C'est vrai. Je suis égoïste, reconnut Hélène, indifférente. Je le sais, et je déteste ça, mais je n'arrive pas à faire autrement...

— Ce n'est pas ce que je voulais dire, protesta Ariane, désolée, les yeux fixés sur la route. Je sais le sacrifice que tu fais, et je sais pourquoi. Mais je pense que tu devrais te laisser aller à pleurer, au moins une fois. Peut-être que tu te sentirais un peu mieux...

Hélène avait essayé de pleurer, mais pas une larme n'avait coulé. Elle n'avait rien senti d'autre que ce vide effrayant à l'intérieur d'elle-même. Elle savait qu'elle aurait dû se soucier de ce que ressentait Matt, mais elle se moquait de ce qu'elle ressentait elle-même, y compris quand elle se battait pour défendre sa vie sur le tatami.

Leurs entraînements étaient devenus brefs et violents. À présent qu'Hélène n'était plus entravée par ses émotions, elle avait appris à contrôler ses éclairs et à les utiliser à faibles doses. Seul celui qui ne craignait pas d'être électrocuté pouvait se battre à mains nues contre elle. Entre ses éclairs et la protection du cestus, elle était devenue quasi invulnérable.

À la fin de la séance, ce jour-là, Hector tenta de la bloquer par une clé kimura. Elle lui envoya une décharge pour la troisième fois et il s'écroula sur le tatami, inconscient. Au bout d'un moment, elle s'approcha de lui et le poussa du bout du pied.

— C'est fini ? demanda-t-elle en haussant les sourcils.

— Tu ne sais toujours pas te battre, marmonna-t-il en essuyant le sang qui coulait sur son menton.

— Tu t'es coupé la langue avec les dents. Tu devrais faire une pause.

Hélène gagna son coin pour boire de l'eau. Elle vit Claire, Jason, Cassandre et Ariane qui la regardaient de l'autre côté de la cage de combat. Jason fut le premier à réagir. En deux enjambées, il fut près de la barrière. Il bondit par-dessus d'un geste souple et atterrit près de son frère.

— Je crois que ça suffit, Hector, dit-il. Elle n'a plus besoin de s'entraîner.

— Elle ne sait toujours pas donner un coup de poing, protesta Hector en avalant la moitié des syllabes.

— Elle n'en a pas besoin, trancha Cassandre. Ni besoin d'apprendre à donner des coups, ni à manier l'épée, ni à tirer à l'arc. Elle est dix fois plus redoutable que toi, Hector, et si tu continues à chercher à la battre à tout prix, tu vas finir en état de mort cérébrale. Les entraînements sont terminés.

Cassandre se leva et quitta le dojo.

— Elle est toujours aussi vulnérable ! cria Hector alors qu'elle s'éloignait. Il suffit de trouver un moyen de neutraliser ses éclairs, et elle n'a plus rien ! *¡ Nada !*

— Laisse tomber, Hector, lui dit doucement Jason. Cassandre a raison. Tu peux essayer de trouver ses points faibles et l'aider à les surmonter, mais l'entraîner au jiujitsu n'a plus de sens. Elle n'a rien à craindre d'un combat à mains nues.

— Alors, je n'ai plus besoin de chaperon ? demanda Hélène.

Les Délos se consultèrent du regard.

— Sans doute pas, finit par conclure Hector. En tout cas tant que Cassandre n'a pas perçu de menace précise. Mais dès qu'il y a le moindre danger, on ne te quittera plus d'une semelle.

— Mais pour l'instant, je peux partir ? demanda Hélène, attendant sagement son autorisation.

Il hocha la tête. Elle s'inclina, puis s'éleva dans les airs.

— Attends, Lennie ! appela Claire. On voulait faire la fête ! Cathy t'a préparé un gâteau !

Hélène baissa les yeux et vit le visage inquiet de Claire. Mais elle était dans l'incapacité totale de faire ce qu'on attendait d'elle : elle ne pouvait pas faire semblant d'être joyeuse. Même pendant les quelques heures que durerait une fête, même pendant la demi-heure où ils lui chanteraient « Joyeux anniversaire » et dégusteraient un gâteau, même pendant les cinq minutes nécessaires pour expliquer à Claire pourquoi elle ne pouvait pas.

— Je t'adore, lança-t-elle à sa meilleure amie, avant de s'envoler.

Elle crut entendre Jason dire quelque chose comme « Lucas est pareil », mais elle avait peut-être rêvé.

Elle n'avait ni but précis ni horaire à respecter. Elle savait juste qu'elle n'avait pas le droit de quitter l'île. Elle l'avait promis à Lucas et elle ne voulait pas trahir sa promesse. C'était crucial, pour elle, même si cela signifiait renoncer à la seule chose qui aurait pu lui apporter du réconfort. Elle n'irait peut-être jamais en Patagonie avec lui, mais le seul moyen de préserver la confiance entre eux était de ne pas traverser l'Océan tant qu'il ne lui avait pas donné le feu vert.

En revanche, elle pouvait toujours gagner l'extrémité de l'île. Elle n'était pas retournée à Great Point depuis une semaine – non par crainte de s'effondrer et de pleurer toutes les larmes de son corps, mais parce qu'elle avait trop peur de ne rien ressentir. Elle avait l'impression d'être devenue aussi stérile et atone que les fleurs blêmes de ses errances nocturnes. Elle avait beau se demander pourquoi elle réagissait ainsi, elle ne comprenait pas. Jusqu'au moment où elle aperçut Lucas, tout en haut du phare.

Il était juché sur le chemin de ronde et regardait le jour décroître à l'horizon. Une tempête se préparait et les couleurs rougeoyantes du coucher de soleil se frayaient avec peine un passage entre les lourds nuages noirs qui s'amoncelaient dans le ciel. La lumière déclinante se réfléchissait sur sa peau. Il était plus beau que jamais.

Hélène comprit soudain pourquoi elle avait retenu ses émotions comme une digue, plutôt que de se répandre comme une cascade. Elle n'était pas triste, mais furieuse.

Alors qu'elle volait vers lui, il l'aperçut et se leva. Hélène ne se posa pas sur le chemin de ronde. Elle vola face à lui, comme si elle revendiquait le ciel pour elle seule. Ils se regardèrent, incapables de parler.

— Qu'est-ce que tu fais là ? finit par demander Lucas, les yeux creusés.

Hélène ne prit pas la peine de répondre à une question aussi idiote.

— Pourquoi tu ne m'as rien dit ? explosa-t-elle. Depuis le début ! Pourquoi tu ne m'as pas expliqué, au moins, pourquoi on ne pouvait pas être ensemble ?

— Si tu voulais savoir, pourquoi tu n'as pas répondu au téléphone une des milliers de fois où je t'ai appelée ? répliqua-t-il, aussi blessé qu'elle.

— Arrête ! hurla-t-elle. Arrête de me poser des questions alors que c'est toi qui as toutes les réponses !

Elle sentit les premières larmes lui picoter les yeux. La digue allait céder. Ce qui allait suivre, elle le savait, serait un déluge de sanglots incontrôlables. Elle devait s'éloigner le plus vite possible. Elle somma l'une des rafales de l'emporter au loin, mais Lucas sentit le caractère désespéré de son acte et plongea pour l'attraper avant qu'elle ne soit happée par une tempête dont elle avait sous-estimé la violence. Dès qu'il la tint entre ses bras, il craqua et l'embrassa.

Hélène fut si surprise qu'elle s'arrêta de pleurer avant même d'avoir commencé et perdit l'équilibre. Lucas la rattrapa au vol. Ils firent quelques culbutes dans les bras l'un de l'autre, puis il la ramena sur le chemin de ronde en l'embrassant. À peine leurs pieds eurent-ils touché le sol que le phare s'alluma, projetant l'ombre de leurs silhouettes enlacées sur les vagues agitées de l'Océan.

Il détacha ses lèvres des siennes.

— Je ne peux pas te perdre, murmura Lucas. C'est pour ça que je ne t'ai pas dit la vérité. Je pensais que, si tu savais, tu me rejetterais. Je ne voulais pas que tu abandonnes tout espoir. Je ne peux pas vivre si tu renonces à croire en nous.

— Je ne veux pas renoncer, gémit Hélène, mais il n'y aura jamais de « nous », Lucas. Tu aurais dû me le dire !

Il appuya sa joue contre son cou pour prolonger le contact avec elle.

— Rien n'est éternel, il n'y a pas d'absolu, protesta-t-il. On va trouver une solution.

Hélène fronça les sourcils et le repoussa jusqu'à ce qu'il se détache d'elle. Elle s'assit sur le chemin et lui fit signe de s'asseoir près d'elle.

— Lucas, on s'en voudrait et on finirait par se détester l'un l'autre…

— Je sais ! s'exclama-t-il dans un élan désespéré. Je ne te parle pas de fuir ensemble !

— Quoi, alors ? s'enquit-elle doucement. Qu'est-ce qu'on peut faire ?

— Je ne sais pas encore, reconnut-il.

Il s'adossa contre la paroi en verre et serra Hélène contre lui.

— Je ne pourrai jamais vivre une deuxième semaine comme celle-là.

— Moi non plus.

Elle resta blottie contre lui, parfaitement sereine pour la première fois depuis longtemps.

— Même si c'est dur d'être ensemble, c'est bien pire d'être séparés.

— Tu te rappelles le conseil que tu m'as donné ? Choisir la solution la moins insupportable ? demanda-t-il en pressant ses lèvres contre son front. Au moins, on sait qu'on ne peut pas être séparés...

— J'avais l'impression d'être morte, confia-t-elle, encore effrayée, comme si évoquer le vide qui l'avait habitée risquait de le faire revenir.

— Moi aussi, murmura-t-il d'une drôle de voix.

— Mais ta mère ? Elle ne sera jamais d'accord !

— Il faut qu'on lui parle. Il faut qu'on parle à toute ma famille.

— Mais s'ils veulent quand même nous séparer ?

— Alors, on s'enfuira, répondit Lucas à voix basse.

Ils restèrent silencieux. La lumière du phare balayait les vagues couvertes d'écume de l'Océan en pleine tourmente. Hélène entendait le cœur de Lucas battre à coups redoublés. Il la serra plus fort contre lui, comme s'il rassemblait ses forces pour la bataille à venir.

— Ils nous poursuivront, chuchota-t-elle. Ils penseront qu'on aura déclenché la guerre...

— Je sais. Mais on va trouver un moyen pour sauver la Trêve... même si ça leur paraît impossible !

— On n'est pas *obligés* de commettre la même erreur qu'*eux* ! s'enflamma Hélène. Ça m'énerve qu'ils nous croient assez bêtes pour faire une chose pareille, alors que nous, on en connaît les conséquences !

Lucas fit entendre un rire sans joie.

— Finalement, on n'a même pas besoin de vivre notre vie : quelqu'un a déjà décidé comment elle allait finir, déclara-t-il avec amertume, la voix bouillonnant d'indignation.

Une pensée grave le traversa.

— Tu es sûre que c'est ce que tu veux, Hélène ? Tu sais que tu devras quitter ton père ?

— Je sais, répondit-elle.

Elle avait conscience qu'en fuguant, elle laisserait Jerry plus anéanti qu'il ne l'avait été par le départ de sa mère, mais elle se sentait prête à le faire, pour Lucas. Pour eux deux.

— S'ils ne veulent pas nous laisser ensemble, on n'aura pas le choix ! scanda-t-elle avec force.

— Ce ne sera pas pour toujours, assura-t-il, essayant de se rassurer lui-même. Juste tant qu'on n'aura pas trouvé de solution. Ce n'est pas possible qu'il n'y en ait pas.

— D'ailleurs…

Elle sentit qu'il se raidissait.

— Je crois savoir à quoi tu penses, dit-il, hésitant. Je ne suis pas sûr d'avoir envie de l'entendre…

— Si je n'étais plus vierge ? s'enquit-elle, anxieuse. Dans le mariage grec, il fallait être vierge…

— Je ne veux pas te partager, Hélène. Et en plus, ça ne servirait à rien.

— Lucas, sérieusement, il faut y réfléchir…

Elle se débattit pour échapper à son étreinte, s'écarta et le regarda.

— Réponds-moi franchement : est-ce que tu voudrais encore de moi si j'étais d'abord passée dans les bras d'un autre ?

— Bien sûr ! protesta-t-il, blessé. Je t'aime, Hélène.

— Écoute, alors. Cette idée me déplaît rien que d'en parler, mais...

Lucas secoua la tête avec force.

— Lucas, je t'aime, moi aussi. Je suis prête à tout si ça nous permet de rester ensemble. Quoi ? Pourquoi tu secoues la tête ? Tu n'es pas tout seul à décider !

— Ce subterfuge ne servirait à rien. À moins que tu ne cherches qu'une relation physique. C'est ça qui t'intéresse chez moi ? Le sexe ?

— Quoi ? Bien sûr que non, et tu le sais très bien ! rugit-elle. Je viens de te dire que je t'aime !

— Alors, ça ne marchera pas, conclut Lucas en lui prenant les mains et en l'attirant vers lui. Si toi et moi, on était ensemble comme on en a envie. Enfin, comme j'en ai envie...

— De quoi tu as envie, en fait ?

— Je veux tout. Tout ce qu'on a déjà évoqué. Qu'on partage tout. Qu'on aille au lycée ensemble, qu'on apprenne une dizaine de langues, qu'on parcoure le monde. Et surtout, qu'on soit tous les deux.

— Moi aussi ! s'exclama-t-elle, enthousiasmée. Et pour ça, on n'a pas besoin d'être mariés !

— Mais si on partage tout, dit-il en secouant la tête, on serait considérés comme mariés par les dieux – même si je ne suis pas le premier. Je veux partager ta vie, toute ta vie, et du coup, tu serais ma femme. Je ne veux pas me contenter de moins.

Il fit une pause, puis ajouta :

— Sans compter qu'on ne pourra pas vivre ensemble si je suis en prison.

— Hein ? s'enquit-elle, les sourcils froncés. Pourquoi tu irais en prison ?

— Pour avoir tué le mec qui t'aura pris ta virginité, répondit-il. Toi, je te pardonnerais. Mais pas lui. Ce mec est un homme mort.

Hélène sourit, incrédule, mais elle jugea préférable de ne pas mettre en doute sa sincérité.

— Alors, qu'est-ce qu'on fait ? soupira-t-elle en s'appuyant contre lui. On ne peut pas être ensemble et on peut encore moins être séparés...

— On se serre les coudes et on joue le jeu jusqu'à ce qu'on réussisse à en changer les règles. On va trouver une solution, je te le promets, Hélène.

— Ce n'est pas de l'hybris, ça, Lucas ? Croire qu'on peut être plus forts que les Moires ?

— Je m'en fiche. J'ai besoin d'espérer...

Il l'embrassa. Hélène se laissa tomber dans ses bras. Cette fois, elle n'était pas paralysée par la surprise, comme lors de leur premier baiser, et elle s'y adonna tout entière. Elle sentit qu'il répondait à son étreinte... Trop vite, bien trop vite, il s'écarta. Plissant les yeux comme s'il avait mal, il repoussa doucement ses mains.

— Arrête ça...

Il se força à rire – un rire qui sonnait faux.

— Excuse-moi, je ne sais pas très bien ce que je fais, dit-elle, les lèvres encore frémissantes.

— Ça ne se voit pas, marmonna-t-il.

Il la prit par les mains et la fit se lever.

— Un peu d'air frais nous fera du bien...

— Où on va ? À Venise ? tenta-t-elle, espiègle.

— Bonne idée. C'est exactement ce qu'il nous faut, un cadre plus romantique, rétorqua-t-il, sarcastique. Désolée, Miss 100 000 volts, mais je te ramène chez ton père avant de déclencher une guerre.

Il s'éleva dans les airs, puis se tourna vers elle et lui tendit la main, comme s'ils étaient dans une salle de bal et qu'il l'invitait à danser. Réprimant un soupir, elle le rejoignit et se laissa porter par les tourbillons qu'il imprimait dans le vent pour elle.

Quelques minutes plus tard, ils atterrissaient devant la maison d'Hélène. Ils se dirigèrent vers la porte, main dans la main, quand il l'arrêta :

— Tu as vraiment cru que j'avais oublié ? Bon anniversaire !

— Ça m'était complètement sorti de la tête ! s'exclama-t-elle, confuse.

— Pas moi, sourit-il.

Il leva les yeux vers les fenêtres éclairées et ils écoutèrent le bulletin d'alerte météo que diffusait la télévision.

— Ton père t'attend. Tu devrais y aller…

— Oui. Et Cathy qui m'a préparé un gâteau, ajouta-t-elle, soudain gênée d'avoir autant malmené sa famille, ces derniers temps.

— Demain, à la première heure, je passe te chercher, promit-il, effleurant brièvement ses lèvres. On ira chez moi et on parlera à ma famille. Ensemble.

— D'accord.

Ils s'embrassèrent et restèrent étroitement enlacés, jusqu'à ce que Lucas se détache d'elle. Il jeta un regard suspicieux aux ombres alentour et l'incita à rentrer vite.

La nuit était tombée et il ne voulait pas la laisser seule, même quelques secondes. Hélène courut à l'intérieur et referma la porte derrière elle, puis elle se précipita à la fenêtre pour regarder Lucas s'envoler. Elle se dirigea ensuite vers le salon et appela son père.

— Jerry n'est pas là, Hélène, déclara dans son dos une voix de femme.

Hélène se retourna, prête à lancer un éclair, mais la femme l'attrapa fermement par les poignets et secoua la tête.

— Ça ne sert à rien contre moi.

L'électricité rayonnait à travers ses traits parfaits. Des étincelles couraient dans ses longs cheveux blonds et dansaient dans ses pupilles.

— Oh, fit Hélène, apercevant un pendentif en forme de cœur, qui tombait précisément dans le creux de sa gorge.

La femme lui arracha le sien d'une main et, de l'autre, lui enfonça une aiguille dans le cou. Pour Hélène, le monde sombra dans un brouillard gris pâle. Ses muscles devinrent lourds et refusèrent de lui obéir, tandis que sa vision se réduisait à des éclats de lumière à travers ses paupières. Elle perdit connaissance si vite qu'elle pensa avoir reçu un somnifère très puissant, peut-être même mortel. La dernière chose dont elle eut conscience, c'est que son agresseuse l'attrapait tendrement avant qu'elle ne s'écroule. Elle ne voyait plus et ne pouvait plus bouger, mais elle entendait encore.

— Ma toute petite, murmura la femme.

Puis ce fut le vide.

Lucas était à mi-chemin lorsqu'il faillit être projeté à terre par des rafales de vent. Le premier éclair zébra le ciel. Il atterrit en toute hâte et continua à pied, plutôt que de courir le risque d'être électrocuté ou assommé. Il se demanda si Hélène pouvait voler au milieu des éclairs et si elle pouvait les contrôler. « Ça serait magnifique, pensa-t-il en pénétrant dans le garage, de pouvoir voler avec elle à travers les nuages illuminés par la foudre. »

Il ouvrit la porte qui donnait dans la cuisine et s'arrêta sur le seuil, pressentant un malheur.

— Tu n'as pas amené Hélène avec toi ? s'enquit Cassandre, nerveuse. J'aurais juré vous avoir vus ensemble, aujourd'hui.

Lucas aperçut Jerry et Cathy, le fameux gâteau hérissé de bougies, Claire, qui écarquillait les yeux à côté de Jason…

— Je viens de la laisser chez elle… avec vous, dit-il en désignant Jerry et Cathy.

La panique s'empara de lui.

Il retraversa le garage en courant, arracha la porte de ses gonds et s'envola dans le ciel en furie. D'un bond de six mètres, Jason le rejoignit, l'attrapa par la taille et redescendit au sol son corps plus léger que l'air.

— Désolé, cousin, mais le temps est trop mauvais. On y va en voiture.

— Quelqu'un l'attendait à l'intérieur !

— On est au courant, idiot ! Cet après-midi, alors que tu avais éteint ton téléphone, Cassie a vu que Créon était revenu sur l'île, dit Jason en l'attrapant par le bras pour éviter qu'il ne s'envole. Mais ce n'est pas lui.

— Qui, alors ? s'enquit Lucas, plus calme.

Ils attendirent qu'Hector ait sorti son 4 × 4.

— Cassandre a eu des visions toute la journée, expliqua Jason, mais elle n'arrivait pas à en comprendre le sens. Elle voyait une femme suivre Créon dans son voyage vers Nantucket. Une femme qui avait la manie de glisser ses cheveux derrière son oreille avec son petit doigt…

La voiture s'arrêta devant eux et ils se ruèrent à l'intérieur.

— Puis Cass a vu plusieurs femmes. Elle ne comprenait pas quel lien pouvait les unir, jusqu'à ce qu'elle remarque qu'elles avaient toutes le même tic. Elle a fini par réaliser que c'était une seule et même personne. Une des visions qui revenaient tout le temps montrait cette femme installée chez Hélène, comme si elle était chez elle…

— Elle a ouvert avec sa clé et allumé la télé, précisa Hector. Donc, au début, Cass a cru qu'il n'y avait aucun danger, que c'était une proche de la famille dont Hélène n'avait jamais parlé. Quelques minutes avant que t'arrives, elle a rassemblé les pièces du puzzle et compris que c'était l'agresseuse d'Hélène. On a essayé de t'appeler…

— Mais mon téléphone était verrouillé, conclut Lucas avec un juron. À quoi ressemble cette femme ? s'enquit-il avec impatience. C'est la brune ? Ou la vieille qui a agressé Cathy ?

— Ni l'une ni l'autre. Cassandre dit qu'elle est d'une beauté à tomber. Comme Hélène.

— Pas *comme* Hélène, crétin, intervint Hector, qui zigzaguait entre les voitures et brûlaient les feux sans vergogne. Cassie dit qu'elles sont comme deux gouttes d'eau. Cass est certaine que cette femme n'est pas du côté de Créon. Il ne sait pas qu'il a été suivi, ce qui est plutôt une bonne nouvelle pour nous.

— Mais pourquoi personne ne surveillait la maison ? s'énerva Lucas, trop emporté par la colère pour comprendre le sens de la vision de Cassandre.

— C'est ma faute, dit Hector sans laisser à son cadet le temps de protester. Tais-toi, Jase, c'est moi qui l'ai autorisée à partir après l'entraînement. C'était mon tour et j'ai accepté, même si j'étais sûr, quelque part, que c'était une énorme erreur.

Lucas en voulut à Hector de prendre tous les torts sur lui, alors qu'il savait pertinemment qu'il avait sa part de responsabilité. Il aurait dû consulter son téléphone, il aurait dû passer la maison au peigne fin... en un mot, il aurait dû se préoccuper davantage de la sécurité d'Hélène que de la douceur de sa peau. Il se passa les mains sur le visage et se força à inspirer profondément. Il devait s'en remettre à Hector pour l'amener à bon port et se concentrer sur ce qui l'attendait. S'il voulait être utile, il devait se taire et se calmer.

Lorsqu'ils arrivèrent chez Hélène, la télévision et les lumières étaient éteintes, la porte verrouillée. Lucas vola jusqu'à la fenêtre de sa chambre, sachant qu'elle oubliait souvent de la fermer. Il pénétra à l'intérieur, puis descendit ouvrir à ses cousins. Rien n'avait été emporté, ni même déplacé. Il n'y avait pas la moindre trace de lutte.

— Elle devait connaître la femme et l'a suivie de son plein gré, dit Hector. Sinon, tout serait fondu.

— À moins que la femme n'ait été très, très forte...

— Qu'est-ce que tu racontes ? s'emporta Hector. Hélène est invulnérable ! Qui que soit ce double maléfique, personne ne peut rivaliser avec elle !

— Un double, répéta Lucas, pensif. C'est peut-être aussi simple que ça. Quelqu'un qui peut lancer des éclairs, qui a la même force qu'elle et bien plus d'expérience…

Les deux frères le regardèrent se mettre à quatre pattes pour examiner le sol. Il tendit la main sous la desserte du canapé et en retira une aiguille hypodermique.

— Elle avait tout préparé. Elle devait connaître l'existence du cestus et savoir comment le neutraliser, sinon elle n'aurait jamais pu l'enfoncer dans la peau d'Hélène, dit Lucas, la voix vacillant sous le coup de l'émotion.

Il tendit l'aiguille à Jason et retomba à genoux, à la recherche d'un autre indice. Lorsqu'il eut fini, il se releva. Son regard balaya ses cousins sans les voir. Il avança jusqu'à la fenêtre et aperçut d'infimes traces de boue dans l'allée. Il sut que, si Hélène avait laissé des empreintes, la pluie les aurait effacées.

— Et il n'y avait rien d'autre, dans les visions de Cassandre ? demanda-t-il avec inquiétude.

— Si. Qu'Hélène serait hors de danger demain matin, répondit Jason d'un air sceptique. Cass a eu une brève vision d'Hélène debout près d'une fenêtre, dans une chambre d'hôtel de Nantucket, mais elle n'était pas très sûre d'elle.

— Peut-être a-t-elle du nouveau ? suggéra Hector, forçant son optimisme.

Il ouvrit son téléphone et s'aperçut qu'il n'avait pas de réseau. Ni Lucas ni Jason n'en avaient.

Lucas gagna la cuisine et décrocha le téléphone fixe, mais il n'y avait pas de tonalité. Alors qu'il rejoignait ses cousins dans le couloir, toutes les lumières s'éteignirent. Jason jeta un regard par la fenêtre.

— Tout le quartier est privé d'électricité. Vu les éclairs qui se dirigent vers nous, on est coincés pour un bon moment...

— Vous allez rester là tous les deux, au cas où Hélène réussirait à se libérer, dit Lucas en se tournant vers la porte.

— Tu crois que tu vas où, là ? vociféra Hector en l'agrippant par l'épaule.

— Laisse-moi.

Ils se mesurèrent du regard pendant quelques secondes. Puis Hector finit par reculer.

— Juste une chose, Lucas. Ne vole pas. Tu ne lui seras d'aucune aide si tu es mort.

Lucas s'enfonça dans la tempête sans répondre. Il ne savait où aller. S'il avait pu voler, il aurait jeté un regard alentour, pris ses repères, traqué le moindre signe insolite... mais il était cloué au sol, impuissant. Il pensa soudain que, s'il venait de droguer une fille connue de tous sur une petite île, sa première préoccupation serait de quitter l'île. Mais s'il était cloué au sol, les avions l'étaient aussi. Et les bateaux ? C'était tout aussi risqué. Prendre la mer par cette tempête aurait été suicidaire.

Il courut malgré tout jusqu'au port, où il apprit que le dernier ferry était parti une heure plus tôt. Le garde-côte avait annulé toutes les traversées et tous les vols jusqu'à la fin de la tempête. Une tempête du cap Hatteras[1] s'était abattue sur la Nouvelle-Angleterre et, selon toutes probabilités, durerait toute la nuit. Ces nouvelles eurent sur Lucas un effet apaisant : il avait quitté Hélène après le départ du dernier ferry. Elle était encore sur l'île, avec un peu de chance dans un hôtel, à l'abri.

Il perdit de longues heures à passer en revue tous les hôtels et chambres d'hôtes du port. Partout, il demandait si deux femmes ne s'étaient pas enregistrées ce soir-là. Malheureusement, même si les hôtels étaient bondés (les touristes étant retenus sur l'île à cause de la tempête), personne ne correspondait à la description d'Hélène. Au fond de lui, Lucas savait sa démarche vaine. Il faudrait être stupide pour se présenter dans un hôtel avec une personne inconsciente sur l'épaule. La femme avait dû entrer par effraction ou soudoyer la personne de l'accueil. Et malgré tout, il s'obstina.

Le vent était si puissant qu'il arrachait les arbres et menaçait la solide architecture de Nantucket. Lucas dut se mettre en état d'extrême pesanteur pour s'ancrer dans le sol. Des débris arrachés aux maisons tourbillonnaient autour de lui, tandis que la pluie oblique lui cinglait les yeux. Il erra toute la nuit, d'hôtel en hôtel, de pension en pension, de chambre en chambre. Il glissait des regards par les fenêtres dans l'espoir toujours déçu d'apercevoir Hélène…

Il savait, pourtant, qu'il n'arriverait à rien. Cassandre avait vu Hélène debout près de la fenêtre d'une chambre

1. Tempête typique de la côte Est américaine, d'une très grande violence. (*N.d.T.*)

d'hôtel, le lendemain. Mais il ne pouvait renoncer. Si, par miracle, il la trouvait, la kidnappait et la ramenait à sa famille, alors il mettrait Cassandre en défaut. Il avait besoin de vaincre le Destin, ne serait-ce qu'une fois, pour se prouver à lui-même qu'il était le maître de sa vie – que son existence n'était pas un simple rôle dans une histoire déjà écrite et lue des milliards de fois. S'il réussissait à trouver Hélène, il savait qu'un jour, ils vaincraient le Destin et pourraient vivre ensemble.

Il marcha toute la nuit.

Hélène se réveilla avec un fort mal de tête et un goût aigre et crayeux dans la bouche, comme si elle avait mâché une aspirine. Ses yeux étaient bouffis, la peau de son visage moite et chaude, mais elle ne se sentait pas déshydratée comme après ses longues marches dans le Pays aride. Elle se rappela soudain qu'elle avait été droguée. Par une femme. Une femme qui lui ressemblait, avec quelques années de plus.

— Bois un peu, lui dit une voix.

Elle ouvrit grand les yeux et vit cette même femme, penchée sur elle, un verre d'eau à la main.

— Qui es-tu ? demanda Hélène.

Elle détourna la tête du breuvage suspect et sentit une corde rêche autour de ses poignets. Elle était attachée au lit. Encore sous l'effet du somnifère, Hélène sut qu'elle ne trouverait pas la force de se libérer avant longtemps. Elle jeta un regard désespéré autour d'elle. Elle était dans une chambre d'hôtel éclairée par des bougies. C'était la nuit, elle entendait le vent et la pluie battre contre la fenêtre. Les rideaux étaient tirés.

— Regarde-moi, Hélène. Qui crois-tu que je sois ? scanda la femme avec une telle force qu'Hélène sentit la panique la gagner. Tiens, c'est pour toi. Je savais que tu aurais besoin de preuves.

Elle lui tendit une enveloppe pleine de photographies, où Hélène la découvrit à vingt ans. Sur l'une d'elles, elle tenait dans ses bras un tout petit nourrisson. Sur une autre, elle était assise près de Mme Aoki jeune, tandis que deux petites filles, l'une blonde, l'autre brune, jouaient ensemble sur le sol. Sur une autre encore, elle embrassait Jerry malgré son ventre proéminent.

— Beth, murmura Hélène, dévorant des yeux ces photographies qu'elle avait cherchées toute son enfance.

— Mon vrai nom est Daphné. Daphné Atrée. Je suppose que ce serait trop te demander que de m'appeler « maman »...

— Tu supposes bien, répondit-elle, traversée d'une vive colère. Tu peux me dire pourquoi tu m'as assommée et ligotée ?

— Parce qu'on manque de temps et qu'à ta place, je serais tellement furieuse que je ne voudrais rien entendre, expliqua-t-elle, une expression de tendresse illuminant son visage. À moins qu'on ne m'ait assommée et ligotée...

Hélène lui jeta un regard noir.

— Qu'est-ce que tu attends de moi ?

Sous ses yeux stupéfaits, le visage et le corps de Daphné se métamorphosèrent. Elle se retrouva soudain face à une femme d'une soixantaine d'années aux cheveux poivre et sel. Elle n'eut pas le temps de reprendre son souffle que la vieille femme disparut à son tour, remplacée par une brune trentenaire, puis sa mère retrouva son apparence normale. Elle prit dans sa main son pendentif en forme de cœur et, de l'autre, saisit celui d'Hélène, parfaitement identique.

— J'ai beaucoup de choses à te raconter. Je vais te dire qui tu es, pour commencer, et d'où tu viens. Certaines choses ne vont pas te faire plaisir, déclara Daphné, directe, presque brutale. Mais je n'ai pas le choix. Créon est revenu sur l'île et il te cherche.

SEIZE

Vers six heures du matin, Lucas finit par s'avouer vaincu. Le jour se levait et Hélène devait être derrière la vitre d'une chambre d'hôtel, quelque part sur l'île, comme l'avait prédit Cassandre. Il n'avait plus d'autre choix que de rentrer chez lui et d'attendre que sa petite sœur ait une nouvelle vision, même si ça lui déchirait le cœur de le reconnaître. Le Destin avait gagné. Une fois de plus.

La jeep était toujours garée devant sa maison et il en conclut que leurs visiteurs étaient restés pour la nuit en attendant que la tempête se calme. Jerry et Cathy ne savaient donc pas encore qu'Hélène avait disparu, ils la croyaient confinée chez elle avec les trois Délos. Cette version ne tiendrait plus la route avec son retour, mais il laissait le soin à un autre d'inventer un scénario. Il ne se sentait pas capable de convaincre Jerry qu'Hélène était en sécurité.

Il passa par la fenêtre et ne cessa d'arpenter sa chambre pendant une heure. Il savait qu'il aurait dû manger, s'allonger ou au moins se sécher, mais il ne pensait qu'à Hélène. Si elle était blessée, Cass le saurait, non ?

Une fois réveillés, les invités descendirent dans la cuisine. En entendant le portable de Claire vibrer, il sut que le réseau était rétabli. Il écouta Jerry et Cathy appeler Hélène. Voyant qu'elle ne répondait ni sur son portable ni sur le fixe, ils s'inquiétèrent et décidèrent de rentrer aussitôt. Les routes n'étaient guère praticables, ce qui allait les retarder, mais Lucas savait qu'il ne disposait que de quelques heures avant que Jerry n'alerte la police.

Dès qu'ils furent partis, il sortit de sa chambre. Sur le palier, il croisa Hector et Jason, qui avaient attendu, comme lui, avant de montrer le bout de leur nez.

— Cousin, mets au moins une chemise propre ! protesta Hector quand il l'aperçut.

— Laisse tomber, marmonna Lucas.

Il essaya de les doubler, mais Jason l'en empêcha.

— Tu ne crois pas que ta mère est assez inquiète comme ça ? Va te laver avant de descendre, déclara-t-il à voix basse.

Même s'il cherchait à le culpabiliser, Jason avait raison. Lucas se dirigea vers la salle de bains, se lava, s'habilla et retrouva le reste de la famille dans la cuisine. Tous les regards se posèrent sur lui et sa mère le fixa comme si elle voyait un fantôme. Il se rendit compte qu'il était flou. Noëlle détestait ça, car elle savait alors qu'il était malheureux. Il fit un effort pour rétablir la lumière, puis s'assit dans un coin, les yeux rivés sur Cassandre. Le bruit d'une dispute lui rappela la présence de Claire.

— Qu'est-ce que tu fais encore là ? disait Jason d'une voix consternée. Pourquoi tu n'es pas repartie avec eux ?

— Je n'irai nulle part tant qu'on n'aura pas retrouvé Lennie !

— On ? explosa Jason.

Elle leva soudain la main d'un geste impérieux et sortit son portable de sa poche arrière.

— Les mecs… déclara-t-elle, les yeux rivés sur le numéro qui s'affichait. C'est Hélène.

— Passe-la-moi, ordonna Lucas, bondissant de sa chaise.

— C'est moi qu'elle a appelée, pas toi, protesta Claire.

Elle prit l'appel et assaillit Hélène de questions, puis elle resta silencieuse un moment et activa le haut-parleur.

— C'est bon, Hélène, tout le monde t'entend. Qu'est-ce que tu voulais dire ? demanda Claire, évitant le regard de Lucas.

— Je suis avec ma mère, Daphné. Nous ne sommes contraintes par personne, ni famille ni Maison, déclara Hélène d'une voix monotone qu'on aurait dite préenregistrée. Ma mère et moi nous préparons à quitter l'île et nous vous demandons de nous laisser partir. Je ne suis pas en danger. Vous savez que je dis la vérité, vos Détecteurs peuvent vous le confirmer. Au revoir. Vous allez tous me manquer.

Un silence suivit. Lucas fixa le téléphone, tandis que Claire ôtait le haut-parleur, portait l'appareil à son oreille et répétait plusieurs fois le nom d'Hélène.

— Ce n'était pas elle, protesta Lucas en secouant la tête.

Quelque chose sonnait faux dans ce message. C'était impossible qu'Hélène veuille le quitter.

— Elle n'aurait pas parlé de moi comme d'un « Détecteur »...

— Lucas, c'était elle, insista Claire en posant sur lui un regard triste. Je suis d'accord qu'elle avait l'air bizarre, mais c'était elle, et tu le sais.

— Est-ce qu'elle a menti ? demanda Castor à Lucas.

— Non, elle n'a pas menti, confirma celui-ci, la voix enrouée, bien que toutes les cellules de son corps lui crient que ce n'était pas *possible*.

— Alors Daphné est vivante, glissa Pallas dans un souffle, sous le choc.

— On ne sait pas si cette Daphné est bien Daphné Atrée, protesta Castor.

— Assez, Castor, arrête ! dit Pallas, une note de lassitude dans la voix. Je l'ai prise pour cette salope d'Atrée quand je l'ai vue la première fois !

— Hector est le portrait craché d'Ajax et Lucas ressemble à s'y méprendre à l'un des enfants de Poséidon, de la Maison d'Athènes, scanda Castor, perdant patience. Le plus souvent, notre apparence est liée à notre Destin, pas à notre Maison. Et tu le sais très bien ! La mère d'Hélène pourrait être n'importe laquelle des cinq Daphné qu'on a crues mortes lors du massacre, il y a dix-huit ans.

— Tu es prêt à tout pour conserver la paix, n'est-ce pas ? Même à laisser cette femme partir ? s'exclama-t-il, repoussant brutalement la main d'Hector qui tentait de le retenir.

Lucas fit un pas pour calmer son cousin. Hector pouvait facilement avoir le dessus face à son père, mais Lucas voulait à tout prix éviter qu'ils se battent. Il ne pouvait se débarrasser d'un sombre pressentiment et il voulait se lancer à la recherche d'Hélène le plus vite possible.

— Où tu vas, papa ? demanda alors Hector, renonçant à se battre.

— Trouver la femme qui a tué mon frère, marmonna Pallas, la mâchoire serrée, en se dirigeant droit sur la porte.

— Tu n'iras pas, déclara soudain Cassandre.

Tous se figèrent au son de sa voix. Plusieurs personnes semblaient avoir parlé à l'unisson, certaines jeunes, d'autres vieilles. Claire fit un pas vers Jason, terrifiée. La bouche de Cassandre flamboyait et ses cheveux s'enroulaient autour de sa tête comme des serpents.

— Lucas, fils du soleil, est le seul à pouvoir voir le visage qu'il cherche, professa-t-elle. Il trouvera les filles de Zeus, aimées d'Aphrodite, et leur donnera refuge dans la Maison Royale de Thèbes. Oh ! Prudence ! Trahison !...

Elle s'interrompit, hésitante. La lumière la quitta et elle fut soudain secouée de tremblements. Elle avait l'air terrifiée, mais même Lucas n'osa pas s'approcher d'elle.

— Ça va, Cass ? s'enquit-il à voix basse, brisant le silence irréel qui régnait.

Elle hocha la tête, puis se frotta les épaules et les bras. Elle paraissait soudain plus menue.

— Tu auras besoin d'Hector et des jumeaux, ajouta-t-elle. Je pense que vous allez devoir vous battre.

— Alors je viens, déclara Castor.

Cassandre secoua la tête.

— Si Daphné te voit, toi ou Pallas, elle fuira.

— Laisser les enfants l'affronter seuls ? s'exclama Pallas, la peur prenant le pas sur la colère. Jamais.

Daphné est bien trop dangereuse. Je ne veux pas qu'ils se retrouvent près d'elle. Elle a séduit Ajax et l'a tué !

— On n'en est pas sûrs ! hurla Castor, furieux.

Ils crurent tous que Castor allait frapper son frère, mais Hector s'interposa. Lucas réfréna un cri d'exaspération : toutes ces querelles n'allaient pas lui ramener Hélène…

— Du calme, tout le monde ! Mon oncle. Mon père, déclara Hector, se tournant vers l'un, puis vers l'autre. On va s'en sortir sans problème.

Un rire fusa – un rire chargé d'amertume qui attira leur attention à tous. Pandore tenait la main devant sa bouche et ses yeux débordaient de larmes. Elle posa sur Hector un regard chargé de tendresse.

— Tu parles comme lui, dit-elle, un sourire étrange sur les lèvres. Comme Ajax. À croire qu'un nouveau cycle recommence…

— Pas de cycle pour moi, tante Dora. Tout va bien se passer, assura Hector avec impudence. On sera de retour d'ici quelques heures avec Hélène et Daphné, sains et saufs.

— Où est-elle ? demanda Lucas à Cassandre, soulagé de pouvoir enfin passer à l'action.

— Hélène et sa mère sont quelque part près du ferry, mais elles se déplacent et je n'arrive pas à les localiser…

Lucas se dirigea vers la porte, suivi par ses cousins.

— Attendez ! Je viens avec vous ! s'écria Claire. Lennie a besoin de moi.

— T'es vraiment tarée, toi, lâcha Jason avec mépris. Tu restes ici.

Lucas décela une note d'admiration derrière sa colère feinte.

— Mais je peux lui parler ! Elle m'écoutera ! insista Claire.

Elle posa sur Lucas un regard insistant, mais il ne pouvait pas prendre un tel risque.

— Tu ne viens pas, trancha Hector. En cas de combat, tu ferais une cible idéale et je ne veux pas que quelqu'un se fasse blesser pour te protéger, ajouta-t-il en jetant à son frère un regard lourd de sens.

— Ne t'en fais pas, je la ramènerai, déclara Lucas avant d'emboîter le pas à ses cousins et de s'engouffrer dans la voiture. S'il te plaît, ne bouge pas d'ici, reste en sécurité.

— D'accord, répondit Claire de sa voix la plus docile.

Lucas n'avait pas besoin d'être un Détecteur pour savoir qu'elle mentait. Il espérait qu'elle ne tenterait rien d'irréfléchi, mais il n'avait pas le temps de se demander ce qu'elle avait en tête. Hélène pouvait quitter l'île d'un instant à l'autre. Au contraire de Cassandre, Lucas n'était pas devin, mais il savait que si Hélène partait, il la perdrait pour toujours.

DIX-SEPT

Drapé dans l'obscurité, Créon attendit que le 4 × 4 ait démarré en trombe pour s'élancer à sa suite. Rien de plus simple, pour lui, que de se caler sur la vitesse de la voiture. Le temps maussade jouait en sa faveur : aucun Infant n'avait possédé un tel contrôle sur la lumière depuis des centaines d'années. Les jours de grisaille, même un fils d'Apollon n'aurait pu le repérer.

Créon avait suivi Hector et Jason lors de leur retour au petit matin. Ne disposant d'aucun indice pour retrouver sa proie (son père l'avait informé du pouvoir de métamorphose du cestus), il en était réduit à attendre que celle-ci se manifeste. Il avait décidé d'épier la famille Délos, devinant qu'elle finirait par prendre contact avec les traîtres, et il avait eu raison. Maintenant, il suffisait de les suivre.

Hélène s'avança vers la fenêtre de la chambre et scruta la rue déserte, mais elle ne vit pas trace de la présence de Lucas. Elle espérait le revoir une dernière fois, même si lui ne la verrait pas. La tempête se calmait, et bientôt sa mère et elle embarqueraient sur le premier ferry.

— Hélène, appela Daphné dans son dos. Tu as repris ton visage initial. Si tu n'es pas plus constante, on se fera repérer tout de suite.

Hélène se retourna et se concentra pour reprendre l'apparence qu'elle et sa mère lui avaient choisie : celle d'une jolie brune avec une coupe au carré.

— Voilà qui est mieux, approuva Daphné, satisfaite. Je n'arrive toujours pas à croire que tu n'avais pas découvert ce don...

Hélène ne sut que répondre. Elle était trop perturbée par ce nouveau pouvoir, et surtout par cette mère surgie de nulle part. Elle marcha jusqu'à la coiffeuse et regarda l'étrangère qui se reflétait dans le miroir. Grâce au cestus, elle pouvait prendre les traits de n'importe quelle femme au monde, mais elle n'avait eu que quelques heures pour s'entraîner. Sa mère avait promis de lui apprendre plus tard à incarner toute personne, quel que fût son âge, sa race, ou son sexe, mais ce simple déguisement suffisait à la rendre méconnaissable.

— Tu n'es pas obligée de garder le cestus en forme de cœur, tu sais, ajouta sa mère.

— Oui. Ça, je l'avais découvert toute seule, répondit-elle avec la voix de l'étrangère.

Le collier d'Hélène était la vraie ceinture d'Aphrodite, la partie défensive qui protégeait des blessures causées par les armes. Le bijou que possédait Daphné correspondait aux ornements. Mais si sa peau ne pouvait briser une lame, comme celle d'Hélène, il lui conférait un pouvoir presque plus inquiétant, celui de se rendre irrésistible aux yeux de celui sur lequel elle avait jeté son dévolu.

— Tant mieux. J'ai toujours porté le mien en forme de cœur, en espérant que toi aussi, confia Daphné d'une voix timide. Tu penses sans doute que je n'ai pas le droit d'être nostalgique. Pourtant, je le suis.

Daphné effleura son pendentif et ouvrit la bouche, puis se ravisa et passa dans la pièce voisine, où elle vérifia son bagage pour la dixième fois. Hélène était partagée entre l'envie de lui courir après et de lui avouer qu'elle aussi, elle avait toujours espéré que son collier les reliait l'une à l'autre – et celle d'arracher ledit collier de son cou et de le lui jeter à la figure.

Hélène se demandait malgré elle jusqu'où s'étendait le pouvoir de persuasion du cestus et s'il se réduisait à une attraction purement sexuelle. Elle avait conscience d'avoir accepté un peu vite de quitter son foyer et tous ceux qu'elle aimait. Elle suivait une femme dont elle ne savait rien, pour une destination inconnue, et il ne lui avait pas fallu une heure pour se décider. Hélène avait cherché des signes qui auraient prouvé qu'elle avait été manipulée, mais lorsqu'elle repassait dans sa tête les raisons de son départ, elle savait qu'elle n'avait pas besoin d'avoir été endoctrinée pour vouloir fuir. Après ce que Daphné lui avait raconté, Hélène se dégoûtait elle-même.

— Tu n'as pas faim ? s'enquit Daphné.

Hélène laissa retomber le rideau d'un geste coupable. Sans s'en rendre compte, elle avait recommencé à guetter Lucas.

— Non, répondit-elle, les yeux rivés sur le tapis.

— Eh bien, il va falloir te forcer un peu. Ce serait mieux de faire un essai avec ton nouveau visage avant d'embarquer sur ce maudit Océan, déclara Daphné en réprimant une grimace. On va sortir prendre un petit déjeuner.

Hélène essaya de la convaincre qu'il était absurde de la mettre à l'épreuve alors qu'elle avait si peu d'expérience, mais Daphné haussa les épaules et déclara que ce serait toujours plus facile sur la terre ferme que sur l'eau. Hélène avait hérité sa phobie de l'Océan de Daphné. Si Hector avait vu juste, si sa peur de l'Océan provenait de ce qu'elle ne pouvait pas le contrôler, alors sa mère devait être une vraie control freak.

Elles passèrent rapidement en revue leur tenue pour vérifier que rien ne permettrait de les identifier, puis Daphné traîna sa fille dehors avec la promesse qu'elles allaient bien s'« amuser ».

La tempête avait broyé les feuilles d'automne en une sorte de pâte marronnasse gorgée d'eau qui recouvrait les pavés et obstruait les gouttières. La pluie perdait en force et le vent se calmait, mais les nuages étaient encore noirs et des ruisseaux improvisés couraient le long des trottoirs. Les rares arbres de l'île étaient ressortis meurtris de leur lutte contre le vent. Des branches cassées gisaient çà et là, effeuillées, laissant voir le bois nu là où elles avaient été arrachées. Hantée par l'image de soldats de bois morts et d'un cheval de bois géant, Hélène avait moins que jamais envie de manger.

— Tout va être fermé, protesta-t-elle mollement.

— Moi aussi, j'ai vécu ici. Et s'il y a une chose que j'ai retenue…

Daphné avançait d'un pas assuré devant les vitrines barricadées des marchands d'art. Au coin de la rue, une queue s'était formée devant le *Café de la rade*.

— ... c'est que les pêcheurs de baleines n'aiment rien tant qu'une bonne petite tempête...

C'était vrai. Les habitants de Nantucket étaient fiers de leur capacité à relever les défis que leur lançait Mère Nature. C'était une attitude un peu macho, mais ça créait un lien entre eux. Ils aimaient plaisanter ensemble sur le vent, la glace, la neige ou la pluie, tout en cherchant leur chat hystérique ou en mettant à l'abri les décorations de leurs jardins.

L'électricité n'avait pas encore été rétablie dans le quartier et les gens balayaient les bris de verre des vitres, mais Hélène ne fut pas surprise de trouver le café ouvert. Elle savait que, quelques rues plus loin, son père et Cathy étaient au *News Store* et vérifiaient les dégâts. Si des clients se présentaient, Jerry et Cathy n'hésiteraient pas à les servir. D'autant qu'avec les réfrigérateurs arrêtés, les denrées périssables allaient devoir être jetées.

Hélène se laissa aller à penser qu'elle pourrait être avec eux, puis elle aperçut son reflet dans l'une des vitrines encore intactes du *Café de la rade*. Elle n'était pas Hélène, mais une jolie brune venue du continent, qui passait ses vacances avec sa mère, une femme sans charme au visage chevalin. Deux touristes parfaitement étrangères.

Hélène s'assit, déplia sa serviette et commença de se servir : des œufs et du bacon puis une tasse de café. Matt entra soudain. Elle écarquilla les yeux. Par réflexe, elle s'apprêtait à le héler, mais il continua à balayer la salle du regard sans s'arrêter sur elle.

Matt la cherchait, elle en était certaine. Claire avait dû le prévenir. Elle se demanda ce qu'il savait. Connaissant le garçon, elle était sûre qu'il avait percé certains de ses secrets, comme Claire avant lui.

Elle espéra qu'il la repère. Mais il cherchait une chevelure blonde et il renonça assez vite. Elle dut réprimer l'envie de lui jeter sa serviette à la figure pour lui signaler qu'elle était là, à quelques mètres à peine. Ne pas être reconnue par l'un de ses amis les plus proches, quelqu'un qui l'avait connue à la crèche, lui broyait le cœur. Elle le suivit des yeux tandis qu'il quittait le café... Elle se sentait anonyme, seule, sans plus d'épaisseur qu'un fantôme.

Daphné posa doucement la main sur la sienne.

— C'est mieux comme ça, tu sais. Les humains qui nous aiment ont des vies brèves : les Infants attirent la tragédie comme des aimants. Il vaut mieux les quitter avant. C'est pour ça que je n'ai pas laissé à Jerry...

— Tu n'as jamais aimé mon père ! Je veux dire Jerry ! l'interrompit Hélène, amère.

Elle arracha sa main à son étreinte.

— Non, c'est vrai. Je ne vais pas te mentir pour te paraître plus sympathique, se défendit Daphné en ramassant la note. Mais je ne lui ai jamais voulu le moindre mal. Je te rappelle que c'est le seul en qui j'ai eu assez confiance pour lui laisser ma fille... Tu m'en veux de ne pas l'avoir aimé ? À ta guise. Moi, je trouve que tu devrais m'être reconnaissante d'avoir su voir ses qualités et de t'avoir fait le cadeau de croire que c'était ton père.

— Jerry est mon père dans le seul sens qui compte, rétorqua Hélène en se levant brusquement.

Elle lui tourna le dos tandis que Daphné laissait plusieurs billets sur la table. En s'en retournant vers l'hôtel, elle aperçut Hector qui, comme Matt, la regarda sans la reconnaître. Les jumeaux étaient là aussi. Hélène entendit Ariane appeler Matt, visiblement surprise de sa présence sur le port, mais Daphné la poussa à l'intérieur de l'hôtel avant qu'elle pût entendre leur conversation.

Lucas était dans le hall. Elle ne vit pas son visage, mais elle sentit sa présence. Elle détourna la tête. Elle aurait perdu toute sa concentration et son masque serait tombé. Alors qu'elle gravissait l'escalier sur les talons de sa mère, elle se surprit à espérer et à craindre qu'il crie son nom.

De retour dans sa chambre, Hélène attrapa le peu d'affaires qu'elle avait et les rassembla dans l'entrée, devant la porte, dissimulant à sa mère, autant qu'elle le pouvait, les larmes qui coulaient sur ses joues. Elle aurait aimé pouvoir se cacher derrière un rideau de cheveux, mais l'étrangère avait une frange courte. Alors que sa mère inspectait la chambre pour s'assurer qu'elles n'avaient rien oublié, Hélène éclata soudain d'un rire incongru. Elle se rappelait que, la dernière fois qu'elle avait pris le ferry, Claire lui avait parlé d'une nouvelle famille qui avait emménagé dans la grande maison de 'Sconset, certaine qu'elles tomberaient toutes les deux amoureuses du garçon de leurs rêves. Hélène s'était moquée de sa prédiction, puis avait changé de sujet et s'était demandé si elle devait se couper les cheveux. « Claire avait raison, pensa-t-elle. Je déteste avoir une frange. » Elle n'avait pas encore retrouvé son souffle lorsqu'elle ouvrit la porte et tomba nez à nez avec Lucas.

En un éclair, il vit ses larmes et l'expression pétrifiée de l'inconnue qui l'accompagnait. Il l'attrapa par le bras et la tira plus loin, s'interposant entre elles deux.

— Qu'est-ce que vous lui avez fait ? lança-t-il, menaçant, à Daphné.

— Qui êtes-vous ? rétorqua-t-elle avec un fort accent méridional.

La confusion s'empara de lui.

— Hélène, qui est cette femme ?

— Rentrez dans la chambre, ordonna Daphné, renonçant à son accent. Vite, Hélène. Nous sommes démasquées. Il peut voir ton vrai visage.

— Comment c'est possible ? demanda Hélène, tout en suivant Lucas, les yeux fixés sur des mains qui n'étaient pas les siennes.

— Parce qu'il t'aime.

Elle referma la porte derrière eux.

— Le cestus ne peut pas travestir le visage de l'être aimé. Tu ne seras jamais personne d'autre pour lui, parce qu'il t'aime telle que tu es.

Daphné se frotta les tempes, irritée par ce contretemps. Elle se tourna vers Lucas et abandonna son déguisement.

— Vous êtes *toutes* les femmes, dit Lucas, se souvenant de la vision de Cassandre. Hélène, c'est elle qui t'a agressée, ce n'est pas son vrai visage…

— Je sais. C'est aussi elle qui a blessé Cathy dans la rue, dit Hélène, reprenant avec difficulté son souffle. Je croyais que c'était moi… et que je lui avais envoyé une décharge par accident…

— Hélène, tu n'as rien à te reprocher, protesta Daphné, ennuyée.

— Elle voulait me retirer à ta famille avant que vous ne découvriez qui j'étais vraiment, continua Hélène, sans lui prêter attention. Elle savait que je ne lui ferais pas confiance et elle m'a ligotée pour m'obliger à l'écouter. Mais c'est ma mère et c'est son vrai visage, Lucas. Notre visage.

— Ce n'est pas possible, dit Lucas, dépassé. Deux personnes ne peuvent pas se ressembler à ce point !

— Celles qui portent le cestus ressemblent toujours à la première femme qui l'a détenu, expliqua Daphné.

— Hélène de Troie, prononça Lucas à voix basse.

Hélène acquiesça puis, consultant sa mère du regard, précisa :

— Aphrodite et Hélène étaient demi-sœurs et elles étaient très attachées l'une à l'autre. Lorsque le siège de Troie a commencé, Aphrodite a donné le cestus à Hélène afin de la protéger. Depuis, il passe de mère en fille… et le Visage aussi.

— Le Visage ?

— « Qui a lancé sur les mers mille navires », cita Daphné. C'est notre malédiction.

— Hélène de Troie appartenait à la Maison d'Atrée, remarqua Lucas en se laissant tomber sur une chaise. Pallas avait raison. Vous êtes Daphné Atrée.

— Il faut bien qu'il ait raison à un moment ou un autre, le pauvre, se moqua Daphné.

Elle se ressaisit et reprit d'une voix plus douce :

— Je sais que c'est ton oncle, mais notre histoire est compliquée. Ton père est différent. Il a toujours été gentil avec moi, du moins s'y efforçait-il. Les Érinyes ont fait de la gentillesse un mot très édulcoré…

— Les Érinyes, répéta Lucas, frappé. Pourquoi je ne vois pas les Érinyes ?

— Pour la même raison que ta famille ne les voit plus autour d'Hélène. Vous avez risqué votre vie pour vous sauver l'un l'autre et cela vous a libérés de la dette de sang. C'est déjà arrivé une fois dans l'histoire de la Maison de Thèbes, mais je n'ai pas le temps de te raconter toute l'histoire, dit Daphné sans animosité. Hélène et moi, nous devons quitter l'île le plus vite possible.

— Non, protesta Lucas, regardant Hélène. Vous devez venir avec moi, toutes les deux. Ma famille…

— Ta famille veut ma mort, répliqua froidement Daphné. Et Créon cherche Hélène. Si tu l'aimes autant que je le crois, tu vas m'aider.

— Je peux protéger Hélène de Créon, affirma Lucas, une nuance de défi dans la voix.

Il essayait de croiser son regard, mais elle s'y refusait.

— Comment ? rétorqua Daphné, intraitable. Tu es prêt à devenir un parricide ? Un Proscrit ?

Lucas tourna vivement la tête vers elle au son de cette phrase qu'il avait appris à abhorrer. Il la détesta, parce qu'il savait qu'elle avait raison.

— Tu ne peux pas défendre Hélène contre ta propre famille. Je suis la seule à pouvoir le faire, continua-t-elle, sincèrement désolée pour lui. Et l'urgence est de l'éloigner de Créon.

— Je ne le laisserai pas s'approcher d'elle, déclara Lucas, inquiet de l'attitude d'Hélène.

Il lui prit les mains.

— Lucas. Laisse-moi partir, murmura Hélène.

Il se tut. De nouveau, il était habité par un terrible pressentiment.

— Si tu m'aimes, tu me laisseras partir. Est-ce que tu m'aimes ? s'enquit-elle d'une voix si ténue et si fragile qu'elle se brisa.

— Tu sais que je t'aime, protesta-t-il, désorienté. Si tu as peur, fuis avec moi. Tu te rappelles ce qu'on avait décidé ? Qu'on resterait ensemble, quoi qu'il advienne.

— Je veux que tu me laisses partir, dit-elle simplement.

Elle le regarda enfin dans les yeux et soutint son regard sans se troubler. Le visage de Lucas se décomposa sous l'effet de la déception et de la tristesse.

Hélène voyait son cœur comme une grande bassine d'eau : tout ce qu'elle avait vécu, ressenti, le bien et le mal, n'étaient plus que des filets de couleur se dissolvant dans l'eau qui s'écoulait dans un syphon. Encore quelques secondes et la bassine serait vide.

— Tu entends que je dis la vérité, n'est-ce pas ? insista-t-elle, impitoyable. Je veux que tu me laisses partir.

Lucas cessa de respirer le temps de comprendre qu'Hélène ne mentait pas. Puis il inspira et hocha la tête, une expression impénétrable sur le visage.

— Je crois que tu veux t'éloigner de moi, maintenant. Mais je sais aussi ce qui va se passer, quelle que soit votre décision.

— L'Oracle ! s'exclama Daphné, comprenant le sens de ses paroles. Elle a survécu à sa première prophétie ? Elle n'a pas perdu la raison ?

Il hocha la tête, choqué par son manque de tact.

Daphné se mit à arpenter la pièce, assaillie par un flot de pensées. Puis soudain, elle s'arrêta et regarda Lucas.

— Qu'est-ce qu'elle a dit ?

— Que les filles bien-aimées d'Aphrodite trouveraient refuge dans la Maison royale de Thèbes, répondit Lucas d'une voix atone. Alors, vous voyez bien, vous finirez par venir.

— Bien sûr, dit Daphné, levant les mains en signe de soumission. Hélène, prends tes affaires.

Hélène en resta abasourdie. Après tout ce que sa mère avait pu dire pour l'éloigner de la Maison de Thèbes, ce revirement lui paraissait incompréhensible.

— Mais… on va rater le bateau…

— L'Oracle a parlé, dit Daphné, hissant son sac sur son épaule, une lueur avide dans les yeux.

Hélène était perdue. À court d'arguments, elle n'avait d'autre choix que d'obéir.

Sa mère et elle se métamorphosèrent et tous les trois descendirent dans le hall. Lucas téléphona à Hector pour qu'il conduise la voiture devant l'entrée de l'hôtel.

— Restez ici, ordonna-t-il d'une voix ferme. Laissez-moi vérifier que la voie est libre. Hector dit que Créon se dirige vers nous.

— Ce n'est pas la peine, Lucas. Tant que tu ne restes pas à côté de nous, personne ne peut nous reconnaître, déclara Daphné avec assurance, en poussant la porte.

Hélène regarda sa mère sortir dans la rue, traînant derrière elle sa valise en cuir à roulettes, puis elle leva les yeux. Créon se trouvait sur le trottoir d'en face et examinait les fenêtres de l'hôtel. Il baissa les yeux en apercevant Daphné.

À la simple vue de Créon, Hélène revécut leur dernière rencontre avec une acuité déroutante. Elle sentait encore son haleine moite sur son cou tandis qu'il murmurait *preciosa* contre son oreille, une seconde avant de lui planter son couteau dans le cœur. Plus que tout, elle se souvenait de ces ténèbres étouffantes qui lui avaient fait perdre tous ses repères. Prise de panique, elle oublia que sa mère et elle étaient protégées par leur apparence.

— Maman ! Stop ! cria-t-elle.

Elle tendit la main pour la retenir. Créon croisa son regard. Puis il vit Lucas s'avancer vers elle et lui prendre le bras. Ses yeux allèrent de la jolie brune à Lucas, non sans remarquer la façon protectrice dont ils s'accrochaient l'un à l'autre. Puis il observa la femme un peu vulgaire aux bagages luxueux et sourit. Il traversa la rue et fonça vers eux tête baissée.

— Daphné ! Il a compris ! cria Lucas.

Il se jeta devant Hélène et s'élança à la rencontre de Créon. Les deux cousins s'affrontèrent brutalement au milieu de la chaussée. Mais Lucas prit Créon par surprise en passant en état d'extrême pesanteur. Il renversa son adversaire stupéfait, qui tomba si lourdement que l'asphalte se fissura.

Une demi-seconde plus tard, Lucas leva les yeux et vit le visage de Matt terrifié derrière le pare-brise de sa voiture. Celui-ci eut beau enfoncer le frein de toutes ses forces, c'était trop tard, il percuta de plein fouet les deux silhouettes surgies de nulle part. La tôle se plissa en accordéon, comme s'il était rentré dans un mur de brique.

— Lucas ! hurla Hélène.

Daphné la retint de force. Au même moment, l'énorme 4 × 4 arriva à son tour et freina dans un crissement de pneus, lui cachant la vue. Ariane sauta du fauteuil du passager avant même que la voiture ne s'arrête et courut vers les blessés.

— Montez ! vite ! hurla Hector à Daphné.

Il descendit de son siège et contourna le véhicule pour se diriger vers l'épave fumante qui avait été la voiture de Matt.

Hélène se débattit pour voir ce qui se passait, criant en boucle le nom de Lucas, tandis que Jason et Daphné la poussaient à l'arrière du 4 × 4 sans ménagement.

— Lucas va bien ! marmonna Jason, les mâchoires serrées, tout en luttant contre elle. Hélène, s'il te plaît, calme-toi ! On attire assez l'attention comme ça !

Elle se rappela soudain où elle se trouvait, s'apaisa tant bien que mal et se glissa sur la banquette arrière. Elle regarda à travers la vitre teintée et poussa un soupir de soulagement. Lucas était debout devant la voiture de Matt, indemne, et tentait de retenir Hector. Créon ayant disparu, elle devina qu'il voulait se lancer à sa poursuite. Lucas fut à deux doigts de lui taper dessus, mais il lui chuchota quelque chose qui sembla le convaincre. Hector se calma d'un coup et hocha la tête.

— Qu'est-ce qu'il ressemble à Ajax… murmura Daphné dans son dos, le regard rivé sur Hector.

Hélène jeta un bref regard à sa mère, puis reporta son attention sur l'accident. Ariane aidait Matt à s'extirper de sa voiture. Il titubait, sa tête saignait, il était blême et ouvrait des yeux ahuris, mais il ne semblait pas grièvement blessé.

— Est-ce qu'on ne devrait pas t'emmener à l'hôpital ?

insista Ariane, inquiète, en examinant ses pupilles dilatées.

— Non, protesta Matt qui, malgré sa blessure, avait conservé tous ses esprits. Je ne pourrai pas expliquer ce qui s'est passé ! Les gens normaux ne se relèvent pas après avoir été écrasés par une voiture !

— Tu as reçu un choc à la tête, lui fit remarquer Jason, tandis que les Infants échangeaient des regards hésitants.

— Mais je sais quand même ce que j'ai vu. Écoutez, vous n'avez pas à vous en faire, je ne balancerai jamais un ami, mais il faut qu'on parte, insista Matt. Avant que la police ne débarque.

— Ari ? demanda Jason, posant sur sa sœur un regard grave. Est-ce que sa vie est en danger ?

Ariane passa les mains à quelques centimètres de son crâne, ses paumes diffusant une faible lueur bleue.

— Il va guérir, conclut-elle au bout d'un moment.

Elle l'entraîna vers le 4 × 4 d'Hector, mais Matt se figea sur place et fit entendre un petit rire.

— Ouah ! Qu'est-ce que tu m'as fait ? s'exclama-t-il en souriant d'un air idiot.

— Je t'ai soigné. C'est mon don à moi, répondit-elle, soudain exténuée.

— Merci, dit Matt.

Il se laissa entraîner vers le 4 × 4 puis, soudain, s'exclama :

— Attendez. Où est Claire ?

Hélène jaillit de la voiture et se rua sur Matt avant que sa mère ait pu la retenir.

— Comment ça, où est Claire ? s'enquit-elle, serrant

les poings si fort que ses bras tremblèrent. Où était-elle la dernière fois que tu l'as vue ?

— À côté de moi, répondit Matt d'une voix faible.

Jason se raidit. Il fondit sur la voiture et arracha la portière, puis dégagea délicatement Claire coincée sous le tableau de bord. Elle était inconsciente, aussi molle qu'une poupée de chiffon, et perdait du sang.

— Non, murmura Jason. Tu devais rester loin de moi...

Il plaça ses lèvres à un cheveu des siennes et resta aussi immobile qu'une statue.

— Comment va-t-elle ? demanda Ariane d'une voix pressante.

— Elle respire, finit-il par répondre, la voix brisée.

Il releva la tête et croisa le regard de sa jumelle.

— Tu peux la guérir ? insista-t-elle.

Il serra les dents et hocha la tête puis, sans un mot, porta Claire à l'arrière du 4 × 4, où il l'installa sur ses genoux.

— Je m'occupe de la voiture de Matt et je vous retrouve à la maison, dit Lucas à Hector, réfléchissant déjà la lumière pour cacher les détails de l'accident.

— Attends, intervint Daphné. Ce sera plus discret...

Elle leva la main et ferma les yeux. D'épais rubans de brouillard gris roulèrent sur l'eau et envahirent la rue, tandis que les extrémités fourchues dansaient jusqu'à ses doigts délicatement levés. Hélène ne put s'empêcher de se demander si la tempête avait été le fait du hasard ou si sa mère n'en était pas à l'origine...

— Zeus, assembleur des nuées... murmura Hector, suivant le même raisonnement qu'Hélène.

Quand la scène de l'accident eut disparu dans une brume épaisse, il se tourna vers Lucas.

— Et la voiture ? Tu vas la cacher où ?

— Dans l'Océan. On pourra aller la chercher à la nuit tombée, répondit Lucas.

Et il s'enfonça dans le brouillard pour faire basculer la tôle froissée par-dessus le quai.

Tous les autres s'entassèrent dans la voiture d'Hector. L'incident, depuis l'attaque de Créon jusqu'à leur fuite, n'avait pas duré plus de quelques minutes. Ils étaient déjà quatre blocs de maisons plus loin quand ils entendirent la première sirène.

Ils roulèrent dans le plus grand silence, chacun perdu dans ses pensées. Hélène ne pouvait quitter des yeux Jason et Claire. Celui-ci déplaçait ses mains à un centimètre du corps de Ris', ses paumes diffusant la même lueur bleue que sa sœur lorsqu'elle avait soigné Matt. Il lui murmura à l'oreille, puis souffla sur ses paupières closes, comme s'il insufflait de l'énergie directement dans ses rêves.

Tandis que les joues de Claire reprenaient des couleurs, Jason souffrait et de grosses gouttes de sueur coulaient sur son visage gris. Lorsqu'ils se garèrent, il était si faible qu'Hélène, sans même lui poser de questions, prit délicatement Claire dans ses bras et la porta jusqu'à la maison.

— Dans ma chambre. Vite, ordonna Jason, tandis qu'elle traversait la cuisine.

Portant Claire serrée contre sa poitrine pour la protéger des regards curieux, elle passa devant les visages stupéfaits des Délos et se dirigea vers l'escalier. À mi-chemin, elle sentit que Jason s'appuyait sur son épaule pour ne pas tomber. Il était si faible qu'il arrivait à peine à mettre un pied devant l'autre.

— Qu'est-ce que je peux faire pour t'aider ? demanda-t-elle alors qu'elle installait Claire sur son lit.

— Rien, répliqua-t-il en s'allongeant près d'elle. J'ai fait un choix, nos deux vies sont liées jusqu'à ce qu'elle guérisse. C'est le dernier recours du Guérisseur. À partir de maintenant, on traverse le désert ensemble ou pas du tout.

— Ah, d'accord, répondit Hélène, soudain soulagée. Claire ne laisserait jamais quelqu'un qu'elle aime mourir, surtout si c'est pour sauver sa propre vie.

Elle le vit sourire malgré le caractère désespéré de la situation.

— J'ai fait tout ce que j'ai pu pour la tenir à distance, pour la protéger de notre race, chuchota-t-il, croisant le regard d'Hélène.

— Je comprends mieux ! Toutes ces disputes, alors que vous étiez faits l'un pour l'autre ! s'exclama Hélène, assaillie par la culpabilité à l'idée qu'elle n'avait pas su protéger son amie.

— Va. Tu as mieux à faire, reprit Jason, dont les yeux se refermaient. Je vais la guider.

— Si tu te perds en chemin, je descendrai vous chercher, ajouta Hélène, qui sentait déjà l'air torride du Pays aride assécher la pièce.

Elle sut soudain ce qu'était le Pays aride et pourquoi elle n'avait jamais pu regarder la vérité en face : ce désert qu'elle parcourait la nuit, ce désert que Jason devait traverser pour sauver Claire, c'était le pays des morts. Elle eut une brève vision de son amie, effrayée et perdue, qui appelait Jason sans bruit. Elle rejeta cette image troublante et s'approcha de l'oreille de Jason.

— Je connais le chemin à travers les ruines et si vous n'y arrivez pas, moi, je viendrai vous chercher. Je vous ramènerai.

Jason ouvrit les yeux sous le choc, mais son esprit suivait déjà celui de Claire. Malgré ses efforts, ses yeux se refermèrent et il sombra dans un coma profond. Hélène quitta la pièce, confiante, et se prépara mentalement à affronter la tempête qui l'attendait dans le salon.

Alors qu'elle descendait l'escalier, la voix de sa mère parvint jusqu'à elle. Elle avait beau ne la connaître que depuis quelques heures, cette voix lui était étrangement familière. Hélène détestait ça. Non pas le son de sa voix, mais le sentiment d'être coincée dans les erreurs de quelqu'un d'autre, condamnée à faire siens les pires traits de caractère de celle qu'elle était censée aimer le plus.

Elle s'arrêta devant la porte, rassemblant son courage. Pendant les quelques minutes qu'avait duré son absence, une dispute avait éclaté.

— Comment ça, ma faute ? criait Daphné à la figure de Pallas. Si vous étiez restés à Cadix, loin d'Hélène, rien de tout ça ne serait arrivé !

— C'est ma faute, admit Hector, essayant de calmer tout le monde. Ma famille a dû partir parce que j'ai failli tuer mon cousin.

— Tu n'aurais pas été le premier, marmonna Daphné.

— Qu'est-ce que ça veut dire ? protesta Pallas avec indignation.

— Quand allez-vous cesser de vous voiler la face ? s'exclama-t-elle, amère. Je n'ai pas tué Ajax. C'est Tantale qui l'a tué.

Pallas fit un pas menaçant dans sa direction.

— Menteuse !

— Alors comment se fait-il que je sois vivante ? Tantale ne vous a-t-il pas dit qu'il m'avait tuée ?

Il la fusilla du regard.

— Si j'ai tué votre frère Ajax, pourquoi vous ne voyez pas les Érinyes ? continua Daphné, levant les bras comme pour montrer qu'elle ne cachait personne.

Ils se consultèrent tous du regard, mais personne n'était en mesure de fournir une explication.

— Pallas, vous vous souvenez comme Ajax et moi, on se détestait avec une intensité qui allait bien au-delà de ce que réclamaient les Érinyes ? On se courait après, comme s'il nous était impossible de rester séparés, dit Daphné d'une voix plus douce.

— Vous étiez devenue une obsession, marmonna Pallas d'un air sombre, son regard effleurant brièvement Lucas.

— Et il en était une pour moi. On a fini par se battre, mais au dernier moment, un terrible accident a eu lieu et on s'est sauvés l'un l'autre. J'ai payé ma dette à la Maison de Thèbes et il a payé la sienne à la Maison d'Atrée. À partir de là, Ajax a pu fréquenter ma famille sans déclencher la rage des Érinyes, et moi la sienne. Comment pourrais-je me tenir là, devant vous, si ce n'était pas vrai ?

Elle s'avança vers Hélène et Lucas.

— Le même phénomène s'est reproduit sous vos yeux

et vous savez quelle en a été la conclusion. Une fois les Érinyes parties, Ajax et moi sommes tombés amoureux.

— Menteuse ! persifla Pandore.

— Non, dit Lucas en secouant la tête, une lueur de détresse dans les yeux. Elle dit la vérité.

— J'ai touché son corps de ma main ! cria Pandore, féroce, les larmes inondant son visage de lutin. Il était mort !

— Je crois que nous sommes tous les deux morts pendant quelques secondes, dit Daphné.

Elle tentait en vain d'obtenir de Pandore qu'elle l'écoute. Pandore secouait la tête, butée.

— Ajax et moi n'avons jamais compris ce qui s'était passé exactement, mais je vous le jure, je ne l'ai pas tué.

Pandore s'éloigna de Daphné, lui tourna le dos et continua à secouer la tête en signe de dénégation. Ariane voulut lui prendre la main, mais elle refusa tout réconfort et se croisa les bras sur la poitrine, comme si elle avait mal au ventre, sa main gauche refermée sur le médaillon qu'elle portait à son poignet.

— Et voilà, c'est typique ! s'exclama Daphné. La Maison de Thèbes croit tout savoir parce que c'est la Maison de l'Oracle. Mais c'est parce que vous croyez tout savoir que les autres Maisons ont réussi à vous cacher tant de choses... Nos attributs, par exemple, comme le cestus, et jusqu'à notre existence. Vous croyiez que la Maison d'Atrée n'était plus, et pourtant, je suis là ! Ouvrez les yeux ! Que vous le vouliez ou non, Pandore, Ajax et moi, nous nous sommes sauvés l'un l'autre cette nuit-là et nous sommes tombés profondément amoureux.

— Et vous vous êtes enfuis ? demanda Castor, stupéfiant tout le monde par la douceur de sa voix.

— Nous n'avions pas le choix. Même si j'avais payé ma dette à la Maison de Thèbes, vous vouliez toujours ma mort, répondit Daphné en haussant les épaules. Ajax pensait que si on expliquait tout à Tantale, il prendrait notre parti. Il croyait sincèrement que votre frère nous aiderait. On était si jeunes... On avait dix-sept ans.

Une vive émotion s'empara d'elle. Elle serra les lèvres pour ne pas pleurer.

— Continuez, dit Lucas d'une voix calme.

— Ajax et moi, nous vivions sur un bateau à voiles. Tantale est venu nous voir en barque, car nous avions trop peur d'une embuscade pour accoster. Mais quand Tantale a aperçu mon visage, il est devenu fou. Ils se sont battus dans la barque. Je ne sais pas nager. Je le jure. Je ne pouvais pas les rejoindre. Ajax a perdu.

Daphné fixa Lucas.

— Tantale a clamé partout qu'il m'avait tuée, mais c'est un mensonge. Il n'a eu de cesse de me poursuivre depuis, soit parce qu'il me veut pour lui, soit parce qu'il veut me tuer et qu'il a peur qu'on ne lui vole son Triomphe. Je ne sais pas bien, en fait.

— Je ne vous crois pas, quoi qu'en dise Lucas, affirma Pallas, secouant la tête. Tantale aimait Ajax.

— Oui. Il aimait son frère et il l'a tué, répliqua Daphné, irritée au point d'en devenir cruelle. Et maintenant qu'il est devenu un parricide, un Proscrit, il ne peut plus se montrer à vous sans que les Érinyes ne vous révèlent son crime.

— Pallas, dit doucement Castor, ça ne t'a jamais étonné que notre frère reste caché alors qu'il ne restait plus aucune Maison ennemie ?

— Mais si, il en restait ! Et il en reste encore ! cria Pallas, désignant Hélène et sa mère. Il doit savoir qu'elle est encore vivante et qu'elle peut séduire n'importe qui, même nous, pour l'aider à le trouver !

— Pallas, je n'ai pas utilisé le pouvoir du cestus contre vous. Même pas pour vous convaincre, murmura Daphné d'une voix lasse. Je veux que vous sachiez qui a tué Ajax. Je veux que vous compreniez que je n'ai pas tué *mon mari*.

— Tout ce qu'elle dit est vrai, intervint Lucas, les yeux rivés sur Hélène. Elle n'a pas utilisé le cestus. Et elle était mariée à Ajax.

Hélène se détourna, même si elle continuait à sentir sur elle le poids de son regard.

— C'est arrivé plus d'une fois, récita Cassandre. Les Amants Maudits font partie du motif et mes mères sont obligées de le répéter à l'infini. La symétrie doit être préservée ou le tissu de l'univers sera détruit. C'est ainsi qu'ont été sauvées les Quatre Maisons.

— Les quatre ? répéta Lucas.

Il chercha Hélène des yeux, saisi d'un espoir fou, mais il ne trouva aucun écho à ses sentiments sur le visage de la jeune fille, pâle et inexpressif.

— Quatre Maisons en Trois Héritiers, scandèrent les voix plurielles. Les Amants Maudits ont sauvé les lignées. Et les Trois feront renaître l'Atlantide.

Un étrange silence envahit la pièce, comme celui qui suit l'éclair avant que le tonnerre gronde.

— Sibylle[1] ! l'apostropha Daphné, s'adressant à elle

1. Dans la Grèce antique, la Sibylle est une femme qui rend des oracles. (*N.d.T.*)

par son titre le plus ancien. J'implore ta réponse ! Comment les Infants peuvent-ils être délivrés des Érinyes ?

— Elle ne peut pas encore les contrôler ! s'exclama Castor, épouvanté.

Le visage de Daphné exprimait une telle intensité qu'Hélène repensa malgré elle à la rapidité avec laquelle sa mère avait changé d'avis et accepté de suivre Lucas. Elle comprit que c'était là la vraie raison de sa visite.

Castor l'attrapa par le bras pour l'éloigner de sa fille, mais c'était trop tard. Les Trois Moires avaient été convoquées et rien ne pouvait plus les arrêter. La bouche de Cassandre rougeoya, ses cheveux se vrillèrent et sa tête se renversa en arrière. Ses yeux devinrent chassieux et sa peau se rida. Une vieille femme se frayait un passage dans le corps de la jeune fille. Prise de convulsions, Cassandre se métamorphosa en une deuxième femme, puis une troisième.

— Le Guide doit descendre auprès de ceux qui ne peuvent ni pardonner ni oublier. En libérant les Trois de leur souffrance, le Guide et son Bouclier libéreront les Maisons du cercle du sang.

Les voix se turent.

Cassandre redressa la tête, ses rides s'estompèrent et ses yeux s'éclaircirent, mais les entités surnaturelles l'habitaient toujours. Daphné s'arracha à l'étreinte de Castor et s'approcha de l'Oracle, les bras croisés, les paumes appuyées contre sa poitrine en signe de respect.

— La Maison d'Atrée a une dette envers toi, Sibylle, dit Daphné, qui s'inclina pour la saluer, achevant le rituel.

— La Maison d'Atrée s'acquittera de sa dette en temps et en heure, répondit l'Oracle.

Le rougeoiement cessa. Cassandre redevint elle-même après une série de frémissements et de soupirs. Une pluie de regards scandalisés s'abattit sur Daphné.

— Je suis désolée, mais je n'avais pas le choix, dit-elle d'une voix à peine plus forte qu'un murmure.

— Elle aurait pu en mourir ! s'exclama Lucas en serrant les poings. Elle est bien trop jeune !

— Si le cercle de la vengeance n'est pas brisé, elle n'a pas d'avenir de toute façon. Ni elle ni aucun d'entre nous, marmonna Daphné, gênée.

Plusieurs voix s'élevèrent pour protester.

— Elle a raison, trancha Cassandre, les interrompant. Les choses vont changer, une Prophétie a été énoncée et que ça vous plaise ou non, je suis l'Oracle. Je ne peux pas me cacher plus longtemps.

— Peut-être pas, dit Castor d'un air sombre, mais la prochaine fois, c'est nous qui déciderons quelle question poser et quand.

Il dressa vers Daphné un doigt accusateur.

— Encore un coup comme ça et je ne vous laisserai pas vivre assez longtemps pour entendre la réponse de la Sibylle !

Daphné acquiesça avec une expression docile qui leurra Castor, mais pas Lucas. Il avait déjà vu cette expression sur le visage d'Hélène et il savait qu'elle n'avait rien de sincère. Il se tourna discrètement vers celle-ci, qui avait fait la même observation.

Cassandre se plaignit qu'elle était fatiguée et Pandore l'accompagna à l'étage. Ariane gagna la cuisine pour retrouver Matt, qui soignait ses bosses et ses bleus avec des glaçons, tandis que Noëlle lui délivrait un cours intensif sur les demi-dieux.

D'un signe, Lucas fit comprendre à Hélène qu'il l'attendait dans la pièce voisine. Elle secoua la tête, mais il se dirigeait déjà vers la porte et lui tournait le dos.

Elle le suivit dans une partie de la maison où elle n'était encore jamais allée : l'aile qui faisait face au bureau de son père. Alors qu'ils parcouraient les couloirs déserts et passaient devant des pièces vides, elle vit qu'il penchait très légèrement la tête sur l'épaule, conscient de sa présence.

La dernière pièce de l'aile était un solarium. À peine entré, il se retourna, se jeta sur elle et l'embrassa. Sans comprendre comment, elle se retrouva sur le sol et il l'incita d'une voix douce à s'allonger. Elle fut à deux doigts de succomber... Mais la nausée lui souleva le cœur, elle serra les lèvres et détourna la tête. Lucas s'écarta prudemment, croyant lui avoir fait mal. Elle s'accouda sur le sol en marbre.

— Arrête, supplia-t-elle.

Il se redressa aussitôt. Elle l'imita et lui fit face. Le visage de Lucas exprimait un tel désarroi et une telle souffrance qu'Hélène sentit les larmes monter, elle qui s'était pourtant promis de ne plus jamais pleurer.

— On ne peut pas, ajouta-t-elle en secouant la tête.

— Comment ça ? protesta-t-il. Hélène, on est libres. Il reste deux autres maisons pour sauver la Trêve...

— On ne peut pas, répéta-t-elle, serrant les poings pour empêcher qu'il lui prenne les mains.

— Mais pourquoi ? demanda-t-il d'une voix étranglée.

Il sentait qu'Hélène était sincère, mais il ne comprenait pas.

— Est-ce que tes sentiments pour moi ont changé en une nuit ? Tu ne veux plus de moi ?

— Ce n'est pas ça, protesta-t-elle dans un cri angoissé. Ce serait trop beau si je ne t'aimais plus !

— Comment tu peux dire ça ? s'écria Lucas, soulagé. Je sais que tu as vécu des choses difficiles aujourd'hui, et peut-être que tu n'es pas prête, là, maintenant. Mais c'est pas grave, on attendra…

Il voulut la prendre dans ses bras, mais elle le repoussa et détourna la tête.

— On est cousins ! cria-t-elle, désespérée, les épaules secouées de sanglots. Jerry n'est pas mon père, Lucas. C'est Ajax.

La peur envahit Lucas. Dans le silence qui suivit, Hélène entendit le bruit de la pluie sur le toit de verre.

— Ce n'est pas possible, chuchota-t-il.

Il secoua la tête.

— Non. On a vu les Érinyes quand on s'est rencontrés. On ne peut pas être de la même famille.

— Si, rétorqua Hélène, s'essuyant une joue, puis l'autre, puis revenant à la première, de nouveau mouillée. Les enfants issus de deux lignées différentes ne peuvent être revendiqués que par l'une des deux Maisons. J'ai été reconnue par la Maison d'Atrée. C'est comme ça depuis toujours.

— Depuis toujours ? répéta Lucas, se rappelant subitement les paroles de Cassandre. « Les Amants Maudits font partie du motif… » Combien d'autres enfants vivent ainsi cachés ?

Un léger sourire lui monta aux lèvres. Elle admirait sa capacité à se mettre à la place des autres et à saisir d'emblée le véritable enjeu d'un problème. Il y avait tant d'aspects de sa personnalité qu'elle aimait… Elle comprit soudain qu'il ne suffirait de renoncer à Lucas une fois pour toutes. Chaque fois qu'ils se verraient, elle trouverait d'autres raisons de tomber amoureuse, et il lui faudrait chaque fois apprendre à le désaimer. À l'idée de toute cette souffrance à venir, elle baissa la tête.

— Daphné nous appelle les « Bâtards » et, oui, on est un certain nombre, dit-elle à voix basse. Personne ne sait combien au juste, mais ma mère en connaît une vingtaine.

— Alors, ces enfants ne peuvent appartenir qu'à une seule Maison, alors que leurs parents viennent de Maisons ennemies… L'autre Maison…

— … traque le bébé sous la pression des Érinyes. Daphné dit que ce bébé suscite une pulsion de haine aussi forte qu'un nouveau Proscrit. L'un des deux parents doit se battre contre sa propre famille pour sauver son enfant, ce qui signifie le plus souvent qu'il meurt de la main de ses parents ou de ses frères et sœurs – s'il ne les tue pas d'abord.

— C'est horrible, murmura Lucas.

Hélène hocha la tête.

— Oui, c'est horrible. Les bébés devraient être protégés de ce massacre. Daphné a juré de délivrer les Infants de la malédiction des Érinyes, afin que les Bâtards comme moi puissent vivre en paix avec leurs deux familles et que plus personne ne connaisse l'horreur de devoir choisir entre protéger son enfant ou se battre contre ses proches.

Lucas comprenait enfin. Il se mit à arpenter la pièce d'un pas nerveux, incapable de rester immobile avec toutes ces pensées qui tourbillonnaient dans sa tête.

— Qu'est-ce qu'on fait, alors ? On ne peut pas vivre séparés, dit-il soudain, s'arrêtant pour regarder Hélène, qui était restée assise et qui se tenait voûtée, la tête entre les épaules.

— Je sais, murmura-t-elle en se relevant. Mais je ne peux pas supporter d'être près de toi...

Laissant échapper un gémissement, Lucas se couvrit le visage de ses mains. Incapables de soutenir la vue l'un de l'autre, ils se rejoignirent à tâtons et se blottirent l'un contre l'autre. Ils se bercèrent doucement d'avant en arrière, en quête de réconfort.

— Ma mère et moi avons décidé de partir aujourd'hui, chuchota Hélène.

— Non, ne me quitte pas, chuchota Lucas, la serrant plus fort encore.

— Qu'est-ce qu'on va faire ? murmura-t-elle, désespérée.

Ils restèrent enlacés, accrochés l'un à l'autre, dans la pièce déserte, au son de la pluie qui s'abattait par intermittence sur les parois vitrées, jusqu'à ce qu'ils entendent des voix inquiètes crier leurs noms dans les couloirs déserts.

— C'est trop dur... dit-elle en s'écartant et en dégageant ses cheveux de son front fiévreux. Je ne me sens pas capable de tout réexpliquer...

— Je vais le faire, déclara Lucas.

Il chercha spontanément sa main, puis se ressaisit.

Hector atteignait la porte à l'instant même où Lucas l'ouvrit. Sa respiration était hachée, il avait l'air fou d'inquiétude. Son regard balaya plusieurs fois leurs visages dévastés avant qu'il ne réalise qu'ils étaient indemnes.

— Ouf, soupira-t-il, soulagé. Vous êtes... vivants.

— On devrait rentrer, déclara Lucas en s'engageant dans le couloir.

Hélène et Hector se retrouvèrent seuls.

— Daphné nous a tout dit, l'informa-t-il, direct. Je suis désolé, cousine.

Elle hocha plusieurs fois la tête, incapable de prononcer une parole, et se dirigea à son tour vers le couloir. À sa grande surprise, Hector la rattrapa et passa le bras autour de ses épaules. Il la serra furtivement, puis déposa un baiser sur ses cheveux. Tandis qu'ils approchaient la partie habitée de la maison, Hélène réalisa à quel point elle comptait sur lui.

DIX-HUIT

Tapi dans l'ombre de la maison des Hamilton, Créon savait qu'il avait fait un pari risqué. Seulement, il n'avait pas le choix. Il ne pouvait s'aventurer trop près de la propriété des Délos qui, avertis de sa présence, étaient sur le qui-vive. S'il n'avait pas commis l'erreur de sous-estimer la force de son cousin, il aurait réussi. On ne l'y prendrait pas deux fois, mais c'était peut-être déjà trop tard. Une seule fois pouvait suffire à le faire dégringoler du statut de sauveur à celui de paria.

Maintenant que sa cible était sous la protection de sa propre famille, il ne lui restait plus qu'à prier pour qu'elle soit assez bête pour rentrer chez elle. C'était peu probable, mais c'était son seul espoir. Il ne pouvait retourner sur le yacht et affronter ses cousins les mains vides. Il devait trouver quelque chose – une piste, une occasion, n'importe quoi – avant d'entraîner qui que ce soit dans l'aventure. Et surtout, il voulait éviter à tout prix que son échec ne parvienne aux oreilles de son père.

Tantale lui avait enfin accordé sa confiance et, pour la première fois en dix-neuf ans, il avait eu le droit d'entendre sa voix. Il n'avait pas été admis dans la même pièce que lui et il n'avait pas pu voir son visage, parce que cette femme l'avait rendu difforme, mais Créon lui avait enfin parlé.

Son père l'avait félicité pour sa loyauté durant toutes ces années, puis il lui avait raconté ce qui s'était vraiment passé dans la barque : comment ses pensées et sa volonté s'étaient retrouvées sous emprise et qu'il avait perdu le contrôle de lui-même au point de commettre le crime suprême. Il en était resté marqué à jamais, comme Méduse. Il avait reconnu ses torts et s'était repenti. Il avait dit à son fils qu'il avait consacré le reste de sa vie à tenter de réparer sa faute : il avait juré de débarrasser le monde de cette invention diabolique qu'était le cestus, afin que tous, hommes, Infants et humains, puissent garder le contrôle de leurs désirs. Il lui avait confié la même mission sacrée.

Et Créon avait échoué.

Il sentit son téléphone vibrer pour la cinquième fois. Il l'avait ignoré jusque-là, refusant même de regarder qui l'appelait. Cette fois, il plongea la main dans sa poche : c'était sa mère. Après une hésitation, il finit par répondre.

— Où es-tu ? demanda Mildred à voix basse.

— En chasse, répondit Créon.

Il sentait que sa mère était épiée, peut-être même écoutée – c'était déjà arrivé par le passé.

— L'une des Traîtres vient de m'appeler, ajouta-t-elle dans un murmure pressant. Elle m'a raconté ton échec devant l'hôtel et elle veut changer de camp. Elle veut que ses hommes soient libérés de l'influence du cestus…

Créon entendit un froissement d'étoffe. Sa mère avait dû glisser son téléphone dans sa poche ou sous son gilet. Quelques secondes s'écoulèrent sans que Créon puisse entendre davantage que le frottement du tissu, tandis que sa mère gagnait une autre pièce.

— Tu es toujours là ? finit-elle par demander.

— Oui. Mère, que se passe-t-il ?

— Écoute, les Cent commencent à douter de toi. Je ne veux pas qu'ils sachent qu'on est en contact. Où es-tu ? Elle veut te rencontrer tout de suite, pour mettre un plan sur pied.

Hélène passa quinze minutes au téléphone à essayer de calmer son père. Il allait se rendre à la police quand elle avait appelé et il exigea de savoir où elle avait passé la nuit. Hélène avait été incapable de lui répondre. Jerry s'était alors mis dans une colère noire et lui avait ordonné de rentrer tout de suite. Il avait hurlé, ce qui ne lui était pas arrivé depuis qu'elle était petite. Hélène n'avait pas l'habitude de désobéir et pourtant, elle s'entendit lui répondre qu'elle n'était pas en danger et qu'elle ne pouvait pas rentrer maintenant. Il criait toujours lorsqu'elle raccrocha.

Elle savait qu'elle se comportait mal, mais elle se sentait perdue. Devait-elle lui dire qu'elle partait avec sa mère, qui était revenue, ou se contenter de disparaître ? Daphné prétendait qu'une rupture franche et nette était préférable pour tout le monde, y compris pour Jerry, mais Hélène n'arrivait pas à s'en convaincre. D'un point de vue physique, oui, sûrement. Mais d'un point de vue émotionnel, il serait détruit. Hélène passait et repassait les deux scénarios dans sa tête sans pouvoir trancher. Dans les deux cas, son père qui, plus que tout autre, méritait d'être épargné, était celui qui souffrait le plus. Elle fut interrompue dans ses pensées par Noëlle, qui venait lui annoncer que Claire et Jason s'étaient réveillés.

Hélène monta à l'étage et entrebâilla la porte. Daphné était assise sur le bord du lit et tenait la main de Claire, qu'elle regardait avec une tendresse anxieuse. Ainsi qu'elle l'avait expliqué à Hélène pendant la nuit, Daphné avait beaucoup aimé Claire bébé et elle avait toujours été inquiète de savoir qu'elle allait grandir en compagnie d'une Infante. À l'hôtel, pendant la tempête, elle avait levé la malédiction qui touchait sa fille. Elle lui avait expliqué au passage qu'elle en avait exclu Claire – prenant le risque d'exposer Hélène davantage – afin que celle-ci puisse la protéger en cas de danger. Hélène l'en avait remerciée. C'était l'une des rares choses, dans ses confidences, qui avaient suscité sa reconnaissance.

— Tu t'es expliquée avec Lucas ? lui demanda sa mère en la voyant entrer dans la pièce.

Hélène frissonna en entendant son nom. Elle hocha furtivement la tête et reporta son attention sur Claire.

— Salut, Ris'. Tu m'as vraiment fait peur !

— Moi aussi, je me suis fait peur, rétorqua Claire en l'invitant à s'asseoir.

Elle remarqua soudain les yeux gonflés d'Hélène.

— Ça va ?

— Ce n'est pas important, déclara Hélène en s'asseyant près de sa mère. Comment vous vous sentez, tous les deux ?

— Ça s'est révélé plus facile que je ne le craignais, confia Jason. On n'a même pas eu à traverser les décombres, juste à escalader les collines arides...

— Bien, dit Hélène en souriant, soulagée. C'est loin de la rivière.

— Quelle rivière ? Quels décombres ? s'exclama Daphné, regardant tour à tour Jason et Hélène.

Mais Claire détourna leur attention.

— C'était réel ? s'enquit-elle, les yeux agrandis par la peur.

— Oui et non, répondit doucement Jason.

Il effleura son front du bout des lèvres, puis se redressa avec peine et l'aida à se redresser à son tour.

— C'est un endroit qui existe vraiment, mais où l'on ne va qu'avec son esprit.

— Mais j'avais tellement faim ! Et tellement soif ! chuchota Claire, soudain terrifiée.

Elle blottit son visage contre le cou de Jason et il la serra contre lui. Le lien qui s'était tissé entre eux dans le Pays aride les reliait encore et Hélène sentit que Jason avait du mal à y renoncer.

— N'aie pas peur, on est restés au bord, on n'a jamais traversé la rivière et pénétré sur l'autre rive. Même les meilleurs Guérisseurs n'en reviennent pas vivants, dit Jason d'une voix rassurante.

Il chercha le regard d'Hélène, comme pour lui demander de l'aider.

— Cet endroit où tu es allée se trouve juste après celui où tu vas quand tu dors, dit-elle en posant une main amicale sur son dos. Si tu veux, tu peux le voir comme un rêve très intense...

— Un cauchemar, plutôt !

— Tu as failli mourir, dit Hélène. Ça ne peut pas être drôle…

— Hélène ? interrogea Daphné, les yeux plissés. Combien de fois es-tu allée dans cet endroit dont tu parles ?

— Je ne compte même plus, répondit-elle en secouant la tête.

Daphné posa sur sa fille un regard dur. On frappa à la porte, puis Matt passa la tête d'un air timide.

— Désolé de vous déranger… Salut, Claire, ça va ?

— Rentre, lui lança Claire en essayant de se redresser. Je suis contente de voir que tu es entier !

Elle s'appuya sur Hélène, qui l'aida à se tenir droite.

— Ouais, moi aussi, soupira Matt. Mais il y a encore un gros problème à résoudre. J'ai remarqué qu'il y avait des gens dans la rue, quand on a… euh…

— Quand tu as renversé Lucas avec ta voiture ? compléta Jason, une lueur malicieuse dans les yeux.

— Voilà. Il faut que j'aille m'occuper de ça avant que la situation devienne incontrôlable, expliqua Matt, mal à l'aise. Plus je reste ici, plus ça va jaser. Alors que, si je dis à tout le monde qu'il n'y a pas eu d'accident, puisque je ne suis pas blessé…

— La rumeur va se dégonfler comme un ballon de baudruche, conclut Daphné à sa place. Tu es sûr que tu veux mentir à tes semblables pour nous ? demanda-t-elle avec froideur.

— Ce n'est pas la question ! protesta Matt, choqué. C'est normal que j'aide mes amis quand ils ont besoin de moi !

Il posa sur Hélène un regard étonné, qui semblait dire : « C'est quoi, cette mère que tu nous as trouvée ? »

— Je t'emmène, si tu veux, déclara Hélène, déjà debout. Il faut que je parle à mon père, de toute façon. Je te déposerai au passage.

— Tu ne vas nulle part, intervint Daphné, surprise qu'Hélène ait pu imaginer le contraire. C'est bien trop dangereux !

— Je ne peux pas le quitter comme ça, rétorqua Hélène. J'ai passé ma vie à essayer de réparer les dégâts que tu as faits en partant. S'il y a bien une chose que je sais, c'est que je ne veux pas refaire la même erreur que toi. Jamais.

— Bien… je ne peux pas t'attacher chaque fois qu'on n'est pas d'accord, mais je te conseille de faire un peu plus attention, Hélène, surtout quand tu utilises des mots comme « jamais », déclara Daphné, compréhensive. Les dieux savent ce qui doit être éternel et ils aiment jouer avec ceux qui parlent d'absolu.

Hélène fut si troublée d'entendre sa mère prononcer les mêmes paroles que Lucas qu'elle perdit un instant toute sensation. Elle voulut quitter la pièce, mais trébucha. Matt l'attrapa par le coude pour lui éviter de se cogner l'épaule contre le chambranle.

— Ta mère est un drôle d'engin, dit Matt, une nuance de peur dans la voix, une fois la porte refermée.

— Je n'arrive toujours pas à savoir si elle a eu raison de faire les choix qu'elle a faits ou si elle a juste le cœur sec, avoua Hélène.

— C'est en général ce que tout le monde se demande à propos de sa mère, rétorqua Matt en levant les yeux au plafond. Sauf qu'en fait, ce n'est pas si simple.

Hélène lui sourit, espérant qu'il ait raison, et le guida vers le rez-de-chaussée. Ils gagnèrent la cuisine à la recherche de quelqu'un susceptible de leur prêter sa voiture, mais ils ne virent que Pandore, qui rentrait dans la maison par la porte du garage.

— Hélène ! s'exclama-t-elle. Tu ne pars pas, quand même ?

— Matt doit rentrer chez lui et moi, je dois...

Pandore l'interrompit en secouant la tête.

— Je ne peux pas te laisser quitter cette maison. Tu le sais, protesta-t-elle avec force.

— Alors, est-ce que tu peux déposer Matt ?

— Désolée, pas maintenant, répondit-elle, le regard rivé sur ses poignets nus. Demande à Ariane, elle doit être dans la bibliothèque...

Elle leur sourit furtivement, puis s'éloigna en direction de la salle de sports. Hélène mit un moment à comprendre ce qui manquait : Pandore ne portait pas de bijoux. C'était la première fois depuis qu'elle la connaissait.

Hélène emmena Matt à la bibliothèque, où Castor, Pallas, Hector, Ariane et Lucas s'étaient réunis autour de Cassandre. Le silence se fit lorsqu'elle apparut.

— Matt a besoin qu'on le raccompagne, annonça-t-elle, nerveuse.

Elle essayait d'ignorer Lucas, mais son regard revenait sans cesse se fixer sur lui.

— Je m'en charge, proposa Ariane, se levant et les entraînant en dehors de la pièce.

— Que se passe-t-il ? demanda Hélène tout bas.

— On essaie de deviner ce que mijote Créon, expliqua Ariane, une fois qu'ils se furent éloignés.

— Pourquoi sans moi ? protesta Hélène, blessée.

— Hélène, la gronda gentiment Ariane, Lucas ne peut pas supporter de se trouver dans la même pièce que toi et, sans vouloir te vexer, de vous deux, c'est lui le meilleur guerrier. On a besoin qu'il soit présent et concentré.

Matt était perplexe, mais il ne posa aucune question. « D'ici quelques heures, songea Hélène, plus rien n'aura d'importance. » Elle serait partie et elle ne le reverrait plus jamais, ni lui ni les autres. Bientôt, elle se blottirait au fond d'un lit inconnu, avec l'envie de ne plus en ressortir. Mais elle ne pouvait pas se laisser aller maintenant. Elle devait d'abord s'assurer que ceux qu'elle aimait continueraient à vivre heureux.

Arrivée dans la cuisine, Ariane prit ses clés, puis balaya la pièce du regard et fronça les sourcils. Elle alla compter les voitures dans le garage, puis revint dans la maison en murmurant d'une voix perplexe : « Elle est rentrée ? » Mais avant qu'Hélène ait pu l'interroger, Ariane lui avait dit au revoir et entraînait Matt vers sa petite berline.

Hélène attendit qu'ils aient quitté l'allée pour s'aventurer sur la pelouse. La nuit n'était pas encore tombée, mais elle avait l'impression que même les ombres des buissons cherchaient à l'attraper. Dès qu'elle se trouva assez loin de la maison, elle s'éleva dans les airs, pressée de gagner le seul lieu où Créon ne pouvait rien contre elle. Elle prit la direction de chez elle, puis fit de grands cercles dans le ciel en attendant que la voie fût libre. Quand il n'y eut plus aucun voisin en vue, elle se dépêcha d'atterrir dans le jardin, à l'arrière de la maison. Elle dressa l'oreille. Jerry n'était pas seul.

Cathy et lui parlaient à voix basse, laissant parfois échapper un rire ou marquant une pause le temps de trouver les mots justes. Par la fenêtre, elle les vit assis sur le canapé, la télévision éteinte, plongés dans une discussion sérieuse. Elle pouvait les espionner, mais elle s'y refusa. Elle ne voulait pas perturber l'intimité de deux êtres qui, de toute évidence, étaient en train de tomber amoureux.

Elle porta la main à son pendentif et leur souhaita le plus grand bonheur possible. Elle n'était pas certaine que le cestus pût avoir ce pouvoir, mais l'essentiel, c'était que Jerry ne reste pas seul après son départ. Hélène réalisa soudain que, si elle partait sans le revoir, il ne saurait jamais que Daphné était revenue sur l'île. Le lien ténu qui l'unissait à Cathy avait plus de chances de survivre si elle ne venait pas réveiller cette vieille blessure.

Elle resta un moment à la fenêtre, indécise, jusqu'à ce que le froid soudain et la couleur orangée des nuages lui fissent réaliser que le temps avait passé. Elle vola jusqu'à la fenêtre de sa chambre, s'assit à son bureau et écrivit une lettre pour son père. Elle lui dit qu'elle l'aimait, qu'elle était en sécurité et qu'elle ne reviendrait jamais. Elle n'écrivit que le strict minimum. Il avait été un bon père et, si elle ne pouvait tout lui dire, elle pouvait au moins éviter de lui mentir.

Elle repartit par la fenêtre et rejoignit la propriété des Délos. Elle se sentait soulagée à l'idée que son père dormirait d'un sommeil paisible quand elle partirait. Avec un peu de chance, Cathy serait là lorsqu'il découvrirait son message le lendemain et cette pensée lui procurait un sentiment de paix.

Avant même qu'elle ait atterri, Castor courut vers elle sur la pelouse, agitant les bras pour lui dire de se dépêcher et lui criant quelque chose au sujet de sa mère.

Daphné avait dû attendre la fin de leur réunion avant de pouvoir s'introduire dans la bibliothèque. Ce qu'elle cherchait, c'était l'adresse que Tantale avait dû écrire au dos des enveloppes qu'il avait envoyées à Nantucket. Il lui suffirait d'un nom de ville pour pouvoir enfin, après toutes ces années, le retrouver et le tuer, comme il avait tué son Ajax adoré. Daphné s'était représenté la scène des centaines de fois. Elle le décapiterait sous les yeux de sa femme, dès qu'il s'avancerait vers la porte. Si elle accomplissait sa vengeance, alors peut-être, quand Atropos[1] couperait son fil, Ajax l'attendrait-il sur l'autre rive. Mais elle n'en était pas encore là, il lui restait encore beaucoup à accomplir. Et en premier lieu, trouver le nom de cette ville.

Daphné commença par feuilleter le courrier qui se trouvait sur le haut de la pile, sur le bureau de Castor. Elle aurait été capable de reconnaître l'écriture de Tantale entre mille et il lui suffit d'un bref regard pour constater qu'aucune des lettres ne venait de lui. Elle réalisa soudain que ce n'était sans doute pas à Castor que s'adressait Tantale, même s'il était le plus intelligent et le plus courageux du clan Délos.

Elle aperçut un coffre-fort sous l'un des bureaux, à l'autre extrémité de la bibliothèque. Elle s'agenouilla

1. Nom de la troisième Moire, « l'implacable », celle qui coupe le fil de la vie. (*N.d.T.*)

et posa la main sur la molette, espérant qu'il n'ait pas été conçu par un Infant. Après quelques minutes passées à écouter les déclics à l'intérieur de la serrure, sa recherche fut brusquement interrompue. Elle sentit un liquide brûlant et épais se répandre dans une veine de son cou. Horrifiée, elle se rappela que, lorsqu'elle avait maîtrisé Hélène, elle avait laissé une seringue de secours dans son sac, au cas où. En quelques secondes, son champ de vision fut réduit à néant.

Lorsqu'elle se réveilla, elle sentit le froid du métal qui entravait ses mains. Malgré sa vision encore trouble, elle comprit qu'elle se trouvait sur une plage au crépuscule. Elle entendit le cliquetis de chaînes lorsqu'elle leva ses mains à son visage : elle était menottée. Ses avant-bras portaient la trace de profondes blessures, d'où le sang coulait encore, bien que la cicatrisation ait commencé. Malgré la soif qui la torturait, elle fit jaillir un éclair.

Ses menottes rougeoyèrent. Leur éclat devint vite insoutenable, au point que Daphné dut détourner ses yeux fermés pour ne pas être aveuglée. Et cependant, elles ne fondirent pas…

— Du tungstène, chuchota-t-elle entre ses lèvres sèches et crevassées.

Elle s'en voulut de ne pas avoir réfléchi. Des menottes blanches surgit un éclair qui s'enfonça dans le sol comme un pieu. Non seulement elle était immobilisée, mais tout éclair qu'elle tenterait d'envoyer contre un ennemi se dissiperait dans le sable.

— Je ne pensais pas qu'il vous restait de quoi produire des éclairs, dit une femme accroupie sur le rivage.

Elle se releva et avança vers Daphné.

— Je vous ai vidée de votre sang pour vous déshydrater. Du moins, c'est ce que je croyais.

— Pourquoi faites-vous cela ? demanda tout bas Daphné. Vous n'êtes pas une meurtrière, Pandore.

— Je sais, reconnut-elle d'une voix humiliée. J'ai voulu vous tuer quand vous étiez inconsciente, mais je n'ai pas pu.

— Alors, délivrez-moi, dit Daphné avec un sourire triste. Je sais pourquoi vous faites ça. La souffrance peut rendre cruel le meilleur d'entre nous.

Elle se redressa sur ses genoux et reprit :

— Mais pourquoi vous ne me croyez pas ? Et si vous ne me croyez pas, moi, pourquoi vous ne croyez pas Lucas, votre neveu ? C'est un Détecteur.

— Lucas a toutes les raisons du monde de vous croire, persifla Pandore en arpentant le sable d'un pas nerveux. Il est aveuglé par son amour, il ferait n'importe quoi pour garder Hélène. Jusqu'à mentir à sa propre famille.

— D'abord, Lucas ne pourra jamais avoir que la moitié d'Hélène, rétorqua Daphné d'un air sombre. Et ensuite, il y a d'autres moyens de savoir la vérité que de me kidnapper. Avez-vous déjà demandé à Tantale pourquoi il se cachait ?

— Parce qu'il sait que vous pouvez prendre n'importe quelle apparence ! cria Pandore, furieuse. La seule chose que vous ne puissiez pas faire, c'est imiter son écriture. C'est pour ça qu'il ne communique que par lettres : il se protège, parce qu'il sait que vous voulez sa mort !

— Et pourquoi voudrais-je sa mort ? s'emporta Daphné à son tour. Si c'est un Triomphe que je cherche, j'aurais pu tuer n'importe lequel d'entre vous ! Pourquoi voudrais-je tuer Tantale, et uniquement lui, s'il ne m'avait pas volé quelque chose d'infiniment précieux ?

Sa voix se brisa. Elle se tut.

Pandore regarda Daphné s'allonger sur le sable et tourner le dos à cet Océan qu'elle redoutait tant, puis elle s'écarta et croisa les bras, la tête légèrement penchée dans le vent. La respiration hachée, elle suivit des yeux la ligne sombre de l'horizon, comme si elle lisait.

— Sale vipère ! s'exclama soudain Pandore avec une rage mêlée de crainte. Créon m'avait dit que vous étiez rusée, mais à ce point, je ne l'avais pas imaginé ! Vous croyez vous-même vos propres délires ! C'est pour ça que Lucas n'a rien pu déceler de faux dans vos paroles ! À force de vivre sous d'autres visages que le vôtre, votre vie elle-même n'est plus qu'un mensonge !... C'est pour ça qu'il faut que je vous empêche d'approcher Castor et Pallas – et tous ceux que j'aime. Vous avez utilisé le cestus pour séduire Ajax, je le sais ! Vous ne l'avez jamais aimé et jamais il n'aurait pu vous aimer !

Ses mots étaient durs, mais le doute affleurait dans sa voix.

— Ajax était trop bon, il était trop pur...

— Trop noble, trop tendre, trop généreux, trop courageux ! compléta Daphné, sa voix couvrant celle de Pandore.

Elle cligna plusieurs fois des yeux, mais aucune larme ne pouvait venir. Son corps pleurait, mais il avait été asséché, et c'en était plus douloureux encore.

— Depuis qu'Ajax a quitté ce monde il y a dix-neuf ans, je n'ai plus rien vécu d'heureux, chuchota-t-elle.

— Et Hélène ? Elle représente un peu d'Ajax...

Elle s'interrompit. Le regard de Daphné se planta dans le sien.

— C'était l'anniversaire d'Hélène hier... Elle a eu dix-sept ans, chuchota Pandore, sous le choc. Mais pourquoi ?... Pourquoi lui avez-vous fait croire que Lucas était son cousin ?

Pandore détourna les yeux et secoua la tête. Elle ne comprenait pas comment une mère pouvait infliger à sa fille une pareille souffrance. Mais elles n'avaient déjà plus le temps de s'expliquer : la silhouette de Créon apparut au loin. Daphné avait espéré la convaincre et l'épargner, mais elle avait échoué. Il ne lui restait plus qu'à prier pour qu'Ajax lui pardonne, là où il était.

— Vous avez raison, Pandore, Hélène n'est pas sa fille. Il ne me reste rien d'Ajax et rien dans ce monde n'a de valeur à mes yeux. Même vous, sa petite sœur qu'il aimait tant et qu'il m'avait fait promettre de protéger, même vous, vous avez été corrompue. Ça le rendrait fou de vous voir comme ça, vous savez...

— Je ne vous permets pas ! hurla Pandore dans un cri déchirant.

Elle avait atteint un point de rupture. Elle fit alors ce que Daphné avait escompté : elle se jeta sur elle toutes griffes dehors et essaya de lui arracher les yeux. Daphné roula sous elle, se protégeant autant que le lui permettaient ses mains entravées. Elle savait qu'elle n'avait que quelques minutes à tenir.

— Ne la touche pas, elle peut avoir des éclairs en réserve ! hurla Créon.

Il l'agrippa par le bras et l'entraîna plus loin. Une lutte s'ensuivit. Daphné leur tourna le dos. Se couvrant le visage avec ses bras, elle adopta des cheveux noirs et courts, et se recroquevilla sur elle-même.

— Jamais il n'aurait pu tomber amoureux d'elle ! criait Pandore, enfermée dans sa souffrance. Il l'aurait méprisée comme je la méprise, je le sais !

Pandore avait beau se débattre, Créon parait tous ses coups. Il finit par l'entraîner sur la plage, loin de sa précieuse capture. Dès que Daphné fut certaine qu'elle était hors de leur vue, elle prit l'apparence de Pandore, puis elle se frappa les yeux et la bouche en gémissant.

— Créon ! appela-t-elle, la voix enrouée. Qu'est-ce que tu fais ? Éloigne-toi d'elle ! C'est Daphné ! Elle nous a roulés ! Ne l'écoute pas !

Daphné continua à crier jusqu'à ce qu'elle le vît hésiter, attraper durement Pandore par le bras et la ramener vers elle.

— Quand on a roulé l'une sur l'autre ! accusa Daphné entre ses larmes, désignant Pandore du doigt et faisant appel au pouvoir du cestus. Elle a réussi à retirer ses menottes et à me les passer ! Je n'aurais jamais cru qu'elle était si forte !

— Elle ment, balbutia Pandore.

Elle voulut libérer son poignet de l'étreinte de Créon, mais il refusa de la lâcher. Elle regarda Créon, puis Daphné, profondément désemparée.

— Ne crois pas un mot de ce qu'elle dit, continua Daphné en le fixant du regard, froissant sa volonté comme un vulgaire mouchoir en papier. Elle veut que tu la conduises à ton père sous les traits de Pandore, pour pouvoir l'approcher et le tuer ! C'est son plan depuis le début et je suis tombée dans le piège ! Je suis désolée, cousin. Je ne pensais pas qu'elle pouvait être retorse à ce point...

Créon posa sur Pandore un regard de haine pure. D'un geste brusque, il lui déboîta l'épaule. Elle tomba à genoux en poussant un cri. Le regard vide, il sortit un poignard en bronze de sa ceinture et lui trancha la gorge si profondément qu'il lui coupa presque la tête. Elle était morte avant même que son sang ait eu le temps de se répandre sur le sable.

Hélène volait à quinze mètres au-dessus d'Hector tandis qu'il patrouillait l'extrême nord de l'île, plongée dans une obscurité d'autant plus profonde que l'électricité n'avait pas encore été rétablie. Le froid était pénétrant. Les habitants, réfugiés à l'intérieur des maisons, se blottissaient devant leur cheminée. La famille Délos craignait que Créon ne profite des rues désertes pour lever l'ancre en toute discrétion. Ils ne pouvaient compter sur Cassandre, trop affaiblie, et devaient s'en remettre à leur propre intuition. Le plus probable, selon eux, était que Créon quitte l'île en hélicoptère ou dans un avion privé, aussi Lucas, Hector et Pallas avaient-ils décidé de quadriller l'aéroport, à l'ouest de l'île. Ariane devait surveiller le port au nord-ouest, au cas où Créon chercherait à fuir par la mer. Hector surprit tout le monde en proposant de se charger du rivage nord-est, sombre et désert.

Hélène avait tout de suite proposé de l'accompagner. Ses quelques semaines d'entraînement avec Hector lui avaient au moins appris qu'il savait mieux que quiconque se glisser dans la peau de son adversaire et deviner ses coups à l'avance. Elle faisait davantage confiance à son instinct qu'à n'importe quel raisonnement. S'ensuivit une vive discussion pour savoir si Hélène pouvait ou non quitter la propriété, mais il était difficile à la Maison de Thèbes de refuser à l'Héritière de la Maison d'Atrée le droit de chercher sa mère. En outre, ils étaient persuadés qu'Hélène se contenterait de voler dans la nuit noire, hors de danger, du mauvais côté de l'île.

À plusieurs reprises, elle le vit fendre les flots, s'arrêter, déployer ses mains en éventail et les passer sous l'eau, puis refaire surface, visiblement contrarié. Elle savait qu'il possédait un don en lien avec l'Océan, et à la manière dont il semblait interroger les vagues, elle devina qu'il cherchait quelque chose de précis... Un bateau, peut-être ? Soudain, elle comprit. Ce n'était pas pour rien qu'il avait choisi un lieu désert. Pourquoi prendre le risque de passer par une compagnie aérienne ou maritime ? Dans l'obscurité de la nuit, il suffisait d'un canot et d'un bateau ancré au large pour aller et venir au nez et à la barbe des autorités.

Son cœur se mit à battre avec frénésie. Elle se mit à fouiller l'Océan des yeux à la recherche d'un bateau. Elle ne pouvait oublier le regard bestial de Créon lorsqu'il lui avait planté son poignard dans le cœur. Hélène n'aimait pas sa mère – elle la connaissait à peine – mais elle ne souhaitait à personne de ressentir la terreur qui s'était emparée d'elle dans cette seconde d'éternité. Créon était un être maléfique et elle craignait de n'avoir vu qu'un petit échantillon de la cruauté dont il était capable.

Hector fonça soudain. Hélène ne voyait pas aussi bien que lui dans la pénombre et plissa les yeux. Lorsqu'elle distingua ce qu'il avait vu, elle faillit perdre l'équilibre et tomber.

Des silhouettes sombres se dessinaient sur la plage. En l'absence de feu ou de lampe électrique, il lui était difficile de savoir combien ils étaient. Elle accéléra, dépassa Hector et vit, impuissante, un homme faire tomber une femme à genoux. Elle entendit un cri. Hélène descendit en piqué, plus rapide que jamais. Lorsqu'elle fut assez près, elle vit Pandore tomber sur le sable aux pieds de Créon, tandis qu'une deuxième Pandore, attachée à un piquet, scintillait et se métamorphosait en Daphné.

Un instant plus tard, un terrible rugissement déchira la nuit. Hector avait vu le corps allongé sur le sable. Hélène sut que les Érinyes avaient pris possession de lui : habité d'une rage et d'une souffrance surnaturelles, il bondit à travers le sable humide, le regard vissé sur Créon. Celui-ci se retourna et fixa Daphné. Il serra le couteau ensanglanté qu'il tenait à la main et avança vers elle d'un pas meurtrier.

— Arrière ! hurla Hélène, atterrissant sur le sable à côté de sa mère menottée.

Ses mains se mirent à luire d'une lumière bleue et froide. Seul contre trois, Créon pivota sur lui-même et s'enfuit en courant vers l'intérieur des terres. Hector poussa un cri de fureur, changea de direction et le prit en chasse.

— Hector, attends ! N'y va pas seul ! cria Hélène, qui ne pouvait pas laisser sa mère enchaînée et blessée.

Mais Hector ne l'écouta pas. Elle les vit disparaître tous les deux, si semblables qu'on aurait pu croire qu'Hector poursuivait un autre lui-même.

Hélène se tourna vers Daphné et arracha les chaînes à mains nues.

— Qu'as-tu fait, mère ? demanda-t-elle en serrant les dents.

— Pas *ça* ! répondit Daphné, haletante, en désignant le corps inerte de Pandore.

— Je t'ai vue sous les traits de Pandore ! cria Hélène en passant les mains dans ses cheveux.

Elle se mit à arpenter le sable, en proie à une vive colère.

— Je voulais troubler Créon, je ne savais pas qu'il allait la tuer !

— Et tu n'as pas utilisé le cestus ? demanda Hélène, sceptique.

— Je ne lui ai jamais demandé de la tuer ! affirma Daphné avec véhémence en se redressant sur ses genoux pour lui faire face. J'essayais juste de gagner du temps ! Je n'aurais jamais imaginé qu'il ferait une chose pareille !

— D'accord, dit Hélène, soudain lasse. Peu importe…

Elle retira sa veste et en couvrit le cadavre mutilé – « le cadavre de Pandore », songea-t-elle, traversée par la douleur – avant de se tourner de nouveau vers sa mère.

— Tu es gravement blessée ?

— Ça va aller. Il faut absolument que tu arrêtes Hector, dit Daphné, tout en changeant de vêtements. Va. Je ramène Pandore à sa famille et je te rejoins.

Hélène acquiesça. Elle sentait que sa mère lui cachait une partie de la vérité, mais ce n'était pas le moment de l'interroger. Elle s'éleva dans les airs et partit en direction de l'ouest, volant assez bas afin de pouvoir discerner Créon et Hector dans la nuit. Ses yeux ne savaient pas réfléchir la lumière comme ceux des enfants d'Apollon, ce qui la désavantageait. Elle regretta que Lucas ne fût pas avec elle. Il aurait été capable de voir à travers l'obscurité de la lande. Il aurait aussi mieux su où se diriger, car c'était un meilleur stratège. Et surtout, elle n'aurait pas été seule pour affronter Hector et Créon.

Rejetant cette pensée, elle vola d'un bout à l'autre de l'île sans voir personne. Elle fit demi-tour, sachant que son adversaire ne s'amuserait pas à courir dans l'eau. Créon était coincé sur l'île, à moins qu'il ne cherche à gagner un lieu d'où il pourrait la quitter. Elle bifurqua et vola vers le nord, vers le port.

Il était trop tard pour attraper le dernier ferry, mais Créon l'ignorait peut-être. En un rien de temps, elle gagna la zone plus peuplée de l'île. Elle ne pouvait plus voler aussi bas. Elle se décida à atterrir tant qu'elle pouvait encore le faire sans être vue et courut à petites foulées en direction du port, l'oreille aux aguets. Alors qu'elle dépassait India Street, elle entendit des bruits sourds, signe d'un violent combat à mains nues. Elle s'élança vers le bruit. Au fond d'elle, elle savait déjà où ses pas la menaient. À l'Athénée de Nantucket.

En tournant à l'angle, elle vit qu'un voile noir recouvrait toute l'extrémité de la rue. Hélène ravala un cri. Même plongé dans l'obscurité, il est possible de sentir des présences autour de soi. Mais les ténèbres de Créon étaient si profondes qu'elles vous déracinaient et vous privaient de tous vos sens.

Quelque part au milieu de ces ténèbres, elle entendait Créon et Hector échanger des coups avec une rage aveugle. Elle se pétrifia. Elle avait si peur de perdre pied qu'elle ne put se résoudre à avancer. Elle cria le nom d'Hector et serra les poings de colère. Ses mains se mirent à luire d'un éclat bleuté. Une pensée la traversa.

Lorsqu'elle s'était défendue contre Créon dans l'entrée, son éclair avait repoussé les ténèbres. Même s'il pouvait contrôler toutes sortes de lumières, il ne pouvait rien contre ses éclairs. Elle tendit les mains et fit jaillir un arc électrique entre ses paumes. La scène s'illumina devant ses yeux.

Hector était allongé sur le dos et Créon lui cognait la tête contre les marches en marbre. Alors que la lumière bleue crépitait entre ses mains, elle augmenta d'intensité. Hector tourna ses yeux gonflés vers elle. Un sourire lui monta aux lèvres. Arraché à l'emprise des ténèbres, il réussit à se libérer de l'étreinte de son cousin et se dressa face à lui.

Ils se jetèrent l'un sur l'autre avant qu'Hélène ait pu faire un pas de plus et s'entre-déchirèrent avec une violence inouïe. Hélène se mit à courir et leur hurla d'arrêter. Trop tard. Il lui restait une vingtaine de mètres à franchir quand Hector réussit à passer derrière Créon. D'un coup sec, il lui brisa le cou.

Hélène s'arrêta net au milieu de la rue, bouche bée, tandis que le corps sans vie de Créon dégringolait les marches. Hector le regarda, puis regarda Hélène, soudain libéré des Érinyes et lucide. Dans ce bref instant,

Hector comprit soudain qu'il avait commis l'irréparable. Il avait tué son cousin.

Une comète fusa du ciel et fondit sur lui, puis le propulsa à travers trois colonnes, ébranlant les fondations du faux temple.

— Lucas, stop ! hurla Hélène, si fort que sa voix se cassa.

Mais Lucas ne l'entendit pas. Il était possédé par les Érinyes et les seules voix qu'il percevait étaient celles qui lui ordonnaient de tuer le parricide.

Hélène parcourut presque en volant les derniers mètres qui la séparaient des combattants, puis elle s'éleva dans les airs et retomba sur eux le plus lourdement possible, les repoussant sur les marches. Elle leva les bras en V et fit venir l'électricité dans ses mains. Avant qu'ils n'aient eu le temps de réagir, elle envoya une décharge sur la tête des deux cousins, qui tombèrent inconscients. Elle entendit alors des bruits de pas précipités.

— Stop ! cria-t-elle de sa voix cassée, faisant volte-face pour affronter Ariane et Pallas, qui accouraient de deux rues différentes.

Hector était inconscient, mais il attisait toujours la rage des Érinyes. Son crime était trop récent, l'envie de le tuer était irrépressible, même chez ceux qui l'aimaient le plus. Il était devenu leur pire ennemi – un Proscrit. Seule Hélène, qui n'appartenait pas à la Maison de Thèbes, échappait à cette folie meurtrière. Elle guetta la sensation familière au creux de son ventre, mais ne fit jaillir qu'une misérable étincelle. Elle n'avait pas bu une goutte d'eau depuis des heures.

Elle vérifia qu'Hector et Lucas respiraient, puis se releva et s'interposa entre Hector inconscient et sa famille.

— Ne vous approchez pas ! ordonna-t-elle.

Sa seule arme était l'intimidation. Elle rassembla ses derniers volts, leva ses mains luisantes et descendit les marches brisées. Elle croisa le regard sournois d'Ariane et vit la mâchoire serrée de Pallas. Ils n'étaient que les aveugles instruments des Érinyes. Hélène avança et leva les bras d'un geste menaçant. Ils reculèrent, prêts à fuir. Mais au même instant, Castor surgit au coin de la rue.

Ils étaient trop nombreux. Hélène sut qu'elle ne pourrait pas protéger longtemps Hector contre sa propre famille. S'ils découvraient qu'elle bluffait, elle n'aurait plus rien pour les arrêter. Une profonde détresse l'étreignit. Jamais elle ne s'était sentie aussi seule de sa vie.

— Hélène, j'ai Hector ! cria dans son dos la voix de Daphné. Bloque le passage pendant que je l'emmène. Et surtout, empêche-les absolument de voir Hector ou on est fichues !

Un immense soulagement l'envahit.

L'arrivée de sa mère lui donna un regain de courage. Peu lui importait de vider jusqu'à la dernière goutte d'eau de son corps. La seule chose qui comptait à ses yeux, c'était de briser le cercle de la vengeance avant qu'il ne détruise une famille qu'elle aimait. Dans une tentative ultime, elle écarta les mains et fit danser des éclairs autour de son corps. Ariane, Pallas et Castor levèrent les bras, aveuglés.

La couronne d'éclairs produite par Hélène était plus incandescente que la surface du soleil. Sous l'effet de la chaleur, la chaussée se mit à fondre sous ses pieds et se transforma en lave. La température de l'air monta jusqu'à devenir insupportable. La famille Délos recula, tandis que Daphné plongeait dans l'obscurité, emportant le corps d'Hector sur son dos.

Hélène éprouvait une douleur si intense qu'elle ne put tenir plus de quelques secondes. Dès qu'elle entendit sa mère s'éloigner, elle s'éteignit comme une ampoule grillée et avança en titubant sur l'asphalte liquide et brûlant qui dégageait des vapeurs toxiques. Tombant à genoux, elle rampa à quatre pattes jusqu'à Ariane, Castor et Pallas, qui découvraient, épouvantés, l'horreur de ce qu'ils avaient failli commettre. Mais ce n'était pas le moment de s'effondrer.

— Lucas a besoin d'aide ! chuchota-t-elle d'une voix rauque en désignant les marches écroulées de l'Athénée.

— Ariane, ordonna Castor d'une voix crispée, va chercher Lucas, les gens vont arriver. Hélène, est-ce que tu peux marcher ?

— Non, reconnut-elle en secouant la tête.

Il la souleva et la porta dans ses bras, puis il s'arrêta lorsqu'il s'aperçut que son frère ne suivait pas.

— Pallas ! Il faut partir !

— Mon fils, murmura Pallas, pétrifié.

— Papa, réveille-toi ! l'appela Ariane du haut des marches. Il faut que tu emportes le corps de Créon !

Elle portait Lucas sur ses épaules et surveillait nerveusement les alentours.

La voix de sa fille le rappela à la réalité. Il souleva Créon, puis ils quittèrent le centre-ville et s'enfoncèrent dans la lande.

DIX-NEUF

Hélène fixait le verre d'eau qu'elle tenait à la main. Elle avait déjà englouti ce qui lui avait paru l'équivalent d'une baignoire et elle n'avait plus soif, mais elle s'accrochait à son verre, qui lui permettait de poser les yeux ailleurs que sur les visages dévastés qui l'entouraient.

— Sa famille, c'est toute sa vie, dit Ariane. Comment *Hector* peut-il être un Proscrit de la Maison de Thèbes ?

Ses yeux étaient agrandis et rouges, comme quelqu'un qui a passé trop d'heures dans les aéroports, victime du décalage horaire. Ils avaient tous cet air-là – l'air de gens qui s'étaient réveillés de l'autre côté de la planète.

— J'aurais dû l'arrêter, déclara Jason, plein de remords.

— Tu tiens à peine assis sur ta chaise, Jase, protesta Ariane. J'étais là, moi. J'aurais dû l'empêcher…

— Tu n'étais pas sur India Street quand Hector a tué Créon, protesta Hélène, les yeux rivés à son verre. Moi, si.

— Arrête, Hélène, l'interrompit Lucas. Ta mère et toi, vous avez sauvé cette famille… ou du moins ce qu'il en reste.

Les paroles de Lucas ravivèrent leur douleur d'avoir perdu Pandore et de nouvelles larmes coulèrent sans bruit, puis le silence revint. Tous partageaient la même pensée : s'ils avaient fait ceci ou cela, ils auraient épargné à leur famille cette terrible épreuve. Cassandre avait assuré à tout le monde qu'ils ne pouvaient pas prévoir ce qui allait arriver mais, en disant cela, elle endossait seule le fardeau de la culpabilité. Elle semblait enfermée dans ses propres ruminations, convaincue qu'elle, entre tous, n'avait pas protégé sa famille comme elle l'aurait dû.

— Appelle ta mère, déclara subitement Noëlle. Je suis la seule à pouvoir supporter la présence d'Hector et je veux voir mon neveu. Il aura besoin de moi.

Hélène hocha la tête et sortit son téléphone portable. C'était celui qu'Hector lui avait donné, avec un sourire édenté, après avoir été passé à tabac par Lucas. Elle chassa ce souvenir et composa le numéro de sa mère, puis elle se leva et se dirigea vers l'entrée pour plus d'intimité.

Deux sonneries retentirent en même temps : l'une contre son oreille, l'autre à quelques mètres. Hélène se tourna et aperçut le sac de sa mère accroché au portemanteau. Elle comprit : Daphné ayant été kidnappée n'avait pas pu emporter son sac ! Elle raccrocha, l'autre sonnerie s'interrompit. Elle saisit le sac, au moment où on frappait à la porte.

Vite, elle en sortit le téléphone et fit défiler la liste des derniers appels. Des pas approchaient. Elle eut juste le temps de voir une série de numéros inconnus et un seul appel sortant vers un dénommé Dédale.

Elle venait de remettre le téléphone à sa place lorsque Ariane surgit dans l'entrée, suivie de Castor et de Pallas. Ils étaient tendus, s'attendant à trouver un officier de police ou un membre des Cent Cousins. Après une brève hésitation, ils firent signe à Ariane d'ouvrir. Sur le seuil se tenait Daphné.

— Je demande une rencontre entre la Maison d'Atrée et la Maison de Thèbes, déclara-t-elle en croisant les bras sur sa poitrine, la tête inclinée légèrement.

Castor et Pallas échangèrent un regard. Quelle que soit la haine qui avait pu les animer, elle n'avait plus sa place, et l'un comme l'autre le savait. Pallas avala péniblement sa salive et finit par hocher la tête.

— Vous êtes la bienvenue dans cette Maison, déclara Castor d'un ton poli. Nous vous prions de bien vouloir accepter notre hospitalité.

Il s'inclina à son tour, puis s'écarta pour la laisser passer.

La rencontre officielle entre les Maisons se tint dans la bibliothèque, autour de la chaise de Cassandre. Hélène prit place près de sa mère, sur le canapé, et essaya de ne pas regarder Lucas, qui se trouvait juste en face d'elle.

— Je voudrais d'abord m'excuser de ne pas vous avoir protégée lorsque vous étiez sous mon toit, commença Castor avec humilité.

Daphné l'interrompit.

— Pandore était aveuglée par sa souffrance. Ajax et elle avaient un lien particulier et je ne peux pas lui tenir rigueur d'avoir voulu le venger, surtout maintenant qu'elle n'est plus parmi nous, déclara-t-elle, rejetant cette idée d'un geste de la main. En ce qui me concerne, les lois de l'hospitalité n'ont pas été bafouées.

Tandis qu'elle prononçait ces dernières paroles, Hélène vit le regard de Lucas se fixer sur elle. Elle sut qu'il avait détecté un mensonge, mais préférait le passer sous silence pour ne pas nuire à la rencontre.

— J'ai demandé cette rencontre pour deux raisons, continua Daphné d'une voix douce. La première, c'est Hector et son avenir, et la seconde ma fille et son rôle dans la prophétie.

Hélène tourna vivement la tête vers sa mère.

— Quoi ? répéta-t-elle, décontenancée.

Hélène n'était pas la seule à être étonnée. Castor et Pallas froncèrent les sourcils et Cassandre elle-même haussa les épaules d'un air dérouté.

Jason se leva avec raideur.

— Hélène est le Guide que l'Oracle a évoqué dans sa prophétie – celle qui doit briser le cercle de la vengeance, déclara-t-il. Je l'ai compris cet après-midi. Hélène a décrit le Pays aride avec une telle précision que j'ai su qu'elle l'avait vu de ses propres yeux. Au début, j'ai été perplexe… Je savais bien qu'elle n'était pas Guérisseur… C'est alors qu'elle m'a dit qu'elle descendrait nous chercher, Claire et moi, si je n'étais pas assez fort pour faire le voyage seul. À son assurance, j'ai su qu'elle était sérieuse et j'ai même pensé qu'elle y était allée plus d'une fois…

— La poussière sur tes pieds ! s'exclama Ariane. Est-ce que tu es vraiment descendue aux Enfers toutes les nuits ?

— Tous ces cauchemars… murmura Lucas, qui commençait à comprendre.

— Tu étais avec moi dans l'un d'eux, dit-elle. La nuit où on est tombés, avant qu'on se réveille, je suis descendue te chercher, tu te souviens ? Tu étais perdu et aveugle, et je t'ai obligé à te lever et à marcher. Je t'ai obligé à me suivre…

— C'était vrai ? chuchota Lucas.

Hélène acquiesça. Elle fit un geste vers lui, mais Daphné intercepta sa main et secoua la tête d'un air désapprobateur.

— Vous le saviez, dit alors Lucas à Daphné.

— Comme Jason, je l'ai découvert cet après-midi. C'est l'une des raisons pour lesquelles j'ai demandé cette rencontre.

— Et quelles sont les autres raisons ? s'enquit froidement Cassandre, le visage illuminé par l'aura de l'Oracle.

Daphné s'inclina avec respect devant les multiples présences qui habitaient Cassandre.

— Comme Énée avant elle, ma fille aura besoin de l'aide de Sibylle lors de sa descente aux Enfers, répondit Daphné d'une voix cérémonieuse. Je demande à ce que la Maison de Thèbes veille sur leur cousine, Hélène, héritière de la Maison d'Atrée, pendant qu'elle accomplira son destin. En échange, moi, Daphné, chef de la Maison d'Atrée, je donnerai refuge et protection à Hector Délos, Proscrit de la Maison de Thèbes.

Les uns et les autres échangèrent des regards, aussi stupéfaits par sa demande que par son offre. Un silence suivit.

— Pourquoi feriez-vous une chose pareille pour mon fils ? demanda Pallas, bondissant de sa chaise, partagé entre la gratitude et l'indignation.

— Parce que c'est l'un des Infants les plus forts que j'aie jamais vus, mais c'est aussi l'un des plus fiers. Devoir perdre sa famille va le changer, et s'il est laissé seul face à lui-même, il peut devenir un danger pour nous tous. C'est quelque chose que j'ai déjà vu arriver, expliqua Daphné d'une voix calme.

Elle s'adressa à Lucas.

— On est tous de la même famille, il faut qu'on se serre les coudes.

— Elle ne ment pas, confirma Lucas, se tournant vers Pallas, qui hocha la tête avec soulagement.

Lucas, lui, était effondré. Il venait d'entendre la vérité de la bouche même de Daphné : Hélène faisait partie de sa famille.

Castor et Pallas se consultèrent du regard, puis sollicitèrent Cassandre pour la décision finale. Elle hocha la tête, puis se leva et quitta la pièce sans ajouter un mot.

— Une dernière chose, reprit Daphné, qui eut le tact de ne pas s'offusquer de son comportement. Hector veut savoir ce qu'il va advenir du corps de Créon.

— Nous allons contacter Mildred pour qu'elle vienne chercher son fils, dit Castor, le regard baissé sur ses mains. Elle voudra sans doute le ramener à son père pour l'enterrement.

— Bien sûr, dit Daphné, une note de tristesse dans la voix. Est-ce que vous pourrez m'avertir de son arrivée ? Hector voudrait lui demander pardon…

Elle s'interrompit, comme si elle ne savait pas si c'était une bonne idée.

— Je vous appellerai, promit Pallas, un peu raide, avant de quitter la pièce.

Daphné rassura le reste de la famille sur l'état de santé d'Hector, mais elle ne leur cacha pas qu'il était dévasté. Elle promit de lui transmettre tout leur amour, puis s'excusa de ne pouvoir le laisser seul trop longtemps et partit précipitamment.

Hélène la raccompagna jusqu'à la porte.

— Est-ce qu'Hector t'a vue sous les traits de Pandore, sur la plage ? demanda-t-elle à voix basse.

— Non. Il vaut mieux qu'il ne sache rien, dit Daphné, posant sur sa fille un regard intense. Toi et moi, nous sommes la seule famille qui lui reste. Il a besoin de pouvoir me faire confiance. Et toi aussi.

Hélène savait que sa mère avait risqué sa vie pour Hector, mais à ses yeux, la confiance devait se gagner et ne pouvait se commander.

— Je t'appellerai d'ici quelques jours pour t'expliquer ce qui va se passer, promit Daphné.

Elle attrapa son sac au portemanteau et ouvrit la porte.

— Une dernière chose, la retint Hélène. Je ne dirai rien à une condition : que tu délivres Jerry de l'influence du cestus. Tu ne l'as jamais aimé, mais Cathy, si. Ce serait bien de laisser enfin une personne de ta vie être heureuse… Non ?

Daphné fixa Hélène, sidérée que sa fille si docile émette tout à coup un avis personnel, puis elle tourna la tête, comme si elle écoutait un bruit lointain.

— C'est fait, déclara-t-elle brutalement. Je ne peux pas promettre que sa relation avec Cathy sera heureuse, mais son cœur est libre.

— Il était temps, remarqua froidement Hélène.

— Tu sais, toutes ces souffrances que j'ai causées, c'était pour te protéger. Et ça a marché. Alors je ne regrette rien, répliqua Daphné d'un air triste.

Elle s'éloigna. Hélène referma la porte et rejoignit le reste de la famille, les sourcils froncés, songeuse. Lorsqu'elle pénétra dans le salon, Lucas tourna vivement la tête vers elle et lui fit signe de venir s'asseoir à côté de lui.

— Je dois rentrer, dit-elle en le rejoignant. J'ai laissé une lettre d'adieu sur mon bureau, vu que je pensais…

Elle s'interrompit et inspira profondément.

— Enfin, bref, il faut que je la détruise avant que mon père ne se réveille et la trouve. Il a assez souffert comme ça.

Lucas serra le poing droit et le fourra dans sa poche. Elle s'étonna de ce geste puis elle comprit : c'était pour se retenir de lui prendre la main.

— Allons-y, alors, dit Lucas en se détournant.

— Mais je croyais qu'on devait rester loin l'un de l'autre, protesta-t-elle, mal à l'aise.

Lucas secoua la tête, une expression inflexible sur le visage.

— Si Créon a demandé à Pandore d'attirer Daphné sur cette plage, c'est parce qu'il voulait l'emmener en bateau. Ce qui veut dire qu'il n'était pas seul. Quand ils vont réaliser que Créon ne reviendra pas, ils vont partir à sa recherche. Et quand ils ne le trouveront pas, ils chercheront Daphné. Et après, ils te chercheront, toi.

Tu n'as jamais été autant en danger. Tant pis si c'est dur pour tous les deux. Je ne te quitte plus des yeux.

— Mais comment on va faire ? s'écria-t-elle, effondrée.

Elle avait atteint la limite de ce qu'elle pouvait supporter. Il l'attrapa par la main et l'entraîna hors de la pièce. Tous tournèrent la tête vers eux, mais ils étaient trop bouleversés par la tragédie qu'ils venaient de vivre pour prêter vraiment attention au cri d'Hélène.

— Je la raccompagne et je la surveille, lança-t-il en direction d'Ariane, qui pleurait sans bruit.

Ils prirent leur envol dans la nuit. L'air froid la sortit de son engourdissement. Elle pensa que ce qu'elle avait vécu n'était rien en comparaison de ce qu'avait vécu Lucas. Il était temps de cesser de se plaindre.

Quelques instants plus tard, ils se posèrent sur le belvédère. Il tourna vers elle un visage inexpressif et lui lâcha la main.

— Tu peux rentrer, je serai très bien là, chuchota-t-il.

Elle fit un pas vers lui, mais il secoua la tête.

— Je ne peux pas venir, murmura-t-il, la voix brisée par le désespoir. J'ai trop perdu aujourd'hui. Je ne suis pas assez fort.

— Je sais, dit-elle. Je suis de tout cœur avec toi, Lucas.

Elle passa les bras autour de ses épaules, sans autre but que de le consoler. Elle le serra doucement contre elle, le soutenant jusqu'à ce qu'il trouve la force de tenir debout seul. Il finit par se dégager de son étreinte et lui adressa un maigre sourire.

— Attends une seconde. Il faut que je signale à mon père que je suis là.

— Je ne vais nulle part, promit-il.

Hélène descendit en volant dans le jardin. Elle remarqua au passage que la voiture de Cathy n'avait pas quitté l'allée. Elle avança vers la porte, indécise. Elle ne savait pas encore ce qu'elle allait dire…

Elle trouva son père endormi sur le canapé du salon. Elle le secoua légèrement par l'épaule. Jerry parut d'abord soulagé, puis le reproche se peignit sur son visage.

— Tu sais ce que tu m'as fait vivre ?

Hélène se sentit si coupable qu'elle n'osa pas croiser son regard. Elle hocha furtivement la tête.

— J'aimerais que tu t'expliques, dit Jerry.

Hélène pensa que beaucoup de gens savaient maintenant qui elle était et elle fut à deux doigts de lui dire la vérité. Mais si elle commençait, elle devrait aussi lui dire que Daphné était revenue et elle ne put s'y résoudre. Pas alors qu'il venait juste d'être libéré de l'attachement artificiel qui l'avait lié à elle pendant de si longues années. Pour la première fois depuis presque vingt ans, Jerry avait le droit de vivre sa propre vie, avec une femme qui l'aimait vraiment. Hélène ne voulait pas prendre le moindre risque.

— Je ne peux pas. Pas pour l'instant. Je pourrais sûrement trouver une excuse, mais ce serait un mensonge, balbutia-t-elle. Et je ne veux pas te mentir.

— Alors c'est comme ça que les choses vont se passer, maintenant ? Plus de confiance, plus de communication, plus de respect ?

— Tu ne peux pas dire ça ! protesta-t-elle en secouant la tête, épuisée.

Leurs regards se rencontrèrent enfin.

— Tu sais, reprit Jerry à voix basse, j'ai passé beaucoup de nuits sur ce divan à attendre quelqu'un qui n'est jamais revenu. Je ne veux plus vivre ça, Hélène.

Elle remarqua dans son regard une étincelle qu'elle n'y avait jamais vue.

— Moi non plus, je ne veux plus que tu perdes une seule seconde de ta vie à attendre. Même moi. Ma vie est démente en ce moment, je ne peux pas te promettre que je ne vais pas disparaître de nouveau. Par contre, je te jure de toujours revenir. Toujours. Je ne te quitterai jamais, papa.

— Je sais, répondit-il, comme si c'était soudain une évidence.

Il prit une inspiration, puis resta un moment silencieux, perdu dans ses pensées.

— J'ai toujours su que tu étais différente et qu'un jour, tu t'en rendrais compte, toi aussi. C'est la seule explication à laquelle j'aurai droit pour l'instant, c'est ça ?

— Pour l'instant, oui, dit-elle, souriant avec chaleur au meilleur père que la Terre ait jamais porté.

— Penses-tu que ce soit nécessaire de te punir ? demanda-t-il, malicieux, tout en s'étirant.

Elle se mit à rire.

— Je ne pense pas, non…

Elle se leva elle aussi et se jeta dans ses bras. Il la serra contre lui, pas seulement pour lui dire qu'il lui pardonnait, mais qu'il l'acceptait telle qu'elle était, nuits d'insomnie comprises. Alors qu'ils se dirigeaient ensemble vers l'escalier, une pensée joyeuse la traversa.

— J'ai vu la voiture de Cathy dehors, dit-elle. Elle dort dans ta chambre ?

— Oui, répondit-il en plissant les yeux. C'est pour ça que j'étais sur le canapé…

— Mais là, tu vas te coucher… remarqua-t-elle, malicieuse.

Jerry s'arrêta devant la porte de sa chambre et lui fit face.

— Tu ne le prends pas mal ? s'enquit-il, sérieux.

Hélène savait qu'en cas de réponse négative, son père ferait demi-tour et finirait la nuit seul sur son canapé.

— Papa, rien ne peut me faire plus plaisir !

Elle gagna sa chambre et referma soigneusement sa porte. Elle entendit Jerry réveiller Cathy pour la rassurer. Elle se dirigea vers son bureau et déchira sa lettre, puis elle vola par la fenêtre pour rejoindre Lucas sur le belvédère.

— Tu as tout entendu ? demanda-t-elle en voyant l'expression compatissante de son visage.

— Ça t'ennuie ?

Elle secoua la tête.

— Je te l'aurais dit, de toute façon. C'est bizarre, j'ai l'impression que je n'ai pas vraiment vécu quelque chose tant que je ne te l'ai pas raconté…

— Je vois ce que tu veux dire…

Il prit le duvet dans le coffre et le déroula pour qu'ils s'y assoient côte à côte. Ils laissèrent leurs jambes pendre dans le vide.

— On est lundi. Dans quelques heures, on a cours, dit Hélène. Je suppose que si on est tous absents, ça paraîtra louche ?

— Très louche, confirma Lucas. En plus, tu seras plus en sécurité dans un lieu public. Les Cent ne t'attaqueront pas devant des témoins.

— Et vous ? demanda Hélène, fixant ses mains. Est-ce qu'ils vont vous pourchasser, maintenant ?

— Je ne sais pas, répondit-il d'un ton las. Mais de toute façon, ils savent que, s'ils tuent l'un d'entre nous, ils deviendront des Proscrits. Plus il y a de Proscrits, plus l'Atlantide s'éloigne. Je pense qu'ils vont surtout se préoccuper de Daphné et d'Hector. Et de toi.

Elle hocha la tête, hésitant à poursuivre.

— Et… qu'est-ce que je dis si on me pose des questions sur Hector ? Ou sur Pandore ? demanda Hélène doucement, sachant qu'en prononçant leur nom, elle ravivait la souffrance de Lucas.

— Pandore est partie étudier les beaux-arts à Paris, répondit Lucas à voix basse. Et Hector est cloué au lit avec la grippe, le temps qu'on mette un scénario au point avec ta mère.

— Je ne fais pas confiance à ma mère, murmura Hélène, tandis que le soleil se levait à l'horizon.

— Cassandre non plus, répondit Lucas sans la regarder. Elle pense qu'elle nous cache une partie de la vérité.

— Tu crois qu'elle est dangereuse ? s'enquit-elle, inquiète.

— Je pense qu'elle n'a qu'une seule idée : libérer les Bâtards et les Proscrits, répondit-il, choisissant ses mots avec soin. Tant qu'on garde ça en tête, il n'y a aucune raison de ne pas lui faire confiance. Elle n'a pas menti.

Hélène hocha la tête.

— Il y a trop choses que je ne lui ai pas pardonnées pour que j'arrive à rester rationnelle quand je pense à elle.

— C'est notre lot à nous, les Infants, dit Lucas. Nos disputes divisent le monde, mais pour nous, ce ne sont que des histoires de famille. Et personne n'est vraiment rationnel quand il s'agit de sa famille...

Elle sourit, frappée, une fois de plus, par sa perspicacité. Puis elle se rappela qu'elle devait garder ses distances et elle se ressaisit. Elle se força à se lever.

— Ça va aller ?

Il leva la tête et lui sourit, puis fixa l'horizon.

— Bonjour, Lucas, dit-elle d'une voix douce et triste, en s'éloignant.

— Bonjour, Hélène, répondit-il, sans oser se retourner.

Hélène, fille chérie de la déesse de l'Amour, descendit rejoindre son petit lit vide, tandis que Lucas, fils du Soleil, s'appuyait sur les coudes pour regarder son père illuminer les planches en bois brut du belvédère.

REMERCIEMENTS

Je voudrais remercier Robyn Shwer, mon ami et ange gardien, pour dix ans de réconfort et de soutien infaillible. Dix mille mercis à mon manager, Rachel Miller, ainsi qu'à son associé, Jesse Hara. Je voudrais aussi remercier mon fabuleux agent, Molly Glick, mais aussi Hannah Gordon et le reste de l'équipe de Foundry Gang pour leurs conseils avisés ; Tara « The Dope Show » Kole ; mon éditrice Laura Arnold ; et tous ceux de HarperTeen pour m'avoir aidée à améliorer mon texte au fil des réécritures. Un merci tout particulier à Dr Rey « Cookie » Perez, à Stephanie Aoki et à Liz York pour leur soutien sans faille. J'en profite pour passer le coucou aux termites de mon bureau – bon appétit, bande de monstres ! Et enfin, tout mon amour et ma reconnaissance à mon mari, Juan Alberto, et à ma grande famille aussi folle que formidable.

Cet ouvrage a été composé par
PCA - 44400 REZE

Impression réalisée par

CPI
BRODARD & TAUPIN

La Flèche (Sarthe), le 19-01-2012
N° d'impression : 66736

Dépôt légal : février 2012

Imprimé en France

POCKET jeunesse

12, avenue d'Italie

75627 PARIS Cedex 13